- 山东省社科规划办资助项目

- 2011年12月取得山东省社科规划办重点项目《清初遗民"诸城十老"及其作品研究》（批准号：11BWXJ05）

"诸城十老"及其诗歌创作研究

魏红梅 著

中国社会科学出版社

图书在版编目（CIP）数据

"诸城十老"及其诗歌创作研究/魏红梅著.—北京：中国社会科学出版社，2018.11

ISBN 978-7-5203-3635-2

Ⅰ.①诸… Ⅱ.①魏… Ⅲ.①古典诗歌—诗歌创作—诗歌研究—中国—明清时代 Ⅳ.①I222.74

中国版本图书馆 CIP 数据核字（2018）第 260355 号

出 版 人	赵剑英
责任编辑	陈肖静
责任校对	杨 林
责任印制	戴 宽
出　　版	中国社会科学出版社
社　　址	北京鼓楼西大街甲 158 号
邮　　编	100720
网　　址	http://www.csspw.cn
发 行 部	010-84083685
门 市 部	010-84029450
经　　销	新华书店及其他书店
印　　刷	北京明恒达印务有限公司
装　　订	廊坊市广阳区广增装订厂
版　　次	2018 年 11 月第 1 版
印　　次	2018 年 11 月第 1 次印刷
开　　本	710×1000　1/16
印　　张	21.5
插　　页	2
字　　数	331 千字
定　　价	88.00 元

凡购买中国社会科学出版社图书，如有质量问题请与本社营销中心联系调换
电话：010-84083683
版权所有　侵权必究

目　　录

绪　论 ……………………………………………………………（1）
　第一节　"诸城十老"名称的由来与所指对象 ………………（1）
　第二节　"诸城十老"研究综述 ………………………………（6）
　　一　围绕"诸城十老"群体的研究成果 ……………………（6）
　　二　围绕"诸城十老"个体的研究成果 ……………………（8）
　第三节　研究意义与方法 ……………………………………（16）
　　一　研究意义 …………………………………………………（16）
　　二　研究方法 …………………………………………………（18）

第一章　"诸城十老"所处的时代背景与地域环境 …………（19）
　第一节　"诸城十老"所处的时代背景 ………………………（20）
　　一　明末清初的国家环境 ……………………………………（20）
　　二　明末清初的山东局势 ……………………………………（23）
　　三　明末清初的诸城形势 ……………………………………（26）
　第二节　"诸城十老"所处的地域环境 ………………………（32）
　　一　"诸城十老"所处的诸城自然环境 ……………………（32）
　　二　"诸城十老"所处的诸城人文环境 ……………………（35）

第二章　"诸城十老"的家族渊源与人生经历 ………………（38）
　第一节　丁耀亢的家世与人生经历 …………………………（39）
　　一　丁耀亢的家世 ……………………………………………（39）
　　二　丁耀亢的人生经历 ………………………………………（41）

第二节　王乘箓的人生经历 …………………………………………（46）
第三节　刘翼明的家世与人生经历 ……………………………………（50）
　一　刘翼明的家世 …………………………………………………（50）
　二　刘翼明的人生经历 ……………………………………………（51）
第四节　李澄中的家世与人生经历 ……………………………………（58）
　一　李澄中的家世 …………………………………………………（58）
　二　李澄中的人生经历 ……………………………………………（58）
第五节　张衍、张侗的家世与人生经历 ………………………………（62）
　一　张衍、张侗的家世 ……………………………………………（62）
　二　张衍的人生经历 ………………………………………………（64）
　三　张侗的人生经历 ………………………………………………（65）
第六节　丘元武的家世与人生经历 ……………………………………（67）
　一　丘元武的家世 …………………………………………………（67）
　二　丘元武的人生经历 ……………………………………………（68）
第七节　徐田的人生经历 ………………………………………………（74）
第八节　赵清的家世与人生经历 ………………………………………（76）
　一　赵清的家世 ……………………………………………………（76）
　二　赵清的人生经历 ………………………………………………（76）
第九节　隋平的家世与人生经历 ………………………………………（79）
　一　隋平的家世 ……………………………………………………（79）
　二　隋平的人生经历 ………………………………………………（80）

第三章　"诸城十老"的交游与结社 ……………………………………（83）
第一节　"诸城十老"的交游对象 ……………………………………（83）
　一　"诸城十老"在诸城的主要交游对象 ………………………（84）
　二　"诸城十老"在诸城以外的主要交游对象 …………………（86）
第二节　"诸城十老"在诸城境内的交游活动 ………………………（87）
　一　"诸城十老"在诸城的主要交游地点 ………………………（87）
　二　"诸城十老"在诸城的主要交游活动 ………………………（89）
第三节　"诸城十老"在诸城之外的主要交游活动 …………………（109）
　一　"诸城十老"与周亮工的交游 ………………………………（109）

二 "诸城十老"与王士禛的交游……………………………(113)
　　三 "诸城十老"与周斯盛的交游……………………………(119)
第四节 "诸城十老"的结社…………………………………………(123)
　　一 诸城文人的结社传统……………………………………(123)
　　二 "诸城十老"的结社活动…………………………………(125)

第四章 "诸城十老"的人生抉择与身份认定………………………(127)
第一节 "诸城十老"的人生抉择与归隐心态………………………(127)
　　一 "诸城十老"的人生抉择…………………………………(127)
　　二 "诸城十老"的故土情结与归隐心态……………………(130)
第二节 "诸城十老"人生不遂的原因………………………………(134)
　　一 时代大环境的影响………………………………………(135)
　　二 "诸城十老"的自身原因…………………………………(136)
第三节 "诸城十老"身份的认定……………………………………(138)
　　一 学界对"诸城十老"身份的争鸣…………………………(138)
　　二 "遗民"的界定标准………………………………………(142)
　　三 "诸城十老"身份的认定…………………………………(144)

第五章 "诸城十老"的诗歌创作与影响……………………………(148)
第一节 "诸城十老"著述佚存情况…………………………………(148)
　　一 丁耀亢著述佚存情况……………………………………(148)
　　二 王乘箓著述佚存情况……………………………………(150)
　　三 刘翼明著述佚存情况……………………………………(151)
　　四 李澄中著述佚存情况……………………………………(152)
　　五 张衍著述佚存情况………………………………………(153)
　　六 张侗著述佚存情况………………………………………(153)
　　七 丘元武著述佚存情况……………………………………(154)
　　八 徐田著述佚存情况………………………………………(154)
　　九 赵清著述佚存情况………………………………………(155)
　　十 隋平著述佚存情况………………………………………(155)
第二节 "诸城十老"诗歌创作的诗坛背景…………………………(156)

一　明末清初诗坛概况 …………………………………………… (156)
　　二　明末清初山东诗坛概况 ……………………………………… (162)
　　三　明末清初诸城诗坛概况 ……………………………………… (164)
第三节　"诸城十老"的诗歌创作倾向 …………………………………… (166)
　　一　秉承"吟咏情性"传统，追求作"真诗"、
　　　　抒"真情" …………………………………………………… (167)
　　二　宗唐但不泥于唐，转益多师而成一家之体 ………………… (169)
第四节　"诸城十老"的诗歌创作主题 …………………………………… (176)
　　一　关注自身命运，书写自我怨情 ……………………………… (178)
　　二　哀叹民生多艰，同情下层民众 ……………………………… (182)
　　三　珍视亲人友朋，诉说亲情友情 ……………………………… (185)
　　四　诗画田园风光，寄情山水之间 ……………………………… (189)
　　五　登台咏史怀古，抒发思古幽情 ……………………………… (203)
　　六　记录羁旅行役，寄托思乡之情 ……………………………… (208)
　　七　超然身世之外，参禅论道说理 ……………………………… (210)
第五节　"诸城十老"的诗歌创作风格 …………………………………… (212)
　　一　激楚亢厉，风致空寂：丁耀亢的诗歌风格 ………………… (212)
　　二　刚健而不失清新：王乘箓的诗歌风格 ……………………… (222)
　　三　纤郁悲凉，苍秀朴老：刘翼明的诗歌风格 ………………… (223)
　　四　高岸开朗，沉郁凄楚：李澄中的诗歌风格 ………………… (226)
　　五　闲适平淡，多东篱风致：张衍的诗歌风格 ………………… (229)
　　六　清新散淡，风趣自别：张侗的诗歌风格 …………………… (230)
　　七　伟丽清深，沉郁顿挫：丘元武的诗歌风格 ………………… (232)
　　八　朴劲清茂，雄杰之语：徐田的诗歌风格 …………………… (234)
　　九　平淡质朴，情感真挚：赵清的诗歌风格 …………………… (236)
　　十　宁静恬淡，立意高远：隋平的诗歌风格 …………………… (237)
第六节　"诸城十老"的诗坛地位与影响 ………………………………… (238)
　　一　开风莫荣："诸城十老"在诸城诗坛的地位与影响 ………… (238)
　　二　名播诗传："诸城十老"在山左诗坛的地位与影响 ………… (242)
　　三　声气日益增："诸城十老"在全国诗坛的
　　　　地位与影响 …………………………………………………… (247)

第七节　丁耀亢诗歌的"诗史"特色 …………………………（255）
一　"诗史"概念及其内涵的界定 ……………………………（255）
二　丁耀亢诗歌的"诗史"特色 ………………………………（259）
三　丁耀亢与杜甫"诗史"的差异性 …………………………（269）

第六章　"诸城十老"人生境遇对诗歌创作的影响 ……………（271）
第一节　"诸城十老"人生境遇对诗歌创作主题的影响 ………（272）
一　"诸城十老"人生境遇对诗歌创作主题的
　　共性影响 ……………………………………………………（272）
二　"诸城十老"人生境遇对诗歌创作主题的
　　差异性影响 …………………………………………………（275）

第二节　"诸城十老"人生境遇对诗歌创作
　　　　　倾向的影响 ………………………………………………（278）

第三节　"诸城十老"人生境遇对诗歌风格的影响 ……………（280）
一　一生多舛致诗风亢厉：丁耀亢人生境遇
　　对其诗风的影响 ……………………………………………（281）
二　穷年矻矻致诗风纡郁闷愤：刘翼明人生境遇
　　对其诗风的影响 ……………………………………………（282）
三　仕进不遇致诗风沉郁凄楚：李澄中人生境遇
　　对其诗风的影响 ……………………………………………（283）
四　半路失官致诗风沉郁悲凉：丘元武人生境遇
　　对其诗风的影响 ……………………………………………（283）
五　生活平静致诗风淡雅：王乘箓、张衍、张侗、徐田、赵清、
　　隋平人生境遇对其诗风的影响 ……………………………（284）

结　论 ………………………………………………………………（287）

附录　"诸城十老"事迹年表 ……………………………………（289）

参考文献 ……………………………………………………………（331）

绪　　论

第一节　"诸城十老"名称的由来与所指对象

"老"者，时人或后人对年高望重者之敬称也。"诸城十老"，即后人对明末清初代表诸城诗坛最高水平的丁耀亢、王乘箓、刘翼明、李澄中、丘元武、张衍、张侗、徐田、赵清、隋平十位诗人之敬称。

从乾隆《诸城县志》之《艺文考》和《文苑传》所记来看，上述十人确实是明末清初诸城诗坛的代表人物。他们不但对诸城诗坛的繁荣有首开之功，而且对诸城诗坛空前繁荣局面的形成有奠定之力。

乾隆《诸城县志·艺文考》云："自明以还，一统至今，人择善地以为居，南北衣冠之族接踵而来，故嘉、隆而后，科名日盛，著作亦日多，丘简肃公（丘橓）其尤著者也。我朝文运丕兴，文教弥隆，经学不少而诗集尤富，丁野鹤（丁耀亢）开于前，李渔村（李澄中）继于后，刘镜菴（刘翼明）、徐栩野（徐田）、丘氏父子（丘石常和丘元武）、张氏兄弟（张衍和张侗），皆分道扬镳，鼓吹休明。而后起者，且步武接武，为斯文之薮矣。"[①]

由此可见，诸城诗坛的繁荣是由"开于前"的丁耀亢，"继于后"的李澄中，"鼓吹休明"的刘翼明、徐田、丘石常和丘元武父子、张衍和张侗兄弟等人共同创造的。此处虽没有提及赵清、隋平和明代的王乘箓三人之名，然其诗集，乾隆《诸城县志·艺文考》中均有著录：王乘箓《钟仙遗稿》一册，丁耀亢《逍遥游》一卷、《陆舫诗草》五卷、《椒丘

---

① 乾隆《诸城县志》卷十三《艺文考》，乾隆二十九年（1764）刻本。

诗》二卷、《江干草》一卷、《归山草》二卷、《听山亭草》一卷、《天史》十卷、《西湖扇传奇》一卷、《化人游传奇》一卷、《蚺蛇胆传奇》一卷、《赤松游传奇》一卷,丘元武《柯邨遗稿》八卷、《丘氏诗乘》一册,刘翼明《镜菴诗选》五卷,李澄中《卧象山房文集》四卷、《诗集》七卷、《赋集》一卷、《滇南日记》二卷、《艮斋笔记》八卷、《明史稿》四册,张衍《渐山阁草》四卷,张侗《放鹤邨文集》五卷、《其楼诗集》一册、《卧象山志》一卷、《酒中有所思诗》一册,徐田《栖野诗集》八卷,赵清《白云集》六卷,隋平《半舫草》一册、《圣学同心录》一册、《琅邪诗略》七卷。

  乾隆《诸城县志·文苑传》在描述是时诸城诗坛"国家文运昌明,且升平日久,作者蔚起,彬彬盛矣"① 局面的同时,分别列有王乘箓、丁耀亢、刘翼明、丘元武、李澄中、徐田、隋平、张衍、张侗九人的传记,且王乘箓是唯一入选的明朝诗人。赵清没有列入《文苑传》,是因其孝行特别突出,被列入了乾隆《诸城县志·孝义传》之中。其传云:"清学诗于李澄中,醉后淋漓自喜,学者称壶石先生。"②

  然而,乾隆《诸城县志》对十人之诗歌创作成就与功绩多有肯定,但是时并没有用"诸城十老"或"十老"之称谓来称呼他们。

  从现有的资料来看,学界较早使用"诸城十老"这一称谓指称上述十人的,是任日新和张崇琛两位先生。

  1988年,任日新发表《九仙诗人丁野鹤》一文。其文中称:"明末清初,诸城县文人多隐居山林,结社赋诗、讲文,其中有十名文士颇有名气,当时称为'诸城十老',丁野鹤为其中之一。"③

  1989年,张崇琛发表《蒲松龄与诸城遗民集团》一文。文中亦云:"照一般的说法,'十老'系指诸城籍的丁耀亢(野鹤)、王乘箓(钟仙)、刘翼明(镜庵)、李澄中(渔村)、张衍(蓬海)、张侗(石民)、丘元武(柯村)、徐田(栖野)、隋平(昆铁)、赵清(壶石)等十人;

---

① 乾隆《诸城县志》卷三十六《文苑传》,乾隆二十九年(1764)刻本。
② 乾隆《诸城县志》卷四十《孝义传》,乾隆二十九年(1764)刻本。
③ 任日新:《九仙诗人丁野鹤》,政协山东省诸城县委员会文史资料研究委员会编辑《诸城文史资料》(第10辑)1988年12月,第174页。

丁、王辈份较高，而石民、渔村为其实际的领袖。"①

此后，胡骏、郑广荣、赵永芬编著的《中国博物馆概览》之《诸城博物馆》（1992）、山东省诸城市地方史志编纂委员会编写的《诸城市志》（1992）、李增坡主编的《苏轼在密州》（1995）、《简明华夏百科全书》总编辑委员会编的《简明华夏百科全书7》（1998）、李伯齐主编的《山东分体文学史·诗歌卷》（2005）、王振民主编的《潍坊文化三百年》（2006）、梅新林著的《中国古代文学地理形态与演变》（2006）、孙敬明著的《潍坊古代文化通论》（2009）、郑玉霞主编的《日照历史文化名人》（2009）等著作及张崇琛的《王渔洋与诸城人士交往考略》（1996）、张兵的《清初山左遗民诗群的分布态势与创作特征》（2001）、刘家忠的《"诸城十老"的文学活动与清初遗民的纠结心态》（2011）等诸多论文中，均采用了"诸城十老"这一称呼，其所指对象亦是上述十人。

据上所论，我们可以推断：明末清初之时，活跃于诸城文坛的丁耀亢、王乘箓、刘翼明、李澄中、丘元武、张衍、张侗、徐田、赵清、隋平十人，虽未被时人冠以"诸城十老"之名，但确为当时诸城诗坛的代表人物和中坚力量。后人之所以用"诸城十老"尊称他们，既是因为他们在诗歌创作上所取得的成就，更是因为他们为促进诸城诗坛的空前繁荣所做出的杰出贡献。既然学界对"诸城十老"的所指对象已成定说，故本文对"诸城十老"的研究，只将丁耀亢、王乘箓、刘翼明、李澄中、丘元武、张衍、张侗、徐田、赵清、隋平十人作为具体的研究对象。

明确了"诸城十老"这一称谓的由来与所指对象，还有两点需要特别说明。

一是学界虽将丁耀亢、王乘箓、刘翼明、李澄中、丘元武、张衍、张侗、徐田、赵清、隋平十人同冠以"诸城十老"之名，但因为年龄的差异，他们并未能完全在同一时空聚会，其交往也是错时的、交叉的、重叠的。

首先，王乘箓是明末诸城诗人，也是乾隆《诸城县志·文苑传》中所列明代诸城诗人的唯一入选者。从现有的资料来看，其生年不详，仅知逝于崇祯六年（1633），是"诸城十老"中最早去世的，故其一生只与

---

① 张崇琛：《蒲松龄与诸城遗民集团》，《蒲松龄研究》1989年第2期。

"诸城十老"中的丁耀亢"相友善"①，未能与刘翼明、李澄中等人谋过面。但从刘翼明《订王钟仙遗诗》②一诗来看，证明他曾经校订过王乘篆的遗诗。然等到"李澄中、张衍始求而刻之，不及百篇"③；康熙三十九年（1700），李澄中去世之前，联合张衍等人完成了王乘篆诗集《王钟仙遗稿》的编辑出版工作，并为之作序。可见，他们虽生前未曾谋面，然于诗歌创作方面，却有过跨越时空的精神交流。

其次，丁耀亢逝于康熙八年（1669），是"诸城十老"中第二个去世之人。除了王乘篆，他生前与"诸城十老"中的刘翼明、李澄中、丘元武也过从甚密；虽与张侗、赵清等人失之交臂，但也有交集。张侗和赵清都为丁耀亢的诗集《江干草》写过序，并在序中解释了他们未能谋面的原因。

从张侗的《江干草序》"予时方七岁"、"是时始知东武有先生"等记载来看，张侗七岁之时，就已经知道丁耀亢的名字。在序中，张侗还详细地回顾了自己三次主动结交丁耀亢而不遇的经历：第一次，"后予走琅邪，谒先生橡谷中。先生适出游蓟门，交燕赵贤豪"；第二次，"二十年风尘烟雨间，予再入琅邪，先生已振铎容城矣"；第三次，"越数年，予西谒岱宗，礼莲花丈人峰回。先生复归自西湖，寓淇上大觉寺，见予壁间诗，吟哦啸咤而去，仍隐橡谷中。予三走琅邪，而先生殁"。对此，张侗感叹道："自予少以及壮，先生壮且髦以死，前后三十年，半同甲子，不获一见丰采，岂非数也耶？"④在丁耀亢去世三年后，即康熙十二年（1673），张侗来到丁耀亢的别墅，见到了丁耀亢的三儿子丁慎行，接受了为丁耀亢《江干草》作序的请求。

而赵清的《江干草序》也称自己与丁耀亢曾错失过两次见面的机会。第一次是通过丁耀亢之子丁慎行口述的："昔先大夫风尘之后，处橡谷以诗酒招山林之士，思壶石而壶石不至。"第二次是"戊申（即康熙七年）秋九月，家邦上萧墙中。先生因大觉寺僧问石，以诗招余。时值促行李

---

① 乾隆《诸城县志》卷三十六《文苑传》，乾隆二十九年（1764）刻本。
② （清）刘翼明：《镜庵诗稿》，《山东文献集成》第三辑第29册，山东大学出版社2009年版，第136页。
③ 乾隆《诸城县志》卷三十六《文苑传》，乾隆二十九年（1764）刻本。
④ （清）丁耀亢：《丁耀亢全集》（上），中州古籍出版社1999年版，第356页。

将事昭阳洞。四三年山水间回，鹤已化辽城去矣"。①

第三，刘翼明、李澄中、丘元武、张衍、张侗、徐田、隋平、赵清这八人，因为生活的时间较为相近，彼此之间都有过交游往来及诗歌唱和，关系很是亲密。据乾隆《诸城县志·文苑传》载：李澄中"与同县刘翼明、赵清、徐田、隋平、张衍、衍弟侗诸人日放浪山海间，醉歌淋漓，有终焉之志"；又载："是时，县人多结社为诗，（丘）元武归，唱和其间，与刘翼明、李澄中、徐田、张侗相伯仲。"② 他们之间有的还是亦师亦友的关系，如"（隋）平学诗师（李）澄中"③、"（赵）清学诗于李澄中"④。而且，李澄中校订出版了丁耀亢、刘翼明等人的诗集，隋平则为徐田出版诗集。

第四，十人之中，王乘箓的生年不详，又于崇祯六年（1633）去世。而崇祯六年，丁耀亢三十五岁，不仅于崇祯四年完成了《天史》一书，还已经创作了《问天亭放言》中的若干诗作，且丁耀亢生于万历二十七年（1599），卒于康熙八年（1669），这是很确定的。所以若按丁耀亢的出生时间万历二十七年算起，到张侗康熙五十二年（1713）去世，这一时间跨度有114年。这一百多年的时间，他们历经明万历、泰昌、天启、崇祯和清顺治、康熙六朝，是诸城诗坛最活跃的时期，更是明末清初山东诗坛最活跃的时期。他们彼此之间诗文唱和，交往密切，甚至结交了一大批在当时文坛上享有盛誉的人物，如龚鼎孳、刘正宗、王铎、邓汉仪、王士禛、孔尚任、朱彝尊以及陈维崧等。因此，本文所考察的"诸城十老"所处的时代背景和诗坛背景，大致包括明万历、泰昌、天启、崇祯和清顺治、康熙六朝，尤以明崇祯和清顺治、康熙朝为主。

综上所言，可以看出，丁耀亢、王乘箓、刘翼明、李澄中、丘元武、张衍、张侗、徐田、赵清、隋平十人的生活年代虽然跨度较大，但当时学者在乾隆二十九年（1764）编辑《诸城县志》时，他们已经是《艺文考》和《文苑传》的重点推荐对象，这为他们真正具有"诸城十老"之

---

① （清）丁耀亢：《丁耀亢全集》（上），中州古籍出版社1999年版，第357页。
② 乾隆《诸城县志》卷三十六《文苑传》，乾隆二十九年（1764）刻本。
③ 同上。
④ 乾隆《诸城县志》卷四十《孝义传》，乾隆二十九年（1764）刻本。

名，提供了重要依据。虽然他们之间的交往有时差，但在彼此重合的时间段里，他们的交游是密集的、亲密的，尤其是王乘篆和丁耀亢之间，丁耀亢和李澄中、刘翼明、丘元武之间，李澄中和刘翼明、丘元武、张衍、张侗、徐田、隋平、赵清之间。

二是本文所言之"诸城"，是就明清时期的行政区域划分而言的，而非今日行政区划之诸城。据《山东通志·沿革》载："洪武元年（1368）始废密州，以（诸城）县属青州府。"清代因袭之。故是时诸城隶属于青州府，是青州府所辖一州十三县（莒州、益都、诸城、安丘、博兴、乐安、沂水、日照、蒙阴、高苑、寿光、临朐、昌乐、临淄）之一县。据乾隆《诸城县志·疆域考》记载，当时的诸城所辖区域为："县东五十里至胶州界，又九十里至州；西五十里至莒州界，又百三十里至州；南百二十里至日照县界，又四十里至其县；北、东北各六十里至安丘、高密二县界，又皆六十里至其县；东南百五十里至海。此疆域之大凡也。广百二十里，袤百八十里。"①

第二节 "诸城十老"研究综述

"诸城十老"著述丰硕。他们不仅都创作了大量诗歌，还有许多散文、小说、戏剧和杂著等存世。不仅对明末清初诸城诗坛的繁荣有开创和推动之功，还引领了诸城诗人的诗歌创作风潮，成为当时山左诗坛乃至全国诗坛不可忽视的一股创作力量。

然而学界对"诸城十老"的关注起步较晚，研究成果也很是分散。就研究内容而言，可分为两个方面。

一 围绕"诸城十老"群体的研究成果

最早对"诸城十老"进行整体评价的是乾隆《诸城县志·艺文考》。其云："我朝文运丕兴，文教弥隆，经学不少而诗集尤富，丁野鹤开于前，李渔村继于后，刘镜菴、徐栩野、丘氏父子、张氏兄弟，皆分道扬

---

① 乾隆《诸城县志》卷二《疆域考》，乾隆二十九年（1764）刻本。

镳，鼓吹休明。"①而学界围绕"诸城十老"这一诗人群体进行整体研究，则起步较晚，成果较少。

从目前可见资料来看，最早围绕"诸城十老"这一诗人群体进行整体研究的，当始于20世纪80年代末，且研究成果多出自兰州大学的张崇琛之手。其《蒲松龄与诸城遗民集团》②一文，首先探究了明清之际诸城遗民的特征、活动以及思想，然后介绍了其中与蒲松龄关系密切的遗民李之藻、张贞、孙瑚、奚林等，并分析了诸城遗民对蒲松龄思想、民族意识以及创作的影响。其《蒲松龄的诸城之行》③一文，则从蒲松龄的《超然台》一诗入手，考证认为蒲松龄于康熙十一年四月游崂山途经诸城时，应该与诸城文士有过接触。其《王渔洋与诸城人士交往考略》④一文，先是探究了王士禛与诸城的渊源，然后介绍了王士禛与丁耀亢、丘石常、李澄中、刘翼明、张侗等诸城诗人交往的情形。

进入21世纪后，围绕"诸城十老"群体研究的成果依然不多，但已经注意将"诸城十老"放置于明末清初这一社会大背景之下来进行总体研究。如张兵的《清初山左遗民诗群的分布态势与创作特征》⑤一文，特地介绍了以"诸城十老"为代表的诸城遗民集团的形成和文学活动，认为"诸城十老"对新王朝敌视态度的淡化和对名节观念的变通，与清王朝入关后的残酷屠杀有关，也与清初时局的变化和清王朝的怀柔政策有关。刘家忠的《"诸城十老"的文学活动与清初遗民的纠结心态》⑥一文，指出"诸城十老"作为一个遗民群体，面对清廷政权的统治，内心充满了矛盾：一方面，他们始终固守"夷夏之防"、心存浓浓的遗民情结；另一方面，却不得不由早期的图谋复明转向消极避世和对清廷政权的无奈接受。于海洋的博士论文《明末清初诸城文学研究》⑦，主要探讨明末清初易代背景下诸城文坛的基本面貌、诸城文人的价值观和行为选

---

① 乾隆《诸城县志》卷十三《艺文考》，乾隆二十九年（1764）刻本。
② 张崇琛：《蒲松龄与诸城遗民集团》，《蒲松龄研究》1989年第2期。
③ 张崇琛：《蒲松龄的诸城之行》，《明清小说研究》1996年第3期。
④ 张崇琛：《王渔洋与诸城人士交往考略》，《昌潍师专学报》1996年第1期。
⑤ 张兵：《清初山左遗民诗群的分布态势与创作特征》，《西北师大学报》2001年第3期。
⑥ 刘家忠：《"诸城十老"的文学活动与清初遗民的纠结心态》，《求索》2011年第10期。
⑦ 于海洋：《明末清初诸城文学研究》，博士学位论文，山东师范大学，2016年。

择以及他们在文学创作上的共性与个性等方面,并重点分析了丁耀亢、李澄中、丘石常、张侗、刘翼明等人的文学成就。

二 围绕"诸城十老"个体的研究成果

与围绕"诸城十老"群体的研究成果相比较,围绕"诸城十老"个体的研究成果却很丰富。目前学界对"诸城十老"个体的研究,用力并不均衡。其研究成果主要集中在围绕丁耀亢和李澄中的研究方面。对刘翼明和张侗二人的研究,学界虽已有涉及,但只是做了简单的梳理,并未对其文学创作和成就进行深入研究。而对丘元武、张衍、徐田、隋平、赵清等人的研究,则更显薄弱,多是一些资料性的介绍而已。

(一)围绕丁耀亢的研究成果

20世纪初,学界对"诸城十老"现代意义上的研究,始于丁耀亢研究。更具体地说,应该是始于对丁耀亢小说《续金瓶梅》的研究。鲁迅先生称《续金瓶梅》"主意殊单简"[1],"一变而为说报应之书——成为劝善的书了"[2]。直到80年代,丁耀亢小说《续金瓶梅》依然是学界关注的重点。90年代,丁耀亢的戏剧逐渐成为学界的研究重点。1997年5月18日到20日由山东社会科学院和诸城人民政府联合主办的"海峡两岸丁耀亢学术研讨会"在丁耀亢家乡诸城顺利举行。1998年,李增坡主编的本次会议论文《丁耀亢研究:海峡两岸丁耀亢学术研讨会论文集》[3]出版,标志着丁耀亢研究有了专门的研究成果。1999年,张清吉点校的《丁耀亢全集》[4]出版,为学界进一步从事丁耀亢研究提供了极为便利的文献资料。此后,不仅围绕丁耀亢小说和戏剧的研究、丁耀亢生平与交游的研究出现了不少研究成果,还开启了围绕丁耀亢诗歌的研究并诞生了大量研究成果。

1. 围绕丁耀亢小说《续金瓶梅》的研究成果

围绕丁耀亢小说《续金瓶梅》的研究,学界主要探讨了《续金瓶梅》

---

[1] 鲁迅:《中国小说史略》,《鲁迅全集》卷九,人民文学出版社2005年版,第191页。
[2] 鲁迅:《中国小说的历史变迁》,《鲁迅全集》卷九,人民文学出版社2005年版,第341页。
[3] 李增坡:《丁耀亢研究:海峡两岸丁耀亢学术研讨会论文集》,中州古籍书社1998年版。
[4] (清)丁耀亢:《丁耀亢全集》,中州古籍出版社1999年版。

的创作主旨、写作时间、版本等问题，并取得了如下研究成果：

关于《续金瓶梅》的创作主旨，学者们的观点略有不同，但大都特别肯定《续金瓶梅》的社会意义。如黄霖的《〈金瓶梅〉续书三种·前言》，认为《续金瓶梅》是对明朝灭亡教训的总结，对清朝统治者的野蛮行径充满仇恨，是爱国爱民的表现。① 方正耀的《明清人情小说研究》，认为《续金瓶梅》"侧重描写战争所造成的社会动乱，揭示民族矛盾"，并"表现了一定的民族意识"。② 时宝吉的《〈续金瓶梅〉所表现的爱国主义精华》，认为《续金瓶梅》是"对明朝覆亡经验教训的深刻总结"，"体现出作者追求民族自由坚强不屈的民族气节和高昂的爱国主义情操"。③ 周钧韬、于润琦的《丁耀亢与〈续金瓶梅〉》，认为《续金瓶梅》"宣传一种腐朽的宗教观念：因果报应"④。张俊的《清代小说史》，认为《续金瓶梅》的意义和独到之处在于：借因果报应，劝人止恶为善，发展了《金瓶梅》题旨；表现了作者忧患时局、痛悼故国之情；框架结构及人物描写，颇有特色。⑤ 王汝梅的《丁耀亢的〈续金瓶梅〉创作及其小说观念》，认为"作者把叛徒蒋竹山、张邦昌写得没有好下场，对抗金名将韩世忠、梁红玉则热情歌颂，表现了作者拥明抗清的民族思想"，"有厚重深沉的历史感"。⑥ 罗德荣的《〈续金瓶梅〉主旨索解》，认为《续金瓶梅》作者提出的"惜福"主张，重在完善自我，重塑民族之魂的思考。⑦ 袁世硕的《续金瓶梅前言》，认为"演因果报应的故事情节中，也正寄寓着对卖国通敌者的鞭挞"⑧。

关于《续金瓶梅》的写作时间，学者一致认为当在顺治年间，但对

---

① 黄霖：《〈金瓶梅〉续书三种·前言》，《〈金瓶梅〉续书三种》，齐鲁书社1988年版，第17页。
② 方正耀：《明清人情小说研究》，华东师范大学出版社1986年版，第74—75页。
③ 时宝吉：《〈续金瓶梅〉所表现的爱国主义精华》，《殷都学刊》1991年第2期。
④ 周钧韬、于润琦：《丁耀亢与〈续金瓶梅〉》，《明清小说研究》1992年第1期。
⑤ 张俊：《清代小说史》，浙江古籍出版社1997年版，第41—43页。
⑥ 王汝梅：《丁耀亢的〈续金瓶梅〉创作及其小说观念》，《丁耀亢研究》，中州古籍出版社1998年版，第158、162页。
⑦ 罗德荣：《〈续金瓶梅〉主旨索解》，《丁耀亢研究》，中州古籍出版社1998年版，第164—175页。
⑧ 袁世硕：《续金瓶梅前言》，《续金瓶梅》，《古本小说集成》本，上海古籍出版社1999年版。

成书的具体年份，则提出了多种不同的说法：（1）顺治十八年（1661）说。黄霖的《金瓶梅续书三种·前言》，首次提出顺治十八年说。① 其后刘洪强的《〈续金瓶梅〉成书年代新考》，依据《续金瓶梅》第二回已经出现"宁古塔流人"、而历史上第一起"宁古塔流人"发生在1655年等材料，指出丁耀亢开笔不会早于1655年，进而又结合其他证据，认为《续金瓶梅》的最后成书当是1661年。② （2）顺治十一年至十五年（1654—1658）说。张清吉的《醒世姻缘传新考》，首次提出顺治十一年至十五年说。③ 欧阳健的《〈续金瓶梅〉的成书年代》，认为丁耀亢在1648—1654年任北京旗官时已构思动笔，在1654—1658年任容城教谕时撰写完成。文章反驳了黄霖、石玲的观点，基本赞同张清吉的意见。④（3）顺治十七年（1660）说。石玲在《〈续金瓶梅〉的作期及其他》中，首次提出该书是作者在顺治十七年客游杭州时所作。⑤ 与之观点一致的还有如下诸家：孙玉明的《〈续金瓶梅〉成书年代考》，大体同意石玲的"1660年秋之前"说，而反驳了张清吉的观点。⑥ 王瑾的《试论〈续金瓶梅〉的创作年代》，反驳了黄霖、张清吉的观点，赞同石玲、孙玉明的论点，并以《顺康年间〈续金瓶梅〉作者丁耀亢受审案》中"该书撰写于顺治十七年"作为论据，得出成书于1660年。⑦ 而安双成翻译的《顺康年间〈续金瓶梅〉作者丁耀亢受审案》，其中详细记录了丁耀亢的供词："此《续金瓶梅》十三卷书，乃为小的一人撰写。小的于顺治十七年独自撰写，并无他人。"⑧

关于《续金瓶梅》版本的问题，有王运堂、王慧《略论馆藏足本〈续金瓶梅〉》⑨ 一文。该文在爬梳国内现存《续金瓶梅》各版本的同时，

---

① 黄霖：《〈金瓶梅〉续书三种·前言》，《〈金瓶梅〉续书三种》，齐鲁书社1988年版，第17页。
② 刘洪强：《〈续金瓶梅〉成书年代新考》，《东岳论丛》2008年第3期。
③ 张清吉：《醒世姻缘传新考》，中州古籍出版社1991年版。
④ 欧阳健：《〈续金瓶梅〉的成书年代》，《齐鲁学刊》2004年第5期。
⑤ 石玲：《〈续金瓶梅〉的作期及其他》，《金瓶梅艺术世界》，吉林大学出版社1991年版。
⑥ 孙玉明：《〈续金瓶梅〉成书年代考》，《社会科学辑刊》1996年第5期。
⑦ 王瑾：《试论〈续金瓶梅〉的创作年代》，《广州大学学报》2003年第9期。
⑧ 安双城：《顺康年间〈续金瓶梅〉作者丁耀亢受审案》，《历史档案》2000年第2期。
⑨ 王运堂、王慧：《略论馆藏足本〈续金瓶梅〉》，《山东图书馆季刊》1997年第3期。

重点描述了山东图书馆所藏有的残本和足本两个版本。

2. 围绕丁耀亢戏剧创作的研究成果

学界在研究丁耀亢小说的同时，也围绕丁耀亢戏剧主题、戏剧风格、戏剧观念等问题进行探讨。如周妙中的《清代戏曲史》一书，认为丁耀亢的剧作"不论从思想性看还是从艺术性看，都不逊于当时的名家，是个饱受战火之害的诗人兼戏曲家，情况和吴伟业极类似"，且"他的剧本是会在舞台上取得良好的效果的"。① 郭英德的《明清传奇综录》，对丁耀亢的四部传奇分别就其版本、故事源流及出处"辨章学术，考镜源流"，进行了详细的文献梳理考辨。② 石玲的《丁耀亢剧作论》，认为丁耀亢的剧作"反映了丁耀亢迷茫与痛苦——怀旧与动摇——承认现实——争取仕进的转变过程。这也是一般在明末未出仕但已成年的汉族知识分子思想的转变过程"③。黄霖的《略谈丁耀亢的戏剧观》，指出丁耀亢的戏剧观主要包括自然观、布局论、悲喜剧论三个方面。④ 陈美林、吴秀华的《试论丁耀亢的戏剧创作》，认为丁耀亢剧作在内容上具有浓厚的"遗民情结"，又表现出"入世精神与出世情怀的矛盾"，其剧作局限于"因果报应色彩浓厚"、有"虚无思想"；在曲词、结构布局、人物塑造等方面有较高艺术成就，不足之处是"以写史之笔写剧，基本上是案头之作，很少考虑演出因素"。⑤ 孔繁信的《丁野鹤戏曲创作简论》一文，认为丁耀亢的《西湖扇》，对孔尚任《桃花扇》的创作有影响；《表忠记》"题材布局和组织结构上则匠心独运"，超过了同题材的《鸣凤记》；《赤松游》表现了作者"功成身退"、"消极避世"的思想；《化人游》则是作者逃避现实之作。⑥ 徐振贵的《孔尚任何以用戏曲形式写作〈桃花扇〉》一文，认为丁耀亢《西湖扇》对孔尚任《桃花扇》创作的影

---

① 周妙中：《清代戏曲史》，中州古籍出版社1987年版，第32、37页。
② 郭英德：《明清传奇综录》，河北教育出版社1997年版，第566—570页。
③ 石玲：《丁耀亢剧作论》，《丁耀亢研究》，中州古籍出版社1998年版，第247页。
④ 黄霖：《略谈丁耀亢的戏剧观》，《丁耀亢研究》，中州古籍出版社1998年版，第196—202页。
⑤ 陈美林、吴秀华：《试论丁耀亢的戏剧创作》，《丁耀亢研究》，中州古籍出版社1998年版，第183—195页。
⑥ 孔繁信：《丁野鹤戏曲创作简论》，《丁耀亢研究》，中州古籍出版社1998年版，第203—218页。

响表现在七个方面：剧名相似；两剧之扇，都起到了穿针引线的重要作用；都是借儿女之情写兴亡之感；剧首都附有所据事实；两剧都有"入道"情节；《西湖扇》的《窃扇》中顾史道庵寻访宋娟娟与《桃花扇》之《题画》中侯生媚香楼寻访李香君告白情境相似。① 廖奔、刘彦君的《中国戏曲发展史》第四章第一节"丁耀亢"中，认为"他的传奇创作，不但给我们以经由其场面与情境渠道来认识明清易代时期丰富社会生活的可能性，而且通过其中的人物世界，以及通过渗透在作品形象中的作者的心理倾向，使我们有机会了解当时文人一些重要的精神侧面及其心理体验"②。

3. 围绕丁耀亢诗歌创作的研究成果

学界对丁耀亢诗歌的研究起步较晚。2001年之前，仅有张维华的《跋丁耀亢的〈出劫纪略〉和〈问天亭放言〉》③一文，主要探讨了丁耀亢《出劫纪略》和《问天亭放言》对明末清初的许多事件有存史之功。2001年之后，关于丁耀亢诗歌的研究论文逐渐增多，研究内容也逐渐深入。如王瑾的《论丁耀亢诗中的人生感受》④一文，将丁耀亢诗歌的主题概括为恬淡的情怀、乱世的悲音、逃禅的无奈三大主题。王慧的《山左诗人丁耀亢》⑤一文，则结合丁耀亢的生平介绍了其不同时期的诗集，认为丁耀亢仕宦时期的诗歌充满沉郁悲凉的风格。陈清的《丁耀亢诗歌研究》⑥一文，从思想内容和艺术特色的角度，对丁耀亢的诗歌进行了全面分析。魏红梅的《简析丁耀亢诗集〈问天亭放言〉》⑦一文，认为《问天亭放言》的内容可概括为山居乐趣、隐逸情趣，落第悲伤、失意惆怅，关注现实、以诗记史三类，反映了丁耀亢既想隐居山林又不能忘怀世事的矛盾心态。张崇琛的

---

① 徐振贵：《孔尚任何以用戏曲形式写作〈桃花扇〉》，《东南大学学报》2000年第4期。
② 廖奔、刘彦君：《中国戏曲发展史》，山西教育出版社2003年版，第273页。
③ 张维华：《跋丁耀亢的〈出劫纪略〉和〈问天亭放言〉》，《山东大学学报》1962年第6期。
④ 王瑾：《论丁耀亢诗中的人生感受》，《广州大学学报》2005年第9期。
⑤ 王慧：《山左诗人丁耀亢》，《文史杂志》2001年第5期。
⑥ 陈清：《丁耀亢诗歌研究》，硕士学位论文，山东师范大学，2009年。
⑦ 魏红梅：《简析丁耀亢诗集〈问天亭放言〉》，《文艺理论与批评》2007年第1期。

《丁耀亢佚诗〈问天亭放言〉考论》① 和《丁耀亢的两首佚诗》②、周洪才《关于丁耀亢佚诗集〈问天亭放言〉的几个问题》③、刘洪强《〈丁耀亢全集〉补遗》④ 等，则围绕丁耀亢的佚诗进行了相关研究。

4. 围绕丁耀亢本人的研究成果

20 世纪 80 年代，学者对丁耀亢的家世、生平、交游等方面的研究出现了不少研究成果，如陈金陵的《丁耀亢与〈出劫纪略〉》⑤、栾凤功的《也谈丁耀亢与〈出劫纪略〉》⑥、石玲的《明末清初作家丁耀亢生平考》⑦、黄霖的《丁耀亢及其〈续金瓶梅〉》⑧、郝诗仙和郭英德的《丁耀亢生平及其剧作》⑨ 等。90 年代，不仅围绕丁耀亢研究的论文逐年增加，其中包括硕博论文，如刘洪强的博士论文《丁耀亢文学创作研究》、范秀君的博士论文《丁耀亢研究》等；还出现了一些研究专著，如张清吉的《丁耀亢年谱》、胶南市史志办公室编写的《丁耀亢生平纪略》等。

张清吉的《丁耀亢年谱》⑩ 是研究丁耀亢生平的第一部专著，该书以丁耀亢的著述为主要依据，大致勾勒了丁耀亢一生的行踪。石玲的《明末清初作家丁耀亢生平考》⑪，考证和分析了丁耀亢的家世、生卒年代和生平等。胶南市史志办公室编写的《丁耀亢生平纪略》⑫，通过爬梳丁耀亢的作品，详细地介绍了丁耀亢一生的经历和交游、文学创作活动。王瑾的《丁耀亢交游考略》⑬、马清清的《丁耀亢交游考》⑭ 等，则考察了

---

① 张崇琛：《丁耀亢佚诗〈问天亭放言〉考论》，《济宁师专学报》2000 年第 1 期。
② 张崇琛：《丁耀亢的两首佚诗》，《山东图书馆学刊》，2017 年第 3 期。
③ 周洪才：《关于丁耀亢佚诗集〈问天亭放言〉的几个问题》，《济宁师专学报》2001 年第 1 期。
④ 刘洪强：《〈丁耀亢全集〉补遗》，《德州学院学报》2010 年第 3 期。
⑤ 陈金陵：《丁耀亢与〈出劫纪略〉》，《文献》1980 年第 1 期。
⑥ 栾凤功：《也谈丁耀亢与〈出劫纪略〉》，《文献》1987 年第 3 期。
⑦ 石玲：《明末清初作家丁耀亢生平考》，《山东师大学报》1988 年第 3 期。
⑧ 黄霖：《丁耀亢及其〈续金瓶梅〉》，《复旦学报》1988 年第 4 期。
⑨ 郝诗仙、郭英德：《丁耀亢生平及其剧作》，《齐鲁学刊》1989 年第 6 期。
⑩ 张清吉：《丁耀亢年谱》，南京大学出版社 1996 年版。
⑪ 石玲：《明末清初作家丁耀亢生平考》，《山东师范大学学报》，1988 第 3 期。
⑫ 胶南市史志办公室编：《丁耀亢生平纪略》，黄河出版社 2011 年版。
⑬ 王瑾：《丁耀亢交游考略》，《理论界》2007 年第 7 期。
⑭ 马清清：《丁耀亢交游考》，硕士学位论文，华中科技大学，2009 年。

丁耀亢的交游对象。刘洪强的博士论文《丁耀亢文学创作研究》[①]，上编分为四章，分别讲述丁耀亢的生平与家世、《续金瓶梅》研究、诗歌研究、戏曲与鼓词的几个问题，各章均有不俗见解；下编所列丁耀亢年谱，既依据丁耀亢的作品，又从丁耀亢朋友的作品找寻有用的材料，以充实丁耀亢年谱，弥补了张清吉先生《丁耀亢年谱》的不足。范秀君的博士论文《丁耀亢研究》[②]，通过全面考察丁耀亢的生平和创作，既梳理了明末清初之际北方中下层文人的生存状态，又考察了处于易代之际文人的生存心态、对时代的文化反思及文学创作的特点等问题。黄琼慧的《世变中的记忆与书写：以丁耀亢为例的考察》[③] 一书，以"世变"、"记忆"、"编写"为关键词，通过重读丁耀亢的《天史》、《出劫纪略》、《续金瓶梅》等作品，考察丁耀亢在不同时期的生活、思想和创作状况的变化，以观察世变、记忆以及编写三者之间的关系。

（二）围绕李澄中的研究成果

学界围绕李澄中的研究，始于对其杂著《艮斋笔记》的研究。主要有白亚仁的两篇论文：《略论李澄中〈艮斋笔记〉及其与〈聊斋志异〉的共同题材》、《〈林四娘〉故事源流补考》。前文主要介绍了李澄中《艮斋笔记》的大致编定时间以及主要内容，认为"李澄中和蒲松龄虽然不一定有过直接的接触，但是两个作家都生活在清初的山东，因此他们所听到的社会新闻自然有不少类似之处"[④]。后文则认为李澄中不仅写过林四娘的故事，还记录过林四娘创作的诗歌。[⑤]

此后，围绕李澄中生平及其文学成就的研究成果也相继问世。王宪明的《沧溟后身　山左鼎足——浅论李澄中的文学成就》[⑥] 一文，考察了李澄中对李攀龙的认同以及李澄中与王士禛的关系，并综述李澄中的文学成就，肯定他的赋作。王宪明主编的《李澄中文集》[⑦]，其中有他本人

[①] 刘洪强：《丁耀亢文学创作研究》，博士学位论文，复旦大学，2009年。
[②] 范秀君：《丁耀亢研究》，博士学位论文，扬州大学，2011年。
[③] 黄琼慧：《世变中的记忆与书写：以丁耀亢为例的考察》，台北大安出版社2009年版。
[④] 白亚仁：《略论李澄中〈艮斋笔记〉及其与〈聊斋志异〉的共同题材》，《蒲松龄研究》2000年第1期。
[⑤] 白亚仁：《〈林四娘〉故事源流补考》，《福州大学学报》2008年第5期。
[⑥] 王宪明：《沧溟后身　山左鼎足——浅论李澄中的文学成就》，《超然台》2009年第2期。
[⑦] 王宪明：《李澄中文集》，中州古籍出版社2014年版。

所作序和《李澄中年谱简编》，不仅简述了李澄中的文学成就和影响，还以年谱的形式勾勒了李澄中一生的主要活动。尚金玲的《山左诗人李澄中及其诗歌研究》①，可以说是系统研究李澄中生平以及诗歌创作成就的第一篇文章。该文介绍了李澄中的家世生平以及交游活动，重点分析了李澄中诗歌的思想内容和艺术特色。魏红梅的《李澄中云南之行考略》②一文，考察了康熙二十九年（1690）六十一岁的李澄中受命典云南乡试的行走路线以及留下的轶事和作品《滇行日记》、《滇南集》等。陈冬梅的《"博学鸿儒"李澄中研究》③，则论述了李澄中的文学成就和学术贡献。于海洋的《论李澄中诗学观》④，认为李澄中在诗歌创作上以杜甫为宗，取法盛唐，具有通变的诗学观。

（三）围绕"诸城十老"其余成员的研究成果

围绕"诸城十老"其余成员的研究成果，目前仅有张崇琛的《张石民与张瑶星及孔尚任的交往》⑤一文。该文既考察了张侗南下金陵拜访张瑶星的过程，又考察了张侗与孔尚任的交往大概，认为张侗、张瑶星和孔尚任都有遗民情怀。

需要注意的是，21世纪以来，"诸城十老"开始进入了各类文学史，尤其是山东文学史的书写范畴。如李伯齐的《山东文学史论》⑥第十一章"明清时期的山东文学（中）"之六"丁耀亢与诸城诗人"，介绍了丁耀亢、李澄中、刘翼明等人的经历和文学创作。其后，李伯齐的《山东分体文学史：诗歌卷》⑦第十二章第二节"清初山左诗坛"中，专门介绍了"丁耀亢和清初诸城诗人"，重点分析了丁耀亢在明清易代之际的矛盾心态以及诗歌创作，简要介绍了丘石常、李澄中的诗歌创作。许金榜主编的《山东分体文学史：戏曲卷》第六章第二节"清初诸城重要传奇作家丁耀亢（一）"、第三节"清初诸城重要传奇作家丁耀亢（二）"，详细

---

① 尚金玲:《山左诗人李澄中及其诗歌研究》，硕士学位论文，山东师范大学，2013年。
② 魏红梅:《李澄中云南之行考略》，《兰台世界》2013年第6期。
③ 陈冬梅:《"博学鸿儒"李澄中研究》，《潍坊学院学报》2015年第1期。
④ 于海洋:《论李澄中诗学观》，《齐鲁学刊》2016年第2期。
⑤ 张崇琛:《张石民与张瑶星及孔尚任的交往》，《中国古代小说戏剧研究丛刊》2006年第1期。
⑥ 李伯齐:《山东文学史论》，齐鲁书社2003年版，第310—314页。
⑦ 李伯齐:《山东分体文学史：诗歌卷》，齐鲁书社2005年版，第450—458页。

地分析了丁耀亢《化人游》、《赤松游》、《西湖扇》、《表忠记》等剧作的创作成就。王恒展主编的《山东分体文学史：小说卷》第八章第三节之二"丁耀亢与《续金瓶梅》"，分析《续金瓶梅》的成书、思想内容和艺术成就。王琳主编的《山东分体文学史：散文卷》第五章"清代山东散文"第五节中，介绍了张侗的《卧象山记》和《蓬莱阁记》等散文。王振民主编的《潍坊文化三百年》①第四章"文学"之四"明清之际诸城的文学社团及群体"，介绍了"东武西社"、"诸城十老"、"张氏四逸"的生平及文学创作。周潇的《明代山东文学史》②第十四章第五节"丁耀亢与诸城作家群"，介绍了丁耀亢、丘志广、丘石常、刘翼明和李焕章五人的文学成就。

通过对以上研究成果的爬梳，可以看出，学界对"诸城十老"的研究，存在两个明显的问题：一是重个体研究而轻群体研究；二是对"诸城十老"个体的研究，用力也很不均衡。其研究成果主要体现在丁耀亢与李澄中二人身上，而对其他成员关注较少。

第三节　研究意义与方法

一　研究意义

"诸城十老"毕生致力于诗歌创作，留下了大量的诗歌作品。他们不仅开启了明末清初诸城诗坛的创作风潮，还以群体的姿态造就了诸城诗坛的发展繁荣。他们不仅是明末清初山东诗坛的重要组成部分，还在中国诗歌史上也占有自己的一席之地。因此，针对这一群体，进行全面系统的研究是必要的。

首先，随着《丁耀亢全集》、《东武诗存》、《李澄中文集》的出版，尤其是《山东文献集成》的出版，其中影印了丁耀亢、李澄中、刘翼明、张侗、徐田等人的文集，以及《国朝山左诗钞》等相关研究资料，为研究"诸城十老"提供了便利的文献资料，也有助于对"诸城十老"进行全面的深入的研究。这些文献资料的出版，解决了之前学界对于"诸城

---

① 王振民：《潍坊文化三百年》，文化艺术出版社2006年版，第224—233页。
② 周潇：《明代山东文学史》，中国社会科学出版社2015年版，第421—428页。

十老"的研究只能局限于某一人或者某一问题的不足,也为对"诸城十老"进行全面的综合的研究提供了文献支撑。故本文以"'诸城十老'及其诗歌创作研究"作为自己的选题,将丁耀亢、王乘箓、刘翼明、李澄中、丘元武、张衍、张侗、徐田、赵清、隋平十人作为具体的研究对象,拟对"诸城十老"进行一个立体的、全面的、综合的研究。

其次,通过上文的"诸城十老"研究综述,我们肯定学界出现的研究成果,也发现研究的不足,即关于"诸城十老"整体的研究成果不多,且主要围绕他们的遗民身份展开论述;关于"诸城十老"个体的研究成果虽多,但主要集中在丁耀亢和李澄中的研究上,其余八人多为一些个人资料介绍。这样的研究现状,既为本文的研究提供了可以借鉴的研究成果,又为本文的研究留下了可以进行深入研究的空间。故本文选做该题,不仅要对"诸城十老"中每一位诗人的生平和创作进行考证,还要将他们作为一个诗人群体考察他们诗歌创作的共性和差异性,并将"诸城十老"放置在明末清初这一特殊时代背景(包括国家社会环境、山东社会环境和诸城具体环境以及明末清初诗坛背景等诸多因素)之下,考察他们的诗坛地位和影响。

再者,之所以选做该题,一是因为本人在2009年获得了一个市厅级项目"潍坊历史文化名人研究——丁耀亢与'诸城十老'",已经搜集了丁耀亢等"诸城十老"的相关资料,也发表了几篇相关的研究论文,有一定的研究基础。二是因为本人的家乡就是诸城,也想借课题的研究,向家乡的前辈先贤表达敬意。

本文的研究意义在于:一是立足于明末清初这一特殊时代背景之下,全面考察"诸城十老"的人生经历和文学活动;分析"诸城十老"的诗歌创作主题、创作倾向和诗歌风格的共性和差异性,以及在诸城诗坛、山左诗坛和全国诗坛的地位和影响。在此基础上,探究"诸城十老"的人生境遇对其诗歌创作主题、创作倾向和诗歌风格的影响。试图让读者对"诸城十老"的人生历程及其诗歌创作情况有一个更为全面、立体的了解与把握。在为学界提供相关"诸城十老"研究资料的同时,试图推动学界对"诸城十老"的研究能向更深处发展。二是设想通过对明末清初诸城诗坛"诸城十老"这一诗人群体的个案解读,使读者对身处明末清初这一特殊历史背景下的大多数中下层文人的生存状况和诗文创作情况有一个大致了解。

二 研究方法

本文拟从"诸城十老"所处的明末清初的国家大环境、山东局势以及诸城小环境入手,全面考察"诸城十老"的人生经历和交游活动,对"诸城十老"的人生选择原因和身份认定做出回答;然后立足明末清初的诗坛背景,全面考察"诸城十老"的诗歌创作倾向、诗歌创作主题和诗歌风格,进而明确"诸城十老"在诸城诗坛、山东诗坛和全国诗坛的地位和影响;最后考察"诸城十老"的人生境遇对其诗歌创作的影响。

基于以上研究思路,本文拟采用文献法、文学地理分析法、文史关照法、比较分析法等研究方法,试图对"诸城十老"进行较为立体的全面的综合探究。

一是立足文献,通过搜集、整理、研读、分析丁耀亢、王乘箓、刘翼明、李澄中、丘元武、张衍、张侗、徐田、赵清、隋平等"诸城十老"的作品,结合同时代文人的诗文集、杂著以及地方志,试图在前人研究成果的基础上,从原始的文本文献出发,考察"诸城十老"的人生境遇和文学创作活动。

二是从文学地理学角度,研究"诸城十老"的地理基因,探求"诸城十老"在诸城地理环境和人文环境的影响下的心理沉淀和审美倾向,研究其诗歌创作内容、诗歌风格的形成以及诸城的地域特色对其诗歌创作的影响。

三是采用文史关照法,具体考察"诸城十老"的人生经历和文学创作与明末清初的社会大背景和诸城社会小背景的关系,分析"诸城十老"对命运的感受、对生活的积极或消极的态度等多种复杂的思想感情。

四是进行比较分析,既探究"诸城十老"因为个人出身、家庭背景、人生经历和价值观念、人生追求的不同,导致他们的诗歌在创作倾向上和风格上有诸多差异性;又分析"诸城十老"之间因为处于相同的时代背景和诗坛背景以及地域环境,导致他们的诗歌创作在主题上存在诸多共性。即使是同一个人,因为不同时期人生境遇的不同,其诗歌创作主题和风格也会不同的,故本文还要分析比较丁耀亢、刘翼明、李澄中、丘元武等人各自不同时期的人生境遇对他们各自诗歌创作的影响。

第一章

"诸城十老"所处的时代背景与地域环境

孟子曰:"诵其诗,读其书,不知其人可乎?是以论其世也。"(《孟子·万章下》)毋庸置疑,作家创作的文学作品与作家所生活的时代环境、地域环境、家庭环境以及作家个人的处世观念、成长经历等诸多因素有密不可分的联系。因此,探究"诸城十老"的生存环境,自然就成为研究"诸城十老"的人生经历、诗文创作活动的重要组成部分。本章主要考察"诸城十老"所处的时代背景与地域环境。

所谓时代背景,包括人们所处的政治、经济、文化等社会环境。就"诸城十老"而言,身处明清易代的特殊历史时期,不仅国家层面的政治、经济、思想文化等诸多方面的剧烈变化,对他们的人生造成了重大影响,而且易代之际清兵入侵山东而诸城惨遭屠城的这一特殊事件,更给他们的人生造成了难以磨灭的伤痛。这样的社会环境,决定了"诸城十老"的人生境界和创作格局的高下。

所谓地域环境,是指人们生存的具体自然环境和人文环境。就"诸城十老"而言,他们都出生于诸城,一生大部分时间也是在诸城度过的,且最后都终老于诸城。诸城特有的自然环境和人文环境,自然也就会对"诸城十老"的人生经历和诗歌创作有着重要的影响和制约。

以上诸多因素交织在一起,相互作用,即构成了"诸城十老"所处的时代背景与地域环境。因此,只有搞清"诸城十老"的生存环境,才能真正明白"诸城十老"的人生历程。

第一节 "诸城十老"所处的时代背景

"诸城十老"生活的时代，若从丁耀亢的出生时间万历二十七年（1599）算起，到张侗康熙五十二年（1713）去世结束，共有114年。在这百余年的时间里，他们相继经过了明万历、泰昌、天启、崇祯和清顺治、康熙六朝，而其共同生活的时间段，则主要集中在明崇祯和清顺治、康熙时期。这一时期的社会背景，自然也就成为"诸城十老"共同成长的时代背景。

一　明末清初的国家环境

自万历中叶以后，明朝政治腐败至极、经济陷入崩溃，以至于"流民千百成群，攘盗剽劫"而"民怨日深"，有"隐然瓦解之势"[①]；到了崇祯年间，民穷财尽、内忧外患并存，已不可终日。所以"晚明社会复杂混乱，政局动荡不定，派系变幻，观念歧异，惶乱犹豫原是这一时代的特色"[②]。崇祯十七年三月，李自成率起义军攻入北京，明朝最终灭亡。与此同时，已经拥有强大实力的清王朝前身，很早就懂得利用明朝的范文程、洪承畴等降臣降将为之服务，还懂得利用汉族的儒家思想来稳固自己的统治，还经常派兵在河北、山东等地大肆掠夺。在李自成攻占北京后，他们甚至提出与其"协谋同力，并取中原"[③]；但在范文程的建议下，多尔衮率兵入关，与前来求救的吴三桂联手，最终赶走了李自成，开启了满清王朝入主中原的时代。[④]

清王朝入关之后，实施了一系列软硬兼施的政策，以一种强者的姿态逼迫人们臣服与归顺。"正是清朝这类敕令文告中表现出的那种君临天

[①]《明神宗实录》卷三四四，《明实录》第11册，北京大学图书馆藏本（原北平国立图书馆藏"红格钞本"），第8—9页。

[②][美]魏斐德：《洪业：清朝开国史》，新星出版社2013年版，第410页。

[③]《顺治元年致西据明地诸帅书稿》，《明清史料》丙编第1本，北京图书馆出版社2008年版，第89页。

[④]白寿彝：《中国通史》第10卷《中古时代·清时期》下册，上海人民出版社2013年版，第905页。

下的口吻，大大消解了那种惶乱犹豫。尽管对南明官员的罪过施加了高压措施，这种声明中充分的自信却使许多人为之折服了。"①

顺治元年（1644）五月，身为清朝摄政王的多尔衮率兵入京后，即张贴告示，劝降"官绅军民人等"，其文称："谕南朝官绅军民人等知道：曩时我国欲与尔明和好，永享太平，屡至书不答，以致四次深入，期两朝悔悟耳，岂意坚执不从。今被流寇所灭，事属既往，不必论也。且天下者非一人之天下，有德者居之；军民者非一人之军民，有德者主之。我今居此，为尔朝雪君父之仇，破釜沉舟，一贼不灭，誓不返辙。所过州县地方，有能削发投顺，开城纳款，即与爵禄，世守富贵。如有抗拒不遵，一到玉石不分，尽行屠戮。有志之士，正干功名立业之秋。如有失信，将何服天下之乎？特谕！"② 该檄文言简意赅，情理兼具，恩威并施。其中的"且天下者非一人之天下，有德者居之；军民者非一人之军民，有德者主之"之语，更是直指儒家思想的精髓。随后，他又谕示兵部曰："各州府县，驰文招抚。文到之日即行归顺者，城内官员各升一级。……山泽遗贤许所在官司。从实报名，当遣人征聘，委以重任。"③ 同年十月，清世祖登极后，再次发布告令，即"犹恐民不忘明，乃施笼络民心之术"，具体措施如下："一、为明思宗崇祯帝暨帝后帝妃发丧成礼，自长陵以下十四陵皆设官典守。一、明官吏降附者，各予升级，仍令视事；朱姓诸王亦仍其王爵；明之职官绅士曾殉国难者，给予谥法及优恤诸典。一、被斥官吏非犯赃者及士为清望所归、并隐居山林而才德可称者，皆征辟录用。一、蹂躏之后，有鳏寡孤独及乞丐街市者，皆给粮养之。一、正额之外，一切加派如辽饷、练饷、剿饷诸名目尽行蠲免；明季厂卫之弊政，亦一律除之。一、官制、衣服暂用明制，凡已附于满清之民，所以不遽反抗者，盖由于此。"④ 尤其值得注意的是，在这一年，清朝廷又重开科举会试之门，希冀以此来笼络具有功名心的读书人。其

---

① ［美］魏斐德：《洪业：清朝开国史》，新星出版社2013年版，第410页。
② 小横香室主人：《清朝史料·摄政王招降汉人檄文》，《清朝野史大观》卷三，上海书店1981年版，第2页。
③ 《清世祖实录》卷五，《清实录》第3册，中华书局1985年版，第60页。
④ 小横香室主人：《清朝史料·清世祖之收拾民心》，《清朝野史大观》卷三，上海书店1981年版，第3页。

文曰："会试,定于辰、戌、丑、未年;各直省乡试,定于子、午、卯、酉年。"①

顺治二年五月,清朝豫亲王多铎率军围攻扬州。虽然之前多尔衮曾致书扬州将领史可法,明为劝降,实则警告:"比闻道路纷纷,多谓金陵有自立者。夫君父之仇,不共戴天。《春秋》之义,有贼不讨,则故君不得书葬,新君不得书即位,所以防乱臣贼子,法至严也。闯贼李自成,称兵犯阙,手毒君亲,中国臣民,不闻加遗一矢。……国家抚定燕都,得之于闯贼,非取之于明朝也。……今若拥号称尊,便是天有二日,俨为劲敌。"②而史可法则回信拒绝了投降,率领军民坚决抵抗,坚守扬州。随着史可法的殉国,南明弘光政权民心大乱,在清军攻下南京后也就灭亡了。

清政府入主中原之后高压与怀柔政策的同步实施,确实迅速地起到了稳定故明臣民、巩固政权的有利效果。然而事实上,无论清政府采用何种政策、无论如何恩威并施,总有一部分人是弃置不顾的,如王夫之、黄宗羲、顾炎武、屈大均等心意坚定的明朝遗民。他们遵循儒家"严夷夏之防"的传统观念,认为"保天下者,匹夫之贱与有责焉"③,积极参与抗清活动,即失败之后,亦终其一生以遗民自居。

到了康熙王朝,清政权趋向稳定,采取更多笼络人心的手段。简而言之,"圣祖在位六十一年间,虽外讨内绥,兵威甚盛,然亦知汉族之不可以武治也,乃用儒术以束缚之。计其政策有六:一、崇祀孔子,亲往释奠,并饬国子监讲求程朱性理之学,以风示汉民。一、举博学鸿词科,以网罗明季遗民及奇才杰士。一、开馆编《会典》、《字典》、《明史》、《佩文韵府》、《渊鉴类函》等书,俾士人奉为准则。一、巡游江南,召试名士,藉以觇察民心。一、开千岁宴,诏天下不论满汉官民,凡年过六十五者,皆得与宴赋诗,以示满汉一体。一、采鄂尔泰奏议,取士复用八股,以牢笼志士,驱策英才。自是以后,汉族始安,帝业始固。说者

---

① 《清世祖实录》卷九,《清实录》第3册,中华书局1985年版,第95—96页。
② 赵尔巽:《清史稿》卷二一八,中华书局1977年版,第9026—9027页。
③ (清)顾炎武著,黄汝成集释:《正始》,《日知录集释》卷十三,岳麓书社1994年版,第471页。

谓满清之命脉,全在于康熙一朝能以儒术笼络天下之人心者,非虚语也。"①

可以说,康熙帝在位六十一年,"以儒术笼络天下之人心"之举是奏效的。这些措施中,直接与"诸城十老"有密切联系的有二:一是举"博学鸿词科",二是开馆编书。李澄中就是这一政策的直接受益者。他不仅是山东唯一的博学鸿词科的中式者,还是《明史》的编纂者之一。

二 明末清初的山东局势

如果说明亡清立的国家形势,打破了"诸城十老"等汉族知识分子读书科举出仕这一按部就班的人生常态。那么,山东局势的变革,则使得"诸城十老"等北方汉族读书人在清朝的出仕发展处于一种尴尬与便利并存的局面。

顾祖禹云:"山东之于京师,犬牙相错也。语其形胜,则不及雍、梁之险阻;语其封域,则不及荆、扬之旷衍。然而能为京师患者,莫如山东。"② 这与山东有水路、陆路便利的交通以及背靠京畿的特殊地理位置有关。在明代,因为政府实行海禁,使得交通南北贸易的山东运河显得尤为重要,乃至催生了沿线和周边商品经济的繁荣,出现了济宁这样繁荣的城市。山东的陆地交通同样也很发达,德州不仅是连接济南与京畿地区的枢纽,还是通往山东各地的必经之路。正因为有便利的水路、陆路交通,德州也成为山东重要的商业城市。所以说:"晚明时期,山东是一个社会与经济的极端繁荣的省份。"③ 然而,这一切随着清军的一次次南下侵犯,山东遭遇了重创。仅崇祯二年(1629)到十六年之间,清兵先后七次举兵突破明长城防线,对明境内的京津、河北、山东、山西等地反复进行武力征伐和物资掠夺。④ 其中,针对山东的掠夺就有两次:

第一次是崇祯十一年九月,多尔衮率兵接连攻陷了直隶的数个州县,

---

① 小横香室主人:《清朝史料·笼络汉族之政策》,《清朝野史大观》卷三,上海书店1981年版,第38页。
② (清)顾祖禹:《山东方舆纪要序》,疏达辑注《顾氏读史方舆纪要京省序详注》,商务印书馆1933年版,第16页。
③ 转引自[美]魏斐德《洪业:清朝开国史》,新星出版社2013年版,第295页。
④ 沈一民:《清南略考实》,黑龙江大学出版社2010年版,第1—2页。

又兵分两路攻入河南、山东。十二月，攻下高唐、汶上，直取济南。次年春，清兵攻陷济南。随即进攻兖州、济宁、潍县等地，沿途攻下 16 座城池，掳走大批人口和物资。

第二次是崇祯十五年十一月，清兵攻入长城，攻下蓟州，途经直隶，直接攻入山东。这一次，"克兖州、顺德、河间三府，州十八，县六十七，共克八十八城"①。次年三月开始北撤，五月出关，六月还师辽东。

清兵的大面积扫荡，使山东整体上遭遇了极大的破坏，以至于"士有荡析之悲，氓有采莒之困，千金之家有丐于市者矣，凡民之丧有葬而裸者矣"②。这些破坏历经数年都无法从兵燹之中恢复过来，"齐鲁之创则亦已深矣，……驰驱二千里，人烟断绝，即戎马终日行蓬蒿中"③。

除了清军频繁入侵带来的伤害，还有来自明朝政府和李自成义军、山东本地层出不穷的"土贼"、"土寇"（如顺治六年正月山东巡抚吕逢春疏奏："土贼杜全、张文齐等分据村落，筑成浚濠，势甚猖獗。临清总兵宜永贵同满洲士兵往剿，毁其巢穴，斩全、文齐并贼首二千余级。"④）等带来的伤害。在这多种势力的夹击之下，山东的军事、经济、政治以及文化发生了许多变化。

一是山东成为满清入关后较早归顺清政府的地区。

山东之所以成为满清入关后较早归顺清政府的地区，究其原因，与清兵入关之前多次进入山东等北方地区的掳掠有直接关系。在清军侵犯山东时，山东各地的民众也曾进行过殊死抗争，牺牲惨烈。沈一民《清南略考实》一书的第三章，就总结了包括山东在内的华北地区是如何应对清兵入侵的，"在清的七次南略过程中，明朝正规军队的抵抗逐渐减弱，随着时间的推移，正规军队对地方守城根本提供不了任何的帮助，华北的州县完全是依靠自身的力量完成守城。在地方的整个守城过程中，城池的防护基本上都是依靠地方各阶层合力完成的。"⑤ 如崇祯二年，降清的孔有德引领清军攻入新城，"知县秦三辅率绅士、乡民、仆役等数百

---

① 《清太宗实录》卷六十五，《清实录》第 2 册，中华书局 1985 年版，第 903 页。
② （清）宋琬：《怀德祠记》，《宋琬全集》，齐鲁书社 2003 年版，第 141 页。
③ （清）宋琬：《司徒王公凯旋序》，《宋琬全集》，齐鲁书社 2003 年版，第 599 页。
④ 《清世祖实录》卷四二，《清实录》第 3 册，中华书局 1985 年版，第 339 页。
⑤ 沈一民：《清南略考实》，黑龙江大学出版社 2010 年版，第 174 页。

人御之。弗敌，复与焦茂才等三百二十七人、县役王可泽等二十余人，或战没，或受戮，无一降者"①。与"诸城十老"有交集的新城王氏家族，也自发加入了这次守城行列。当时，王象复与其子王与夔亲自率领家人参与守城，然终因寡不敌众而城陷被杀。王氏家族虽有王象复父子这样有责任感的人，但更多的王氏家族成员则是逃跑避祸。由此观之，一个家族对于是否守城的意见尚且无法一致，想要一城之人同心协力的守城更是难上加难。而绝大多数的守城者因城破而死，幸存下来的则多是没有参与守城之人。当他们眼见清军入关已成事实，自然也就顺应时代趋势，归顺了清朝廷。

所以在《洪业：清朝开国史》一书之"山东的投降"一节中，魏斐德先生这样写道："山东的情形表明，在乡绅与满族征服者结为同盟镇压城乡义军盗匪上，它比其他任何一个省份都要来得迅速。尽管这里的民众中也有一些著名的忠明之士，但在维护共同利益而携手合作上，山东士绅对满族征服的态度最为典型。这就可以解释，为什么'贰臣'中有那么多的山东文人。山东与辽东两个半岛的相似性，也使这种联盟变得容易了。许多东北边民，通过海上贸易与水军服役，与山东家族保持了密切的联系。但理解山东士绅对清政府的态度的关键点，是满族进入之前这一地区的阶级冲突的激烈程度。"② 此处所使用的"投降"一词虽有些刺耳，但却也是事实。

二是山东也是在清初的科举和上层官员中人数居多的省份。

山东既然是满清入关后较早归顺的地区之一，而这些地区产生的明朝廷官员也是较早归顺清朝的。魏斐德先生指出："在 1644 年加入清廷，并在 18 世纪编纂的《贰臣传》中有传的 50 名高级官员中，大部分是京都的旧官僚。然而，在崇祯朝，3/4 的高级官僚来自南方；而在 1644 年，2/3 的归降者是北方人。这种比例的倒转，主要在于山东的大量降人，1644 年投降的'贰臣'中，有 1/4 来自山东。如果说东北地区为满族征服中国提供了大部分军事将领的话，那么，正是山东一地在为北京清政权提供文官上，遥遥领先。山东人在清初的这种骤然显贵，在一定程度

---

① 道光《济南府志》卷五十一，道光二十年（1840）刊刻。
② ［美］魏斐德：《洪业：清朝开国史》，新星出版社 2013 年版，第 295 页。

上是由于该省平定较早，部分地由于在各处起义时这里的乡绅名流遵守了王朝的法令。"① 以上数据，说明了一个公认的事实，即山东为入关之初的清朝廷提供了许多上层官员，"溯国家天造之初，遭风云致公辅者，多在大河以北，我东南之人由制科进者，先后衰然为举首，然及其亲之存者，不过一二而已"。②

值得注意的是，魏斐德先生在其书"1644 年及以后降清文官"部分所列名单中，梁清标、张缙彦、龚鼎孳、薛所蕴、冯铨、房可壮、刘正宗、周亮工等人，都是与丁耀亢、李澄中等人有过密切交往的人物。③ 他们的表现与存在，在某种程度上也消解了丁耀亢、李澄中等人心中对"华夏中心"的坚持，因此也可以说是丁耀亢、李澄中等人在入清之后孜孜于求仕的一个诱因。

总之，满清入关后，山东的确是归顺清廷较早的地区。不管归顺清政府的上层官员内心有多少纠结，有多少故国情思，但在身体上却走向了新的政府，并以群体的姿态接受了清朝廷的任命。这种做法，在客观上有利于清初政权的稳定。因为在政治上获得了清政府的认可，某些上层官员身上的诗人特质也被释放出来，即通过自己的社会政治地位，扩大自己诗歌的影响力，从而也造就了清初山东诗坛的繁荣。

三　明末清初的诸城形势

如果说"诸城十老"面临的社会大环境是当时汉族读书人所共同面临的处境，而山东又在明末清初的社会变革中扮演了较早归顺的角色，那么，在诸城境内遭遇战乱袭击的"诸城十老"，又该何去何从呢？

诸城在明朝年间遭遇的战事极少，基本上是太平无事。"时四方无事，夜不闭户，常于三更夜读后，月上雪晴，游于峰顶，燎薪达旦，乐而忘曙"④，即是当时诸城读书人生活常态的写照。

---

① ［美］魏斐德：《洪业：清朝开国史》，新星出版社 2013 年版，第 291—292 页。
② （清）吴伟业：《封中宪大夫按察司副使秦公神道碑铭》，《吴梅村全集》，上海古籍出版社 1990 年版，第 886 页。
③ ［美］魏斐德：《洪业：清朝开国史》，新星出版社 2013 年版，第 292—294 页。
④ （清）丁耀亢：《山居志》，《丁耀亢全集》（下），中州古籍出版社 1999 年版，第 269 页。

第一章 "诸城十老"所处的时代背景与地域环境

然自崇祯四年（1631）年末，诸城周边不时传来兵乱的消息，并最终殃及诸城。

崇祯四年十一月，明朝武将孔有德率兵扰乱山东，先后攻陷了陵县、临邑、商河、新城等地，长驱进入胶东半岛。次年正月，他率兵攻下登州、围攻莱州，与城内明军形成对峙，搞得人心惶惶，引发了社会的动荡不安，最终在明朝大兵的攻击下，于崇祯六年二月撤离山东。

崇祯十二年，清军侵占济南，战火虽未波及诸城，但丁耀亢等人却已经感觉到了"世变人情将入劫，道穷吾党各争机"①的战争预兆。

崇祯十五年，清军再一次大举侵犯山东，战火蔓延至诸城，诸城遭遇重创。这次战乱，不仅县志有记载，还被记录在时人诸多文集中。虽然乾隆《诸城县志·总纪上》只是简单地记载为"（崇祯十五年）冬十有二月己卯，我大清兵略地至县，城破"；"十六年春三月……我大清兵北归"②。但一个"城破"，足以说明此次战乱造成的家破人亡的惨状。其余行文里，亦不时流露出战乱给诸城民众造成的伤害，尤其是在经历过战乱的人物传记之中：

卷三十三《李卜之传》："崇祯十五年之变，甫七岁，为大兵所获，日夜泣呼父母，哀恸行间，主将怜而归之。"

卷三十三《刘果传》："崇祯十五年，大兵东下，土贼多乘机劫掠。"

卷三十四《李佐圣传》："（崇祯）十五年冬，大兵东下，佐圣兄及弟皆被杀。"

卷三十四《台瞻斗传》："崇祯十五年，大兵东下，瞻斗为铁骑所得，携至沈阳编隶，日负水，久之作苦。"

卷三十四《杨蕃传》："崇祯十五年，城破，良家子争逃窜，宗儒为饘粥给资斧，全活甚众。"

卷三十八《王之垣传》："崇祯十五年，城破，死之。"

卷四十一《王溥传》："崇祯十五年，大兵过相州村，杀数百人。"

除了县志，当时还有很多人在文中详细记录了这次战乱所带来的灾

---

① （清）丁耀亢：《己卯南游卜居》，《丁耀亢全集》（上），中州古籍出版社1999年版，第646页。

② 乾隆《诸城县志》卷二《总纪上》，乾隆二十九年（1764）刻本。

难,这其中自然也包括"诸城十老"。时年四十四岁的丁耀亢对这场战乱的体验最为深刻,其杂著《出劫纪略》就多次记载这次战乱,尤以《航海出劫始末》一文的记录最为详细:崇祯十五年的十二月十八日,清兵攻陷了诸城,"是夜,大雨雪,遥望百里,火光不绝。各村焚屠殆遍。明日,得破城之信。遣役往探,东兵已据城"。此时的诸城,到处是破败荒凉的景象,满眼是"白骨成堆,城堞夷毁,路无行人。至城中,见一二老寡妪出于灰烬中,母兄寥寥,对泣而已";社会秩序更是混乱,"时县无官,市无人,野无农,村巷无驴马牛羊,城中仕宦屠毁尽矣"。① 李澄中《与李辉岩使君》则曰:"诸自壬午罹兵燹,继以戊申地震,当时抚君刘增美先生勘荒,谓东省被灾之惨,惟诸为甚。"② 张侗《卞氏传》也有描述:"壬午后,海上大乱,壮者毙锋镝,髦稚累累填于壑。"③

诸城兵燹不仅给普通民众带来了灾难,身处其境的"诸城十老"亦深受其害。其中丁耀亢、张衍和张侗、隋平等家族损失尤为惨重,不仅财产丧失大半,还失去了许多家族成员。

诸城战乱时,丁耀亢虽然带领老母亲、妻儿等逃到了海州清风岛避难,但他的大哥丁耀斗、胞弟丁耀心和侄子丁豸佳、丁大谷等人,却因率领民众护城而伤亡惨重,"胞弟举人耀心、侄举人大谷皆殉难,长兄虹野(丁耀斗)父子皆被创,居宅焚毁,赤贫徒步,奴仆死散殆尽,苟活而已"④。对此乾隆《诸城县志》亦有记载,如:

卷三十一《丁鐏传》:"崇祯十五年,父大谷遇害,鐏年十四,忍泣不敢哭。藁葬后,乃与族兄亮共舁祖母逃入山,备极艰苦。"

卷三十六《丁豸佳传》:"崇祯十五年,为大兵所伤,跛一足,遂无意进取。"

卷三十八《丁大谷传》:"十五年之变,大谷出赀纠乡兵防守。城将

---

① (清)丁耀亢:《航海出劫始末》,《丁耀亢全集》(下),中州古籍出版社1999年版,第278—279页。
② (清)李澄中:《白云村文集》,《四库全书存目丛书》集部第250册,齐鲁书社1997年版,第773页。
③ (清)张侗:《卞氏传》,《其楼文集》卷一,诸城博物馆藏民国七年石印本。
④ (清)丁耀亢:《乱后忍辱叹》,《丁耀亢全集》(下),中州古籍出版社1999年版,第282页。

溃，遣其子鐈归侍老母，曰：'吾不返矣。'遂死于东门。后志载守城殉难者，又有丁耀心、陈司铎、鉴桂三人，皆举人。"

卷四十五《列女传》："聂氏，举人丁大谷妻。崇祯十五年城陷，大谷遇害。聂曰：'良人世族，死而无传，吾不忍也。'指幼子鐈曰：'存尔父者，惟吾与汝。'遂携鐈以逃。兵退，收大谷尸葬之。"

时隔多年，丁耀亢对诸城战乱带来的伤痛仍难以忘怀，在他的诗文中还是一再提及："避兵入海，城廓非故。家无遗粟，人如脱兔"（《自述年谱以代挽歌》），"誉壬午之遘祸兮，城邑沸而土崩"（《怀仙感遇赋》）。晚年，看着死于战乱的二哥丁耀昴遗留的故居，依然发出"乱后池塘已半非，孤坟松柏尚依依"的感慨，一想到二哥之子丁延绪"身后遗孤遇乱无"（《丁未人日过亡兄觊微旧居有感二首》），就很伤感。

同样的，张衍和张佳之生母徐氏在战乱中的罹难，亦成为张氏族人心中难以磨灭的痛与恨。对徐氏遇难一事，李澄中在《张母徐孺人墓表》有详细记载："明壬午岁，清兵下山左，诸郡县多残破。其明年正月二十六日，铁骑大至，孺人从邻姬匿场圃积草中，为兵所获，刃数人，孺人绐之曰：'予汝金可免死否？'兵喜随至门，孺人自计曰：'此吾死所也。'反骂兵，兵怒，抽矢射之，遂死。"[1] 张母徐氏如此悲壮的惨死，成为张衍和张佳一生的痛。张衍"暨母氏徐孺人死于兵难，哭祭终身"[2]；张佳在徐母殉难时只有五岁，成年后"塾师命题今之孝者，佳属草泪下，卷尽湿"[3]。

隋平的祖母王氏，亦在这场战乱中遇难。乾隆《诸城县志·列女传》记载："王氏，诸生隋毓仑妻，年二十一。崇祯十五年，大兵东下，王时已寡，匿穴中，铁骑搜得之，置马上，王自投而下，以首触刀环，不屈，死。"[4]

战乱发生时，十四岁的李澄中随父亲李凤郊和二哥李述中（字彭仲）逃难，成年之后对这场战乱依然记忆犹新。其《先仲兄彭仲公行状》一

---

[1] （清）李澄中：《张母徐孺人墓表》，《诸城放鹤张氏族谱文献译注稿》。
[2] （清）洪嘉植：《琅琊乡谥恭惠先生蓬海张君墓表》，《诸城放鹤张氏族谱文献译注稿》。
[3] 乾隆《诸城县志》卷三十六《张佳传》，乾隆二十九年（1764）刻本。
[4] 乾隆《诸城县志》卷四十五《王氏传》，乾隆二十九年（1764）刻本。

文云："壬午岁，值兵乱，杀人遍原野。当是时，兄年十八，予甫十四。先府君携两幼子出入兵火间，日夜忧思，无所赖。兄乃为孺子戏以娱先府君意，又识趋避以左右先府君，故卒免于难。"① 虽然李澄中家族在战乱中没有人员伤亡，但他日后回忆起经历过的战乱仍是厌倦的，"四海有秋今细雨，十年无事厌谈兵"（《雨后喜徐栩野至自渠丘》），"地僻闻豹虎，身衰畏鼓鼙"（《端阳后二日与赵壶石过放鹤园纪事》）。

可以说，这场战乱让许多诸城民众家破人亡，带来的伤害要远远大于明清鼎革。丁耀亢《山居志》亦云："是年冬，乃有屠城之变。山林化为盗薮，浮海余生，流离南北，藏书散失，云封苔卧，而主人为逋客矣。"②

然城破后，诸城民众还没来得及修复伤痛的心情，各类"土寇"、"土贼"层出不穷，"甲申春，土寇复炽"、"至三月闻闯信……（三月终）乃知有闯逆之变"③，"顺治元年，土贼丘凝休、王玉山等聚众攻城"④，"顺治元年，土寇李德斋等掠其村，祖通死之，桢右背被伤"⑤。直到顺治七年，"土贼"依然不时地引发骚乱。他们的出现，无疑更加剧了诸城民众的苦难，"时残破之余，劫杀相习。乱民经闯宦纵恶之势，藏身衙胥，以巨室寒士为奇货，草野之间，动相杀害"⑥。仅乾隆《诸城县志·列女传》中，就记载了诸多因这一时期迭起的战乱而丧失性命的女性：

"郑氏，员外郎刘必显妻，事舅姑，至孝。崇祯十五年，大兵东下，土寇乘间窃发，举家避难胶州孝苑村。寇围其屋，郑矢死不辱，自缢死。"

---

① （清）李澄中：《先仲兄彭仲公行状》，《卧象山房文集》，《山东文献集成》第一辑第35册，第269页。
② （清）丁耀亢：《山居志》，《丁耀亢全集》（下），中州古籍出版社1999年版，第270页。
③ （清）丁耀亢：《航海出劫始末》，《丁耀亢全集》（下），中州古籍出版社1999年版，第279页。
④ 乾隆《诸城县志》卷三十七《刘斌宪传》，乾隆二十九年（1764）刻本。
⑤ 乾隆《诸城县志》卷三十三《刘祯传》，乾隆二十九年（1764）刻本。
⑥ （清）丁耀亢：《避风漫游》，《丁耀亢全集》（下），中州古籍出版社1999年版，第283页。

"郑氏,生员王沛恺妻。崇祯十五年从姑曹避乱琅邪台,寇欲辱之,骂求死,妇姑乃同毙于台下。"

"马氏,逸其夫名。顺治元年,土寇至,夫与子皆被杀,复系马将出门,马绐之曰:'吾家井中有财物,可返取。'比至,投井而死。"

"沈氏,孝子王斗维妻,年二十三。值土寇蜂起,斗维以庐墓被杀,沈哭曰:'子从父死,妻不当从夫亡乎?'戚党劝之乃止。抚周岁孤儿伟,备尝艰苦,躬亲教诲。至顺治九年,西山土寇至,或劝之避。沈曰:'夫柩未葬,去将焉往,此吾从夫地下时也。'寇至大骂,遂于斗维柩前遇害。"

以上仅仅是死于战乱的有名可考的一小部分,还有更多的是籍籍无名的普通民众。据康熙《诸城县志·户口》记载:直至清朝定鼎,诸城人口从四万六千多减至不足一万。[①]

因为战乱迭起,诸城不仅有许多民众失去了生命,还有大批民众的财物被掠夺。如乾隆《诸城县志·列女传》记载:"崇祯十五年,(李)作哲死于兵,作圣、作谋被掠,李氏无子遗,田园为豪强夺去。"

这种惨痛的经历,丁耀亢都有切身体验,其《保全残业示后人存记》就有详细记录:"至甲申入海,而闯官莅任,则土贼豪恶,投为胥役,虎借豺蕶,鹰假鹞翼,以割富济贫之说。明示通衢,产不论久近,许业主认耕。故有百年之宅,千金之产,忽有一二穷棍认为祖产者;亦有强邻业主,明知不能久占而掠取资物者;有伐树抢粮得财物而去者。一邑纷如鼎沸,大家茫无恒业。"[②]

从以上叙述中可知,乾隆《诸城县志》所言"城破",也暗含着另一层深意,即诸城士绅率领民众誓死抵抗清军入侵,护城卫家,直至城破殉国。

除了丁耀亢家族成员参与护城外,与"诸城十老"交好的臧氏家族也参与了守城,并且是人员伤亡最惨烈的家族,乾隆《诸城县志》对此亦有记录:

卷三十一《臧允德传》:"崇祯十五年,家门多死难者,允德于兵燹

---

① 康熙《诸城县志》卷三,康熙十二年(1673)刻本。
② (清)丁耀亢:《丁耀亢全集》(下),中州古籍出版社1999年版,第287页。

中，厝置数丧，皆尽礼。"

卷三十八《臧尔令传》："崇祯十五年冬，大兵南下，缙绅分任守城之责，尔令率子姓守西南隅。十二月十四日，城破，遇杀。……（子）世德已脱于难，闻父变，奔至，抱尸大哭，遂遇害。永德以力战，死于西南门外。尔令弟尔寿、兄子嗣德，俱同日死。"

卷三十八《臧尔寿传》："城破，（臧尔寿）死。"

卷三十八《臧嗣德传》："大兵入，（臧嗣德）衣朝服，端坐厅事，遇害。"

因此可以说，自诸城战乱始，诸城民众就陷入了无法阻挡的灾难里，处于社会动荡的水深火热中。清兵入侵造成的破败和社会混乱还没有结束，各路"土贼"、"土寇"的骚扰又不断兴起，"何处求安土，残城又负戈"，再加上官府的催科，"官兵犹报捷，县令正催科"（《闻辛卯三月贼过诸城》）[①]，还有旱灾、蝗灾以及地震等自然灾害的不断侵袭，种种灾难叠加在一起，将诸城民众推入了无尽的苦难之中。可以说，早在明清鼎革、山东投降的局势出现之前，崇祯十五年的清兵入侵诸城，已经给了诸城民众造成了致命的打击。这种打击带来的伤痛不是一人一时的，而是诸城民众几代人共同的伤痛。所以当李自成义军入侵诸城、诸城境内及周边"土寇"频起以及明亡清立的消息接踵而来，这对诸城民众而言，只不过是雪上加霜、伤口撒盐罢了。

第二节 "诸城十老"所处的地域环境

一 "诸城十老"所处的诸城自然环境

诸城最早以"诸"命名，据说与舜帝出生于城北的诸冯村有关。此后，诸城之地曾有过多个名称，其中以东武和密州最为著名。乾隆《诸城县志·历代地理沿革表第一》记载了诸城地名的沿革："诸之名始见于《春秋》……其为县，自汉至元魏未有改焉，然距今县治尚三十里。隋开皇十八年，始改为东武县，蒙诸之名，而非其地矣。东武本山名，见《山水考》。其为县，著于汉，而实肇于周秦之间。……东武在汉为琅邪

[①] （清）丁耀亢：《丁耀亢全集》（上），中州古籍出版社1999年版，第100页。

郡治，时兼设者数县，诸其一耳。……隋以东武为诸城，自是而后无异名。……自明至今，皆属青州府。"① 由此可知，西汉初年设东武县。隋代开皇十八年（598），改东武为诸城。历经宋、元、明、清，一直沿用至今。而密州之名直到明初始废。明代以及清代顺治、康熙年间，山东境内有济南、兖州、东昌、青州、登州、莱州六府，共15州、89县。诸城则隶属青州府。

诸城自古就有"东国名地，山川之秀甲青齐"②的美誉。诸城南部多山，有泰沂山脉横贯而过。"县境山以百计，而马耳居冈脉之脊，南北诸山脉络之不属焉者无几也，以是标准之可晰矣。"③ 其中的名山有回头山、障日山、卢山、常山、马耳山、五莲山、九仙山等，都横亘在泰沂正脉之上，景色秀美、各具特色。这些作为诸城境内的名山也许不足为外人道也，却是"诸城十老"取之不尽、用之不竭的创作素材，不管是身在何处，家乡的地理风貌总会清晰浮现，唤起诗人们心中蕴藏的地理风光，为诗人们带来更多的灵感创作。如李澄中南下金陵，行至扬子，见空中月，瞬间想起家乡，即作《扬子舟中见月》一诗："一片琅邪月，相随万里舟。篷窗照不定，更入大江流。"④ 诗中的"琅邪"就是李澄中身上很明显的地理基因。

这些山脉还是诸城境内潍水、卢水、涓水、扶淇河等许多河流的发源地。"水以数十计，自马耳山以南皆南流以达于海，马耳以北皆北流入潍，以是界划之可晰矣。"⑤ 北部潍水汇集卢水、涓水、扶淇河、渠河等支流，组成叶脉状水系，汩汩潺潺，纵贯全境。南部有胶莱河水系，它和潍河水系所冲积的昌潍平原共同哺育了生活在这片土地的百姓。

这些山脉和水系，互相勾连，"山川灵气相荡回，尽收远势归东武"（《东武吟》）⑥。这些山山水水不仅是滋养诸城人的物质载体，更是抚慰诸城文人的精神良药。这里的一山一水，一草一木，不仅被诸城文人尽

---

① 乾隆《诸城县志》卷十六《历代地理沿革表第一》，乾隆二十九年（1764）刻本。
② 乾隆《诸城县志》卷首顾士安的序，乾隆二十九年（1764）刻本。
③ 乾隆《诸城县志》卷六《山川考》，乾隆二十九年（1764）刻本。
④ （清）李澄中：《卧象山房诗集》，《山东文献集成》第一辑第35册，第26页。
⑤ 乾隆《诸城县志》卷六《山川考》，乾隆二十九年（1764）刻本。
⑥ （清）李澄中：《卧象山房诗集》，《山东文献集成》第一辑第35册，第101页。

收眼底，还被他们一一写入了诗文辞赋里，定格了那时山清水秀的模样和诗人的形象。虽然这里的山山水水看似平淡无奇，因为倾注了浓浓的乡情，便犹如情人眼里出西施一般，成为独特的"这一个"。如果说家乡俊美的山山水水，是诸城文人获得宁静安逸的去处；那家乡南部浩瀚的大海和绵长的海岸线，则是诸城文人开阔胸怀的场所。

除了山河环绕，诸城南部还有广阔的海岸线，海岸线上有徐家港、陈家港、桃花港、龙湾口、曹家溜等优质港口，还有斋堂岛、沐官岛、陈家岛等海运泊船的岛屿。这些港口和岛屿，可以上达冀辽，南接吴越，东至高丽、日本，曾是北方海上贸易、对外交流的交通门户，尤其是在宋代。故乾隆《诸城县志·山川考》有云："盖县境海口，在宋时为高丽往来要地，故曾筑高丽馆于城外。"①《疆域考》则载："道路通京师者，由西路入广宁门，千五百余里；由东路入广渠门，千二百里。驿路赴府，由安丘、潍、昌乐三百二十里；由安丘径赴府则二百八十里，曰大路；由安丘南境之鼋泉则二百六十里，曰小路。由府赴布政司，无殊途。其通江南者，陆行南由日照西南、由莒州皆可，抵红花埠通衢，水行则海运故道犹存。"②

如此发达的海陆交通，也让诸城文人开启了多场次的说走就走的旅行。所以丁耀亢顺治五年入京，"由利津渡海，越天津，一夜行八百里，三日抵京师"③。他们南上北下，欣赏风景，结交朋友，既拓展了视野，又开阔了胸襟，成就了他们诗人的美名。"正是这种丰富而鲜活的自然环境，使文学家自觉或不自觉地受到某些被人格化的自然环境之影响，自觉或不自觉地陶冶或锻造了自己的人格。"④ 当然，如此畅达的交通，也是获取信息的绝佳途径。康熙四年（1665），丁耀亢因为其小说《续金瓶梅》遭遇"文字狱"，不仅自己身陷囹圄，其小说《续金瓶梅》也被下令焚毁，结果却得知自己的小说《续金瓶梅》被保留在了琉球而庆幸，作《胶东王逸庵侍御甲辰册封琉球归过东武时值端阳纵酒达旦今五年矣

---

① 乾隆《诸城县志》卷六《山川考》，乾隆二十九年（1764）刻本。
② 乾隆《诸城县志》卷五《疆域考》，乾隆二十九年（1764）刻本。
③ （清）丁耀亢：《避风漫游》，《丁耀亢全集》（下），中州古籍出版社1999年版，第283页。
④ 曾大兴：《文学地理学概论》，商务印书馆2017年版，第43页。

其国王留余续书在岛中今焚书无存者寄诗志感》纪之。①

除了优美的自然风光,这里还有丰富的人文景观,有琅琊台、超然台、齐长城、韩信坝等人文遗迹,都是诸城诗人凭吊古人、感慨今昔的去处。

当时与丘元武同科中进士的诸城人刘果,则以《客有问东武名胜者略举示意》②一诗,囊括了诸城境内的自然风光和人文盛景:"澄鉴扶淇白玉堆,青峰插汉五莲开。春前花满卢敖洞,雨后云封苏子台。夜半琅琊先见日,天晴潮汐昼闻雷。李斯古篆留清署,为记秦皇揽胜来。"

二 "诸城十老"所处的诸城人文环境

除了优美的自然景观,诸城文化在汉代、宋代、明清两朝都获得了辉煌的成就。

春秋战国时期,齐国、鲁国是中国文化的中心,位于齐鲁之间的诸城在齐鲁文化的沐浴中,并在汉代成了当时的学术中心之一。这一时期,诸城文化大放异彩,不仅经学大兴、经师辈出,还推动了道教的兴盛,推动了学术思想的融合,并形成了经世致用的学风;更为重要的文化现象是:以伏氏、梁丘氏、诸葛氏、王氏等家族为单位的文化传承方式,成为诸城文化持续发展的基石。

汉代是诸城文化繁盛的第一个黄金时期。儒学在诸城大盛,齐学与鲁学、今文与古文,都在各自代表人物的引领下呈现出了十分清晰的发展脉络。传今文《尚书》者,有伏生及其子孙伏孺、伏理、伏湛、伏黯、伏恭、伏无忌等。传古文《尚书》者,有王璜。传《易》者,有梁丘贺、梁丘临父子,还有传施雠《易》学的鲁伯和邴丹,以及传费直《易》学的王璜等。传《鲁诗》者,有王扶;传《齐诗》者,有伏氏子孙及师丹、皮容,传《韩诗》者有王吉。传《大戴礼》者,有徐良、王仲丘。传《公羊春秋》者,有贡禹、诸葛亮的远祖诸葛丰、王吉、王中、公孙文等。传《谷梁春秋》者有王凤等。最终又由东汉末年的学贯今文与古文

---

① (清)丁耀亢:《丁耀亢全集》(上),中州古籍出版社 1999 年版,第 616 页。

② (清)刘果:《客有问东武名胜者略举示意》,《东武刘氏诗萃》,《山东文献集成》第三辑第 43 册,第 9 页。

的经学大师郑玄将其远播于后世。

　　黄老思想在诸城一带也曾盛极一时。如汉初黄老之学的代表人物盖公就是诸城人，并长期在诸城一带讲学。《史记·曹相国世家》就记载了曹参出任齐相后，专程拜访盖公，"闻胶西有盖公，善治黄老言，使人厚币请之。既见盖公，盖公为言治道贵清静而民自定，推此类具言之。参于是避正堂，舍盖公焉。其治要用黄老术，故相齐九年，齐国安集，大称贤相。"①《史记·乐毅列传》亦记载："盖公教于齐高密、胶西，为曹相国师。"② 这种影响是深远的，直到宋代的苏轼来此地任职，依然在找寻盖公的踪迹，并修建了盖公堂，有其《盖公堂记》为证。

　　汉代以后，历经魏晋六朝的战乱纷扰，以及隋唐的平缓过渡，诸城文化依然在传承中顽强发展。直至宋代，诸城文化再度出现繁荣景象。这一时期以赵粹中、赵挺之和赵明诚父子为代表的赵氏家族，对当时乃至以后的诸城文化都产生了深远的影响。宋人楼钥的《攻媿集》卷九十八《龙图阁待制赵公（粹中）神道碑》记载："公字叔达，密州诸城人，家世多以文发身，号东西赵。西有丞相清宪公，而公则东赵也。"东赵，即龙图阁待制赵粹中一支，"世明礼学"。③ 西赵乃丞相赵挺之一支，"家传《周易》、《左氏传》"④；其子赵明诚与妻子李清照搜集精研金石书画，所著《金石录》成就之高，古今罕有其比。诸城人张择端绘制的长卷《清明上河图》，成了中国绘画史上的珍贵遗产。苏轼知密州，有政绩，还大力推动了诸城文化的继续发展。他寻古访幽，修建盖公堂和超然台，祈雨常山，射猎山冈、登临九仙山，所到之处都打上了自己鲜明的烙印，留下不朽的佳话。更可贵的是，他不仅自己实现了学术上的升华，还与诸城人当时的密州州学教授赵杲卿（字明叔）、太常博士乔叙（字禹功）等人谈诗论文，形成了良好的学术氛围。也正是有感于密州这种浓厚的学术氛围，苏轼弟弟苏辙为密州的梓橦帝君祠题匾额曰："至今东鲁遗风在，十万人家尽读书。"

---

① （西汉）司马迁：《史记》卷五十四《曹相国世家》，中华书局1976年版，第2029页。
② （西汉）司马迁：《史记》卷八十《乐毅列传》，中华书局1976年版，第2436页。
③ （宋）楼钥：《攻媿集》（丛书集成初编），商务印书馆1935年版，第1377页。
④ （宋）李清照：《金石录后序》，柯宝成编《李清照全集汇校汇注汇评》，崇文书局2015年版，第183页。

经历了元代的低谷阶段，从明嘉靖年间开始，明清时期诸城文化再次获得了蓬勃发展的生机。主要表现在：

一是文化名人辈出。只要翻检乾隆、道光、光绪三本《诸城县志》，在不同类别的传记里就可以找到明清两代诸多赫赫有名的人物及其功绩：翟銮、丘橓以及刘统勋和刘墉父子的政治才能，丁耀亢、张侗、隋平和王钺的理学，刘喜海和李煜章的金石学，王化贞和刘奎的医学，王冷泉和王心源的古琴，"诸城十老"的诗赋以及丁耀亢的小说和戏剧等。如此众多文化艺术种类的出现，标志着诸城文化在明清时期的全面复兴。

二是家族文化的兴盛与传承。明清时期，诸城出现了许多文化世家，他们是继续振兴诸城文化的主力。这些家族有的源远流长，如诸城王氏家族从秦末经过千年辗转流传到明代，分支极多，仅从诸城小店村迁出的就有三家：即迁往新城的王士禛家族、迁往诸城相州的王钺家族、迁往诸城营子村的王铨家族。[①] 而这一时期新晋的文化世家更多，仅"诸城十老"中就有丁耀亢家族、李澄中家族、刘翼明家族、丘元武家族、张衍和张侗家族。这些家族，可谓才俊满门，要么父子接续，要么绍继祖武，要么昆仲相继，如丁惟宁与丁耀亢父子、刘元化与刘翼明父子、丘石常与丘元武父子、张衍与张侗两兄弟等，都在以不同的方式坚持着家族文化的传承与发展。

以上，就是"诸城十老"所处的诸城的自然和人文环境。

[①] 乾隆《诸城县志》卷三十二《王铨传》，乾隆二十九年（1764）刻本。

第二章

"诸城十老"的家族渊源与人生经历

"诸城十老"所处的时代背景、地域环境大致相同，他们都远离权力中心，人生轨迹也大致相同：都出生于诸城，大半生栖居于诸城，都终老于诸城。面对时代的风云变幻，他们一生大都是在其有限的生存环境里，或通过科举仕进获取功名，或四处奔走谋取生计，或安居田园终身不仕……各尽所能地拓展自己的生存空间，寻求着"谋道"与"谋食"的自我发展途径，从多个方面展示着自己的精神风貌。从这一意义上看，"诸城十老"的人生经历，也可以说就是当时大多数生存于社会下层文人的人生经历。

然而，因家庭出身、家庭经济条件、个人学养与自我追求不同等诸多因素的影响，"诸城十老"各自的人生经历并不完全相同的。有鉴于此，本章拟以乾隆《诸城县志》所载之"诸城十老"的生平事迹为纲（按："诸城十老"在乾隆《诸城县志》中均有其传。除赵清被列入《孝义传》外，其余九人皆在《文苑传》中），并结合他们的作品及相关文献资料，采用文史互证的方法，系统梳理相关资料，试图较为全面地展现"诸城十老"的人生经历。

需要说明的是：在"诸城十老"的人生经历里，其各自的家庭背景既是他们成长的基石，也是他们的人生经历中不容忽视的组成部分。明清时期，诸城望族林立，其中最显赫的就有臧惟一家族、王沛檀家族、刘墉家族、李澄中家族、丁耀亢家族等五大家族。而"诸城十老"中的丁耀亢家族和李澄中家族就身列这五大家族之中。此外，丘元武家族、张衍和张侗家族、刘翼明家族等，也是当时诸城有名的文化家族。这些家族的出现，不仅促进了诸城文化的繁荣，还培养出了许多文化名士，而"诸城十老"就是其中的杰出代表。故本章在讲述"诸城十老"各自的人生经历时，必然要介绍到他们各自的家庭状况，尤其是对他们的人生经历有过较大影响或者是与他们交往较为密切的家族成员。

此外，因"诸城十老"的影响程度不同，其所留存下来的资料自然也有多寡之别。故本章对"诸城十老"人生经历的介绍并不均衡，而是遵循有话则长、无话则短的原则，一切以现有材料为依据。

第一节 丁耀亢的家世与人生经历

一 丁耀亢的家世

今属山东日照的九仙山东南麓的叩官镇丁家楼子村村东有一座牌坊，名曰"仰止坊"，此乃丁耀亢的兄长丁耀斗为颂扬其父丁惟宁的功德而特地兴建的。当年，丁耀斗先用石料为父亲建了祠堂，题为"柱史丁公祠"。其室内北墙壁横刻"羲皇上人"四个大字，其余三面墙上排列着《柱史丁公祠堂记》、《九仙山丁宪副先生祠堂歌》、《游览诸公留题》等九块石刻。在祠堂前，建有名为"仰止坊"的志门，门的背面刻着"山高水长"；前侧右署刻"赐进士中宪大夫湖广副使前巡按直隶监察御史丁公讳惟宁"，左署刻"万历三十八年（1610）孟冬吉旦男耀斗建"。石坊正面石柱上刻有"少滨主人题"，"不肖男耀斗述"和"一咏一觞畅百年之逸兴"，"勿伐勿剪绵千载之遐思"的楹联。现在作为丁耀亢家族繁盛见证的祠堂和石坊已成为九仙山的著名古迹。亲临其下，能够让人感受到祠堂的古朴和石坊的壮观，可以遥想当年丁耀亢家族的繁华盛景。

丁耀亢家族姓氏的来源与发展也是极其久远的。丁耀亢的《述先德谱序》就介绍了丁氏的来源，以及散落在各地的分支，云："按《姓谱》丁氏，周太公姜氏裔。太公封于齐，生仲子伋，食邑于丁，以地为氏云。明初有丁普郎者，以军功从洪武，封于武昌，其子孙以百户世荫食，屯于淮之海州卫。永乐初，有祖自海（州）而徙诸（城）之藏马山，遂为巨族。今七世。别派流寄寿光、日照、潍县及扬之泰州、河南之永城、鹿邑间。载在族谱，代远不可考。"[①] 丁耀亢也曾在《约族中兄弟入斋堂

---

① （清）丁耀亢：《丁耀亢全集》（下），中州古籍出版社1999年版，第287—288页。

岛不从》一诗中很自豪地描绘自己的家族："我家本盛族，祖居大海滨。宗枝千余丁，科第二百春。子孙尚豪侠，意气争纷纭。各能建门户，旗鼓成一军。"丁耀亢的著述里，亦经常提及丁氏家族的一些分支成员。如崇祯十二年，丁耀亢南游，在南京报恩寺偶遇河南永城的同宗大中丞丁魁楚（号光三），二人相见甚欢，共叙族情，"瓜陵未许隐青侯，自爱乘槎作远游。方外江山从所好，局中韩范正相求。同来华表人如待，才合延津剑已投。莫赋湘累问渔父，圣朝五月访披裘"（《遇永城同宗丁光三大中丞同寓报恩寺》）。崇祯十五年十二月，丁耀亢出海避乱，次年四月返家，抵达日照，"以家寄涛雒宗兄给谏丁右海之村"（《航海出劫始末》）①。丁右海（即丁允元）隶属日照丁氏分支，其家族既是当时日照的第一大族，又与诸城丁氏同祖同宗，二者往来密切。顺治四年，丁耀亢在泰州遇见同宗孝廉丁汉公，应丁汉公之邀为其写宗谱序。丁耀亢欣然提笔，很自豪得描绘了丁汉公家族的辉煌发家史，"君家吴陵族，派自姑苏赴。历世十四代，计丁千五数。德厚自光昌，骅骝已开路。谟烈既显承，簪笏如贯注"（《吴陵遇同宗孝廉丁汉公以宗谱叙来相委因以诗附椒聊之末》）②。

天下丁姓，本属一家。"天下无二丁，此语必有据。粤稽万姓源，吾宗果非误。子牙起东海，封齐国已故。仲伋封于丁，从此分支庶。古姓地与官，丁氏遂土著。"而诸城丁氏亦出于此，"吾家琅邪籍，云白海州除。明初策勋茅，分官居海署。后乃渐达诸，乱离多急遽。以此成一枝，冠绅亦翔翥"（《吴陵遇同宗孝廉丁汉公以宗谱叙来相委因以诗附椒聊之末》）③。丁耀亢在其《族谱序》中，不仅详细地描述了其家族的发迹过程，"吾丁世为荆族，居武昌。当元之末，始祖讳兴者，以铁枪归明太祖，从军有功，除淮安海州卫百户。子贯世袭。自海州而徙琅邪，则自兴之次子推始。然则，推固琅邪始祖也。自推而至吾之身，殆八世矣"，还详细地描述了其家族兴旺发达的景象，"琅邪丁氏，世居诸城东海上藏马山之阳，瓜瓞繁衍，墟落冢墓，相望无别姓，盘亘六十余里。登国册

---

① （清）丁耀亢：《丁耀亢全集》（下），中州古籍出版社1999年版，第277—278页。
② （清）丁耀亢：《丁耀亢全集》（上），中州古籍出版社1999年版，第701页。
③ 同上。

者十余人。其人以渔盐耕读为业,其性多豪侠,尚气节,挥霍有智,善谈说,能富饶治生。其布衣赢余者,有高堂大宅,车马仆从,烹羔系鲜之乐。其贫者,亦能网鱼虾蚌蜊以自给。或臂鹰牵狗,而歌呜呜,盖有太公之遗风焉。聚庐而处,殆近二百年。至先传御公,以科名起家,迄今文武自奋者不绝,故远近称'藏马丁氏'云"①。由此可知:诸城丁氏,自一世丁推至五世丁珍,虽世代研习经史,却无意仕途。故丁氏为官者始自丁氏六世祖即丁耀亢的祖父丁纯。

丁耀亢之祖父丁纯(1504—1576),字质夫,号海滨,嘉靖四十一年(1562)岁贡,封文林郎,曾任钜鹿训导、长垣教谕。砥行端方,熟通世务,为人秉直,颇有政声。后因其子丁惟宁任北畿巡按,为避亲嫌而谒病归,受御史之封,不复出仕。回到诸城的丁纯,在城南建别墅,结"九老会",聚会赋诗,自称"海滨遗老",乡人重之,卒后入乡贤祠。丁纯生子三人,其中丁惟宁最为出名。

丁耀亢之父丁惟宁(1542—1611),字汝安,一字养静,号少滨。嘉靖四十四年(1565)进士,授直隶清苑知县,升四川道监察御史、巡按监察御史等。乾隆《诸城县志》有传。丁惟宁有子六人,以第五子丁耀亢最为著名。

若以文学论,丁耀亢可算位居家族之首,其次是他的侄子丁豸佳。

丁豸佳,字梦白,乃丁耀亢兄丁耀斗之子。著有《周易述拟》四卷、《鸣鹤集》七册。乾隆《诸城县志·文苑传》有传。他因战乱而为清兵伤一足,遂绝意仕进,隐居九仙山,力学不辍,曾与李澄中以诗角,不胜,转而工赋,而李澄中则自愧弗如。

二 丁耀亢的人生经历

丁耀亢,字野鹤,号西生、木鸡道人。生于万历二十七年(1599),卒于康熙八年(1669)。其一生横跨明万历、泰昌、天启、崇祯四朝以及清顺治、康熙两朝,是"诸城十老"中经历最为坎坷、遭遇最为挫折的一位。乾隆《诸城县志》卷三十六《文苑传》有传,据其传记载:

---

① (清)丁耀亢:《丁耀亢全集》(下),中州古籍出版社1999年版,第290—291页。

丁耀亢，字野鹤。少孤，负奇才。倜傥不羁。弱冠为诸生，走江南，游董其昌门，与陈古白、赵凡夫、徐暗公辈联文社。既归，郁郁不得志，取历代吉凶诸事类，作《天史》十卷，以献益都钟羽正，羽正奇之。明季，乡国盗起，时益都王遵坦用刘泽清兵捕土贼，耀亢素善遵坦，遇于日照境，更为募数千人，解安邱围。顺治四年入京师，由顺天籍拔贡充镶白旗教习。其时，名公卿王铎、傅掌雷、张坦公、刘正宗、龚鼎孳皆与结交，日赋诗陆舫中，名大噪。陆舫者，耀亢所筑室，而正宗名之者也。后为容城教谕，迁惠安知县，以母老不赴。为诗踔厉风发，少作即饶丰韵，晚年语更壮浪，开一邑风雅之始，县中诸诗人皆推为先辈。六旬后病目，自署木鸡道人，更著《听山草》。卒年七十二。诗甚多，李澄中尝为选择，《序》曰："余取其言之昌明博大者，以与世相见云。"①

据此，将丁耀亢的人生经历划分为两个阶段进行描述。

（一）在明代，读书、举业、避难

丁耀亢自幼在父亲丁惟宁的教导下研习诗书。父亲去世后，十一岁的丁耀亢和弟弟丁耀心在母亲田氏的严格督导下，发奋读书，二十岁时考取诸生。

万历四十七年（1619），二十一岁的丁耀亢游学江南，得到其父老友董其昌和乔剑圃等人的指点，学业大进。次年，又在苏州与陈古白、赵凡夫、徐暗公等人结"山中社"。

天启元年（1621），丁耀亢初试即败。天启四年，再试又败。崇祯元年（1628），三试亦败。自认为才学甚高的丁耀亢遭遇如此打击，郁郁寡欢，有山居之意，遂于诸城城南橡槚沟购得山地，植树筑屋，并于天启七年正式移居橡槚沟。在此开始过起了读书著述、交友结社的生活。用时两年，于崇祯五年完成《天史》一书，得到了钟羽正的高度评价。

崇祯六年，丁耀亢又一次科举失利。而此时其大哥丁耀斗（万历三十三年进士）、侄子丁大谷（天启七年举人）、六弟丁耀心（崇祯三年举人）都已相继中举。

---

① 乾隆《诸城县志》卷三十六。

崇祯八年，丁耀亢与刘元明、周淡心、马三如等游览泰山，顺便拜访了高虞祥、孙廷铨等好友。

崇祯十二年，闻知清兵攻克济南，丁耀亢南下金陵，寻找安居之地，因老母难离故土而作罢。

应当说，除了科考接连失利带来的烦恼，这一时期丁耀亢的山居生活还是惬意的。然而崇祯十五年的战乱，使得丁耀亢富贵优游的乡绅生活彻底结束。这一年十二月，清兵攻占诸城，丁耀亢先后携妻儿、母侄逃入东海清风岛上避难。但家族成员损伤惨重，其六弟丁耀心和侄儿丁大谷守城殉难、大哥丁耀斗和侄儿丁豸佳受伤致残、二哥丁耀昂一家遇害。

崇祯十七年三月，李自成起义军攻占北京的消息传来，诸城的各类地方武装为争夺地盘而引起战火，丁耀亢带领家人再次避难清风岛上。遭遇如此重创，丁家家道日益衰落，一大家子人的生计问题也就成了丁耀亢面临的难题。

这一时期丁耀亢的科举之路虽然不顺，但于治家却很有一套，展示出超强的治生能力。

丁耀亢在其父过世时，"分地六百亩"，本可以"收租自奉"，但他感觉自己"遗产独薄"，遂"强自谋"，在诸城城南橡榛山购地筑屋，带领奴仆为其种橡栗、松竹，他"居山十年，家颇裕，亦得薄产二十余顷，较之初析倍蓰矣。"丁耀亢不仅自己致富，还帮助"专苦肄业，家道日乏"的弟弟丁耀心购置产业，到"庚午（崇祯三年），弟举于乡，治有远近庄产十余处，贷今东市宅而屋之"，然"崇祯壬午避乱时，积谷约合千余石。乱后焚毁如洗，粮犹半存"，但田产被强邻恶族抢去大半，也无暇顾及。（《保全残业示后人存记》）① 即使逃难，丁耀亢也没放弃治生之事，再次逃难到海岛，准备长久居住，租下同宗丁右海家的海岛农田，"依山临湖，水秧旱种，岁可得租百余石"（《航海出劫始末》）②，盖好房子，继续自己的田园生活。

此外，在丁耀亢的人生经历中，有一段需要特别值得关注，就是他

---

① （清）丁耀亢：《丁耀亢全集》（下），中州古籍出版社1999年版，第287—288页。
② 同上书，第279页。

在南明曾有过出仕任职的经历。通过其《出劫纪略》中的《航海出劫始末》和《从军录事》记载，我们可以知晓丁耀亢在明清鼎革前后的活动。

顺治元年"七月，复出海视家，遇故友王遵坦于途。率精甲二百骑，以淮镇命，经略东省。闻土寇大起，疑畏不进。予说王将以札委土著巨族，授之衔，得步兵四千余，解渠邱围"。（《航海出劫始末》）① 同年"九月，安邱刘太史入海而南，同行至淮谒刘镇泽清。先以赞画授予札。说以进兵，知不肯行，因陈以方略：欲援东之大姓，结连诸盗，各自为守，使藩篱外固，为淮上声援，徐观进取。刘镇奇其说而卒不行。时大清已定鼎，安镇胶、沂间。刘镇无恢复志，方大兴土木于淮为藩府，遣王将遵坦以兵磊共屯东海，荐予授纪监司理，以监其军。十月，自庙湾回，海中水营三镇皆属焉。各以百兵护从，威仪粗具。而无事可理，日与王师诗酒自娱而已。"次年"五月，清兵渡江，弘光降，刘泽青解甲，王师亦遣兵散。邀入淮往见豫王，期叙功别用。老母思乡急，遂航海而东"。（《从军录事》）②

由此观之，顺治元年七月，丁耀亢说服王遵坦解安丘之围，九月与刘正宗一起入刘泽清幕府，先后授予赞画、纪监司理之职，十月与王遵坦共屯东海水营。次年五月，清军渡江，弘光降，刘泽清解甲，而丁耀亢拒绝了王遵坦"入淮往见豫王，期叙功别用"的邀请，乘船出海归家。所以李澄中赞许丁耀亢的这段经历，称其"遭鼎湖变，溯海而南，谈兵幕府，有椒燕支封狼居胥意。一时诸藩镇骄恣无节制，知其将败，弃之归。奉太夫人、育孤侄，收先人之业于兵火播迁之后，百不失一。先生可不谓贤豪间者耶？"③ 然因为曾在南明做过纪监司理，丁耀亢被定为南籍，营产尽被充官。

（二）在清代，为官辞官、入狱参禅

顺治元年即崇祯十七年（1644）五月，清朝入主中原。这一年，丁耀亢先是辅助王遵坦招兵，又和刘正宗投奔镇守江淮的刘泽清。次年五

---

① （清）丁耀亢：《丁耀亢全集》（下），中州古籍出版社1999年版，第279页。
② 同上书，第281—282页。
③ （清）李澄中：《出劫纪略序》，《丁耀亢全集》（下），中州古籍出版社1999年版，第267页。

月,刘泽清归降清朝,丁耀亢则偷偷跑回诸城。为了找回自己和弟弟丁耀心被抢走的家产,丁耀亢奔波于衙门之间进行诉讼,耗时两年,虽打赢了官司,然"至今犹占种也,予亦无暇问矣"。(《保全残业示后人存记》)①

此后,丁耀亢为了生计而辗转多地,甚至在顺治四年南下泰州、扬州等地找寻适宜居处,未果。此次南下,丁耀亢不仅认识了龚鼎孳,并结为挚友,还与刘峚巁、邓汉仪、龚鼎孳、张侣沧、陆玄升等江南名士诗歌酬唱,名气大增。

直到顺治五年②,丁耀亢决意进京谋事,他的生活发生了很大的转变,开始步入仕途。这年七月,丁耀亢怀着"欲向水边羞照影,贪泉何事独忘源"(《文信井》)的复杂心情,为"升斗计"而前往京城寻求发展。在友人的帮助之下,由顺天籍拔贡充任镶白旗教习。

顺治八年,他又一次参加科考,然亦以失利告终。至此,丁耀亢"自甲子至辛卯入闱八次"(《中秋同诸公宴集贡院》),八次不中,自此彻底结束了自己的科考生涯。居京城六年,丁耀亢在其寓所"陆舫"与刘正宗、王铎、龚鼎孳、傅掌雷、张缙彦、薛所蕴等诸公卿饮酒赋诗,一时名满京师。

顺治十一年,丁耀亢得任直隶容城教谕,但俸禄极其微薄。

顺治十六年,丁耀亢由容城教谕升迁为福建惠安知县。是年十月,他奉旨赴任,直到第二年正月才到达杭州,并因病而在此停留数月。此时的丁耀亢已有辞官隐退之意,最终"以母老不赴"、"以疾告归"。

顺治十八年三月,丁耀亢回到诸城。至此,丁耀亢的仕途生涯彻底结束。

康熙元年,丁耀亢在家乡重新开始山居生活。

---

① (清)丁耀亢:《丁耀亢全集》(下),中州古籍出版社1999年版,第287页。
② 乾隆《诸城县志》载:丁耀亢"顺治四年入京师,由顺天籍拔贡充镶白旗教习。……卒,年七十二。"有误。丁耀亢是在顺治五年进京。其《自述年谱以代挽歌》有云:"戊子七月,甫入北燕,名为赴试,实避诸艰。"《避风漫游》:"戊子入都,由利津渡海,越天津,一夜行八百里,三日抵京师,遂有旗塾经之役。"《皂帽传经笑》:"戊子七月,由历下至利津入海,得长风,越津门而东,三河、宝坻间,有数侠客送予至都门。"由以上可知,丁耀亢是在"戊子"年即顺治五年戊子(1648)入京,故《诸城县志·文苑传》有误,应将"顺治四年"改为"顺治五年"。

康熙三年，祸从天降。有人诬告他叙写的《续金瓶梅》一书借宋金之战而"谤讪"朝廷。丁耀亢百口莫辩，写下了《自述挽歌以代年谱》，出逃嵩山，参禅拜佛，寻求慰藉。次年四月，丁耀亢得知朝廷大赦，即刻启程归家。八月，六十七岁的丁耀亢被押送至北京刑部监狱，候旨处理。后经龚鼎孳、傅掌雷等人营救，四个月后已患目疾的丁耀亢才得以出狱，然其《续金瓶梅》一书被诏命焚毁。

康熙五年，丁耀亢从北京回家，又恢复了原先的山居生活。

康熙八年（1669）冬，丁耀亢病重，在向家人交代完后事后，"占永诀诗毕，合掌说偈而殁"，享年七十一岁①。

综上所述，我们不难看出，丁耀亢终其一生，仕途之路坎坷曲折，且终无大的建树。面对时代的风云变幻，他最终选择了放弃，辞官归里。但诗文创作伴其终生，一生笔耕不停；治生谋食亦是他一生的坚守，即使晚年多病目盲，心已向禅，然丁耀亢依然亲自督导麦收（《夏入西村刈麦》），直至生命的结束。故其子丁慎行说："先太父柱史公，遗产不及中人，先大人胸有成画，造无米之釜炊，成空中之楼阁，皆能以无生有，以少胜多，自童年以至古稀，未尝沦踬窘乏，非承基之有余，殆创业之无不足也。"②

第二节　王乘箓的人生经历

王乘箓，字钟仙，明诸生，生年不详，卒于崇祯六年（1633）。他既是"诸城十老"的长者，也是乾隆《诸城县志·文苑传》所认可的唯一一位明代诸城诗人。王乘箓出生于九仙山下的王家大村，时至今日，那里仍有村民为其所立的墓碑，上书"明故诗人钟仙王公之墓"。这一墓碑，承载着后人对王乘箓的敬仰之情，而有关他留下的轶事，也一直是九仙山、五莲山一带后人津津乐道的佳话。

---

① 按："卒年七十二"应为"卒年七十一"。丁耀亢之子丁慎行《听山亭草·乞言小引》："己酉（1669），年七十一，召余曹曰：'将逝矣！生平知己，屈指数人，惟龚大宗伯、傅大司空诸名公，脱骖患难，耿耿在怀。'因占永诀诗毕，合掌说偈而殁。呜呼，痛哉！"此言可信。丁耀亢享年应为"七十一"，而非"七十二"。乾隆《诸城县志》，误。

② （清）丁慎行：《家政须知跋》，《丁耀亢全集》（下），第258页。

第二章 "诸城十老"的家族渊源与人生经历   47

王乘箓的家庭情况，史书中鲜有提及。故今天我们对他的家庭情况难以了解。而关于王乘箓本人的人生经历，史书中记载的也很简单。今天我们能够见到的，主要有以下三则材料：

一是乾隆《诸城县志·文苑传》中的记载：

  王乘箓，字钟仙。诸生。性豪迈，不拘细节。尝与邻人哄，阑入其室，邻人惊逸。乘箓怒方盛，见壁间悬琵琶，取弹数阕乃去。诗清健，平生与丁耀亢、孙江符友善。崇祯六年，临没，辑所为诗，各付一册，属剞劂以传。逾八年，孙梦乘箓责以诗曰："早知死后能相负，悔向生前识故人。"然竟不果刻。孙、丁俱没，李澄中、张衍始求而刻之，不及百篇。①

二是丁耀亢的《哭王钟仙律诗四首并引》载：

  钟仙，余诗友也。家南山下，负而孝，孤介不偶。癸酉孟春三月中，有母、妻之丧。又二日，钟仙作诗自挽，一恸而绝。余哭之以诗志穷也。②

三是李澄中在《王钟仙先生遗稿序》中的记录：

  忆予幼时，闻先子述先生轶事。钟仙故豪迈，不屑屑谨细节。一日与邻人哄，阑入其室。邻人惊逸，弗可得，先生怒方盛，见壁间悬琵琶，取弹数阕以去。其倜傥不羁类如此。③

从以上三则材料，我们可以捕捉到关于王乘箓的如下信息：

一是王乘箓为人性格豪迈，不拘小节。

---

① 乾隆《诸城县志》卷三十六。
② （清）丁耀亢：《丁耀亢全集》（下），第223页。
③ （清）李澄中：《王钟仙先生遗稿序》，《李渔邨先生稿》，《山东文献集成》第三辑第28册，第698页。

二是王乘箓一生与丁耀亢、孙江符等人过从甚密。因为年龄的关系，他只和"诸城十老"中的丁耀亢有过交集。从其所作《早春游五莲寄丁野鹤》、《同丁野鹤夜入五莲》等诗歌来看，他与丁耀亢之间诗歌唱和颇多。

三是王乘箓善弹琵琶，是一位琵琶名手。"尝与邻人哄，阑入其室"，弹奏琵琶的逸闻趣事。从其所作《闻邻家鼓瑟》一诗[1]，也印证了其邻居家的确备有乐器。

而从王乘箓和丁耀亢现存的诗歌中所记，我们还可以捕捉到如下信息：

一是王乘箓一生生活贫寒，但极其孝顺。他的诗友丁耀亢曾以"夕阳破屋无烟火，垢面添丁有泪啼"形容过他生活的贫困，感叹过他的"贫而孝，孤介不偶"（《哭王钟仙律诗四首并引》）；王乘箓的《冬日即事》一诗中也对自己的贫苦生活有过直白的描写："黄日挂西山，满天风不已。破屋三重茅，随风东西起。四壁累泥沙，窗户无完纸。釜尘不得炊，冷灰荡寒水。"

二是面对生活的困窘，王乘箓并没有十分介意，反而很坦然地接受了"富贵不可求"（《冬日即事》）的现实。他隐居于九仙山中，"去城七十里，始觉山宜人"，过着或种松、种竹、种茶，"种松我爱稀，种竹我爱密"，或陪儿子们读书练字的田园生活，"大儿读鲁论，道字不出口。小儿学作字，涂墨常两手"（《山谣》）。虽居茅屋、盖冷衾、吃粗食、穿布衣，但王乘箓很享受自己的山居生活。

三是从现存的"十千沽腊酒，结客取洮西"（《少年行》）、"杨柳春风细，章台明月多"（《公子行》）、"战罢玉门关外驻，不须回首望长安"（《塞下曲》）、"醉倚江云看江水，夕阳摇出打鱼船"（《饮江上楼》）、"遥指灵威飞锡处，断云回首太湖东"（《欸乃曲》）等诗句来看，王乘箓年轻时应该有过漫游的经历，不仅到过西北，还到过太湖。

四是王乘箓年轻时似乎有过从军的经历。其诗歌有云："我曾说剑山之上，十月琪花树树开"（《述梦》），"一剑三生恨，高歌十载情"（《霁雪过长城岭》），"飞刀走马羽林间，一道明光五月寒。战罢玉门关外驻，

---

[1] （清）王庚言：《东武诗存》，中华书局2003年版，第36页。

不须回首望长安"(《塞下曲》),"薄海十年劳甲胄,佳山几处隐渔樵。每甘痛哭重收泪,匪涩龙精养寂寥"(《秋兴》)。

然而王乘箓最终还是回归家乡,栖居于九仙山下,过起了专力工诗、以诗会友的闲适生活,"九月山风寒雨丝,山家无客闭门时。自知秋气清人骨,尽日南窗改旧诗"(《漫兴》)。

崇祯六年孟春三月中,王乘箓遭遇到三日内母亲和妻子相继去世的人生打击,悲痛不已,两天后"作诗自挽,一恸而绝"。其《临终》一诗曰:

> 人生祸福是机缘,理也无凭数也偏。
> 自觉乾坤随我老,空留儿女博人怜。
> 今朝漠漠风凄雨,后夜胧胧月在天。
> 此性素灵应不灭,下为才鬼上为仙。

得知好友去世的消息,丁耀亢悲痛不已,作《哭王钟仙律诗四首并引》悼念之,赞其"雄心傲骨气铮铮"之气节,发出"琴已绝弦山水尽,伯牙不是哭钟期"的知音自此难觅的叹息。

顺治四年(1647)春天,丁耀亢去九仙山拜访王炼师不遇,下山时经过王乘箓的坟墓,仍觉悲伤难过,写下了《过王钟仙墓下》一诗:"茂陵风雨尽,才鬼与诗仙。影入前年梦,诗从几处传。文遗徒宿草,琴断近无弦。腹痛平生约,驱年不负言。"在诗里,丁耀亢声明自己与王乘箓的"平生约",希望自己有生之年能"不负言"。然事与愿违,丁耀亢因世事纷扰、家事纷繁,挣扎于"升斗计",直到去世也未能兑现自己与王乘箓的"平生约"。

原来,王乘箓去世前,"辑所为诗,各付一册,属剞劂以传";八年后,孙江符梦见王乘箓有"早知死后能相负,悔向生前识故人"责问之语;结果丁耀亢和孙江符二人先后去世,依然未能刊刻王乘箓的诗集。为延续他们因诗歌而结缘的情分,后刘翼明、李澄中、张衍和张侗等人"求而刻之"。

康熙十九年,刘翼明订正了王乘箓"烟熏鼠啮半无纸"的遗诗,称

"不负先生我亦喜",并作《订王钟仙遗诗》① 一诗纪之。

康熙九年春,李澄中在九仙山中读书,知晓了王乘箓的经历,知其"诗卷多散失","其存于故人者,殆千百中什一耳"。于是,他向丁耀亢之子丁慎行(字颙若)"索先生所付稿",然诗卷已"残煤败楮,破不堪读"。见此情形,李澄中颇有感慨:"予既惜先生之不自爱其诗,又悲先生之遇,尽去其平生所自得,而以寥寥数语见少于后人。后之人复不能因先生之遇见先生之志,仅以家传口诵想像其为人。"② 然直到康熙三十九年,李澄中于临终之前,终于刻印了《钟仙遗稿》,并亲自撰写了《王钟仙先生遗稿序》。

综上所述,我们不难看出,王乘箓的一生,是贫穷与诗歌创作交织在一起的一生。虽始终与贫穷为伴,但能安然处之、不失气节。

第三节 刘翼明的家世与人生经历

一 刘翼明的家世

与丁耀亢、李澄中、丘石常、张衍等显赫家族相比,刘翼明家族只能算是当时诸城境内一般的书香门第。

刘家"世居诸城琅邪山下,先世多隐于农"③。自刘翼明之上,其可追溯的先祖有父亲的"曾祖讳荣、祖讳某、父讳某、妣陈氏",此语中的"父讳某",指的是刘翼明的祖父左滨公。正是因为这位老人的英明决定,刘家"始以弦诵训诲子孙"④,其培养成果则在刘翼明的父亲刘元化身上体现出来,"刘氏始以文学显"⑤。

刘翼明之父刘元化,字季雅,一字斗杓。乾隆《诸城县志》卷三十

---

① (清)刘翼明:《镜庵诗稿》,《山东文献集成》第三辑第29册,第136页。
② (清)李澄中:《王钟仙先生遗稿序》,《李渔邨先生稿》,《山东文献集成》第三辑第28册,第698—699页。
③ (清)李澄中:《刘广文子羽墓表》,《卧象山房文集》,《山东文献集成》第一辑第35册,第393页。
④ (清)张贞:《清故洛川知县斗杓刘先生墓表》,《渠亭山人半部稿》,《山东文献集成》第三辑第29册,第280—281页。
⑤ (清)李澄中:《刘广文子羽墓表》,《卧象山房文集》,《山东文献集成》第一辑第35册,第393页。

第二章 "诸城十老"的家族渊源与人生经历 ◆ 51

有传。他万历三十七年（1609）中举，历知陕西高陵、洛川县，所至有治声。因其"不能媚知府"，最后被"以考功法罢归"①。回归故里之后，刘元化"绝口不言居官时事"，开始了居家二十余年饮酒赋诗的日子，因"家贫不能常得，园竹正茂，时斫以换酒"，"尤长草书，欲求书者，多载酒以往，醉后淋漓挥洒，人人得满意去"。②顺治十四年（1657），刘元化因醉酒而殁，享年七十四岁（按：张贞《清故洛川知县斗杓刘先生墓表》："自卜葬地，预刻死期而卒，时顺治丁酉七月八日也。距生万历甲申得年七十有四。"而丁耀亢《期斗翁于市同族中子侄》诗，题下有自注："斗翁原任高陵县令，隐不复仕。时年七十五岁。"③该诗作于顺治十年。故关于刘元化的卒年存疑）。颇为奇异的是，那些陪伴着刘元化为之换酒的翠竹也相继枯萎。几年以后，枯竹重新发芽，刘翼明颇为惊异，作《南园竹新发言念先君》、《又题竹上》记之。刘元化有子四人，分别是励明、翼明、翘明、轸明。刘翼明是刘家文学成就最高的一人，"即世所称诗人刘子羽也"。

二 刘翼明的人生经历

刘翼明，字子羽，号镜庵，又号越台，诸城琅琊人。生于万历三十五年（1607），卒于康熙二十七年（1688）。乾隆《诸城县志》其本传云：

> 刘翼明，字子羽。世居琅邪台下，因号越台。父元化，自有传。元化临没，遗命裸葬。翼明不肯从，期异日自裸葬以慰父心。少工诗，与胶州王偁（字无竟）友善，结为兄弟。偁为姑子徐登第所杀，无子姓为报仇。翼明披发哭州庭，乞杀登第。知州阎曰："王氏子死，何与君事？异姓入爰书，非法也。"翼明裂眦曰："若五伦无朋友，则翼明可以退。"阎终左右登第，讼三年不解。翼明还青州，哭

---

① 乾隆《诸城县志》卷三十。
② （清）张贞：《清故洛川知县斗杓刘先生墓表》，《渠亭山人半部稿》，《山东文献集成》第三辑第29册，281页。
③ （清）丁耀亢：《丁耀亢全集》（上），中州古籍出版社1999年版，第195页。

于兵备道门，三日夜不绝声，乃收其讼牍，移檄莱州知府，下高密，知县程（即程万里）鞫之，寘登第于法。翼明迎偑母养于家，又为纂遗稿，付其女夫张某以传。后即墨知县周斯盛，坐海禁，下胶州狱，从狱卒得所选偑诗，且悉为偑复仇状，出狱后，走琅邪台访之，与定交。翼明为人坦易，多所玩弄，类不恭者，然举止无所苟。康熙初，周亮工为青州兵备道，以书招之，竟不往。由岁贡授利津训导。卒年八十二。为诗好苦吟，尤精近体，所刊《镜菴集》，才十之二三耳。

除了县志所载，刘翼明的生平事迹还可见于李澄中的《刘广文子羽墓表》、赵一清的《刘义士传》等相关材料。

根据以上材料，我们可以将刘翼明的人生经历分作以下三个阶段进行描述。

（一）年轻时"喜交天下士"，名满山左

刘翼明少为诸生，然屡试不第，遂致力于诗。"喜交天下士"[①]，视友人为手足，与丁耀亢、李澄中、丘元武、张侗、王偑等人交好。

年轻时的刘翼明，其最值得称道的是他与王偑的情谊。他"与胶州王偑友善，结为兄弟"。崇祯九年（1636），王偑因与其姑之子徐登第素有嫌隙，被杀。二十九岁的刘翼明得知消息，东奔西走，为之申诉，耗时三年才为王偑洗清冤屈。由此可知，刘翼明为王偑沉冤得雪的时间是崇祯十二年。王偑家因为诉讼败落了，其母老无所养，"关心第一亡儿债，翻向山南乞卖田"（《拜无竟老母》），于是，刘翼明又"迎养其母妻。后十一年而母高卒，又二年而妻龚亡"[②]。此外，刘翼明还尽力搜集王偑的诗作，名曰《太古园诗集》，"亡之十六载，零落谁能堪"，"呕心诸遗册，表彰成虚谈"，交给王偑女婿张桐保存，"乃是君家婿，发愤故冥探。长跪须手校，潦草万不甘"（《感张柏若寄纸笔索手录无竟遗诗》）。刘翼明时常想起王偑，"与君交相发，贵在气所积。性情戒互袭，

[①]（清）李澄中：《刘广文子羽墓表》，《卧象山房文集》，《山东文献集成》第一辑第35册，第393页。

[②]（清）赵一清：《刘义士传》，《东潜文稿》，辽宁教育出版社1998年版，第35页。

喜露其本质"(《忆王无竟琅邪壁上读铁园草寘字韵诗》),"东山宿草悲无竟"(《自城回》),"伤心丙子月春王,十载何堪母在堂。宿草满阡人更哭,遗文行世鬼犹狂"(《送无竟老母高归岁因伤零落诸亲友拟寄招远扬曙岚霞岚兄弟时晴岚亦物故矣》)。此事被以违禁出海罪而关押于胶州监狱的即墨知县周斯盛闻知,周斯盛甚为感动。康熙十年,周斯盛出狱后,还专程为此到琅琊拜访时年已六十五岁的刘翼明,并"与(之)定交"。此事可详见赵一清《刘义士传》一文。张谦宜《诗人王无竟传》亦载此事。此事后来还被清人纪圣宣编成《青衿侠传奇》,在胶东一带广为流传。

(二) 中年后遁迹琅琊山,专力工诗

刘翼明为好友王倜报仇的侠义经历,使其美名远播,"东莱人士争识之",然他"则遁迹琅邪山下",过起了专力工诗的生活。

康熙初年,"周栎园先生观察青州时,以书招之曰:甚勿学安期生,合则留,不合则去也。"① 然而对于时任青州兵备道周亮工的征召,刘翼明断然拒绝,最终也没有前往。

康熙七年(1668),六十二岁的刘翼明诗兴大发,诗作剧增。其此后的人生经历,主要记录在其诗集《镜庵诗稿余集》中。

康熙八年,刘翼明补了一个岁贡生。按照规定,只有有着十年以上廪生资格的秀才方有可能被选为岁贡生;入选岁贡后,可以候选低微的官职。刘翼明六十三岁才补得岁贡生,这对"穷年矻矻,官情久绝"的刘翼明来说,本来既是一种精神上的安慰,也是他可以做官的一个凭证,但刘翼明对此依旧是"其精神结撰于一诗"②。

进入花甲之年的刘翼明,已经是"白发向人前"(《白发》),变成了一个真正的老头。此时的刘翼明,其侠义劲头已失,隐居于琅琊山下,每日以专力为诗为乐,鲜与人交往,即与朋友书信往来,所谈内容也必然只是诗歌而已。故李澄中对此评价道:"今老矣,稍讳言侠。避居东海

---

① (清)李澄中:《刘广文子羽墓表》,《卧象山房文集》,《山东文献集成》第一辑第35册,第393—394页。

② (清)苏笔山:《镜庵诗稿前集叙》,《镜庵诗稿》,《山东文献集成》第三辑第29册,第3页。

上，贫益甚。萧然有嵇阮风，杜门寡交游，时时与吾书往来必以诗。余尝取少陵'把君诗过日'之句相慰藉，盖彼此兼之矣。"①

此时刘翼明"贫益甚"，生活愈加艰难。故李澄中说道："今子羽六十有八，或耄耋，或旦暮，死不可知。其子孙贫，不能自振。予又坎坷与子羽略同，致令五十年精力，湮没敝簏中。"② 他在诗歌中对此也毫不讳言，字里行间充满了心酸。如其《家信》一诗曰："远报饥难忍，空伤作父心。那知吾乞米，正似鸟哀音。"又其《食饱》题下小注曰："家中屡告少子饥饿。"《幼子行》则曰："我年七十已加三……啼饥号寒亦寻常。"

这一时期，刘翼明居住在琅琊山下，诗兴大发，诗歌创作进入高峰期，数量庞大，佳作频现。康熙十八年（1679）七月十四日和七月十五日中元节（鬼节）两天的时间，七十三岁的刘翼明就创作了《十四日独坐》、《将以中元日过逸仙处二首》、《计五弟此日已至海上》、《寄怀愚公》、《西南》、《中元西山怀渭清都门》、《中元前一日怀石民壶石即寄昆铁》、《中元日离山将访逸仙道上有感》、《足逸仙密室一联》、《海上野望》、《七月十四日暮二首》等十二首诗歌。这些诗歌，清晰地记录了刘翼明康熙十八年中元节和前一日的踪迹和心境。

据笔者粗略统计，刘翼明现存的诗歌，约有五分之四是其晚年的作品。这一时期，刘翼明主要在诸城境内活动，常居于五莲山、九仙山、障日山等山中，并在山中读史作诗、会友念友，诸如"诸城十老"中的李澄中、张侗、张衍、赵清、徐田，以及李焕章等，都频繁地出现在他的诗作里。在这些朋友里面，刘翼明和李澄中之间的书信往来最多，故刘翼明写给李澄中的诗作也最多，如《山中别渭清录似吴元任》、《凝寒怀渭清》、《琅邪道上寄渭清》、《奉怀牛涔寄渭清诸友》、《次韵渭清送别出山》、《秋晚渭清书至》、《喜渭清京师书至》等。他在诗歌里诉说着对朋友的思念，即使是已经故去的朋友也不时出现在他的诗作中。如《夜梦亡友丘海石》："浮云世事现前新，颜色机锋去后真。白骨难忘知己泪，

---

① （清）李澄中：《镜庵诗稿近集叙》，《镜庵诗稿》，《山东文献集成》第三辑第29册，第26页。

② 同上书，第3—4页。

第二章 "诸城十老"的家族渊源与人生经历　55

黄金不铸负心人。久将海浅宽精卫,谁使恩深恼夜磷。吞吐从来无可语,九疑山外几重尘。"

这一时期,在刘翼明交往的朋友中,周斯盛应该是其中最为特别的一位。

康熙十年,周斯盛慕刘翼明为好友报仇之侠义,前来拜访。刘翼明和李澄中陪伴周斯盛游览了超然台等地,并作诗留念。周斯盛亦作《与刘子羽李渭清登超然台》、李澄中作《与周岂公刘子羽登超然台》、刘翼明作《铁园观雪放歌行同证山》、《次渭清超然台四首同证山》等。

除了怀念朋友,刘翼明还拿出时间订正臧允德、王乘箓等人的遗诗。康熙十一年(1642),刘翼明于北京见周斯盛的空档,在京师太平寺订正臧允德(字谐卿,号嵩石)的遗诗[①];康熙十九年,刘翼明订正了王乘箓的遗诗,"先生复起或亦然,不负先生我亦喜"[②],算是完成了王乘箓的遗愿。

(三)晚年得官,出任利津训导

康熙二十三(1684)五月,已七十八岁高龄的刘翼明大病一场,被人认为将不久于人世,引得亲朋纷纷前来探望,结果"辄死吊者在门,乃蹶然而起"[③]。远在京城的李澄中也写信来询问,刘翼明以调侃的语气写了自己虚惊一场的尴尬,"道山久住足婆娑,奈此亲朋念我何。生祭才能知肉味,一时赚得挽诗多"(《答李雷田书来问讹传之故》)。然刘翼明不但大病未死,反而于这一年的冬天,意外获得了一个职位——利津训导。

大病初愈,又有美差降临,刘翼明也是又惊又喜:"忽传渤海瓜期近,喷饭生机首蓿操。"(《正吟未完忽利津报至》)面对突然而至的任命,刘翼明又以"戏"字开头写了《戏语龙标霞标兄弟》、《戏示子弟》、《戏寄石民壶石》、《戏寄马吉人及孟千兄弟》、《戏语孟光》、《戏语粹明

[①] (清)刘翼明:《寺中订亡友臧太公嵩石遗诗》,《镜庵诗稿》,《山东文献集成》第三辑第29册,第100页。

[②] (清)刘翼明:《订王钟仙遗诗》,《镜庵诗稿》,《山东文献集成》第三辑第29册,第136页。

[③] (清)李澄中:《刘广文子羽墓表》,《卧象山房文集》,《山东文献集成》第一辑第35册,第394页。

及诸门人》、《戏寄王闇思》、《戏寄邱季两家子弟》等,以及以"寄"字开头写了《寄杨水心》、《寄昆铁》、《寄钱伯衡》、《托雷田寄怀阮亭先生》、《寄刘止一》、《寄金琢庵》、《寄丁逸仙》、《寄蓬海白峰》等一系列诗歌,来表达当时自己"六十年前未可追"、"我自多年不画眉"(《戏语孟光》)的惊喜心情。而老友们得知刘翼明在如此高龄得官的经历,也纷纷表达了自己的祝贺与诧异。如周斯盛的"老矣琅邪客,居然拜一官"(《闻刘子羽司训利津雪夜有作》①)之句,就有戏谑之味。

在利津四年,刘翼明作为训导,公务并不繁忙,每日过着"官闲出入得从容"(《封印戏作》)的生活。在这里,刘翼明结识了李博、李范、纪之健等许多新朋友。他们常常聚在一起宴饮赏杏花、下棋、吟诗。今读其作于此时的《西园杏花盛开秉乾邀同诸公畅饮》一诗:"留春偏不易,况得在西园。对酒存狂客,忘形恕醉言。气怜湖海小,歌避市城喧。更约黄鹂至,招寻莫惮烦。"仍可感受到宴饮的热闹氛围,体悟到此时此刻诗人的快乐心情。

然而这种快乐是短暂的,萦绕在刘翼明心头的更多是怀归和思亲。故怀归和思亲也就自然成了刘翼明利津诗作的主题。他在诗歌中说道:"总是怀归意"、"亦有思归客,天涯不自闲"(《思亲友》),"为官一日不思归"(《为官》),"寄语故人休念我,东西蟹舍有痴儿"(《利津雪中有怀殷迪章便致李雷田京师》),"琅邪在何许,未肯随我行"(《甲子嘉平十一日夜梦琅邪枕上口占》),"连宵梦故人"(《官况》二首)。

但家境的贫寒,又使得刘翼明需要这份俸禄来养家。其《儿来》一诗曰:"老妻破屋愁风雨,幼子嗷嗷吼俸钱。上官扣例瓶将竭,难乞诸生卖草绵。"又《雨夜》一诗亦云:"瓶罄愁三月,朝饥答上官。"(诗下小注:时违限罚俸。)所以,这就使得此时的刘翼明处于了一种两难的境地,要俸禄就无法辞官,辞官就没有了俸禄,内心充满了矛盾与苦楚,于诗歌中不时发出"羞问行藏饥索米,难消恩爱老辞官"(《冷署不寐》)、"发愤明年欲辞官"(《寒夜不寐口占四首》)、"皆为折腰来,谁为折腰去。急欲问渊明,南村在何处?"(《甲子除夜枕上五首》)之类的感叹。

---

① (周)周斯盛:《证山堂集》,《四库全书存目丛书》集部第233册,第49页。

康熙二十七年（1688）春天，八十二岁的刘翼明决意辞官回家。辞官之后的刘翼明，如同出笼的鸟儿，一路上高歌"黄发逍遥现在身，潮光霞影共相亲。不烦更寄南窗傲，自作狂歌自写真"（《海上》），"八十生还海上村"、"莫须回首望笼樊"（《归途过白马河遇旧禅友》），带着喜悦的心情，回到了阔别四年的家乡。然而，回乡不久的刘翼明，接二连三地收到好友丘元武（《闻龙标讣音》）、杨涵（《杨水心物故》）、丘元复（《丘汉标讣音》）、孙必振（《孙御侍讣至》）等人过世的消息，引发他发出无限的感叹："吾喜得生还，如何君即死"（《杨水心物故》），"山头芳草百年新，正好骑驴访故人。谁使无情君又去，不堪再见铁园春"（《丘汉标讣音》）。老友的相继离世，冲淡了他回乡的喜悦，让他倍感人生凄凉。其《入山》一诗就流露了这种心声，诗曰："潮声发处病全苏，破格忘形得狗屠。再莫逢人伤碌碌，直须带酒唤乌乌。啸传空谷云皆应，影恋高峰月不孤。湖海多情谁见梦，独来独往我从吾。"刘翼明辞官归家，回到朝思暮想的琅琊台，置身于家乡的一草一木、一山一水，忘却了病痛，摆脱了官场，与亲朋团聚，本该是一场皆大欢喜的团圆剧，然空谷云应、峰月不孤、湖海多情，只有他"独来独往我从吾"，一语中的地道出了自己的孤单与苦楚。他只能寄情山水，移情文字，写了一系列模山范水的诗作，如《初夏偶题》、《柳下》、《夏日兀坐》、《海上闲咏》等。

回到家乡的这一年，刘翼明和老友们见面的机会不多，只能把思念寄托在诗里，创作了《寄津友纪修甫》、《即事寄渔村时琢庵书到》、《端午前寄霞标》、《怀壶石栩野》、《寄张蓬海昆季》、《送张白峰北去即寄李渔村》等一系列诗歌。他在诗歌中叹息："故人何处是？一望北风遥"（《寄津友纪修甫》）、"浊酒喜同新月醉，长松遥作故人呼"（《即事寄渔村时琢庵书到》），字里行间充满了对好友们的无限思念。在病榻之上，刘翼明的思友之情更为浓烈，其《戊辰腊月二十一日病榻口占其二》一诗曰："挽面当知我是谁，本无坚固任支离。一生一死交情在，传与朱晖好自为。"诗下有小注："病榻怀诸友人。"

是年腊月二十六日，刘翼明病逝。临终遗诗一首，诗曰："无声无影亦无形，了悟迷知有一灯。试看羊昙他日醉，不知何以过西陵。"（《二十六日病榻》，题下小注曰：酉时作亥时长逝）终年八十二岁。

第四节　李澄中的家世与人生经历

一　李澄中的家世

李澄中家族与李璋煜家族、李廉仲家族组成了明清时期诸城显赫的李氏家族，与丁耀亢家族同为明清诸城五大家族之一。

李澄中先世原籍成都，明朝洪武年间凭借军功管理海卫所，于是就在诸城定居下来。乾隆《诸城县志》卷三十三有李澄中祖父李旦传，云："其先成都人，明洪武间有以军功官沿海卫所者，遂为县人。"由此可知，李澄中家族是以军功起家，其起点还是比较高的，故其家族中为官者甚多。

李澄中的祖父李旦，字子旭，万历四年（1576）举人，历任山西蔚州知州、平凉府同知等。为官清正廉洁，为人乐善好施。任知州期间，"有豪右与武人讼，献金仙八，旦笞而还之"，"万历四十三年，岁大祲，旦出粟百石振之"。[①]李旦育有四子，即李凤俞、李凤诏、李凤郊、李凤文，但四子均无兴达者，李凤郊乃李澄中之父。

李凤郊，字兆文，"有醇德，善属文"[②]。少年喜读书，为文多奇才，十八岁为诸城秀才，然屡试不第，六十岁犹苦读寒窗，不辍乡试。其妻为丘橓的孙女。育有四子。长子李敬中，字允卿，为诸生，年仅二十五岁卒。仲子李述中，字彭仲，别号坦庵，十四岁应童子试，二十二岁与李澄中同补诸生，康熙十七年（1678）病卒，时年五十四岁。季子李用中，三十二岁卒。四子之中，最为显达者就是李澄中。

二　李澄中的人生经历

李澄中，字渭清，号雷田，人称渔村先生。生于崇祯二年（1629），卒于康熙三十九年（1700）。精经史，工诗赋，才华超众。乾隆《诸城县志》卷三十六有其传，云：

[①] 乾隆《诸城县志》卷三十三《李旦传》，乾隆二十九年（1764）刻本。
[②] （清）李焕章：《弟雷田检讨传》，《织斋文集》，《清代诗文集汇编》第45册，第651页。

李澄中，字渭清。年十九，补诸生。兵备副使周亮工按部至县，索其诗，爱之，引置署中，与乐安李焕章、寿光安致远、安丘张贞讲业真意亭。焕章、致远、贞专攻古文，澄中兼为诗赋，与同县刘翼明、赵清、徐田、隋平、张衍、衍弟侗诸人日放浪山海间，醉歌淋漓，有终焉之志。久之，拔入成均。年五十，为康熙十八年召试博学鸿儒，授检讨，预修《明史》。二十七年，升右春坊右中允。二十八年，转左，晋侍讲。二十九年，典云南乡试，转侍读。三十年，列名直隶学政，为忌者所中，改调部曹，乃归。其典试时，秀水朱彝尊在京师，谓其乡人李生曰："君在云南学使幕三年，其高才生有几？吾将验渭清得士多寡焉。"李取列二十二人贤，书至售者十八人。拂衣后，与侗游江南，更独游浙、闽，访名胜，还与旧友修鸡豚社，选定丁耀亢、刘翼明、王乘箓、邱石常诗。毕，乃卒，年七十二。澄中问学淹博，诗冲和，宗盛唐，文雅洁有法。又好阐扬乡人，乡人多赖以传。为人庞达慷慨，晚年出田百二十亩，宅一区，为外祖邱云肇立嗣，而家计遂萧然矣。尝撰《五岳志》、《齐鲁纪闻》，未就，任丘庞垲为刊《卧象山房诗文》，甫及其半。学者称渔村先生。

李澄中的人生经历，大致可以分为以下三个阶段。

(一) 家乡读书

李澄中出身于书香门第，少年聪颖，七岁入学，能出口即诵，十余岁则已经能够背诵五六百首古诗。十四岁时，其母去世。是年，李澄中进入张氏"放鹤园"读书。未几，战乱爆发，李澄中和二哥李述中跟随父亲逃难。这次战乱中，李澄中及家人得以幸免于难，在祖居"西村"安顿好后，"兄乃收残书与予窃诵之"[1]。自此，在二哥李述中的陪伴和督促下，李澄中一直没有放弃读书。二十三岁时，其父李凤郊过世，自此家道中落。

---

[1] （清）李澄中：《先仲兄彭仲公行状》，《卧象山房文集》，《山东文献集成》第一辑第35册，第269页。

这一时期唯一值得安慰的是：顺治三年（1646），十九岁的李澄中与二哥李述中同补诸生。这为重振家门带来了曙光。二十岁时李澄中开始学习写诗，进步极快，得到丁耀亢的称赞。这也是二人能够成为忘年交的重要缘由。二十三岁李澄中乡试中副卷，二十七岁学作赋，不仅经知县吴西溦的考试得了生员第一名，还在经督学戴岵瞻、知县陈汉星、督学施愚山等人的考试中均是第一名。李澄中虽每试皆夺魁，但于乡试却极不顺利，未能中举。但他所写的制艺文、诗、赋等，却得到了观察使陈大莱的赏识，备受推崇，逐渐流传开来。又先后知于督学刘山癯、周霖公和知县程碧舟。经多位师长和文化名流的指导，李澄中博采众家之长，学识功底日臻深厚扎实。

康熙二年（1663）春，周亮工以司农出镇青州兵备道副使。李澄中"复以诗赋见知于周栎园先生"①，且周亮工将李澄中请到青州，"引置署中，与乐安李焕章、寿光安致远、安丘张贞讲业真意亭"②。在周亮工的提携下，李澄中不仅名气得到了提升，还和出入周亮工门下的吴晋、高阜、吴期远等诸多文人定交。

康熙十年（1671）始，经过赵清的介绍，李澄中与张侗结交，入住卧象山。康熙十一年春，他以拔贡的身份入太学，试有司，又不第；同年秋末，自北京归家。从此，他与张衍、张侗、刘翼明、徐田、隋平、臧汝明（字服邻）、马持（字维斯）等人诗文唱和，诗赋技艺日趋娴熟，为其应考博学鸿儒打下了坚实的基础。然此时的李澄中"日放浪山海间，醉歌淋漓，有终焉之志"③。

（二）京城为官

康熙十七年，朝廷诏征海内博学鸿儒，山东督抚推荐包括李澄中在内的3人。第二年三月，博学鸿儒科考于体仁阁御试，考题为"璇玑玉衡赋一篇，省耕诗二十韵"。幸运的是，李澄中被录取，即日授翰林院检讨，纂修《明史》。自此，五十岁的李澄中正式踏入仕途。虽然科名晚

---

① （清）李澄中：《三生传》，《卧象山房文集》，《山东文献集成》第一辑第35册，第412页。
② 乾隆《诸城县志》卷三十六，乾隆二十九年（1764）刻本。
③ 同上。

达，李澄中官职一直稳中有升，二十七年升右春坊右中允，二十八年晋侍讲。

康熙二十九年（1690），六十一岁的李澄中受命典云南乡试。是年五月六日，李澄中自北京启程，历经84天的长途跋涉而抵达云南。事毕，同年十月离开云南，十二月底回到北京。回京时，他所携带的行李也非常简单，仅"孝竹、松子石而外，滇行日记、诗数册而已"[1]。云南之行，李澄中不仅为朝廷选拔了许多优秀人才，还留下了诸多脍炙人口的佳话。李澄中《三生传》载：当时，有李约山者，自滇南归京师，见到与李澄中同试博学鸿词的翰林院检讨朱彝尊，二人讨论滇中人才。朱彝尊说："君在谢敏功幕为云南督学者三年，其间高才生有几？吾将验渔村得人多寡焉。"[2] 朱彝尊想借此考察李澄中云南之行，所取之士是否有真才实学。等到发榜时，二人打开云南乡试"登科录"一一查对，结果李约山所取列的22人，被李澄中选拔的就有18人。此外，李澄中还据此行写下了《滇行日记》、《滇南集》等与云南有关的著述，成为考察云南民情风俗的重要文献资料。

康熙三十年，李澄中列名直隶学政，为忌者所中，改调部曹。这一事件，动摇了李澄中为官的信心，也成为他决意离开官场的催化剂。

康熙三十三年五月，六十六岁李澄中终于回归故里。至此，李澄中16年的仕宦生涯彻底结束。

（三）致仕回乡

康熙三十三年五月，李澄中回到家乡诸城。他又恢复了为官之前与张侗等人游走山林、诗酒唱和的生活。同年闰五月，李澄中南游，先到彭城，登徐州云龙山，凭吊张天骥放鹤亭。次年夏天，李澄中与张侗结伴再次南游。沿途经过汤泉、云龙山，进入淮阴、射阳湖，又经由扬州、润州，最后到达南京。之后，李澄中与张侗分手，自游安徽、湖南一带。康熙三十六年五月，李澄中第三次南下，游杭州、福州，见到了毛奇龄、朱彝尊、周斯盛等老友，同年十月二十三日归家。

---

[1] 江燕、文明元、王珏：《新纂云南通志》（八），云南人民出版社2007年版，第41页。
[2] （清）李澄中：《三生传》，《卧象山房文集》，《山东文献集成》第一辑第35册，第413—414页。

李澄中南游回家之后，移居城西村，日与农夫野老为伍，又"与比邻高仲芝、李餐青、我家蓬海、白峰约鸡豚社"，设酒唱和，"若不知老死之将至者"①。

这期间，李澄中还处理了几件家事：

一是为长兄李敬中和嫂嫂胡氏立嗣，并以自己的儿子李祁过继为兄嗣子，并作《为先兄允卿立嗣文》纪之。

二是为外祖丘云肇立嗣，出田宅为其延续香火，并作《为先外祖立嗣碣》纪之。

康熙三十九年（1700），李澄中去世。从张侗《续传》所记之"庚辰夏六月，选同邑王钟仙、丁野鹤、丘海石、刘子羽四先生诗，成于二十二日，未时乃卒"② 来看，去世之前，李澄中还完成了王乘篆、丁耀亢、丘石常、刘翼明等人诗集的编辑和刊印工作。

第五节　张衍、张侗的家世与人生经历

一　张衍、张侗的家世

张衍和张侗家族，虽然未能列入诸城臧、王、刘、李、丁五大家族，但确属诸城赫赫有名的文化世家。自晚明以来，张家就以经学、文学、书画闻名于诸城。

据张氏族谱记载：其始迁祖张敏原为安徽凤阳人，元末因躲避战乱来到诸城普庆村定居（按：张侗《族谱自序》："余始祖潍阳公，江南凤阳人，元末避地琅邪。"），开始了农耕生活。直到六世祖张泰（事迹见乾隆《诸城县志·隐逸传》）开始攻读诗书，他特地建造"放鹤亭"，亲率子弟在此读书。至此，张家成为读书习礼的耕读人家。张泰有一子：张怀。张怀，因病早于其父去世，例赠修职郎。张怀有三子：张肃、张彝、张蓋。

张肃，字蒲渠。隆庆六年（1572）贡士③。先后任元氏县、新城县县

---

① （清）张侗：《续传》，《白云村文集》，《四库全书存目丛书》集第250册，第777页。
② 同上。
③ 光绪《增修诸城县续志·列传补遗》，光绪十八年刻本。

丞、无极县知县，后辞官归里。万历年间，张肃与杨津、董生、张文时、张世则、臧惟一、丁惟宁、陈烨7人结"琅琊西社"。张肃育有四子：必遇、必达、必逊、必遂。

张彝，即张衍和张侗的曾祖父。字叙斋。有二子：必先、必立。

张盇，字邻溪。他扩建放鹤亭，称其为"放鹤园"，并称普庆为"放鹤村"。有一子：必显。

自九世之后，张氏家族子弟和分支逐渐增多，故以下仅介绍张衍和张侗的直系祖父辈，即九世祖张必先、张必立和十世祖张惟蕃、张惟修、张惟吉。

张必先，张侗之祖父。字茂逊，号扬叙。有三子：惟庆、惟馨、惟吉。

张必立，张衍之祖父。字茂叙，号念叙。有二子：惟蕃、惟修。

张惟蕃，张衍之生父。字翙华。诸生。李焕章《鹤园隐君张先生墓表》、李澄中《处士张公墓志铭》、乾隆《诸城县志》卷四十一有传。有五子：倎、衍（出嗣）、佳、倧、傃。

张惟修，张衍之嗣父。字西华。嗣子：衍。

张惟吉，张侗之父。字惠迪。有隐德，世称"文介先生"。乾隆《诸城县志》卷四十二有其传。有三子：俭、侗、位。

到了张衍和张侗这一辈，张家人才辈出，他们二人与张佳、张傃被人合称为"张氏四逸"。

张佳，字子云。岁贡。工诗，著有《一柳堂诗集》。

张傃，字白峰。诸生。工诗善书。清初以岁贡授莱阳训导，不赴。

张衍与张侗同岁。张衍有财，张侗有才。张衍有云："弟非余无以遂其志，余非弟无以成其行。"因此，他们二人珠联璧合，凭借张衍的财力和张侗的才气，不仅将张氏家族的声望推至鼎盛，还将放鹤园打造成接纳四方文士的名园。然而张衍与张侗的立身行事和而不同，如张衍次子张雯所言："府君乐善不倦，石民公学期躬行；石民公见义必告所为于府君，府君知可为不违所见于石民公。"①

---

① （清）张雯：《十一世衍、侗两祖合传》，见《诸城放鹤张氏族谱文献译注稿》。

二 张衍的人生经历

张衍，生于崇祯七年（1634），卒于康熙四十九年（1710），字溯西，号蓬海，自称"半只道人"，诸生。乾隆《诸城县志》卷三十六本传云：

> 张衍，字溯西。诸生。不求仕，以山水友朋为乐。四方文士至者，多主其放鹤园，皆生死赖之。辟卧象山、龙潭诸胜，岩洞幽豁，日哦其间，与再从弟侗、从弟佳，傫号四逸。卒，年七十七。

根据县志的记载以及张侗《六兄蓬海先生小传》、张衍次子张雯为之所作传、友人洪嘉植为之所作《琅琊乡谥恭惠先生蓬海张君墓表》，我们可大致掌握张衍的人生经历。

张衍，自小被过继给伯父张惟修，以孝悌闻名。不仅侍奉嗣母杨氏若亲母，还对待家族诸兄弟张侗、张傫、张佳等如手足。崇祯十五年战乱时，张衍的生母徐氏惨遭清兵杀害，故张家兄弟不约而同地放弃了仕进，以布衣之身终老故乡。

张衍生活富裕而乐善好施，惠及族人和邻里，在乡里有善名。"鸡黍延客"是他生活的常态，既与李澄中、刘翼明、赵清、徐田等人"赋诗赠答无虚日"[1]，又使县外李焕章、杨涵、马鲁等"四方文士至者，多主其放鹤园，皆生死赖之"[2]。

张衍喜爱菊花，善画墨菊，一生以陶渊明的追随者自居，经常"携酒一壶、鹿皮一床，偃仰花前，捧腹微笑曰：菊之爱，孰谓陶彭泽后遂无人焉"[3]；且"君为善，无近名，读书之暇，时作小诗《墨菊》自怡，多东篱风致，足以为隐者法"[4]。

张衍一生喜欢远游，时不时地外出游历一番，即垂老犹乐佳山水，并最终在游历山水的路途中去世。康熙四十九年（1710）"春二月，偕武

---

[1] （清）张侗：《六兄蓬海先生小传》，《其楼文集》卷一，诸城博物馆藏民国七年石印本。
[2] （清）乾隆《诸城县志》卷三十六，乾隆二十九年（1764）刻本。
[3] （清）张侗：《六兄蓬海先生小传》，《其楼文集》卷一，诸城博物馆藏民国七年石印本。
[4] （清）洪嘉植：《琅琊乡谥恭惠先生蓬海张君墓表》，见《诸城放鹤张氏族谱文献译注稿》。

定李澹庵先生登琅邪古台，抚秦皇帝残碑，遥瞩乎沧波浩淼，泊然与大化同归耶。"①

张衍一生的主要事迹，可以归纳为以下四个方面：

一是扩建放鹤园。放鹤园本由张氏五世祖张泰始建于明代。因张泰曾捕获元代至正年间的一鹤而"怆然释鹤"，故建造亭子以示纪念，因而得"放鹤"之名。亭外植松柏、碧梧、金杏等。放鹤园起初规模较小，后经张氏累世扩建，成为10亩之大的庭院；其东临潍水，南依石屋山，与桃花洞相距五里，是一方胜境，不仅是张氏历代子弟读书习礼之地，还成为历代文士聚集之所，尤以张衍和张侗时期为盛。

张衍过世后，张侾为了守住园子，不仅用自己的田产置换张佳等人所占放鹤园份额，又拿出自己的田地作为日后修缮放鹤园的资金，还特地定《放鹤园约》告诫张氏后人，称："今与后人约，此园为吾家书香所自始，地不宜废，不宜瓜分其域，不宜樵採其林木，不宜私割一隅为宅。世相保，付与能守者。今传长子，若不能守，传次子。若二人之外皆无有能守者，本系宗子与大系宗子，会聚拟议，择本系、大系之能者传之，入祠告主，而易其名焉。"②

二是开辟卧象山。康熙九年（1670），由张衍出资，张侗出力在九仙山仓敖岭西开辟一山，名曰卧象山。成为当时"诸城十老"等本地文士和四方雅士在诸城的又一聚会场所。

三是编纂张氏家谱。康熙十六年（1677），张衍和张侗编成张氏族谱；五十三年，张衍次子张雯予以付梓。卷首有三篇序，即李焕章所作《放鹤村张氏族谱序》、张衍所作《族谱序》、张侗所作《族谱自序》。至此，张氏家族在诸城的发展脉络得以一目了然。

三 张侗的人生经历

张侗，生于崇祯七年（1634），卒于康熙五十二年（1713），字同人，一字石民。乾隆《诸城县志》本传云：

---

① （清）张雯：《张衍传》，见《诸城放鹤张氏族谱文献译注稿》。
② （清）张侾：《放鹤园约》，见《诸城放鹤张氏族谱文献译注稿》。

张侗，字同人。亦诸生。父惟吉，见《隐逸传》。侗少遭兵燹，无笔墨，尝以炭作字。长为古文词，喜造奇语，善游，北蓟门，南白下，所至留题。四逸中，侗最有名。幼聘程氏，以疾失明，外舅请绝婚，侗不可，曰："吾独不能为刘廷式乎？"其行事长厚，类如此。年八十，卒。

此外，张侗去世后，其好友福建闽县人、康熙进士方迈为之作《贞献先生传》，对其一生的事迹记载更为详细。

与其族兄张衍的富有不同，张侗家境贫寒，幼年读书时常以炭代笔墨书写，以其父口授文章诵读，因其聪慧好学，于十七岁时得补诸生。其父去世后，张侗家境愈发贫困。在母亲的督促下，张侗发愤读书，成为精通经史、兼善诗文的学者。因其母不喜欢他"逐荣利"，故张侗"遂绝意进取"，安心在家乡陪伴母亲，克尽孝道，终生不仕。

与张衍一起，张侗也参与了扩建放鹤园、开辟卧象山，修建祠堂、课教子孙等家族事务。

与张衍一样，张侗也非常喜欢游历山水。他"性尤乐佳山水，尝北至蓟门，南游白下，西望岱，拜阙里，东抵二崂山，登蓬莱阁。所至必访其名士、大夫、贤豪长者，相与缔交酬唱，贮奚囊，虚往实归，率以为常"[1]。在南京栖霞山，张侗曾拜访做了道士的南明旧臣张白云（即张怡，字瑶星，人称白云先生），二人相交甚欢，张侗写有《栖霞山谒张白云先生》一诗。当然，张侗大部分时间隐居于九仙山，留下了许多逸闻轶事。时至今日，九仙山一带民间依然流传着许多与张侗有关的佳话。

康熙五十二年（1713），耄耋之年的张侗依然坚持谆谆教导家族子弟，并告诫子孙说："学圣贤别无门路，止有'迁善改过'四字。"是年五月，张侗无疾而终。

尤难能可贵的是，面对"宝讲章如菁蔡，视白文为刍狗"的社会现象，张侗力提倡白文（白话文）。他始终认为"经传注疏，或误谬，不如从白文为是"。[2]

---

[1] （清）方迈：《贞献先生传》，《其楼文集》卷首，诸城博物馆藏民国七年石印本。
[2] 同上。

第六节　丘元武的家世与人生经历

一　丘元武的家世

丘元武家族是诸城除五大家族之外很重要的家族。丘家祖籍寿光，自其作为诸城始迁祖的丘彦成迁居诸城柴沟（今属高密），直到六世祖丘橓，丘家才真正发达了起来。

丘橓，字懋实，号月林。嘉靖二十二年（1543）中举人，二十九年（1550）中进士。历任行人司行人、刑科给事中、兵科给事中、南京太常少卿、大理寺少卿、左副都御史、刑部右侍郎、左侍郎、南京吏部尚书等职，卒赠太子太保。谥号简素。史赞曰"其风裁为世所仰望。《明史》本传次海瑞、吕坤之间，人以为俯仰无愧云"[①]。丘橓之子丘云章、嗣子丘云肇相继亡，丘云肇的幼子夭折，此一脉绝嗣，七十余年后，"其外孙李澄中，始出田宅，以性善为之曾孙"。乾隆《诸城县志》卷三十一、《明史》卷二百二十六有其传。

丘橓之弟丘桴，字次林。万历初恩贡。他"慷慨有侠气，急人之难，至于屡空"[②]。乾隆《诸城县志》卷三十一有其传。

丘桴之子丘云嶫，字铭西，号少林。万历二十八年（1600）中举人，授四川南部县知县，有治声；后调任河北阜城知县，因其子丘志充已授工部主事，他认为父子不宜同享禄位，遂辞官。

丘云嶫之子丘志充，字左臣，又字六区。万历四十一年（1613）进士，历任工部主事、山西布政使等。后因卷入与魏忠贤的争斗，被谮入狱致死。丘志充育有二子：长子丘玉常、次子丘石常。

丘玉常，字子如，号大青。廪生。文才甚著。其父蒙冤入狱后，遂偕弟丘石常奔走京师申诉，请求以身代父下狱，未果，则亲自入狱服侍父亲，八年不懈，直至父殁。之后，他赤脚徒步千里，扶父亲灵柩回乡归葬。故乾隆《诸城县志》将其归入《孝子传》以示褒奖。育有一子，即丘元复。丘元复，字来公，号汉标，又号嵋庵。"温文博雅，为士林所

[①] 乾隆《诸城县志》卷三十一，乾隆二十九年（1764）刻本。
[②] 同上。

重"。著有《殿馨录》、《西轩草》。

丘石常,字子禀,号海石。崇祯十四年(1641)赴乡试,因卷内述其父冤案,不合格式,降为副车。入清以后,顺治二年岁贡,先任夏津县学训导,后擢广东高要知县,因故未赴任。著有《楚村诗集》、《楚村文集》。丘石常育有二子:丘元武和丘元履,皆有文名。

丘元履,字楚水,号霞标。著有《蒙蒙诗草》。

此外,丘志广,字洪区,号蝶庵,是丘志充的从弟,贡生,官长清训导。著有《柴村文集》等。

二 丘元武的人生经历

丘元武,字龙标,又改字慎清,号柯村。生于崇祯七年(1634)(按:冒辟疆的《同人集》卷十《水绘庵丁卯倡和诗》载有:丘元武《赠巢民先生五字十律即用曹秋岳侍郎原韵》诗,有小序曰:"武之闻辟疆先生名也在辛丑,其时武二十有八。"辛丑,即顺治十八年,丘元武二十八岁,据此推知丘元武生于崇祯七年),卒于康熙二十七年(1688)。乾隆《诸城县志》本传云:

> 邱元武,字慎清。……元武面黝黑,须髯戟张,负骏才,好学,于书无所不窥。顺治十六年进士,授抚州推官,已奉裁补施秉知县,四年报最,擢工部都水司主事。未行,遇吴三桂之乱,江山间隔,乱定,始从间道归,其壮志略尽,而诗乃益工。是时,县人多结社为诗,元武归,唱和其间,与刘翼明、李澄中、徐田、张侗相伯仲。元武诗工而有格,泰州邓汉仪称其"伟丽清深,无所不有,皆以发抒其抑塞无聊之气"。中年,以无子,郁郁致疾,卒。

此外,《国朝耆献类征初编》卷一百四十一有黎士弘所作传,亦保存在黎士弘《託素斋文集》卷四。

根据现有材料,我们大致可以将丘元武的人生经历划分为以下三个阶段。

(一) 年少读书与科考

丘元武长相并不英俊:"面目黝黑,须髯戟张";脾气也不好:"有触其意即怒"。但他"性（格）沉毅""而气（度）豁达"，生气时能够做到自我化解（怒又辄自解）。自幼好学，"于书无所不窥"，人称"俊才"。少年时期的丘元武，曾和同社19人（按：丘元武《忆昔行》一诗"十九人中最年少"之下有小注：小峨嵋书院同社凡十九人）在九仙山书院（亦称小峨嵋书院）读书，同社之中，他是年龄最小的一个。其《忆昔行》一诗回忆其年少读书生活时，这样说道："忆昔雕章揽众妙，十九人中最年少。凤毛受赏李云麾，书声有泪天为笑。"丘元武的才华也得到其父丘石常的认可，认为他是家族子弟中的佼佼者，其后必定有所成就："文章轶屈宋，声名动齐鲁。子孙得其似，惟弟与元武"（《七弟初度》）①；"纪纲老奴何匆匆，大儿读书青门东"（《喜武儿读书兰竹》）②。

顺治六年（1649），丘元武和父亲丘石常被人诬告，"几陷死狱，（后）用资财（才）得脱于难"③。从当时山东巡抚夏玉写给刑部的奏章，我们可以了解事情的本末：南明小朝廷的罗光耀在苏北海州和山东境内暗中联络反清人士，准备起义。事情败露后，被捕的罗光耀为了自保，胡乱供出了包括丘氏父子在内的一大批毫无干系的人，而在官府查清后，丘元武等人交了钱才得以脱险④。丘元武曾在辩词中写道，我"在本县东南六十里高河桥居住，庄东头有小山岭一道，平素闭门读书，毫不妄为"⑤，由此可知，年轻时期的丘元武，除一心专注于读书之外，并不顾及其他。

丘元武是"诸城十老"中科考最为顺利的一个。年轻时即"三试不蹶考功堂"（《忆昔行》），顺治十四年，乡试中举，得第23名；十六年，二十六岁的他参加会试又中进士，得第二甲21名。一起被录取的还有同乡刘果、孙必振、王钺等人，以及与他交好的姚文燮。丘元武接连高中，其父丘石常对此也极为兴奋，并作《喜元武儿举于乡示劝柬侄元复二

---

① （清）丘石常：《楚村诗集》卷一，《山东文献集成》第二辑第30册，第12页。
② （清）丘石常：《楚村诗集》卷二，《山东文献集成》第二辑第30册，第24页。
③ （清）黎士弘：《丘元武传》，李桓《国朝耆献类征25》卷一四一，明文1985年版，第159页。
④ 《明清史料丙编（九）·刑部等衙门残题本》，上海商务印书馆1936年版，第808—811页。
⑤ 同上书，第810页。

首》①以志喜。当得知自己的儿子和好友刘西水之子刘果同中进士,他又作《祝刘西水六十初度刘子与予子同成进士》一诗祝贺之。

(二) 宦海十年与滞留贵州十年

顺治十六年(1659),丘元武中进士后,很快被授予官职,即如他所言"片帆斜日挂鄱阳",到抚州(今江西省抚州市)府任推官,掌管司法事务。自此,丘元武开始了自己长达10年的仕途生涯。

在抚州任上,丘元武与黎士弘(字愧曾)、叶舟(字天木)、巫峦(字峦穉)、甘国栋(字殿臣)五人"订五子之交"②。因少年得官,丘元武很是自负。后在叶舟和黎士弘的婉言规劝下,慢慢懂得进退,收敛了不少。故黎士弘称其有"虚怀"③。这一时期,丘元武还为顾宸的《辟疆园杜诗注解》一书之《五律注解》部分作过评语④。

顺治十七年五月至八月之间,其父丘石常在家乡诸城去世。按照惯例,丘元武应该回诸城丁父忧。这一年的九月,身在杭州的丁耀亢得知消息后悲痛不已,作《家信到,见丘海石五月寄书;询之,则逝矣。忆相送山中,戏言求予代作墓铭,竟成谶语。开缄为之泫然。因略述生平,以备行状,寄冢君龙标焚之》一诗,特地交代丘元武要将此诗在其父坟前焚烧。可见,此时的丘元武应该是在诸城的。直到康熙二年下半年,丘元武又回到抚州任上。

康熙三年,抚州府东门外的抚河之上有一座桥为洪水冲毁,时巡抚董卫国带头,总督张朝璘、布政余应魁、按察苏铁、知府刘玉瓒、署同知杨光远、推官丘元武、临川令丘泰等人各捐银500两不等,合力建桥。世人以文昌名桥,以志感念之情。⑤

康熙七年,丘元武在抚州任上被勒令裁缺,等待新的职位。同年五

---

① (清)丘石常:《楚村诗集》卷三,《山东文献集成》第二辑第30册,第31页。
② (清)黎士弘:《丘慎清手卷跋》、《复丘龙标工部》,《託素斋文集》,《四库全书存目丛书》集部第223册,第747、696页。
③ (清)黎士弘:《丘元武传》,李桓《国朝耆献类征》(25)卷一四一,明文书局1985年版,第159页。
④ 转自孙微:《顾宸及其〈辟疆园杜诗注解〉》,《山东杜诗学文献研究》,齐鲁书社2004年版,第342页。
⑤ (清)陈梦雷:《古今图书集成·方舆汇编·职方典》(第13册)中华书局1934年版,第15679页。

月，他自南昌回到诸城，并到橡檞山庄拜访丁耀亢。早已得知消息的丁耀亢，兴奋不已，"五年离绪隔江关，千里清风载鹤还"（《丘龙标司理自南昌归山中寄诗候之》）。丘元武把江西的仙茅作为礼物送给丁耀亢，丁耀亢感动之余，称"一束仙茅亦有情，羡君冰署玉壶清"（《丘龙标自南昌司李归惠仙茅》）。

康熙八年六月，丘元武到施秉就任①。

康熙十年，他奉命重修县城，并作《筑邑城》一诗。

康熙十二年，丘元武已在施秉任职四年，因政绩卓越，擢升工部都水司主事。接到任书的丘元武也是满心欢喜，自言："高天捧檄又脂车"、"自喜神仙成脉望"、"马蹄驿路花香满"（《再赴贵阳》）。然他尚未成行，"三藩之乱"已经爆发。丘元武被迫滞留在贵州。直到康熙二十年冬天，"王师大定，乃得脱身归里"②。经此一劫，丘元武仕进之心略减。③

（三）归乡山居

丘元武回家后，与同县诗友刘翼明、隋平、张衍、赵清等人，过起了诗酒唱和、流连忘返的日子。在家乡，他游览故乡的齐长城（《古长城》)、楚将守关地将军堂（《将军堂》）等名胜古迹，走访了自己年轻时生活过的诸多地方。游览齐长城时，他写道："高堞连云古塞秋，山风猎猎戍烟收。秦人解尽齐儿甲，空向南冠笑沐猴。""郢烟何处楚王宫？松柏歌残暮雨中。无数铁衣明野火，年年吹作杜鹃红。"（《古长城》）来到曾经读书的铁园，他写道："氤氲万木眼初明，华发相看老弟兄。人面遥从蛮路变，鸟声终是故山清。塘留春草容高卧，郭负沙田愧远行。偏喜诸孙能刻烛，绕床知劝最深觥。"（《至铁园》）当然，让丘元武魂牵梦绕的还是少年读书的九仙山。他来到九仙山，特地去其父丘石常晚年在九仙山东南部的侔云寺旁所建的别墅"仙留莲艳之居"凭吊，满怀感慨地写道："仙留遗版字还真，一别名山历十春"、"回首峰前小隐地，渔庄曾不到蹄轮。"（《九仙山下吾家在焉，偶读苏长公〈宿九仙山〉诗，怅然

---

① 政协施秉县文史资料委员会：《施秉县文史资料》（第5辑）1990年版，第90页。
② （清）黎士弘：《丘慎清手卷跋》，《托素斋文集》，《四库全书存目丛书》集部第223册，第747页。
③ 《施秉县志》，方志出版社1997年版，第277页。

有怀，即用其韵》)

居家期间，他一边"为生计百端集"(《率诸仆植果花杂树二首》)，率领仆人栽桃、接梨、植李，进行耕种；一边又专力为诗。"其壮志略尽"，然"而诗乃益工"①。不但与刘翼明、张衍、张侗、赵清、徐田、隋平等好友交游唱和，还曾携带自己的诗集南下，"访旧交于淮上"②，在故友旧交中找寻机会，但"终无所遇"③。

康熙二十二年，丘元武来扬州，与久客扬州的明末清初文学家冒辟疆相识。

康熙二十四年，丘元武又到真州，再次与冒辟疆见面。

康熙二十五年（1686）十二月八日，冒辟疆为其亡妾蔡含四十生辰在天宁寺藏经阁设斋，招诸师友同人应教，丘元武为之作《蔡少君挽诗》。其诗小序曰："丙寅腊八日奉挽蔡少君女罗六章时巢民先生客邗于天宁藏经阁忏荐少君四十初度偕诸同人赴斋应教。"④又作《书毕客言少君割股救父及免巢民先生于盗于火三事甚伟复作四章》，该诗既提及康熙十八年（1679）十月十五日，冒辟疆的宝彝阁被焚烧的事件，又于诗之小序表达了自己的感慨："余不工诗，尤不工字。念癸亥来游广陵，先生命少君赠写长松，又于小册作贴瓣梅花。今冬再来，已成今昔。俯仰感动，联作里言以志凄其云尔。"⑤

《同人集》卷十《水绘庵丁卯（康熙二十六年）倡和诗》所载丘元武《赠巢民先生五字十律即用曹秋岳侍郎原韵》、《又用王阮亭宫尹韵再赠巢民先生长歌一章》二诗之小序部分，就详细地记载了二人相识与交往的经历。《赠巢民先生五字十律即用曹秋岳侍郎原韵》之小序云："武之闻辟疆先生名也在辛丑（顺治十八年），其时武二十有八。王阮亭宫詹方司李扬州，促予往谒，予以幼失学，孤陋无所知，不敢辄往。嗣是武

---

① （清）乾隆《诸城县志》卷三十六。
② （清）邓汉仪：《丘柯村先生诗序》，《柯村遗稿》卷首，山东图书馆藏康熙诸城丘元履刻本。
③ （清）黎士弘：《丘慎清手卷跋》，《託素斋文集》，《四库全书存目丛书》集部第223册，第747页。
④ （清）冒辟疆：《冒辟疆全集》，凤凰出版社2014年版，第1463页。
⑤ 同上书，第1464页。

漂堕风尘，忽忽且二十有一年。于癸亥（康熙二十二年）浪游来扬，始得识先生面，孤陋犹昔也，而烽烟瘴疠自同牛马，颜甲则加厚矣。顾先生忘其粗鄙，录之为友，赐以蔡少君女罗所绘长松高丈许，及贴瓣梅花册。武奉若拱璧，益自励。今丙寅（康熙二十四年）冬，武家居寡欢，访故人于真州，乃复相晤。因信宿先生旅馆，情日益笃。述叙六七十年事，历历如昨日。始知先大父宪副东川平奢蔺，与太先生共事。而武生也晚，先严见弃，早遭家不造，未之前闻。予感念三世通家好，于归舟然烛独坐，用曹秋岳侍郎《同人集》中韵，赋诗十章。先生命存之，敬录如左。"① 其《又用王阮亭宫尹韵再赠巢民先生长歌一章》之小序云："时十二月十六日，予将买舟皖城，更乞食于两峰三泖之间，心绪如麻。先生出前诗命书，余不敢辞，顾以五指悬挝之手，录下里巴人之句。是日，通身汗下，几不能捉笔，不知先生何以不为藏丑，乃令无盐刻画，一至此极耶！他日有开卷掩鼻者，是先生癖在嗜痂，非小子所敢知也。"② 对此，冒辟疆亦撰《小诗答赠丘柯村兼以为别其五字十诗长歌一篇另容追和也》作答。

丘元武在扬州期间，孔尚任于康熙二十五年八月来扬州，十一月在扬州广陵寓所举行诗人集会"听雨分韵之会"，即"广陵第一会"。孔尚任《广陵听雨诗序》有云："乃于仲冬晦前，修五篚于行署，如约集者十有六人。于是考世籍，序年齿，长者安父兄之尊，少者执弟子之礼。"③ 与会的这16人中，就有冒辟疆和丘元武（见孔尚任《湖海集》卷一《仲冬如皋冒辟疆、青若、泰州黄仙裳、交三、邓孝威、合肥何蜀山、吴江吴闻玮、徐丙文、诸城丘柯村、松江倪永清、新安方宝臣、张山来、谐石、姚纶如、祁门李若谷、吴县钱锦树集广陵邸斋听雨分韵》诗）。④ 康熙二十六年四月，孔尚任请当时名士在其所收藏的顾樵《山水册》上赋诗题咏，有宋曹、黄泰来、宋实颖、查士标、李德、张韵等30多人题跋，丘元武也在其中。同年夏天，丘元武参加了孔尚任举行的30多人的

---

① （清）冒辟疆：《冒辟疆全集》，凤凰出版社2014年版，第1470页。
② 同上书，第1471页。
③ 徐振贵主编：《孔尚任全集辑校注评》第二册，齐鲁书社2004年版，第1124页。
④ 同上书，第723页。

聚会,孔尚任的《湖海集》卷二所载《停帆邗上,春江社友王学臣、望文、卓子任、李玉峰、张筑夫、彝功、友一招同杜于皇、龚半斤、吴薗次、丘柯村、蒋前民、查二瞻、闵宾连、义行、陈叔霞、张谐石、倪永清、李若谷、徐丙文、陈鹤山、钱锦树、僧石涛集秘园,即席分韵》① 一诗为证。

  做官,丘元武可以放弃。但人到中年还没有儿子这件事,却一直是丘元武内心无法摆脱的阴影。直到五十三岁那年,丘元武才终于有了自己的儿子。为此,好友王钺还特地作《丘龙标五十三岁生子诗以贺之》② 一诗表示祝贺。然而不幸的是,其子又早早夭折。丘元武为此哀伤不已,自此一蹶不振,"忽忽如有所失,负才赍恨以卒"于康熙二十七年(1688)。终年五十五岁。这一年,八十二岁的刘翼明从利津任上辞官回家,得知丘元武去世的消息,作《闻龙标讣音》一诗,表达了自己的悲痛之情。

  丘元武的去世,对其堂兄丘元复打击极大,两个月后,他也因过度哀伤而离世,终年六十七岁。刘翼明为之作《丘汉标讣音》一诗,诗曰:"山头芳草百年新,正好骑驴访故人。谁使无情君又去,不堪再见铁园春。"

第七节 徐田的人生经历

  徐田的家世不详,目前难见相关材料。而对于徐田本人,我们也只能通过乾隆《诸城县志》、张侗的《诗人徐栩野小传》等相关记载来了解其粗略的人生经历。

  徐田,字若木,号栩野。生于崇祯六年(1633),卒于康熙三十七年(1698)。乾隆《诸城县志·文苑传》云:

    徐田,字若木。居放鹤村西里许。日与张侗游,侗杖履所至,田皆至焉。尝作《田家缫丝行》,李澄中曰:"可传不在多,即此足

---

① 徐振贵主编:《孔尚任全集辑校注评》第二册,齐鲁书社2004年版,第778页。
② (清)王钺:《世德堂诗集》卷四,《清代诗文集汇编》第86册,第210页。

矣。"田诗各体皆工,尤长于五古。贫甚,顾不以为意,以诸生终。卒之夕,甖无一粟,友人共葬之,为立碣曰"诗人徐栩野墓"。栩野,田别号也。

徐田的一生,可以说是诗人的一生。他自幼学诗,痴迷于作诗,与张衍、张侗、张俊等人"分韵赋诗,无虚日"①;又"好远游","足迹所历,句满奚囊"②。他与张侗为至交,只要张侗去过的地方,他一定也要去看看。张侗曾说:"余昔登岱有句,题蓬莱阁有句,入燕过黄金台、适楚天门放舟洒酒采石矶有句。栩野躞蹀继往,一一续题残碑断磶间,其所未游者水城潮海庵耳,游亦弗少让。盖予杖履所至,栩野不必不至也。行年六十有七,老将及扫迹,晏坐不复出。"③从其诗作中亦可知张侗所言不虚,徐田游览泰山,作《登岱四首》、《天门二首》、《岱巅》等;到过北京,作《古北平》、《燕京岁暮感怀》等;南下楚地,作《登黄鹤楼》、《武昌怀古》等。

因为一心痴迷于写诗,徐田又不善治生,其家境也就越发贫困,但他对此并不甚在意,反而认为"有诗饮水饱"。每每遇到生活的难题,他都是以诗歌轻轻化解,大有四两拨千斤之势。暴雨成灾,殃及其住所,徐田"方拥牛衣闭目而歌《田家缲丝行》"④,且作《破屋行》一诗曰:"捉席先幕床头书,瓦盆乱受梁间水。所幸未随雨漂没,脊齾况复来好月。学书须学屋漏痕,三嘱老妻无愁绝。"绝粮时,他写有《绝粮》;在田间劳作时,他赞田间美景,不言劳苦,只说"南郊时雨过,于心两不违。长歌复叩角,宁戚安足命"(《耕田》)。

康熙三十七年(1698),徐田已经"病渴井水之侧",依然"不废吟哦"⑤。临终之日,家中"甖无余粟",还是友人共同出资埋葬他,并为立之碣,题曰"诗人徐栩野墓"。⑥

---

① (清)张侗:《诗人徐栩野小传》,《其楼文集》卷一,诸城博物馆藏民国七年石印本。
② (清)卢见曾:《国朝山左诗钞》,《山东文献集成》第一辑第41册,第462页。
③ (清)张侗:《诗人徐栩野小传》,《其楼文集》卷一,诸城博物馆藏民国七年石印本。
④ 同上。
⑤ (清)张侗:《诗人徐栩野小传》,《其楼文集》卷一,诸城博物馆藏民国七年石印本。
⑥ 乾隆《诸城县志》卷三十六,乾隆二十九年(1764)刻本。

第八节　赵清的家世与人生经历

一　赵清的家世

赵清家世代居于诸城潍水边的盘龙村，其曾祖父是赵便，祖父是赵应登，父亲是赵尔超。

赵尔超，字和壁。乾隆《诸城县志·一行传》载："（赵尔超）尝游市上，拾白金数两，坐俟遗金者至，还之。其人坚问姓名，卒不告。"赵尔超育有三子，赵清是其第三子。

二　赵清的人生经历

赵清，字涟公，别号壶石。生于崇祯十七年或顺治元年（1644），卒于康熙三十三年（1694）。乾隆《诸城县志》卷四十本传云：

> 赵清，字涟公。居扶水上，性嗜酒，时放浪山水间。母王没，葬盘龙村，乃庐处不去，日衣麻衣、操畚锸。或劝之归，清泣曰："吾之为此，乃下愚居丧之法耳。若非墓上守成规，将食旨久而甘，闻乐久而乐，不期年且沉湎不可问矣。"庐旁来一黄犬，驱之，不去。后又有苍狼，每昏夜守之，与犬狎，里人传以为异。清学诗于李澄中，醉后淋漓自喜，学者称壶石先生。

与"诸城十老"其他九人不同的是，相比于诗名，赵清以孝行和嗜酒闻名，故乾隆《诸城县志》将其收入《孝子传》。因其孝行声名远播，赵清又被收录在《清史稿》卷四百九十七《孝义传》中。而李澄中所作的《孝子赵清传》①一文，则形象具体生动地描绘了赵清的孝行和嗜酒的样子。通过以上传记的记载，我们可以了解赵清嗜酒和行孝的轶事。

一方面，赵清嗜酒放浪，善饮能诗。

赵清有至性，嗜酒，喜欢和刘翼明、李澄中、张衍、张侗、徐田等

---

① （清）李澄中：《孝子赵清传》，《卧象山房文集》，《山东文献集成》第一辑第 35 册，第 243 页。

人往来，所到之处，"友人储樽酒，垩壁待之"，进门脱帽大喊，先饮酒一杯，与友人同唱《渭城三叠》，等到酒酣之际，赵清则"苦吟，东西走，数十人默无声，移时，诗乃成，墨淋漓满壁上"。康熙十六年，赵涛来访，赵清与徐田、张侗等人陪伴，"山中人预酿酒十余石，向夕，月出，角饮笋圭峰下。孝子携颜瓢，需次接饮。至夜分，众皆大醉，伏不起。孝子乃袒臂露胁下瘤，张髯高歌，震林谷，独尽十余瓢，鼾鼾睡矣。醒则念母王夫人，急策驴径归。"可见，赵清是诗酒一体，只要饮酒尽兴，下笔即刻成诗。

另一方面，赵清为父为母守丧，执礼尽哀。

与平时饮酒的放荡洒脱截然不同，赵清先后为父为母守丧，执礼尽哀。

其父去世后，他居坟墓之侧百日，其母"虑其过哀致病，亲往携之归"。

康熙十六年冬，其母过世。赵清"哭尽哀，一切含敛咸中礼"，次年，他安葬母亲后，"遂庐处不去，衣麻衣，自操畚锸，负土成坟墓"，日夜守护，到了"毁瘠仅仅骨立，几至减性"的地步。村人劝他离开也不肯，哭诉："清所以为此者，盖下愚居丧一法耳。清狂荡如湍水，不居墓侧，有成规守之，将食旨久而甘，闻乐久而乐，居处且久而安，不一期而沉湎不可问矣。"时间久了，竟有黄犬和苍狼与他一起守墓，"里人咸以为孝感云"。

除了嗜酒和行孝外，赵清有至性，好学，善属文，兼工诗赋。他年少时参加童子试①，"奏篇称最"，故"诸人以冠军期之"，然竟不果。但赵清性格豪爽，不拘小节，又"不事走谒"，于举业也不再上心。他好神仙，工黄帝老子家言，"遇诸荐绅笃《盘盂》、《坟》、《索》者，壶石亦乐就之，故其所著多在诸荐绅间"，又"好山水游，与张子蓬海、石民、徐子栩野，步石屋，乱潍流，东循卢敖、琅琊，南循马耳、常山，更抵九仙、青牛洿诸胜，所至皆有所作。"② 正因为赵清的至情至性，吸引了

---

① （清）刘翼明：《赵壶石应童子试》，《镜庵诗稿》，《山东文献集成》第三辑第 29 册，第 19 页。

② （清）李焕章：《书赵壶石事》，《织斋文集》，《清代诗文集汇编》第 45 册，第 683 页。

不少文士与之交往，有丁耀亢、李焕章、洪嘉植等。

丁耀亢在世的时候，就多次邀见赵清而不得。丁耀亢去世后，其子丁慎行请求赵清为丁耀亢诗集作序时，提及往事，说："昔先大夫风尘之后，处橡谷以诗酒招山林之士，思壶石而壶石不至。"赵清云："戊申（康熙七年）秋九月，家邦上萧墙中。先生因大觉寺僧问石，以诗招余。时值促行李将事昭阳洞。四三年山水间回，鹤已化辽城去矣。"① 试想，丁耀亢已近古稀之年，竟然多次相见赵清，可见赵清必有过人之处。

此外，还有许多寓外人士前来结交赵清。如康熙十二年（1673）七月，洪嘉植来诸城，拜访了赵清。其文记载："予游密州，交刘子（刘翼明）、李子（李澄中）。欲访壶石，病不得行。乃为古诗一篇，因李子寓之，壶石乃来。余益以爱慕，深知壶石之贤。余闻壶石贫士也。好神仙，善饮，醉酒骂屈其坐人，然与予坐夜分，饮不醉。壶石其负俗遁世、托于神仙而逃名于酒者耶。壶石年三十，少长于余（按：洪嘉植这年二十八岁②）。……壶石喜余文。其归也，请以言。"③ 又载："有赵生壶石者，积薪为楼，登望焉，命曰薪楼。癸丑秋七月，余访壶石，登其上。"④

赵清曾"学诗于李澄中"⑤，其与李澄中当属师徒关系。二人过从密切，可谓亦师亦友。对于赵清不拘礼节、行事放荡的行为，李澄中直接写信规劝："我辈不能挹浮丘，拍洪崖"，并以师长身份告诫他，"见当事须以礼，勿令李生门下士不娴威仪，负愧郑康成耳。"⑥ 而对于赵清离世前的托付，李澄中也义不容辞地接受："（康熙三十三年）九月，赵壶石卒，许为其子山郎完婚。"⑦

---

① （清）赵清：《江干草序》，《丁耀亢全集》（上），第357页。
② 参见莞城图书馆编《容肇祖全集》八《目录文献学卷·随笔信札卷》，齐鲁书社2013年版，第4098页。
③ （清）洪嘉植：《送赵壶石序》，《大荫堂集》，《四库禁毁书丛刊补编》第85册，北京出版社2005年版，第345页。
④ （清）洪嘉植：《薪楼记》，《大荫堂集》，《四库禁毁书丛刊补编》第85册，北京出版社2005年版，第356页。
⑤ 乾隆《诸城县志》卷四十，乾隆二十九年（1764）刻本。
⑥ （清）李澄中：《与赵壶石》，《卧象山房尺牍》，《山东文献集成》第一辑第35册，第365页。
⑦ （清）李澄中：《三生传》，《卧象山房文集》，《山东文献集成》第一辑第35册，第414页。

需要特别说明的是：按照洪嘉植的说法，赵清与刘翼明、李澄中的去世顺序，当为赵清、刘翼明、李澄中。洪嘉植《琅琊乡谥恭惠先生蓬海张君墓表》一文云："虽壶石先逝，而子羽一出为广文，渔村用荐官侍读，乃亦先后下世。"①

然从"诸城十老"所作诗文记载来看，其说有误。按：刘翼明当逝于康熙二十七年（1688）腊月二十六日，有其自作《二十六日病榻》一诗之题下小注"酉时作亥时长逝"为证。赵清当逝于康熙三十三年（1694）九月。有李澄中《三生传》为证："甲戌（康熙三十三年）五月初六日，归自京师，卜居于城西村舍所买白云村一区……九月，赵壶石卒。"李澄中当逝于康熙三十九年（1700）六月。有张侗《李生传》为证："庚辰（康熙三十九年）夏六月，叙次同乡王钟仙、丁野鹤、丘海石、刘子羽四先生诗，甫毕，李生卒。"② 由此可见，他们三人的去世顺序应当依次是：刘翼明、赵清、李澄中。

第九节 隋平的家世与人生经历

一 隋平的家世

从现有的资料，我们仅可窥知有关于隋平祖辈、父辈的情况，余者不详。从乾隆《诸城县志》所载来看，隋平的祖父叫隋毓仑，早逝，祖母王氏；父亲叫隋灿，母亲徐氏。祖父、父亲同为诸生出身，皆刚正果敢之人，家境富有。乾隆《诸城县志》卷四十五《列女传》载："王氏，诸生隋毓仑妻，年二十一。崇祯十五年，大兵东下，王时已寡，匿穴中，铁骑搜得之，置马上，王自投而下，以首触刀环，不屈，死。叔灿，诸生。娶徐氏，性刚正。灿祖父遗产值万金，势家郑某欲图之，邀饮酒，醉索书券，灿不应，逃归。郑使恶仆追殴之，遂死。郑贿官吏，狱久不决。灿子平，幼。族姓能言者，多受郑金，徐乃大恸曰：'良人死且三四年矣，不报仇不生也。'遂与灿族子允德匍匐赴京师，遮宰相马首，鸣冤，下法司。或欲与末减，徐啮断一指，法司感动，正其罪，戍福建。

---

① （清）洪嘉植：《琅琊乡谥恭惠先生蓬海张君墓表》，《诸城放鹤张氏族谱文献译注稿》。
② （清）张侗：《李生传》，《其楼文集》卷一，诸城博物馆藏民国七年石印本。

徐以不逮事舅姑，设木主静室，日展拜。念灿死非命，严冬卧绳床自苦，四十三年如一日。康熙三十三年五月，旌。"

乾隆《诸城县志》卷三十九《隋允德传》亦有记载："隋允德，字在明。少孤失学，从叔灿，鞠之。灿为郑某所杀，郑故势家，知县左袒之，一老仆瘐死，遂以结狱。灿子平，方幼，妻徐欲赴阙鸣冤，族人多受郑金，无可与谋者，允德慨然，与妻子诀曰：'仇不复，不返也。'奉徐抵京师，佣作给徐薪水，三年冤始白。先是郑浼允德从姊，予千金，求勿助徐，允德仰天大哭，不顾而去。其后自京师归，族人受金者皆愧服。"

二 隋平的人生经历

隋平，字无奇，一字悔斋，号昆铁、半舫。生于顺治三年（1646），卒于康熙五十年（1711）。其生平事迹，除可见于乾隆《诸城县志》外，亦可见于张侗《其楼文集》卷一之《昆铁小传》。

乾隆《诸城县志》卷三十六本传云：

隋平，字无奇。七岁，随母徐入京师，为父复仇，语在《列女传》。仇既戍福建，平恨其未死，蓄一宝刀，及仇死，舁尸归，斫其棺及骨，大骂，痛几绝。平学诗师澄中，晚年究心王、陆之学，好读《易》，筑梅花书屋，中画太极，环以三十六宫，俯仰指数以为乐。尝辑诗七卷，曰《琅邪诗略》。

张侗《昆铁小传》[①] 云：

昆铁平，隋姓，一字悔斋。生数岁，父死于仇。母氏徐襁负去，匍匐长安市，遮丞相马首以状闻，置仇于法，抵死。诸人所为赋"女丈夫"也。平既壮立，勇敢自负。门对古诸冯，每出，向斜阳渡口，目瞿瞿若瞻望弗及者。予在琅邪礼日毕，见一跨苍骡，戎服剑佩，出没烟波内，谓必昆铁也。至，揭笠，相视一笑。喜交游，赋

---

① （清）张侗：《昆铁小传》，《其楼文集》卷一，诸城博物馆藏民国七年石印本。

诗酬赠尽国士。晚好读《易》，退筑梅花书屋，中画太极，环以三十六宫，咄咄指数之，月堕天空，万窍沉漻，隐隐闻呫唔声，透笼牗以出。彳亍行路，谓年逾六旬，老将及。其视天下事，尚可为而为之者耶。抑将泥首穷经，著为书，传诸其人，以寿世无穷也耶。予且乘秋风，溯潍水，投竿似湖，向昆铁老友问之。

根据这些有限资料，我们大致可以窥得有关隋平的如下信息：

一是隋平与张衍一样，本来家境很是富裕，仅祖父留下的遗产就值万金，生活衣食无虞。李澄中的《半舫记》一文就很详细地描绘了其居住环境及生活常态：

> 隋子昆铁，家潍上，构园一区，颜"话月山房"。东偏得池为"似湖"，种芙蕖半亩，蒹葭芦荻满之。秋风起，萧瑟有江湖想。环植垂柳，丝袅袅拂地。初入，蓊然洞黑，窥之得半镜尔。北岸筑室名半舫，户其右，竹叶敲戛来几案。前距池尺有咫，可拾级上也。启扉荡摇如小艇，树杂夹如桨翼而进。书声时断续如吴儿刺船，鞠𫐐作欸乃声。雨过，柳离披尽烟，以色以态。久之，忽流潦喧豗，与雷霆滚滚灌池内，电影自水中吐金紫光，上照丛柳，枝枝皆见。雨霁，月乃上，柳荫参差，行藻荇中。盖池借境于柳，柳亦借境于池，柳乃变幻不可穷于舫。昆铁日坐舫中，瀹茗，弄琴，爇炉香，收池柳四时之气无遗，岂昔人所谓"两岸芙蓉一钓舟"者耶。①

由此文可知，隋平家有庄园，名曰"话月山房"；内有池塘，名曰"似湖"；岸边有书房，名曰"半舫斋"。而隋平则是"日坐舫中"，过着"瀹茗，弄琴，爇炉香，收池柳四时之气无遗"的惬意生活。他的居所也是"诸城十老"等人经常聚会的场所。有隋平的《丙辰中秋夜，同马愚臣、李雷田、张石民、丘桐樵、佀东望集半舫分韵》和《冬夜集半舫斋》、马持的《秋夜宿隋昆铁似湖上》、刘翼明《中秋有怀昆铁半舫斋》

---

① （清）李澄中：《半舫记》，《李渔邨先生稿》，《山东文献集成》第三辑第28册，第718页。

等人的诗歌为证。

二是隋平为人果敢自负。不但有七岁就随母入京为父报仇的经历，而且成年后常"跨苍骡，戎服剑佩"出行。

三是隋平"喜交游，赋诗酬赠尽国士"。不仅与李澄中、刘翼明、张衍、张侗、徐田、和赵清等人交往密切，还曾跟随刘翼明、李澄中（按：卢见曾的《国朝山左诗钞》称隋平"学诗刘翼明"；乾隆《诸城县志》称隋平"学诗李澄中"）等人学诗。

四是隋平晚年好读《易》，筑梅花书屋，中画太极，环以三十六宫，俯仰指数以为乐。故他的外甥王翰说："吾舅吾舅骨貌爽，搔首乾坤共俯仰。近营半舫学张融，潍水悠悠意独往。"（《为昆铁舅氏写潍上晚眺图》）[①]

五是隋平曾搜集整理徐田的遗诗，刊刻而成《徐栩野遗诗》。徐田去世后，隋平"复思栩野一生心血尽于诗，取而论定之传之海内，不至与流萤蠹鱼同腐，非后死者之责耶"[②]，故搜集整理徐田的遗诗，为之刊刻并亲自作序。此外，还参与了刘翼明等人诗集的编辑工作。

六是隋平编辑刊刻了《琅邪诗略》。《琅邪诗略》共七卷，主要收录了"诸城十老"以及当时活跃于诸城诗坛的诸多诗人的诗作。卷首有王士禛的序（其实是王士禛委托张侗所作）。这是隋平为诸城诗坛所作的最大贡献，可以说开邑有诗集之始。

---

① （清）王庚言：《东武诗存》，中华书局2003年版，第158页。
② （清）隋平：《刻徐栩野遗诗序》，《栩野诗存》，《山东文献集成》第四辑第27册，第97页。

第 三 章

"诸城十老"的交游与结社

交游与结社，一直贯穿于"诸城十老"的人生历程之中，成为他们人生经历中不可或缺的一部分。邓之诚先生曾赞曰："清初青齐、海岱间，人文之盛，足与大江以南相匹敌。"① 此语中的"人文之盛"，自然也包括以"诸城十老"为代表的诸城文人。当时，"诸城十老"在江北地区有着很高的声誉，因此吸引了诸多"侨寓"者和"数往来于县"的慕名者前来诸城。他们在诸城的放鹤园、卧象山、铁园等地聚集，或谈诗论文，或畅游山水，很是惬意，使得许多文人骚客流连忘返，甚至终老于诸城。同样的，"诸城十老"本身也喜外出游览山水，广交友朋。他们的足迹遍及大半个中国，所到之处，无不与当地的晚明遗老、清朝王公大臣、文坛名宿以及三教九流之人多有往来，形成了一个甚是庞大的交游活动圈。

第一节 "诸城十老"的交游对象

通过爬梳"诸城十老"的人生经历，我们除可以看出其大多经历坎坷、人生并不顺遂之外，还可以发现他们一生钟爱交游，交游是他们日常生活的重要内容。在其有限的生命时光里，他们不论身居诸城，还是游走四方，都与三教九流等各色人物多有交游，其交游对象十分广泛。

---

① 邓之诚：《清诗纪事初编》，上海古籍出版社1984年版，第706页。

一 "诸城十老"在诸城的主要交游对象

"诸城十老"生在诸城，老于诸城。他们一生的交游活动大多也发生在诸城。一方面"诸城十老"之间多有交游，彼此成为交游对象。"诸城十老"虽然年龄差别较大，人生经历也不相同，有的曾出仕为官（如丁耀亢、刘翼明、丘元武、李澄中等人），有的则终生未仕（如王乘箓、张衍、张侗、徐田、赵清、隋平等人），但这并未影响他们彼此之间成为亲密的交游对象。只要是人在诸城境内，他们就经常聚集在一起，组织饮酒赋诗、游山玩水、集会结社等交游活动。不仅留下了很多诗文辞赋、佳句名篇，还有许多有关他们的轶事也在民间广为流传，至今为人们津津乐道。另一方面，"诸城十老"在诸城境内的交游活动，还吸引了大批文士慕名而来。故除其内部多有交游活动之外，他们还与当时身在诸城的其他文人多有交游。概言之，他们在诸城的交游对象主要有以下三类人员：

一是包括"诸城十老"各自家庭成员（如张佳、张傃、丁豸佳、丘志广、丘石常、丘元复、丘元履等人）在内的诸多本土文士。

"诸城十老"当时与本县文士交往频繁且关系亲密。从乾隆《诸城县志》之《文苑传》和《艺文考》所载来看，与其有过交游经历的本土文士就有以下人员：王咸炤（字暗思，号屋山）、王咸奇（字淡只）、臧振荣（字均仁，一字岱青）、臧振乾（字幼青）、王翰（字维宪，号羽翁）、陈献真（字子朴）、王钺（字仲威，号任庵）、孙必振（字孟起）、杨蕃（字公硕，号漪清）、杨蕴（字公含）、范德寿（字侣佺）、马持（字维斯，号桃溪）。这些名字多次出现在"诸城十老"的诗文中，或者"诸城十老"出现在他们的诗文中，以直接明显的方式表明"诸城十老"与本地文人之间有着亲近的关系和密切的交往。此外，在李澄中编定的《镜庵诗选》，卷首有"同订姓氏"①一栏，所列参与刘翼明诗集编选工作的就有傅燮詷（字去异）、苏兰孙（字笔山）、刘正学（字止一）、马天撰（字翌辰）、安侃（字又陶）、杨蕃、隋平、张衍、张侗等47人之多。

---

① （清）刘翼明：《镜庵诗选》五卷，《山东文献集成》第三辑第28册，影印民国二十七年胶州张鉴祥家钞本，第741页。

二是当时"侨寓"于诸城的域外文士。

诸城文坛的繁荣，吸引了大批域外文士"侨寓"于此。他们或长年累月地居住在张衍的放鹤园里，或者是寓居在张家专门为其建造的房子里，有的甚至终老于此。仅乾隆《诸城县志》卷四十四之《侨寓传》所收录的当时"侨寓"于诸城的县外文士就有以下诸公：

郭牟，字浯滨。安丘人。明亡后，一直住在放鹤园，直到去世，才归葬。

马鲁，字习仲，号东航。直隶雄县人。南明亡后，他辗转来到诸城，结庐九仙山下，与臧允德、丁豸佳、张衍、张侗等人相过从，直到康熙二十二年去世。

杨涵，字笠云，号水心。益都人。他来到诸城，一直住在张衍的放鹤园，"日偕衍、衍弟侗、李澄中、刘翼明辈游五莲诸山"。死后，张侗将其埋葬。

王屿似，字鲁珍。益都人。晚年携小妻幼女住在放鹤园，卒后，张衍归其榇于益都，葬之。

三是因慕名而"数往来于县"者。

这类人数最多，"亦半主衍家"①。他们是张氏放鹤园的常客，只是在居住时间上没有"侨寓"者那么久而已。其中比较著名的有：

李焕章，字象先，号织斋。乐安人。长于古文。康熙十八（1679）年，他与其兄李灿章（字绘先）来诸城，张衍特地于放鹤园为其建"二李轩"居住，"县先辈志传，多出其手"。

李之藻，字澹庵。武定人。工诗古文。康熙四十一（1702）年，投归放鹤村，与张衍、张侗、张僎、张佳"成人外之交"②。张侗为之作《五老庵传》。

洪名，即洪嘉植，字去芜。江南江都人。康熙十二年（1673）游诸城，七月一日与张衍、张侗兄弟等订交。三十年后，应邀写下《潍西放鹤园记》。康熙三十四年，李澄中与张侗南游，曾去拜访洪嘉植。张衍去世后，又应邀撰写《琅琊乡谥号恭惠先生蓬海张君墓表》。著有《大荫堂

---

① 乾隆《诸城县志》卷四十四《侨寓传》，乾隆二十九年（1764）刻本。
② （清）张侗：《五老庵传》，《其楼文集》卷一，诸城博物馆藏民国七年石印本。

集》，李澄中为其作序。

金奇玉，字琢庵。本姓朱，江南昆山巨姓，因遭家变，逃到诸城，被五莲山僧人收养。工诗画，与李澄中、张衍、张侗等相唱和。

除了乾隆《诸城县志》所载，与"诸城十老"交往的侨寓文士，还有张贞（字杞园，安丘人）、安致远（字静子，寿光人）、薛凤祚（字仪甫，淄川人）、赵涛（字山公，东莱掖县人）和其弟赵瀚（字海客）、适庵（河南嵩山高僧）、释元中（字灵罄）、成楚（字荆庵）、成搏（字奚林）等。

二 "诸城十老"在诸城以外的主要交游对象

"诸城十老"的交游范围，除了诸城外，其足迹遍布大江南北。在游走四方的生命历程里，他们的交游对象也很广泛。可以说，"诸城十老"的每一段行程，都伴随着各种各样的人物，并以诗歌的形式定格了他们的交游对象。这一部分，涉及的交游对象实在太多，故此处只能拣择对"诸城十老"的人生经历有提携之功的交游对象进行描述，其余之交游对象，请参阅本书附录部分之"'诸城十老'事迹年表"。

丁耀亢曾到江南游学，师从董其昌和乔剑圃等人，学业大增。顺治四年，结识了邓汉仪、龚鼎孳等人，始扬名江淮；居京期间，他又与龚鼎孳、刘正宗、王铎、傅掌雷等名公大臣多有交游，私交甚好，并因此而诗名远播。赴任惠安县令途中在杭州时还结识了王士禛等人。

李澄中因为诗文而得到周亮工的青睐和提携。其诗名开始流传大江南北，亦与周亮工的奖掖有着直接的关系；居京十几年，李澄中不但与庞垲私交甚好，还与同僚陈维崧、朱彝尊、王士禛、曹禾、田雯、冯溥、曹贞吉等京师名流多有交游唱和。

丘元武为官时与黎士弘等人关系密切；后南下扬州等地，还结识了冒辟疆、孔尚任等人，并参加了他们组织的多个集会，因此而与邓汉仪等众多文士相识，诗名由此大增。

刘翼明与王佃相友善，因其为王佃伸冤的义举而名震胶东地区；在利津任上，还结识了李博、李范、纪之健等当地文士，诗酒唱和不断，也算是为他孤寂的仕途之旅增添了一丝暖意。

以上所列与丁耀亢、李澄中、丘元武、刘翼明等人的交游对象，并不是他们各自所独有的,而是"诸城十老"大多数成员共同交游的对象,尤其是王士禛等。

第二节 "诸城十老"在诸城境内的交游活动

一 "诸城十老"在诸城的主要交游地点

"诸城十老"在诸城境内交游的地点,主要有二:一是放鹤园;一是卧象山。此外还有丘元武家的铁园。

放鹤园为张衍、张侗兄弟二人所扩建。因为张衍的财力和张侗的才气,使得放鹤园成为当时本地文士和四方文人交游聚会、进行文学活动的首选之地。张侗的《琅邪放鹤村蓬海先生小传》一文,就很详细地描绘了当年放鹤园文人荟萃的热闹景象:

> 先生既以山水朋友为性命,于是乘州织水(李焕章)、莱子国山公(赵涛)、云门笠者峭(杨涵)、故王孙适庵(嵩山高僧)、愚公谷仪甫(薛凤祚)、蓟门东航子习仲(马鲁)、渠丘昆右(刘源禄),与同乡髻叟子羽(刘翼明)、渔村(李澄中)、栩野(徐田)诸君子,德业文章超绝一世,戴笠乘车烂盈门,径草不生,曾无转瞬……有洪源去芜(洪名),高卧邗江上,宛若梁燕,自来自去而已。陇西李淡庵(李之藻)者,渤海有心人,羊裘后来续旧游……①

从这段记述中我们可以看到:当时诸城的本土文士、侨寓者和"数往来于县"者,都是放鹤园的常客。乾隆《诸城县志·张衍传》亦载:"四方文士至者,多主其放鹤园,皆生死赖之。"② 这些来自各地的文士,受到了张衍的热情款待,有的甚至长期寄居于放鹤园或终老于此。仅乾隆《诸城县志·侨寓传》一卷所载终老于放鹤园的文士就有:

杨涵,"张衍馆之放鹤园。日偕衍、衍弟侗、李澄中、刘翼明辈游五

---

① (清)张侗:《琅邪放鹤村蓬海先生小传》,《其楼文集》卷一,诸城博物馆藏民国七年石印本。

② 乾隆《诸城县志》卷三十六之《张衍传》。

莲诸山","卒,侗葬之小埠头东原,题曰:'益都高士杨笠云先生之墓'"。

郭牟,"主普庆张氏别业,久之,卒,乃归葬"。

王屿似,"晚年携小妻幼女,寓放鹤园","卒后,张衍归其榇于益都,葬之"。

而"数往来于县"者,"亦半主衍家",只是"不终于是土"罢了。如李焕章和李灿章兄弟晚年来投奔张衍,张衍特地在放鹤园中为二人筑室居之,题之曰"二李轩"。张侗《二李轩小记》有曰:"兄蓬海于朴亭之西筑室三楹,左右置几榻,酒、水、茶、烟满之。客有潍上来者,无远近,投宿于此。庚申(康熙十九年)春,织水象先生至。越数日,其兄绘先先生继至。年皆七十余。"①

除了放鹤园之外,卧象山也是"诸城十老"与其他文人交游的一个重要聚集地。据张衍次子张雯记载:"庚戌辟卧象山,出没霖谷练峰间,有终焉之志。一时贤士多与之游,蓟门马东航,嵩丘大士适庵,白下洪去芜,莱子国赵山公,齐(疑青)州薛仪甫、李象先、杨笠云,同乡刘子羽、李渔村诸君子,德业文章超绝一世。"② 这些人,都是当时的文人雅士,他们一起在卧象山吟咏酬唱,"读书其中,殆家焉",并"发其幽缈,为名山谱氏族"。③

此外,丘元武家的铁园,也是"诸城十老"等人读书和聚会的经常去处。

铁园,亦名铁水园、铁沟园、东园,在诸城县城东南铁沟河畔王家铁沟村,为丘元武家族所有。乾隆《诸城县志·古迹考》记载:"始建于县人张世则,明隆庆末年也。寻属丘志充,亭榭、竹卉甲一邑。"④ 丘志充买下园子后,召集儿子丘玉常和丘石常以及从弟丘志广等家族子弟在此读书。刘翼明的《镜庵诗稿前集自序》亦云:"自甲戌即读书铁园,四

---

① (清)张侗:《二李轩小记》,《其楼文集》卷六,诸城博物馆藏民国七年石印本。
② (清)张雯:《张衍传》,《诸城放鹤张氏族谱文献译注稿》。
③ (清)李澄中:《卧象山志序》,《卧象山房文集》,《山东文献集成》第一辑第35册,第232页。
④ 乾隆《诸城县志》卷八。

年中所为者亦只有诗,又以多率而删之,存其人,存其事,存其句。"①丘元武少时就曾在铁园读书,又多年在外地为官,他有《梦家兄汉标夜话铁园》诗怀念铁园;辞官归家后,特地重游铁园,作《至铁园》、《铁园大柳树》等。丘志充为官时,因得罪宦官魏忠贤而下狱,病死狱中。其二子丘玉常和丘石常将父亲安葬之后,就在铁园读书并广招四方友朋,使铁园成为当时文士赋诗聚会的场所。丁耀亢就是铁园的常客,也喜欢参加聚会,因为在可以"泼墨题墙"、可以"使酒",这里有"野客"聚集的"白云席",还有"名流"出入的"青桂丛",堪比汉代襄阳侯习郁的习家池(《东园文会》)。

康熙十年(1671),周斯盛来诸城,亦住在铁园。李澄中和刘翼明等人曾陪其在铁园把酒论诗。后来李澄中作《铁园观雪歌与屺公子羽同赋》② 一诗,有"忆昔结社此园内,雨雪往往相追寻"之语,回顾了自己少年时在铁园读书的情形,还以"十年零落故人尽,少壮几日霜毛侵"之句,表达了对故人尽逝的感慨。

二 "诸城十老"在诸城的主要交游活动

"诸城十老"生活的时段,若以丁耀亢出生为起点(1599),直到张侗过世(1713),有114年的时间。因为时间跨度长,加上王乘箓早早去世,所以他们十人并非全部有过交集,只是在某个时间段、某一部分人的交游活动中交往甚是密集。如上文提及的丁耀亢与王乘箓之间,丁耀亢与李澄中、刘翼明、丘元武之间,以及李澄中与刘翼明、张衍、张侗、丘元武、徐田、隋平、赵清之间的交往是很亲密的。前文已言,"诸城十老"栖居诸城时,除成员内部多有交游外,其与县内文士、侨寓者以及"数往来于县"者交游也是十分频繁的、友好的、亲密的。他们一起构成了当时诸城庞大的诗人群。然受资料所限,他们之间的交游活动,我们难以考查。故本节所言之"诸城十老"在诸城境内的交游活动,主要还是"诸城十老"内部及其家庭成员之间在诸城境内的交游活动。

"诸城十老"中,丁耀亢和李澄中的名气最大,而且丁耀亢和李澄中

---

① (清)刘翼明:《镜庵诗稿》,《山东文献集成》第三辑第29册,第2页。
② 李澄中:《卧象山房诗集》,《山东文献集成》第一辑,第35册,第48页。

又善于交游，二人都有自己庞大的交游圈子。因此，本节拟以丁耀亢和李澄中为中心，以康熙八年（1669）丁耀亢去世为界，按照时间顺序，把"诸城十老"在诸城境内的主要交游活动，拟分作两个时期来进行论述。

（一）第一个时期：康熙八年之前，以丁耀亢为中心

这一时期，"诸城十老"之间的交游活动较为松散，整体上以丁耀亢为中心。"诸城十老"中交游较为频繁的主要有丁耀亢、王乘篆、刘翼明、丘元武、李澄中等人，此外还有本来可以和丁耀亢见面却错过的张侗和赵清。

1. 王乘篆与丁耀亢等人之间的交游

受生活时代所限制，王乘篆只和"诸城十老"中的丁耀亢之间有过实质性的交游活动。

王乘篆为人豪迈，成年之后，隐居于九仙山的山斋，平生与丁耀亢、孙江符友善，三人经常一起对酒当歌，吟诗作赋。

王乘篆与丁耀亢很是投缘。早春游五莲山，他作《早春游五莲寄丁野鹤》一诗，以"地偏心与远，此际正思君"之语，表达着对丁耀亢的思念之情。此外，从他写给丁耀亢的诗歌还有《过丁野鹤橡山别业》、《雪后再访丁野鹤》等，亦可见二人交往之密切。

丁耀亢也把王乘篆当作可以倾诉心事的至交。明天启元年（1621），二十三岁的丁耀亢初试受挫，和弟弟丁耀心去五莲山散心，就看望了老友王乘篆，并作《辛酉孟冬同九弟见复游五垛醉赠友人王子》一诗赠之，用"王子吹箫过海东，翩然一鹤来相从"[①]之语，表达见到王乘篆时的轻松心情。

崇祯元年（1628）九月，丁耀亢与王乘篆、丘石常、丘玉常、孙江符和李鹤汀等五人结社。丁耀亢《山居志》一文称："戊辰之冬，筑舍五楹，曰'煮石草堂'，取唐人'归来煮白石'之句。是年，有友五人来山中结社。"[②] 至于这五人是谁，丁耀亢并没有说明。但张崇琛先生认为"从《问天亭放言》中似可考见。他们便是丘石常（海石）、丘玉常（子

[①] （清）丁耀亢：《丁耀亢全集》（下），中州古籍出版社1999年版，第214页。
[②] 同上书，第269页。

如）、王乘篆（钟仙）、孙江符及李鹤汀"①。

崇祯五年（1632）七月，丁耀亢奇遇仙人张青霞，适逢王乘篆前来拜见，故三人一起联诗。丁耀亢的《山鬼谈》对此事即有记载："山友王钟仙者，能诗而豪，闻之大惊，过予宅为怪。因道其详，不信。偕予至洞口，荒崖石裂，野水流溅而已，愈不信。少焉，涧之上流浮红果、胡桃而出，如奉客然。先钟赋一绝于纸未达，童子胜曰：'此石缝即其门，予来即大启。'试以纸探入，拈纸戏投其隙，不能尽，若有人抽者，而纸尾竟入，束束有声。少顷，有一纸出，曰'即至'。众大惊，未返舍，青霞已立草堂外矣。是夜，联诗十余首，钟仙惊去。"②

崇祯六年（1633）春，王乘篆遭遇变故，其母亲和妻子在三日内相继去世。他悲痛难以自持，两天之后亦过世。临终之际，曾作《临终》一诗自挽。

得知好友去世的消息，丁耀亢悲痛不已，遂作《哭王钟仙律诗四首并引》③悼念之。该诗小序曰："钟仙，余诗友也。家南山下，贫而孝，孤介不偶。癸酉（1633）孟春三月中，有母妻之丧。又二日，钟仙作诗自挽，一恸而绝。余哭之以诗志穷也。"

其一
奇穷理数总难齐，生死怜君性不迷。
莱子殉身终奉母，黔娄冥路又逢妻。
夕阳破屋无烟火，垢面添丁有泪啼。
收取相如遗墨在，箧中多半故人题。

其二
文章今古死无神，生不成名殁岂知。
白玉自颁词客诏，黄泉犹赋鬼仙诗。
无钱免使乌衔纸，有锸何妨蝇吊帷。
琴已绝弦山水尽，伯牙不是哭钟期。

---

① 张崇琛：《丁耀亢佚诗〈问天亭放言〉考论》，《济宁师专学报》2000年第1期。
② （清）丁耀亢：《山鬼谈》，《丁耀亢全集》（下），第272页。
③ （清）丁耀亢：《哭王钟仙律诗四首并引》，《丁耀亢全集》（下），第223页。

其三
雄心傲骨气铮铮，十载空谷泣路声。
贾岛诗穷因瘦死，伯伦酒渴乃捐生。
蠹残鲁壁书仍在，龙没延津剑不平。
从此终南无气色，西州何处扣柴荆？

其四
曾与东谷题崖壑，风雨离披醉未醒。
一日四愁强酒破，十年双眼向山青。
如君佳句犹传说，似我新诗可耐听。
一束青刍满把泪，龙蛇漫藏少微星。

该诗诗题用一个"哭"字，直接点明题旨，淋漓尽致地抒发了作者与王乘箓之间的深厚情谊。诗人在恸哭之余，既陈述了王乘箓"夕阳破屋无烟火，垢面添丁有泪啼"贫困的生活经历，又以"白玉自颁词客诏"、"雄心傲骨气铮铮"赞美了王乘箓的高尚品行。

即使在王乘箓去世很久后，丁耀亢还会不时地翻阅好友的遗作，以慰相思之情。其《读王钟仙遗稿》[①]一诗曰：

始信人难死，其言足一生。冰肠余剑气，寒齿带秋声。
喜怒存君性，悲歌见我情。真堪传不朽，贫贱累声名。

通过诗人的描述，总让人感觉王乘箓是虽死犹生。而"冰肠余剑气，寒齿带秋声"一句，传神地描述了王乘箓豪迈的个性；"喜怒存君性"一句，则更是其性格的写照；"悲歌见我情"之句，则表达了作者对王乘箓去世的悲伤与怀念。

顺治四年（1647）春天，丁耀亢去九仙山拜访王炼师不遇，下山时经过王乘箓的坟墓，顿觉悲从心来，遂写下了《过王钟仙墓下》[②]一诗。诗曰：

---

① （清）丁耀亢：《丁耀亢全集》（下），中州古籍出版社1999年版，第229页。
② （清）丁耀亢：《丁耀亢全集》（上），中州古籍出版社1999年版，第687页。

茂陵风雨尽，才鬼与诗仙。影入前年梦，诗从几处传。
文遗徒宿草，琴断近无弦。腹痛平生约，驱车不负言。

直到康熙元年（1662），丁耀亢重新回归山居生活，还会经常触景生情，禁不住想起"南邻酒伴颠狂死"（《壬寅九月初三日同侨孙过橡槚山房菊下谈少年开山事醉笔漫成十九首》其六）的王乘箓。

虽然"诸城十老"的其余人员并没有见过王乘箓，但他们因诗结缘，辑刻《钟仙遗稿》的问世，成就了诸城诗坛以诗文继世的一段佳话。据李澄中的《王钟仙遗稿序》①记载，崇祯六年，王乘箓临终之际，"辑所著诗为二册"，将其交给丁耀亢和孙江符，"许剞劂以传"，不果。八年过去了，丁耀亢和孙江符未能刊刻，所以孙江符梦见王乘箓以诗责己曰："早知死后能相负，悔向生前识故人。"直到孙江符、丁耀亢去世，依然不果。最终，"诸城十老"的其余成员，齐心协力地完成了王乘箓的遗愿。

李澄中虽与王乘箓生"不同时，无片语之契"。但康熙九年，李澄中在九仙山读书，行至佛寺，在王乘箓的故宅边偶遇山中人，了解到丁耀亢和王乘箓交往的来龙去脉，也知道了王乘箓已经过世，有感于其"诗卷多散失，其存于故人者，殆千百中什一耳"，于是向丁耀亢的三儿子丁慎行（字顗若）"索钟仙所付稿"，不仅发现此稿"残煤败楮，破不堪读"，而"九仙石壁所书"、"王南卢先生所口授"的王乘箓诗歌，"集皆无有"（《王钟仙遗稿序》），心痛之余，遂与张衍"始求而刻之，不及百篇"②。因为其间经历了很多事，李澄中在"入寺一叹，使予彷徨于四十余年之后"，为了"后之人复不能因钟仙之遇，见钟仙之志，仅以家传口诵，想像其为人"，故偕同张衍、张侗、隋平等人，于康熙三十九年（1700）终于完成了王乘箓诗集的编选校订工作，并亲自为之作序，最终将《钟仙遗稿》刊行于世。

---

① （清）李澄中：《王钟仙遗稿序》，《卧象山房文集》，《山东文献集成》第一辑第35册，第224页。

② 乾隆《诸城县志》卷三十六。

此外，康熙十九年，刘翼明也订正过王乘篆的遗诗，其在《订王钟仙遗诗》一诗中写道："九仙山人钟仙子，生不畏穷穷且死。亦言生计讳治生，不知何故吟不止。九仙生之非无意，九原呼之那肯起。当其授稿孙与丁，实以心血托知己。知己一死乃一生，交情谁复挂诸齿。前有奇人李元礼，阐幽瑿宅属厮剖。一时朽骨借表章，俗人往往笑为此。今也此册胡自来，烟熏鼠啮半无纸。邱生购出老生猜，以意逆志揣其旨。先生复起或亦然，不负先生我亦喜。"①

对于李澄中等人的义举，毛大可颇有感慨："事本可感，能璨璨传之，其豪宕感激处，一读一叹息。"②

总之，"诸城十老"之间因诗而结缘、因诗而续缘的佳话，不仅发生在王乘篆的身上，还惠及丁耀亢、刘翼明、丘元武的父亲丘石常等人。下文将对此有论及。

2. 丁耀亢与丘石常、丘元武父子的交游

张清吉《〈金瓶梅〉作者丁惟宁考》一文介绍："据诸城《邱氏族谱》和《丁氏家乘》记载，诸城邱家和丁家是通家、姻家。嘉靖时，邱橓的岳父范绍与丁惟宁之父丁纯结'九老会'，过从甚密。邱橓又为丁惟宁的业师。万历时，丁惟宁孙女嫁与邱志充长子邱玉常。邱橓的外孙女又嫁与丁惟宁三子丁耀箕。其后，丁惟宁的曾孙女（丁似谷之女）又嫁与邱志充之孙邱元履。因此，自明代中叶至清初，诸城的邱、丁两家结成了一个盘根错节的姻亲集团。邱志充的大儿媳妇即是丁惟宁的孙女。"③

由此可见，丘、丁两家有着亲密的姻亲关系。丁耀亢与丘元武是忘年交，二人的交情可以追溯至丁耀亢与其父丘石常这里。因此，在介绍丁耀亢与丘元武的交游之前，我们应该先了解一下丁耀亢与丘石常的交游情形。

丁耀亢与丘石常，齐名山左。王士禛的《岁暮怀人绝句三十二首》一诗将丁、丘并称，诗云："九仙仙人丁野鹤，挂冠仍作武夷游。齐名当

---

① （清）刘翼明：《镜庵诗稿》，《山东文献集成》第三辑第29册，第136页。
② （清）李澄中：《王钟仙遗稿序》，《卧象山房文集》，《山东文献集成》第一辑第35册，第224页。
③ 转自张清吉《〈金瓶梅〉作者丁惟宁考》，见郭公仕编著《五莲文物志》，齐鲁书社2013年版，第338页。

日丘灵鞠，埋骨青山向几秋。"① 诗中所言丁野鹤即丁耀亢，丘灵鞠即丘石常。

丁耀亢与丘石常不仅名声相当，还终其一生保持着良好的交情。这一点，从其二人的诗作中即可窥见一斑。据不完全统计，丁耀亢诗中提到丘石常的有近20首，分布在丁耀亢不同时期创作的诗集里，如《问天亭放言》有《九日迟丘子廪不至明日欲追游东山又不果》、《丘子廪赠诗山楼兼馈蔷薇露》、《秋兴和子廪（时将有远行）》，《逍遥游》中有《闻丘子廪小舟成》、《同王子房集丘子廪斋中》、《闻马三如马源思丘子廪庄中涵过访明空上人留诗山壁偶缺展待》，《陆舫诗草》中有《忆山亭窗下梅呈郑琅轩寄怀丘子廪》、《昨龙堂再逢巨上人觅与邱子廪旧题不见》，《椒丘诗》中有《答丘子廪》、《答丘子廪寄过橡谷山居原韵》，《江干草》中有《己亥仲冬至日赴惠安过橡谷丘海石明府载酒候别留诗壁上奉答原韵》、《过别海石山房》、《家信到见丘海石五月寄书询之则逝矣忆相送山中戏言求予代作墓志，竟成谶语开缄为之泫然因略述生平以备行状寄冢君龙标焚之》，《听山亭草》中有《阅丘海石〈楚村集〉有感二首》。

而丘石常的《楚村诗集》中也有提及丁耀亢的多首诗歌，如《野鹤约过山中不至》、《送鹤公令惠安》等。此外，王士禛编辑的《感旧集》，还收有一首《答丁野鹤》。

丁耀亢与丘石常的交游，始于崇祯元年（1628）的结社。丁耀亢《出劫纪略·山居志》中提及的"戊辰之冬……有友五人来山中结社"，其中的"五人"之一就有丘石常。

丁耀亢也经常参加丘石常和其兄长在铁园组织的"东园文会"，如"甲戌（1634）春，丘子如、子廪东园文会，甚盛也。余频过不厌"②。

崇祯五年（1632），丁耀亢《天史》书成。丘石常不仅翻阅过《天史》，还订正过丁耀亢的诗集《问天亭放言》。在《问天亭放言》扉页，就赫然题有"丘玉常、丘石常阅"的字眼。丘石常还为之作序曰："野鹤

---

① （清）王士禛：《渔洋诗集》卷十二，《王士禛全集》，齐鲁书社2007年版，第342页。
② （清）丁耀亢：《东园文会》，《丁耀亢全集》（下），中州古籍出版社1999年版，第238页。

先生携其元方，著书名山，旨存于彰善而权归于瘅恶，名其书曰《天史》。"①

崇祯十年（1637），掖县王汉（字子房）进士及第，前来丁耀亢处报喜。丁耀亢和丘石常给予了热情款待。丁耀亢为此作有《王子房登第后过斋中同社宴集》和《同王子房集丘子廪斋中》等；丘石常为此作有《送王子房东归》等。这一年，恰好是丁耀亢与丘石常等人结社的第十个年头，此时社中成员王乘篆、李鹤汀等人早已作古。丁耀亢、王汉等人聚集在丘石常的家里，抚今追昔，感慨万千，丁耀亢遂作《同王子房集丘子廪斋中》一诗，对他们十年之间的情谊进行了总结。其诗云："庭树新开不记门，竹林还踏旧苔痕。如逢故剑羞磨试，似隔名山劳梦魂。念旧偶然思管蒯，嗜甘常忆食河豚。铁园十载留灯光，屈指山阳几客存。"

除了谈诗论文，他们也经常结伴出游，其足迹遍及马耳山、九仙山、五莲山等地。如重阳节时，丁耀亢曾与丘石常等人约定游东山，结果因故未能一起成行。对此，丁耀亢写道："交情鸿雁来无定，幽兴云霞动若关。我欲从之疏懒甚，千林风雨一人间。"（《九日迟丘子廪不至明日欲追游东山又不果》）而丘石常则曰："萤囊旧火共辉辉，一个翩翩独坐衣。……山半蹇驴三五簇，驱童迎眺到还非。"（《野鹤约过山中不至》）

崇祯十五年的诸城战乱，打破丁耀亢和丘石常原先恬淡安逸的生活，二人聚少离多，只能在回乡的空隙里短暂相聚，而更多的则是靠诗文来传递着二人之间的情谊。

入清之后，丁耀亢南下"欲卜居于淮，不能果"②，后于顺治五年七月入京，次年三月充任镶白旗教习。在京城，丁耀亢自建居所"陆舫"，并以此作为与名公大臣龚鼎孳、傅掌雷、刘正宗、王铎等人赋诗交游的场所，诗名亦因此而名声大噪。顺治十年，丁耀亢赴容城教谕。顺治十六年，丁耀亢授惠安令，十月赴任。

丘石常则辗转于江浙，"往来江淮吴越间"。顺治二年，岁贡；顺治

---

① （清）丘石常：《问天亭放言序》，《丁耀亢全集》（下），中州古籍出版社1999年版，第209页。

② （清）丁耀亢：《避风漫游》，《丁耀亢全集》（下），中州古籍出版社1999年版，第283页。

八年,选夏津训导,致力于当地教育;顺治十四年,届满归乡,在九仙山建起"海石山房",过起了以著述为乐的闲适生活。顺治十六年,擢高要令,不赴。

通过以上对丁耀亢和丘石常在顺治年间经历的爬梳,可知他们这一阶段一直在为各自的生计和仕途而奔波忙碌。虽然如此,但他们二人之间的联系并未因此而中断,要么赋诗寄情,要么在回乡时相聚。

顺治六年,丁耀亢客居京师。此时虽已与刘正宗、王铎等名人相识,然仕途依然渺茫。在《忆山亭窗下梅呈郑琅轩寄怀丘子廪》一诗中,丁耀亢一方面羡慕郑琅轩"乘五马",感叹自己"淹留燕市下"的窘况;另一方面用"归去过山访丘子,载酒看梅相忆者"之句,表达了对原先自己和丘石常一起"载酒看梅"惬意生活的怀念。

顺治八年二月,丁耀亢再次入京,行至沧州昨龙堂,发现与丘石常的"旧题不见",遂作《昨龙堂再逢巨上人觅与丘子廪旧题不见》一诗,感叹:"空堂苔影映斜晖,壁破诗残往事违。"此时的丁耀亢,仕途仍未有起色,回想起往事,自然黯然神伤。而丘石常经过多年的宦游,对仕途的升迁亦不再执着,不时萌生归隐之意,希望和丁耀亢能够回到从前的山居生活。其《九月怀人》一诗,就用"诗成七步开三径,简断十年识一丁"之语,表达了自己身在异乡对丁耀亢的思念,肯定了他们之间知己般的情谊;而其《章丘客舍次野鹤壁间韵》一诗,则用"城南山舍风波少,吾意携君与共藏"之句,直接表达了自己要和丁耀亢携手归隐田园的迫切心愿。

直到顺治十六年(1659),丁耀亢与丘石常才有了正常的相聚,但这也是他们的最后一次会面。这一年,丁耀亢容城任职届满。而丘石常也已从夏津卸任赋闲在家,于九仙山建"海石山房"已山居二年。这一年,二人相继接到了朝廷南下任职的命令。丁耀亢授惠安令,丘石常为高要令。只是这一次,二人做出了不同的决定。丘石常接到任命时,作《得高要令报》一诗,并未表现出任何惊喜,之后又接连而作《辞官》二首、《再文辞任》等诗,以"且留故我作闲人"(《辞官》其一)、"不如早办长林计"(《辞官》其二)之语,表达了自己强烈的归隐之意;而丁耀亢虽有诸多的不情愿,但还是决计前往赴任。临行前,丘石常为之饯别送行,并作《至日送鹤公令惠安》诗,丁耀亢亦作《己亥仲冬至日赴惠安过橡谷丘海石明府载酒候别留诗壁上奉答原韵》一诗，作为话别。

然而，不幸的是，第二年（即顺治十七年）丘石常去世。丁耀亢得知此消息，震惊悲痛之余，长诗当哭，遂写下了《家信到见邱海石五月寄书询之则逝矣忆相送山中戏言求予代作墓志竟成谶语开缄为之泫然因略述生平以备行状寄冢君龙标焚之》一诗纪之。

康熙七年，丁耀亢还因为想念丘石常而请人诵读其诗集，依然禁不住泪流满面："长日昏昏但昼眠，得君遗句一潸然"，"洒泪观诗病眼昏，倩人高诵代招魂"。情不自禁地想起了当日二人因文争执事（按：关于二人发生争执之事，在王士禛的《古夫于亭杂录》卷五有记载："诸城丁耀亢野鹤与丘石常海石友善，而皆负气不相下。一日饮铁沟园中，论文不合，丘拔壁上剑拟丁，将甘心焉，丁急上马逸去。"① 次日酒醒，二人相互道歉后和好。此事一时在山左文人中传为佳话），发出"知君生死多争胜，怪字离奇不敢论"（《阅邱海石〈楚村集〉有感二首》）的感叹。

有丁耀亢和丘石常的默契之交在前，丁耀亢和丘石常之子丘元武的交往也很感人。

康熙七年（1668），丘元武在抚州任上被奉令裁缺，等待新的任命。是年五月，他自南昌回到诸城，并到橡檞山庄拜访丁耀亢。事先得知消息的丁耀亢，在等待中遂赋《丘龙标司理自南昌归山中寄诗候之》一诗，并用"五年离绪隔江关，千里清风载鹤还"之语，表达了对友人归来的欣喜之情。当丘元武把江西产的仙茅作为礼物送给丁耀亢时，丁耀亢很是感动，遂再次赋《丘龙标自南昌司李归惠仙茅》一诗，表示自己的感谢之情。在归家的这段时间里，丘元武和刘翼明、李澄中等人也都有过会面。后丘元武接到了任职黔州的通知。刘翼明得知丘元武任职的消息后，遂作《寂寥有感时龙标黔川除书至书致子宽》一诗祝贺。这年秋季，丘元武启程赴任。临行，李澄中为之送行，并作《用少陵"每依北斗望京华"作起送龙标之任黔中二首》纪之。而这一次，也是丁耀亢和丘元武的最后一次见面。当丘元武还在黔州任上时，丁耀亢已于康熙八年离世。

---

① （清）王士禛：《古夫于亭杂录》，《王士禛全集》，齐鲁书社2007年版，第4922页。

3. 丁耀亢与刘元化、刘翼明父子之间的交游活动

丁耀亢与刘元化、刘翼明父子二人，均有交游。然受材料所限，三人之交游究竟开始于何时，目前我们难以确定。

从现有的史料来看，最迟于崇祯八年（1635），丁耀亢与刘元化已有交往。此时的刘元化被罢官归家，终日以饮酒赋诗为乐，并与丘玉常和丘石常兄弟、丁耀亢等人多有交往。后刘元化要去担任侯方伯的幕僚，临行之前，丁耀亢曾前去海村拜访过刘元化，有丁耀亢所作《山楼次刘斗勺韵时将赴侯方伯幕》[1]一诗为证。

而丁耀亢与刘翼明的相识，可能是在崇祯七年（1634）。前文已言，因与丘石常父子过从甚密，故丁耀亢成为铁园的常客。崇祯七年，丁耀亢还多次参加过丘玉常、丘石常兄弟二人在铁园组织的东园文会，且兴致极高。而从刘翼明所作《镜庵诗稿前集自序》自称"自甲戌即读书铁园，四年中所为者亦只有诗，又以多率而删之，存其人，存其事，存其句"[2]来看，崇祯七年刘翼明在铁园读书。由此我们推断，丁耀亢与刘翼明的结识可能是在崇祯七年。

从丁耀亢作于顺治十年（1653）的《寄刘子羽兼呈太翁斗酌》一诗中"十年不见刘公干"之句来看，此后多年，丁耀亢与刘元化、刘翼明父子均各自忙于奔波，他们之间的交往并不密集。直到顺治十年，丁耀亢和刘元化、刘翼明父子的交往才多了起来，关系也愈发亲密，尤其是和其父刘元化的关系更为亲密。刘元化比丁耀亢大20岁，在与丁耀亢的交游过程中，刘元化更像是父亲，给予了十一岁即丧父的丁耀亢很多关爱。这一年重阳节，诸城过兵，城里一片混乱。丁耀亢先是跑到大青口避难（《九日避兵山东守大青门峰口》）[3]，后又避难于海上，自此开始了与刘元化、刘翼明父子交往的密集期。

这一年，丁耀亢为"避兵"来到海村。刘元化得知消息后，即携酒来访，有丁耀亢所作《避兵海村刘斗酌季履素载酒过访》一诗为证。是年刘元化已经七十五岁，而丁耀亢已五十五岁（按：丁耀亢《期斗翁于

---

① （清）丁耀亢：《逍遥游·故山游》，《丁耀亢全集》（上），第684页。
② （清）刘翼明：《镜庵诗稿》，《山东文献集成》第三辑第29册，第2页。
③ （清）丁耀亢：《九日避兵山东守大青门峰口》，《丁耀亢全集》（上），第193页。

市同族中子侄》① 诗，题下有丁耀亢自注："斗翁原任高陵县令，隐不复仕。时年七十五岁。"）。面对刘元化的拜访，丁耀亢亦有回访。此时的二人你来我往，其乐融融。虽然十年不见，但"彭泽老亲仍嗜酒，山阴残墨尚留墙"（《寄刘子羽兼呈太翁斗酌》），故丁耀亢将自己珍藏的好酒曲送给刘元化，并作《送酒曲报刘斗翁》一诗纪之。刘元化收到礼物后，冒着大雪再次回访，丁耀亢极为感动，遂作《次刘斗酌雪中过访》、《大雪再怀斗酌次前韵》二诗纪之。从丁耀亢作于是年的《是岁十月卜居草桥庄》、《村西有泉欲种竹其上》二诗来看，此时的丁耀亢已有山居之意，并在草桥庄建房居住。等丁耀亢新居落成，刘翼明前去拜访祝贺，并作《过丁先生野鹤草桥新居》、《过访丁先生草桥庄限韵得山字》二诗纪之。期间，刘翼明还陪同丁耀亢游览过琅琊台等地，并作《仲冬同丁野鹤登琅邪即事》一诗纪之。

顺治十年冬，丁耀亢接到担任容城教谕的任命。然此时他对仕途已有厌倦之意。而刘元化劝其前往赴任，丁耀亢遂作《谢刘公劝驾》一诗谢之。

顺治十一年（1654）春，丁耀亢从诸城出发，赴任直隶容城教谕（按丁耀亢《自述年谱以代挽歌》云："甲午（1654）之春，北行就官。敝车疲驴，环堵不完。僦屋而居，如是五年。"②）。从刘翼明所作《初春喜野鹤先生同丁赤岸过饮竹下谈诗》（诗下有小注曰："时先生将之容城广文"）、《送丁野鹤任容城》、《塔山送别丁野鹤任容城》等诗歌来看，在丁耀亢上任之前，刘元化和刘翼明父子不仅多次为之设宴招待，以壮其行，而且于谈话之间，得知丁耀亢在京城六年很少吃到海鱼时，刘元化即多次派人为之出海打鱼。这令丁耀亢十分感动，随作《海冻大鱼不出候食鱼始北行》一诗以纪之。面对刘元化和刘翼明父子的盛情，丁耀亢除以《赴容城答斗翁赠别》等诗歌表示感激之情外，亦多次回请他们父子，并创作了《次斗翁梅下对酌韵》、《栽松海上寄刘斗酌》等诗歌，约定等告老还乡后要和刘元化作邻居，共同实现"鱼鸟情相待，山林志不违"（《刘斗酌季履素刘子羽饯于塔山》）的归隐心愿。

---

① （清）丁耀亢：《期斗翁于市同族中子侄》，《丁耀亢全集》（上），第195页。
② （清）丁耀亢：《自述年谱以代挽歌》，《丁耀亢全集》（上），第427页。

到容城之后，丁耀亢思念刘元化，遂作《腊尽怀去年海上刘斗酌赏梅诸友》一诗，回忆了二人"竹下梅花同泛酒，石边杉叶坐题诗"的情谊。直到顺治十三年，丁耀亢从容城任上回家休假，才得以再次见到刘元化，并与之"倾杯再订松萝约"（《酬刘斗酌赠韵》）。由此亦可见二人之间的深厚情谊。

分别之后，刘翼明也很关注丁耀亢的行踪。顺治十七年末，丁耀亢知惠安令，他遂作《送丁先生莅闽惠安》；当得知丁耀亢辞官，他又作《丁先生辞惠安归里》。

此外，刘元化和刘翼明父子与丁耀亢交好的丘玉常、丘石常兄弟二人之间往来也很多，皆有诗歌为证。如刘元化的《次丘子凛解嘲》、《次子如泛舟》，刘翼明《南归途中怀丘海石窗兄石常子凛》、《初闻丘大青子如讣音》、《夜梦亡友丘海石》等。

4. 丁耀亢与李澄中之间的交游活动

丁耀亢与李澄中年龄相差30岁，其忘年之交始于顺治八年（1651）。李澄中《三生传》载："辛卯春，予二十有三，先中允公钱丁野鹤先辈北上归来，谓予曰：'适见丁野鹤，称汝诗异日当遂名家。'"[1] 丁耀亢慧眼识得李澄中，不忘提携、时时教导之。李澄中《出劫纪略序》曰："余与野鹤丁先生同里，比邻居，以晚辈交先生，受知先生最深，来往燕都，千里外邮筒相问也。"[2]

是时，丁耀亢任镶白旗教习届满归省后，又返京充镶红旗教习。而李澄中则居诸城。二人之间见面的机会并不是很多。然丁耀亢不忘后学，时时相问，并以诗歌相赠：在往来京师之间的路途中，丁耀亢不忘写诗给李澄中，有《雨中宿清河口即事却寄王南卢李渭清二首》诗为证；后避难于海上（顺治十年），丁耀亢仍记得写诗给寄李澄中，有作《海上寄李渭清兄弟》诗为证；于容城教谕任上（顺治十三年），丁耀亢想念李澄中等人，遂作《寄怀李彭仲渭清诸同社》寄之，既感慨"诸子未忘归去约，老人无复少年狂"，又不忘提及"五十年前旧读书，比闾乔木对门

---

[1] （清）李澄中：《三生传》，《卧象山房文集》，《山东文献集成》第一辑第35册，第412页。

[2] （清）李澄中：《出劫纪略序》，《丁耀亢全集》（下），第267页。

居"的事情。

顺治十三年，丁耀亢完成《出劫纪略》一书，嘱托李澄中为之作序。李澄中曰："丙申归自容城，以《出劫纪略》命序于余，始爽然自失，悔知先生之浅也。"①

顺治十六年，丁耀亢将赴惠安任。李澄中为之送别并作诗相赠，丁耀亢亦回赠《奉答李渭清赠别四韵二首》。

康熙元年，丁耀亢彻底脱离官场，准备山居。自此，他与李澄中面对面的交往才多了起来。是年八月十七日晚，李澄中和范仁实拜访丁耀亢，李澄中遂作《八月十七夜同范仁实作丁野鹤先生月舫桥二首》纪之。当丁耀亢因其小说《续金瓶梅》而"中奇祸"、"走吴越、燕闽、大梁之区，与海内胜流切磨"② 之时，李澄中也一直关心着丁耀亢，有丁耀亢《归禅后次渭清原韵四首》诗为证。

康熙六年，丁耀亢收到李澄中、马鲁的诗，依韵而作《咏万岁峰次李渭清马习仲韵》和之。是时，李澄中得到周亮工的邀请和资助，准备南下金陵，丁耀亢遂作《送李渭清游江南兼呈维扬陈宪副二首》送之；当听到张贞、李澄中游南京访周亮工归来，丁耀亢即作《赠张杞园李渭清游秣陵访周元亮归二首》以示问候。

康熙七年，丁耀亢打算在西园开馆讲学，并作《超然台下西园欲开馆招延多士讲学以娱残年予虽眼病而口谈未倦以诗寄渭清两首》③ 询问李澄中。

康熙八年，李澄中作《寄丁野鹤先生》，约丁耀亢端午节见面，并按时到丁耀亢的橡槚山庄赴约。是年冬天，李澄中又到橡槚山拜访丁耀亢，丁耀亢遂作《渭清自南山过访》、《再次渭清题卧云阁韵》、《同渭清祥集侄夜坐》、《山中送李渭清》等诗纪之。李澄中《江干草序》亦云："先生平生矜慎许可，独数折节于余。忆己酉冬，过橡山别墅，与先生角韵，至夜分，先生慨然曰：'仆老矣！吾将以子为名山，尽以诗文付吾子。'余唯唯，谢不敏。初不意先生长逝未暇也。"

---

① （清）李澄中：《出劫纪略序》，《丁耀亢全集》（下），第267页。
② （清）李澄中：《江干草序》，《丁耀亢全集》（上），第354页。
③ （清）丁耀亢：《丁耀亢全集》（上），中州古籍出版社1999年版，第550页。

同年腊月，丁耀亢去世。李澄中闻知消息，遂作《哭丁野鹤先生》祭之。

丁耀亢去世三年后，为完成其嘱托，李澄中与丁耀亢三子丁慎行一起搜集整理了丁耀亢自《椒丘诗》之后的诗作，编辑而成《江干草》、《归山草》、《听山亭草》并刊行。这也可以说是李澄中对丁耀亢知遇之恩的报答吧。

5. 张侗、赵清和丁耀亢的精神交游

张侗和赵清本来是可以和丁耀亢谋面的，却又一次次的错过了。但从二人分别为丁耀亢的诗集《江干草》所作的序来看，他们之间虽然未能谋面，但却有着精神上的诸多交游。

张侗《江干草序》中有"予时方七岁"、"是时始知东武有先生"之语，可见其七岁之时，已经知道丁耀亢的名字。在序中，他详细地回顾了自己三次主动结交丁耀亢而不遇的经历。第一次，"后予走琅邪，谒先生橡谷中。先生适出游蓟门，交燕赵贤豪"，因为丁耀亢的远游而不遇；第二次，"二十年风尘烟雨间，予再入琅邪，先生已振铎容城矣"，因为丁耀亢任职容城而不遇；第三次，"越数年，予西谒岱宗，礼莲花丈人峰回。先生复归自西湖，寓淇上大觉寺，见予壁间诗，吟哦啸咤而去，仍隐橡谷中。予三走琅邪，而先生殁"，因为丁耀亢的去世而不遇。对此，张侗感叹道："自予少以及壮，先生壮且耄以死，前后三十年，半同甲子，不获一见丰采，岂非数也耶？"[1] 康熙十二年，丁耀亢已去世三年，张侗再次来到丁耀亢的别墅，见到了丁耀亢的三儿子丁慎行，接受了为丁耀亢《江干草》作序的请求。

赵清于《江干草序》中，对自己错失与丁耀亢见面机会的情形也有记录。一是通过丁耀亢之子丁慎行口述其父"处橡谷以诗酒招山林之士，思壶石而壶石不至"。二是记叙了"戊申（1668）秋九月，家邦上萧墙中。先生因大觉寺僧问石，以诗招余。时值促行李将事昭阳洞。四三年山水间回，鹤已化辽城去矣"二人未能谋面的原因。[2]

---

[1] （清）丁耀亢：《丁耀亢全集》（上），中州古籍出版社1999年版，第356页。
[2] 同上书，第357页。

（二）第二个阶段，以李澄中为中心

康熙八年，丁耀亢去世。自此，以李澄中为首的"诸城十老"，其文学活动进入了新的阶段，成员之间的交游也更加密集。

据乾隆《诸城县志·文苑传》记载，李澄中"与同县刘翼明、赵清、徐田、隋平、张衍、衍弟侗诸人，日放浪山海间，醉歌淋漓，有终焉之志"；张衍"辟卧象山、龙潭诸胜，岩洞幽豁，日哦其间"；徐田"日与张侗游，侗杖履所至，田皆至焉"。丘元武失官回到诸城，"是时，县人多结社为诗，元武归，唱和其间，与刘翼明、李澄中、徐田、张侗相伯仲"。① 他们结伴交游，徜徉于五莲山、九仙山、卧象山，漫步于放鹤园、铁园，写下了大量流连山水、交游唱和的诗作。这一时期的他们，更像一个名副其实的"诗人群"。其性质，即如贾晋华所言："在一定时间段里，曾经聚集于一定地点从事诗歌唱和或其他文学活动，彼此联系密切又互相影响的一定数量的诗人所形成的群体。虽然此类诗人群体往往表现出相近的文学倾向，但其最突出的特征却是社交人事关联，体现了中国古代诗人在孔子'《诗》可以群'的观念影响下所形成的特殊联结纽带，比诗歌流派的概念更切合中国古代诗歌发展的传统。"②

这一时期，以李澄中为首的"诸城十老"，不但交游更加密集，而且范围也更加广泛，形成了一个由诸城本土文士、侨寓者和"数往来于县"者组成的、规模庞大的诸城诗人群。

仅就"诸城十老"成员内部交游而言，这一时期，其交游活动大致可以康熙十八年李澄中考中博学鸿词科为界，分为前后两个阶段：

一是康熙十八年前，山居卧象共游息。

丁耀亢去世后，"诸城十老"的其余成员李澄中、刘翼明、张衍、张侗、徐田、赵清、隋平以及丘元武等人，彼此之间先后有了交集，并逐步形成了一个以卧象山为主要活动地点的诗人群。

顺治十五年（1658），李澄中与刘翼明相识（按：李澄中《刘广文子羽墓表》称："戊戌春，始与余订交海上。……予自戊戌与子羽以诗文相

---

① 乾隆《诸城县志》卷三十六《文苑传》。
② 贾晋华：《唐代集会总集与诗人群研究·导言》，北京大学出版社2001年版，第2页。

砥砺，又生在同里，三十余年间，尺素往来无虚日，其不相见者宦游十许年耳。"①）。翻检李澄中、刘翼明、张衍、张侗、徐田、赵清、隋平以及丘元武等人的诗集，可以发现他们之间的唱和题赠之作极多。如李澄中有《与子羽伯祥登琅邪台二首》、《初冬怀刘子羽》、《送刘子羽游临川》等；刘翼明有《西山与渭清题龙标画册》、《山中别渭清录似吴元任》、《凝寒怀渭清》、《琅邪道上寄渭清》、《奉怀牛涔寄渭清诸友》、《次韵渭清送别出山》、《秋晚渭清书至》、《喜渭清京师书至》、《题渭清象山新屋壁上》、《评渭清诗册》等。由此可见，他们二人之间，有着深厚的交情，交游活动颇为密集。

尤其是康熙十年（1671），李澄中、刘翼明、张衍、张侗、徐田、赵清、隋平等相继入住卧象山，更是实现了"诸城十老"真正意义上的集会。

这一年，亦是李澄中通过赵清的介绍而与张侗正式结交的时间。李澄中《张石民诗序》云："岁丙午，与石民遇青州道上。时石民能知予，予犹未知石民也。后五年辛亥，赵子壶石介予游放鹤园。"② 李澄中《自为墓志铭》亦云："辛亥岁，赵壶石、徐栩野、张石民、白峰兄弟雅慕君，与之入卧象，探石屋，放浪山海间。或闻君将往，预亚壁待之。诸子至，辄歌辄饮。半醉，则绕砌走，默无声。已而诗成，泼墨淋漓满之，复踏歌以去。"③

康熙十五年（1676）冬至过后，李澄中、刘翼明、王咸炤、徐田、张衍、张侗、张傃、陈献真、马持、王翰、丘带湄、隋平、赵清、樊德施等本地文士在李澄中的怡堂签订了卧象山约。为此，李澄中特地作《至后刘子羽、王屋山、徐栩野、张蓬海、石民、白峰、陈子璞、马维斯、王羽翁、丘带湄、隋昆铁、赵壶石、樊德施集怡堂订象山约》一诗纪之，并以"高士何来分锻灶，酒徒多半聚糟床"之语，来形容他们之间的亲密关系。虽有山约，但他们的交游是自由、随意的，人员并不固

---

① （清）李澄中：《刘广文子羽墓表》，《卧象山房文集》，《山东文献集成》第一辑第35册，第393—394页。

② （清）李澄中：《张石民诗序》，《卧象山房文集》，《山东文献集成》第一辑第35册，第229页。

③ 同上书，第272页。

定，经常会有慕名前来的访客，如侨寓者郭牟、马鲁、杨涵、王屿似等和"数往来于县"者李灿章、李焕章、洪名、金奇玉、张贞、安致远、薛凤祚、赵涛、赵瀚、释元中、成楚、成搏等人。他们一起相聚在山间林下，游山玩水、饮酒酬歌、即兴赋诗，往往兴尽才散。在卧象山中生活期间，他们"读书其中，殆家焉"，① 恍若进入世外桃源，不问世事，大有终焉之志。

张侗的《琅邪酒人传》，也记述了他与刘翼明、李澄中、王咸炤、马持、徐田、张衍、张佳、张傃以及赵清等人亲密的交往活动。他们聚在一起，经常且酒且歌，随意散淡，诸城境内的山水胜景任由他们取之："由是而卢洞、而葛陂、而霖谷之绣榻之雪音台，酒人庐也。玉山之烟，象乳之月、莲蒂之露、小峨眉之雪龙纹、小涧之云华，酒人几席也。松溪之麋、月窦之兔、鸭岛之鱼虾之鸥之鹭，酒人之犊牧樵渔也。蜂严之笛、鼍宫之鼓、霜湫之雷、玉龙辇道之霹雳、雷岭之雨，酒人之鼓乐也。"酒酣之际，"斯时虽山崩于左，川沸于右"，但他们全然不顾，而是希望进一步扩大队伍，"且遍招盘龙壶石、郏淇屋山、东郭桃溪、桃花洞栩野、苏里雷田、琅邪子羽两先生"，以实现"期与偕隐"之宏愿。②

这一时期，丘元武因"三藩之乱"而滞留于贵州，他与李澄中等人之间的交往，则是主要通过书信诗歌互通消息。如李澄中有《山楼望五莲山寄慎清》、《山楼南望怀龙标之黔州》、《寄慎清秉施二绝》、《得丘慎清消息》等。

康熙十七年，李澄中征召入京，参加博学鸿词科考试。是年四月二十一日，李澄中特地作《别卧象山文》以示告别。

这一时期"诸城十老"的山居生活与交游活动，以康熙十八年李澄中中式博学鸿词科而结束，张侗又于康熙十八年编著完成《卧象山志》，为这一时期画上完美的句号。

二是康熙十八年后，诗文书信互寄情。

---

① （清）李澄中：《卧象山志序》，《卧象山房文集》，《山东文献集成》第一辑第35册，第232页。

② （清）张侗：《琅邪酒人传》，《其楼文集》卷一，诸城博物馆藏民国七年石印本。

康熙十八年，李澄中中式博学鸿词科，并进京做官，开始了为期16年的仕途生涯。从此之后，因为李澄中这一核心人物的缺失，"诸城十老"之间的见面次数也随之急剧减少，他们之间的交游，大多是通过诗文、书信来互通心意。

李澄中在京城为官，其交游对象多是同在京城任职的同僚，如后来成为挚友的庞垲（字霁公）等。但他依然牵挂和思念着家乡的山友们。在他的诗集中，与"诸城十老"相关的作品有：《送台雪音东归兼示山中诸友》、《答赵壶石象山松下见怀原韵》、《寄怀赵壶石》、《闻刘子羽授黄县广文赋此寄之》、《答张石民见怀》、《喜杨水心与灵罄奚林大师过访长安寓舍兼得子羽象先蓬海石民昆铁书感赋二首》、《答子羽问予故园归计竟如何二首》、《答赵壶石清明独酌见怀次原韵二首》、《不死篇寄刘子羽》、《寄慎清》、《丙寅正月初四日与赵壶石兄弟登阜城门楼二首》、《与徐电发汪钝予徐栩野文学登灵佑宫阁》、《与栩野钝予舍侄华之游摩诃庵》、《寄刘广文子羽》、《与栩野钝予饮渭符春浮阁》、《冬至夜与栩野钝予分韵》等多首诗歌。通过以上诗题，我们可以看出，"怀"字始终是其诗歌的关键词。因为怀念，他们或互通书信，或互赠诗歌，于诗书中述说着想念朋友的思绪以及盼望回乡的迫切心情。如李澄中曾在给张侗的信中写道："久不得石民一纸书，岂七贤之黜山涛耶"，"每入夜，覆被思诸故人，辄历一周"，"明年史事粗结，便拂衣投林，与石民长啸白沙翠竹间，以续旧游。然谈梅口酸，此心已飘然九仙、五莲之麓矣。"① 在《与赵壶石》中写道："别后偃坐一室，泪下盈把，黯然有河梁之色也。"② 即使丘元武在贵州施秉任职，也一直被刘翼明等人所牵挂。如康熙十八年，刘翼明就曾因为想念丘元武而作"谁怜独夜客，意绪莽纵横"（《岁晚时龙标在滇》）。

这一时期，刘翼明被讹传死而复生一事，也引发了"诸城十老"极大的关注。

---

① （清）李澄中：《与张石民》，《卧象山房尺牍》，《山东文献集成》第一辑第35册，第358页。

② （清）李澄中：《与赵壶石》，《卧象山房尺牍》，《山东文献集成》第一辑第35册，第365页。

康熙二十三年五月，刘翼明"病，辄死吊者在门，乃蹶然而起"①，于是"三牲在案饱啖之，临风一笑秋云白"②。李澄中在京得到消息，惊喜之余，给刘翼明写信询问详细情况，"闻子羽病，辄死，死几何日？且何所见？又何故而苏？皆一一示我"③，关切之情溢于言表。他又写信将这一奇事告知周斯盛，"子羽死而复苏，吊者在门，乃与之饱啖牲醪而散，亦大奇事"④。此时，刘翼明得利津广文一职，准备就任。对自己死而复生之事，刘翼明以"戏寄"为题，分别写诗寄给丘元武和丘元履兄弟、赵清、杨涵、隋平等人，然后潇洒地去利津就职了。在《答李雷田书来问讹传之故》诗中，刘翼明戏称道"生祭才能知肉味，一时赚得挽诗多"。此外，赵清也写了《闻越台先生病寄诗问之》、《得海上友人书知刘子羽先生病》等诗，表达了对刘翼明生病的关切。

康熙二十七年，丘元武去世。同年十二月，刘翼明过世。

康熙二十九年，张衍、张侗、徐田等为庆祝张英（字彦公）筑圃新成而聚会，并赋诗纪之，张衍作《庚午六月，彦公侄筑圃新成，集牛仲青、徐栩野、隋默公、窦承庵及家弟石民、子云、白峰，皆鬓发皤皤，天和自爱，酒余，各纪以诗》。

康熙三十年，李澄中辞官，在和北京的友人告别后，于康熙三十三年回家。同年九月，赵清去世，李澄中作《哭赵壶石三首》悼之。

康熙三十四年夏，李澄中和张侗结伴南游彭城、扬州、南京等地。

康熙三十七年，徐田过世，张衍、张侗等亲自将其埋葬。

康熙三十九年六月，李澄中去世。在这之前，他完成了王乘箓、丁耀亢、丘石常、刘翼明等人诗文的整理与编纂工作，这也可以看作是对"诸城十老"成员的最好纪念吧。至此，"诸城十老"中只有张侗、张衍、隋平三人还在世。正如张侗所言："渔村先生既没，不复作诗，偶接柴溪

---

① （清）李澄中：《刘广文子羽墓表》，《卧象山房文集》，《山东文献集成》第一辑第35册，第394页。

② （清）李澄中：《不死篇寄刘子羽》，《卧象山房诗集》，《山东文献集成》第一辑第35册，第163页。

③ （清）李澄中：《与刘子羽广文》，《卧象山房尺牍》，《山东文献集成》第一辑第35册，第361页。

④ （清）李澄中：《与周屺公》，《卧象山房尺牍》，《山东文献集成》第一辑第35册，第359页。

老人《雁字篇》且索和，勉赋三章以答老人。一寄云放翁吴江，一寄荆公云门、奚公、素公北海上。"①"诸城十老"之间交游唱和的黄金时代到此结束。

康熙四十五年（1706），张衍、张侗、隋平已是"头颅皆现太极圆"的古稀老人。我们发现，他们除了曾相约参加过丘元武之族弟丘元音的四叔父丘玗常（字禾年）的八十八岁寿诞外，已经很少有其他的交游活动了（按：丘元音作《丙戌四月望日为四叔父寿，时蓬海、石民、白峰、昆铁、碣西诸先生皆至》② 一诗）。

康熙四十九年，张衍去世。

康熙五十年，隋平去世。

康熙五十二年，张侗过世。

至此，"诸城十老"的时代彻底结束。

第三节 "诸城十老"在诸城之外的主要交游活动

"诸城十老"喜游历，善交游，所到之处结交的朋友也极多。这些朋友中，既有朝廷重臣、文坛大家，又有在野布衣、方外之士。受篇幅所限，本节我们主要讲述"诸城十老"与之交游较为密切或对其人生影响较大的县外人士的交游活动。这些人士，要么对其有提携之功，要么曾亲自前来诸城拜访。前者主要以周亮工、王士禛为代表，后者主要以周斯盛为代表。

一 "诸城十老"与周亮工的交游

周亮工（1612—1672），字元亮，一字缄斋，别号栎园，祥符人。明崇祯十三年进士，官至浙江道监察御史。入清后历任盐法道、兵备道、布政使、左副都御史、户部右侍郎等，一生饱经宦海沉浮，曾两次下狱，被劾论死，后遇赦免。一生以绘画、篆刻、诗文见称于世，著有《赖古

---

① （清）张侗：《雁字》，《琅邪放鹤村诗续集》，《山东文献集成》第二辑第30册，第168—169页。

② （清）王赓言：《东武诗存》卷四，中华书局2003年版，第175页。

堂集》、《读画录》等。

周亮工一生的宦海生涯，和山东颇有渊源。崇祯十四年（1641），周亮工始入仕途，即担任山东潍县县令。由明入清之后，他虽仕途辗转，但在康熙元年（1662）十月被重新起用时，即再次来到山东，担任青州海防道一职。由此看来，他与"诸城十老"有所交集，也就不难理解了。

周亮工与"诸城十老"的交游，主要体现在他与李澄中的交游上。

李澄中与周亮工之结识，始于诸城。时周亮工任青州兵备副使，公务之余，喜欢寻访青州才俊。康熙二年春，周亮工恰好有事来诸城，因先前既闻李澄中之名，派使者前来索要李澄中的著作。起初，李澄中因自己"穷约久，不欲见达官"，可周亮工已来诸城，又派人上门索其诗；遂携带《海鸥》、《鹡鸰》去拜见周亮工。周亮工读完他的作品，感慨"有赋与诗如此，而名不闻于世，岂非持文柄者之责哉"。① 这一情形，李澄中在《三生传》、《送周栎园先生序》中均有详细的记载。此外，《赖古堂集》卷十有诗《病肺读李渭清〈海鸥集〉时赠端石》一首，即写周亮工阅读李澄中《海鸥》、《鹡鸰》的感受，诗曰："仲蔚穷居漫自哀，深庋许我共登台。不知鸿迹终何住，渐喜鸥情肯下来。绝代雄文当七发，盈函妙石愧三灾。衰残竟有飞扬思，丽帙新从大海开。"自此，李澄中成为被周亮工青睐的人才之一。在周亮工的提携之下，李澄中的"诗赋始流传大江南北"。为此，李澄中还在写给刘翼明的信中感叹："减斋先生甫至吾邑，即讯境内风雅。夜半敲门，僮婢错愕，启户而使者踵至。一见欢若生平，相知恨晚，赠书赠言，倾筐倒箧，雄辩高谈，夜分犹不忍散。昌黎曰：身在贫贱，为天下所不知，独是遇于大贤乃足贵。弟亦可以消虞生之恨矣。当此士气凋丧之秋，不意有此佛位中人为之调护。"② 对于二人之相识相知，周亮工在写给好友汪舟次的书信里也有提及："青属诸城县有李生，名澄中，字渭清。仆从众中与之目成，亦如在扬之得

---

① （清）李澄中：《三生传》，《卧象山房文集》，《山东文献集成》第一辑第35册，第412页。

② （清）李澄中：《与刘子羽书》，周亮工《藏弆集》卷十三，《四库禁毁书丛刊》集部36册，第436页。

野人。但渭清诗尚气色，与野人两路，然却是尚气色之佳者，故仆喜之。"①

李澄中与周亮工的交游活动，更多的是发生在青州、南京等地。

康熙三年四月十五日，周亮工在青州真意亭宴请蔡宗襄、袁四藩、安致远、李一震、王翰臣、张贞、薛凤祚、房星显、乔尔祯、杨涵、李澄中、李惠迪、李焕章十二人。李焕章《真意亭雅集诗序》记载了这次宴会的盛况："康熙三年甲辰四月十五日，少司农公大会燕享，来集者十二人：潍蔡子漫夫宗襄、殷袁子宣四藩、斟安子静子致远、李子乾一震、渠邱王子国儒翰臣、张子杞园贞、稷下薛子仪甫凤祚、房子枢辅星显、又乔尔祯、杨子辅峭涵、余东武弟渭清澄中、日照弟吉甫惠迪。酒酣乐作，丝竹竞奏。夜将半，《渔阳挝》忽掺掺从座上起，笛幽眇转折赴之。……诸子各工所赋，亦极致。……少司农公屦甚，长啸曰：'兹宵尽齐门风雅矣。'"②

这一年，周亮工选中李澄中、李焕章和安致远为青州三才人。李澄中《纪城文稿序》云："昔甲辰岁，周栎园先生观察青州，大飨士，寿光安先生静子、乐安兄象先及予皆在焉。先生称予三人不置。"③ 安致远《清社遗闻》卷一曰："先生选尺牍《藏弆集》，自云于青州得三才人，今接携其著作南归。盖指予与乐安李象先、诸城李渭清也。"（按：另有"真意亭四君子"之说。李澄中、李焕章和安致远三人，再加上张贞。语出张贞《白云村文集序》："康熙癸卯，前户部侍郎浚仪周公视察吾郡，曾延诸生四人于真意亭，与为游从先生其前席者也。"④ 又张贞的同乡后学李漋作《张祀园先生墓表》，称周亮工"得才士四人，曰李象先、李渭清、安静子，其一则先生也。"⑤）

康熙四年九月，李澄中在青州观看周亮工的藏画，遂作《题周栎园先生画册五首》、《周栎园先生藏画歌》等。

---

① （清）周亮工：《与汪舟次书》，《赖古堂集》卷十九，上海古籍出版社1979年版，第731页。
② （清）李焕章：《织斋文集》卷一，《清代诗文集汇编》第45册，第630页。
③ （清）安致远：《纪城文稿》，《四库全书存目丛书》集部第211册，第350页。
④ （清）李澄中：《白云村文集》，《四库全书存目丛书》集部第250册，第693页。
⑤ （清）李漋：《质菴文集》，《四库未收书辑刊》9辑第29册，第494页。

康熙五年五月，周亮工擢江南江安督粮道，八月，回江宁。李澄中依依不舍，不禁发出"别后不堪云际望，萧条海色锁愁颜"（《送周栎园先生之任江宁》）的感叹。

康熙六年，周亮工正式任江安督粮道，并邀请和资助李澄中、张贞游南京。李澄中为此作有《过江集》、《南游纪略》等。时周亮工《藏弆集》刊印，收有李澄中尺牍三通，即《与刘子羽》两通、《与陈弓良》一通。李澄中曾在《与周减斋先生》中感叹："今得因先生过白门，更得因先生滥名《藏弆集》中，且损俸钱，助游橐，使某饱食江鱼，肆情于石头雨花间也。解推之惠奚啻哉。"① 闻知李澄中、张贞等人拜访周亮工归来，丁耀亢亦作《赠张杞园李渭清游秣陵访周元亮归二首》以示问候。

康熙七年，李澄中作《寄周栎园先生四首》，抒发了对时任江安粮道的周亮工的思念。

康熙八年，李澄中作《得周栎园先生消息》诗，以"平生门下士，排解义难忘"之语，表达了对周亮工知遇之恩的感谢。

康熙九年，李澄中作《周栎园先生书至征余近作》，用"殷勤几问江南信，驿使何时寄早梅"之语，表达了对周亮工的问候。

康熙十一年，李澄中以拔贡身份入太学；六月，周亮工去世。当这个消息传到京师后，李澄中哭着写下《闻周栎园先生讣音为位哭之》一诗。周亮工的去世，让其顿生"别恨三年外，凄风六月寒"之感。

综上可见，李澄中以诗歌见知于周亮工。正是因为周亮工的提携下，李澄中才得以诗名大增，流传于大江南北。而李澄中也正是因为周亮工的赏识，才得以认识张怡、吴晋、姚若冀、方育盛、吴期远、胡玉昆、朱静一、王士禛和王士禄兄弟等诸多文士名流。

此外，"诸城十老"中的刘翼明，与周亮工也有交集。周亮工任青州兵备副使期间，曾写信邀请他前去会面，然而刘翼明没有前往（按：李澄中《刘广文子羽墓表》云："周栎园先生观察青州时，以书招之曰：甚

---

① （清）李澄中：《与周减斋先生》，《李渔邨先生稿》，《山东文献集成》第三辑第28册，第722页。

勿学安期生，合则留，不合则去也。子羽竟不往。"①）。面对周亮工的盛情相邀，刘翼明最终没有前往，其原因是否与周亮工的贰臣身份有关？存疑。

二 "诸城十老"与王士禛的交游

如果说，周亮工对李澄中等人的奖掖，有春风化雨之功。那么，康熙朝引领诗坛风尚的领袖级人物王士禛对乡邦文人的提携，则以排山倒海之势推向全国。通过爬梳"诸城十老"的交游经历，我们发现他们都与王士禛有交游关系。

王士禛（1634—1711），字贻上，号阮亭，别号渔洋山人，世称王渔洋，山东新城人。清顺治十五年（1658）进士，康熙四十三年（1704）官至刑部尚书。他在钱谦益之后主盟诗坛，与朱彝尊被后人并称为"南朱北王"。诗论创"神韵"一说，于后世影响颇深。

从现有史料所记来看，王士禛与诸城的渊源颇深。他的家族本祖居琅琊，属于诸城王氏的一个分支，自其祖先王贵才始迁至新城居住。康熙《新城县志》载："公讳贵，王氏始祖也。元末白马军乱，自诸城迁于邑之曹村，遂家焉。三世至封翁颍川公，食指渐多，子孙渐显。故宅尚存，后人世守之。"② 迁居新城后，王士禛还一直对祖籍念念不忘，有浓厚的故土情结。如王士禛尊称其始祖王贵为琅琊公，称自己为"旧琅邪诗人"③，还将自己与兄长王士禄的合刊诗集称之为《琅邪二王合刊》④。

（一）丁耀亢、丘石常与王士禛的交游

1. 丁耀亢与王士禛的交游

丁耀亢年长王士禛三十五岁，是"诸城十老"中与王士禛交往较早的一位。其与王士禛的交游，当始于顺治十八年（1661）的扬州。

顺治十八年（1661）正月，六十三岁的丁耀亢赴任惠安令而途中折

---

① （清）李澄中：《刘广文子羽墓表》，《卧象山房文集》，《山东文献集成》第一辑第35册，第393页。
② 康熙《新城县志》卷一"琅琊王公遗址"，康熙三十三年刊本。
③ （清）张侗：《叙琅邪诗人诗选》，《其楼文集》卷三，诸城博物馆藏民国七年石印本。
④ 佟海燕：《琅琊文化史略》（第三卷）《隋唐明清时期》，山东人民出版社2010年版，第158页。

返，行至苏州，在浒墅关榷部李继白（字梦沙）的官署中，见到了王士禛的《玄墓看梅诗》，即《邓尉竹枝词六首》。丁耀亢感慨万千，于是作《梦沙署中见王贻上〈玄墓看梅诗〉忆旧游三十年矣》一诗。此时，二十八岁的王士禛刚刚就任扬州推官不久，于是便邀请路过扬州的丁耀亢到府上宴饮。其间，王士禛为丁耀亢的《归鹤卷》题诗，作《归鹤诗为紫阳道人野鹤赋》一诗。诗中以丁令威的故事，表达了对故乡前辈丁耀亢的敬仰之情。丁耀亢亦赋《扬州司理王贻上招饮题诗〈归鹤卷〉次韵四首》作答。临别时，王士禛为丁耀亢送行，并作《仙山石室歌送丁子》一诗，诗中用"琅邪台畔吾家在，北望仙山思故乡"之语，表达了对同乡之谊的认可。

这一年的冬天，王士禛乘船赴淮安氾社湖，于船上作《岁暮怀人绝句三十二首》，其中一首就是专门怀念和赞美丁耀亢和丘石常的。诗曰："九仙仙人丁野鹤，挂冠仍作武夷游。齐名当日丘灵鞠，埋骨青山向几秋。"文中的丁野鹤即丁耀亢，邱灵鞠即丘石常。

丁耀亢作于康熙四年（1665）的《逢扬州司理王贻上铨部王西樵》一诗，以"海内才人羡季昆，文章家世冠齐门"之语，对王士禛的才华可谓极尽赞美。（比较有意思的是：刘洪强的《〈续金瓶梅〉中的"王推官"即王渔洋考》[①]一文，考证指出《续金瓶梅》第53回"苗员外括取扬州宝 蒋竹山遍选广陵花"中出现的王推官，就是王士禛。）

丁耀亢、丘石常相继过世后，王士禛还对二人念念不忘，"欲辑其诗为一集传之"[②]，不仅在许多笔记中记录了有关二人的诸多轶事，如成书于康熙二十八年（1689）的《池北偶谈》卷十二"丁野鹤诗"条云："徐东痴言，少时于章丘逆旅，见一客，袴褶急装，据案大嚼，旁若无人。见徐年少，呼就语曰：'吾东武丁野鹤也。顷有诗数百篇，苦无人知，子为我定之。'因掷一巨编示徐，尚记其一律云：'陶令儿郎诸葛妻，妻能炊黍子烝藜。一家命薄皆耽隐，十载形劳合静栖。野径看云双屐蜡，

[①] 刘洪强的《〈续金瓶梅〉中的"王推官"即王渔洋考》，《常熟理工学院学报》2010年第7期。

[②] （清）王士禛：《古夫于亭杂录》卷五，《王士禛全集》，齐鲁书社2007年版，第4890页。

石田耕雨半犁泥。谁须更洗临流耳,戛戛幽禽尽日啼。'野鹤晚游京师,与王文安(铎)诸公倡和,其诗亢厉,无此风致矣。"① 而且还对二人的诗歌创作成就有很高的评价,如其《古夫于亭杂录》卷五"丁耀亢丘石常"条评价丁耀亢的诗歌:"丁著《天史》诗,多奇句,如《老将》云:'低头怜战马,落日大江东。'《老马》云:'西风双掠耳,落日一回头。'此例皆警策。"②

此外,王士禛的《感旧集》卷六还收录了丁耀亢的五首诗歌;卷七收录丘石常诗一首。

2. 丘石常与王士禛的交游

谈及丁耀亢与王士禛的交往,就不能不提丘石常。

一方面,在王士禛的眼中,丁耀亢和丘石常不仅是诸城诗坛最值得称道的诗人,而且其诗文中谈及二人的轶事或诗歌时,往往都是一同介绍,一同评价。另一方面,丘石常少于丁耀亢,然其与王士禛的交往,却早于丁耀亢。

据王士禛的《菜根堂诗集序》记载,顺治十四年(1657)秋八月,二十四岁的王士禛客居济南时,曾邀请诸多名士在济南大明湖天心水面亭宴饮。"顺治丁酉秋,予客济南,时正秋赋,诸名士云集明湖。一日,会饮水面亭,亭下杨柳十余株,披拂水际,绰约近人,叶始微黄,乍染秋色,若有摇落之态。予怅然有感,赋诗四章,一时和者数十人。又三年,予至广陵,则四诗流传已久,大江南北,和者益众。于是,《秋柳诗》为艺苑口实矣。"当时参加宴会的名士有"东武丘海石石常、清源柳公蔖荙、任城杨圣宜通久兄弟圣喻通睿、圣企通俊、圣美通俶、益都孙仲儒宝侗"③ 等人。在受邀的"诸名士"中,丘石常是其中年辈最高的一位。由此可见,丘石常与王士禛在顺治十四年时即已有交游。也是在这一时间段里,丘石常不仅对王士禛的《阮亭诗馀略》作了点评,还为

---

① (清)王士禛:《池北偶谈》卷十二,《王士禛全集》,齐鲁书社2007年版,第3104—3105页。

② (清)王士禛:《古夫于亭杂录》卷五,《王士禛全集》,齐鲁书社2007年版,第4922页。

③ (清)王士禛:《渔洋山人自撰年谱》,《王士禛全集》,齐鲁书社2007年版,第5061页。

其《渔洋山人诗集》写过序。

顺治十七（1660）年三月，王士禛将赴扬州任，丘石常为之送行。其《楚村诗集》中的《送贻上》一诗，就是专门为王士禛将赴扬州任而作的。

同样的，王士禛在自己的笔记中也记载了许多有关丘石常的许多轶事。如：

《古夫于亭杂录》卷三"山东风雅"载："余仅记丘《马上见》一绝云：'薄罗衫子凌春风，谁家马上口脂红。马蹄踏入落花去，一溪柳条黄淡中。'"①

《古夫于亭杂录》卷五"丁耀亢丘石常"载："丘晚为夏津训导，《过梁山泊》诗云：'施罗一传堪千古，卓老标题更可悲。今日梁山但尔尔，天荒地老渐无奇。'丁迁惠安令，丘迁高要令，皆不赴。"② 今翻检丘石常的诗集，还真的有一首七绝《为内人买〈水浒传〉》，似乎丘石常对《水浒传》有过特别的关注。

（二）李澄中、刘翼明与王士禛的交游

除了对丁耀亢和丘石常多有称许之外，王士禛在《池北偶谈》中，还提及了李澄中和刘翼明。其卷十四"地名"条云："尝见诸城二士人诗卷，一称苏台，一称秦台。或问之，则苏台者谓超然台，秦台谓琅琊台耳，尤可绝倒。"③ 文中所说的"苏台"，即李澄中的号，因其世居超然台下，故号苏台；而"秦台"，则是刘翼明的号，因其世居琅琊台下，故名。

1. 李澄中与王士禛的交游

"诸城十老"中，李澄中与王士禛的交往，应该算是最为密切的了。尤其在李澄中官翰林而王士禛居京期间（按：李澄中自康熙十七年（1678）至三十年（1691）官居京师，时王士禛亦在京任职翰詹和国子监），二人诗歌唱和很是频繁，过从甚密。而且就诗歌成就而言，李澄中

---

① （清）王士禛：《古夫于亭杂录》卷三，《王士禛全集》，齐鲁书社2007年版，第4891页。

② （清）王士禛：《右夫于亭杂录》卷五，《王士禛全集》，齐鲁书社2007年版，第4922页。

③ （清）王士禛：《池北偶谈》卷十四，《王士禛全集》，齐鲁书社2007年版，第3163页。

与王士禛、田雯又被庞垲并称为"山左三大家"。

李澄中与王士禛之间的交游,不仅有诗歌互赠,如康熙二十三年,王士禛受命祭告南海,李澄中便以《送少詹事王阮亭先生祭告南海》一诗送之;康熙二十九年,李澄中典云南乡试归京。翌年重阳,王士禛亦设宴招饮,李澄中作《重阳后一日王阮亭少司马招饮与徐华隐谕德同赋二首》诗纪之。还有丰富的交谈内容,涉及诗文创作、乡间异闻、故乡文物乃至一些怪诞之事等多个方面。

李澄中的《滇行日记》中,记录了在板桥驿壁上看到的题句;而王士禛考证出这些诗句是杨慎的作品(《居易录》卷十八)。

王士禛《池北偶谈》卷二十五所记"超然琅琊二台"事,也标明是"诸城李渭清(澄中)太史言"。

李澄中还曾以"龙须二茎"赠王士禛,王士禛收到后"戏报长句",即《李渭清检讨以龙须二茎见赠来书云有风鬟雾鬓之态非火鼠朱鳞比也戏报长句》。

2. 刘翼明与王士禛的交游

刘翼明与王士禛的交游情况,史书中并没有记载。二人是否谋过面,我们也很难确定。但从二人所存诗歌来看,二人至少曾经有过诗歌唱和。

刘翼明写有大量向王士禛表达敬意的诗歌。如《闻杞园致王阮亭戏呈刘滨仙》"我家有公干,称我五言绝。谁知王仲宣,亦复如所说";《怀杞园》"知音久不来,谁寄王贻上";《四月朔二日题》"难逢王阮亭,空念曹秋岳";《续偶成四十绝》"羼提庵里王贻上,织女桥旁李象先";《所思六首》"我所思兮王竹枝,分明牛耳未能辞"小注:阮亭善竹枝词,词客号曰:王竹枝;《人日托琢庵致阮亭先生》"渔洋得诗豪,十年满海内。龙颜动至尊,牛耳提我辈";《那知四首》"吾道关心一阮亭,乾坤牛耳眼长青。那知有客将游岱,不见先生目不瞑";《托霅田寄怀阮亭先生》(时作祭酒)"美人望远雨丝丝,剑阁蚕业记妙词。仰止难忘华不住,景行正有大宗师";《咫尺新城未能一晤阮亭先生四首》"三年未到阮公家,望满清河水一涯。只恐来年归去后,不知何以见琅邪",又"琅邪亦是阮公乡,故里先生不肯忘。试看千秋东武志,俨然诸葛在南阳"。通过这些诗篇,我们就能够从中感受到刘翼明对王士禛的仰慕之情。

王士禛亦有写给刘翼明的《答刘子羽见怀》一诗,诗曰:"闻君卜筑处，旧傍琅邪台。海气秋逾远，涛头日几回。秦封犹广丽，石刻自莓苔。想像高吟罢，鲸鱼跋浪开。"（按：惠（栋）注：庞垲《不死篇序》曰："刘子羽老而工诗，死数日忽生。时选得利津广文，持赠赴任。刘与李渭清同邑友善，手书相闻，渭清纪以诗。余异其事，因属和焉。"）① 王士禛的《答刘子羽见怀》，应该是作于康熙十九年。

此外，王士禛还曾多次表明对刘翼明诗句"桃花柳絮春开瓮，细雨斜风客到门"的喜爱。如《渔洋诗话》卷上云："诸城刘翼明，字子羽，居琅邪台下，老而工诗。余常爱其句云：'桃花柳絮春开瓮，细雨斜风客到门。'"②《池北偶谈》卷十五"刘翼明"条亦记："东武刘子羽秀才翼明有句云：'桃花柳絮春开瓮，细雨斜风客到门。'"③（按：得到王士禛赞赏的这一诗句，就出自刘翼明的《自渠丘同马三如宿王申甫峒峪别业》一诗）。有意思的是，得知王士禛对自己的这句诗甚是喜爱时，刘翼明很是沾沾自喜，也不管人家喜欢与否，就擅自将这句诗题写在别人家的园亭等处。甚至逢人就说："予诗甚多，惟'桃花柳絮春开瓮，细雨斜风客到门'之句，颇为得意。"后来，安致远用"鲜于伯机支离叟"之句讥讽他，刘翼明虽不高兴但从此不再四处宣扬自己的这句诗了。④

（三）张侗与王士禛的交游

张侗与王士禛的交游情况，史书中材料也很少。今天我们能够见到的，主要有两则：

一是张侗的《其楼文集》卷三中，有《跋王西樵礼吉东亭阮亭诗集》一文，文中写道："前读君家叔氏诗，既谓难弟；既读仲氏诗，又谓难兄；后读伯氏、季氏诗，谁敢复谓君家难兄难弟者。但古来生才有数，代不出数人，人不出数诗，继往开来，如是而已。至毕萃于

---

① （清）王士禛著，李毓芙、牟通、李茂肃整理：《渔洋精华录集释》（下册），上海古籍出版社 1999 年版，第 1406 第页。

② （清）王士禛：《渔洋诗话》卷上，《王士禛全集》，齐鲁书社 2007 年版，第 4756 页。

③ （清）王士禛：《池北偶谈》卷十五，《王士禛全集》，齐鲁书社 2007 年版，第 3213 页。

④ （清）安致远：《诸城刘贡士》，《青州史料笔记四种·青社遗文》，青岛出版社 2010 年版，第 16 页。

一时一门，花萼相映又同气也，四先生而外，盖亦指不再屈矣。引望晴霄，辍耕太息。"① 由此可见，张侗对王士禛兄弟四人的诗歌很是推崇。

二是王士禛曾让张侗代笔为隋平的《琅邪诗略》作序。据记载，隋平尝辑邑中诗而为《琅邪诗略》七卷，书成之时，请求王士禛为之作序，然王士禛却选择了让张侗代笔。此事在张侗的《其楼文集》中有明确记载。《其楼文集》卷三中有《叙琅邪诗人诗选》一文，文末亦署"渔洋老人王士禛"，张侗也明确注明是自己"代阮亭作"。由此文可知，康熙四十年，王士禛回乡扫墓，诸城文人闻讯"环来相问"。其中，隋平是携带自己编辑的《琅邪诗人诗选》来拜访王士禛的，并请求其为之作序，而张侗应该是与隋平结伴来的。王士禛为何会选择张侗为其代笔，张崇琛先生认为理由有二：一是康熙后期文字狱一开张，王士禛担心诗集中有敏感之语，担心惹上麻烦；二是碍于同乡之谊，不写说不过去，于是王士禛选择了找人代写的办法。而且张侗有才华、诗歌主张和诗歌风格与王士禛一致，加上之前曾为王士禛的兄弟们写过《跋王西樵礼吉东亭阮亭诗集》，对王士禛而言，自然是不二人选。故有了张侗代王士禛作序之举。②

三 "诸城十老"与周斯盛的交游

与"诸城十老"有共同交集的交游对象很多，此处之所以选择周斯盛作重点介绍，原因如下：一是周斯盛是慕刘翼明之名，主动来诸城结交的。他不仅与刘翼明、李澄中等人有诗歌唱和，还出版过刘翼明等山东文人的诗集。二是在清人纪圣选编写的赞美刘翼明为王偁报仇的《青衿侠传奇》中，周斯盛被塑造成王偁的后身。

周斯盛，字证山，宁波人。顺治十八年（1661）进士。有《证山堂集》存世。

（一）初识于诸城

康熙九年（1670），周斯盛任山东即墨知县，七个月后因被人诬陷而

---

① （清）张侗：《跋王西樵礼吉东亭阮亭诗集》，《其楼文集》卷三，诸城博物馆藏民国七年石印本。

② 张崇琛：《王渔洋与诸城人士交往考略》，《昌潍师专学报》1996年第1期。

入狱。在狱中，他读到了王偁的诗集，也知道了刘翼明为友伸冤的事迹，内心顿生结交之意。

康熙十年，周斯盛出狱后前往诸城拜访刘翼明。当他在臧振荣（字岱青）家里见到了"抵掌论列、语甚快心"①的刘翼明时，惊喜不已，直呼"每因王子思君久，何意真从此地逢"②。自此与李澄中、刘翼明等人一见如故，一起作诗、论诗，甚是快意，所以李澄中说："康熙辛亥（1671）冬，周屺公先生访余超然台下，一见辄论诗，竟数日乃去。"③ 在李澄中、刘翼明的陪同下，周斯盛游览了超然台。此时的三人同病相怜，都处于仕途失意的状态，故其登临之作都有一种难以名状的失落感。如：

李澄中《与周屺公刘子羽登超然台二首》云："怀古思同调，看人且独醒"，"东岩最幽处，往事话卢敖。"

刘翼明《次渭清超然台四首同证山》云："踌躇难遣处，历历指郊坰"，"穷途非独我，此日又何时"。

周斯盛《与刘子羽李渭清登超然台》④云："古人不可见，与子上高台。台空俯四郊，岩风飒然来。"

这次见面，李澄中和刘翼明还陪同周斯盛一起游览了卢山、铁园等地，亦有诗作留念。如李澄中作《铁园观雪歌与屺公子羽同赋》；刘翼明作《铁园观雪放歌行同证山》；周斯盛作《和李渭清韵答别张石民徐栩野》。在这个大雪纷纷的夜里，他们同住在铁园，饮酒赋诗，甚是畅快。所以李澄中说："题诗泼墨遍墙头，围炉未觉杯行速。"（《铁园观雪歌与屺公子羽同赋》）刘翼明亦云："相逢有诗更有酒，神仙可葬吾难朽。"（《铁园观雪放歌行同证山》）

然而，快乐的相聚总是短暂的，周斯盛不日就要回即墨了。三人依

---

① （清）周斯盛：《镜庵诗选序》，《镜庵诗选》五卷，《山东文献集成》第三辑第28册，影印民国二十七年胶州张鉴祥家钞本，第737页。
② （清）周斯盛：《晤刘子羽于臧岱青宅喜而有赠》，《证山堂集》，《四库全书存目丛书》集部第233册，第57页。
③ （清）李澄中：《证山堂集序》，《证山堂集》，《四库全书存目丛书》集部第233册，第4页。
④ （清）周斯盛：《证山堂集》，《四库全书存目丛书》集部第233册，第11—12页。

依不舍，纷纷留诗作别。李澄中作有《送周屺公归即墨二首》、《再和周屺公留别原什二首》；刘翼明作有《狂歌送证山先生回即墨》、《铁园梅下重送周先生》。从李澄中诗中的"相送城东门，泪落不可止。后会知何时，天末从兹始"（《再和周屺公留别原什二首》）之语，我们即可以感受到三人短时间内结下的不菲情谊。

分别不久，刘翼明即不停地写诗表达着对友人的怀念之情："何日华阳共携手，免从尘土悼摧颜"（《人日寄怀证山先生时将离即墨矣》），"遥忆四明人，天涯此际身"（《怀证山》），"天涯得月见谁间"、"自笑平生空泪眼"（《远望怀证山并寄晓山又陶》）。周斯盛对刘翼明曰："游情漫说近来多，未了山缘可奈何？一负琅邪一负子，秦碑苔藓自销磨。"（《刘子羽有铁园梅下重送绝句次韵再别》）并对李澄中说："定有新诗能忆我，每因陈迹辄思君。"（《怀渭清》）

可以说，诸城一晤，三人结成莫逆，此后交往三十余年，历久弥笃。

（二）重逢于京师

康熙十一年（1672）春，李澄中赴京入太学。八月，刘翼明也从诸城来到北京，为的是和周斯盛会面（时周斯盛亦在北京游历，有翼明行前所作《八月将北上期访证山先生》一诗为证），并于八月三十日到达北京，见到了周斯盛（有刘翼明《八月晦日至京得晤证山先生》一诗为证）。时李澄中秋闱失利，返乡途中，和刘翼明在卢沟桥相遇（有李澄中《卢沟桥遇刘子羽》、刘翼明《卢沟桥南遇渭清下第东归》为证），故跟同刘翼明一起与周斯盛会面。他们一同留宿于北京城南的慈仁寺，每日论诗不停，"犹似卢山下，同君话夜深"（周斯盛《慈仁寺与刘子羽同宿》）。

之后，周斯盛辗转多地，三人亦有十余年未能见面，主要通过诗歌、书信来互通消息。刘翼明作有《二月初九日怀周证山李雷田》、《甲寅五月远怀洪秋士周证山》、《五月十八日有怀周证山又陶董佩公》、《远望怀周证山先生》、《忆周证山》、《送樊德施即怀周证山》、《入琅邪有怀证山秋士》、《四月廿一日怀证山先生》、《雨夜怀龙潭便寄证山》等一系列诗歌，抒写了自己不同场景下对周斯盛的思念之情，甚至多次提及"梦渭清、证山"（《用放翁七十三韵呼霞标楚青同作》）。李澄中亦作有《闻周屺公再入长安聊寄此作》等诗歌。由此可知，他们三人虽然多年没能见面，但还是很关注彼此的行踪的。

康熙二十二年（1683），时李澄中已在京城为官，而此时周斯盛也来到京城。二人在京城会面。李澄中《都门喜晤周屺公》一诗曰："怀人千里外，话别十年余。面目他乡老，风尘短鬓疏。"周斯盛和李澄中见面，首要话题就是论诗。李澄中说："壬子、癸亥间，两遇之京师，论诗益细。"① 之后，李澄中送周斯盛去武昌，写有《送周屺公之武昌》、《立春日屺公再过寓舍言别次原韵》二诗。周斯盛亦作《赠别李渭清》一诗曰："人生无通塞，知己皆所恋。"

康熙二十三年，周斯盛从武昌进京见李澄中，请其为自己的诗集《证山堂集》作序。李澄中称："甲子岁，至自武昌，因出其《证山堂诗》，属余选且序。"② 李澄中作《得周屺公武昌书》、《周屺公自楚至》二诗纪之，并为周斯盛的诗集作序。这一年，刘翼明得任利津广文一职，准备就任。李澄中作《闻刘子羽授黄县广文赋此寄之》。周斯盛亦作《闻刘子羽司训利津雪夜有作》，用"老矣琅邪客，居然拜一官"之语，感慨刘翼明年迈得官一事。在利津，刘翼明还是经常思念周斯盛，遂写有《朔二日怀证山》、《剧怀证山先生》等诗歌，并直言："所思常在浙江东，憔悴江湖路亦穷。"（《剧怀证山先生》）

康熙二十四年，周斯盛前往徐州任徐司空幕僚。李澄中为之送行，并作《送周屺公赴徐司空幕》诗纪之。

康熙三十一年（1692），李澄中辞官归里。时，周斯盛亦要去嘉兴为幕僚，李澄中遂作《赠别周屺公之嘉兴幕三首》一诗，感叹："一别八年久，重逢能几时。于今又分袂，那不系相思。"

（三）再会于江南

康熙三十六年（1697）五月，李澄中三下江南，揽胜会友。其在扬州时，周斯盛闻讯从江村赶来，二人"同至江村，留八日"③。李澄中遂作《与屺公同至江村访迁甫二首》、《将归留别屺公秋士迁甫仍次前韵》

---

① （清）李澄中：《证山堂集序》，《证山堂集》，《四库全书存目丛书》集部第 233 册，第 4 页。
② 同上。
③ （清）李澄中：《三生传》，《卧象山房文集》，《山东文献集成》第一辑第 35 册，第 412 页。

二诗纪之,并称"一笑相逢惟痛饮"(《与屺公同至江村访迁甫二首》)。①

康熙三十九年(1700),李澄中选定刘翼明的诗作,名曰《镜庵诗选》五卷,前有周斯盛所作之序。后,周斯盛亦为刘翼明编辑《镜庵诗稿》十一卷。

同年六月,李澄中去世。随着李澄中的过世,"诸城十老"交游的黄金时期也随之结束。

此外,"诸城十老"都喜欢游历,所到之处结交朋友甚多,文中也不再一一叙述了。"诸城十老"详细的交友活动,读者可以参阅本文附录《"诸城十老"事迹年表》。

第四节 "诸城十老"的结社

一 诸城文人的结社传统

明清时期,文人结社蔚然成风,而山东地区结社尤甚,身处其中的诸城文人自然也是结社频频。诸城文人的结社,其中最为著名的有明隆庆年间的"九老会"、万历年间的"东武西社八友"等。这些社团的存在,不仅推动了当时诸城文坛的繁荣,还促进了后世文坛的发展。

"九老会"是明隆庆年间由谭章、范绍、窦昂、陶成、常云、臧节、丁纯、侯廷相、刘士则等人组成的社团。这九人都有在外为官的经历,如谭章曾知洛川,范绍曾知元氏县,窦昂曾任冀州训导,陶成曾任河间主簿,常云曾为宝应训导,臧节、丁纯曾任长垣教谕,侯廷相曾任霸州判官,刘士则曾任太原故城训导等。他们致仕归家之后,结"九老会",常常集聚于山林,以酒为乐,"序以齿而不以官,享以俭而不以奢,远尘嚣,崇清素,随意唱酬,适情笑傲,酒数行,则抚松菊,话今昔,超然于声利纷华之外"②。窦昂之第二子窦钦曾作《九老图》"各缀其行事";

---

① (清)李澄中:《卧象山房诗正集》卷五,《四库全书存目丛书》集部第250册,第837页。

② 转自臧运和《读〈东武九老后乐图〉》,《超然台》2007年第2期。

"知县王三锡为绘像勒石焉"①。然而让人遗憾的是，九老之诗文大多散逸，目前所能见到的，只有存于《东武诗存》卷一的丁纯的一首《九日登常山》。九老与"诸城十老"渊源颇深，如丁纯即是丁耀亢的祖父，其余九老的后辈与"诸城十老"亦多有往来。

"东武西社八友"，出现于明朝万历年间，按长幼之序依次为张肃、杨津、董生、张文时、张世则、臧惟一、丁惟宁、陈烨。乾隆《诸城县志》卷三十《陈烨传》："（陈烨）与县人侯廷柱、丁惟宁、臧惟一、张世则辈，日吟夜啸超然台上，作《西社八友歌》，皆当时所同游者。"光绪《增修诸城县续志·列传补遗》将他们作了介绍：张肃，字蒲渠，曾任直隶县丞；杨津，字汝问，常州推官；张文时任隰州判官；张世则、臧惟一、丁惟宁、陈烨于乾隆《诸城县志》各自有传。只有"董生"的"里居、名字失考"。目前，关于"董生"人们知之甚少，然其能位列八友之一，必定有过人之处。诸位成员的神彩风韵，都被保存在陈烨所作的《西社八友歌》②一诗里。诗曰：

　　社中首座推大张，高年硕德冠吾乡，谈说世事气激昂。
　　秀眉隆准髯者杨，生平肮脏任刚肠，腹中储书可数箱。
　　董生文学已升堂，志高不愿游邑庠，醇谨人乐与颉颃。
　　台下二张黝而长，其为人也甚温良，谒铨今观上国光。
　　三张骨鲠海内扬，不谋荣利耽词章，佳句往往追盛唐。
　　渊涵岳立莫如臧，临风玉树音琅琅，且能教子有义方。
　　聪明才隽丁足当，琴弹伯牙字钟王，蔚如威凤云间翔。
　　陈也差夌少时狂，左耳重听鬓毛苍，一无所能能持觞。

通过这首诗歌，我们不难看出，西社八友各具特色、各有所长，虽解甲归田，也会谈论时事。如陈烨"好问学，尤留心乡国轶事"③，然更专心于学术。万历三十一年（1603），陈烨就被当时的知县王之臣聘请修

---

① 乾隆《诸城县志》卷三十《谭章传》，乾隆二十九年（1764）刻本。
② 光绪《增修诸城县续志·列传补遗》，光绪十八年（1892）刻本。
③ 乾隆《诸城县志》卷三十《陈烨传》，乾隆二十九年（1764）刻本。

撰县志（即万历《诸城县志》），"摭拾甚富，后志称其考据该博，不藉众手"①。西社八友与"诸城十老"也有很密切的关系。八友中的张蒲渠即是张衍和张侗的伯曾祖父，丁惟宁即是丁耀亢的父亲。臧惟一家族的子弟臧振荣（字岱青）等人，都与"诸城十老"过从甚密。

二 "诸城十老"的结社活动

沿袭乡贤前辈的结社传统，"诸城十老"也有多次结社活动。

丁耀亢本人就曾组织和参加过多种结社活动。如明泰昌元年（1620），他游学江南，在苏州曾与陈元素（字古白）、赵宧光（字凡夫）、徐孚远（字暗公）等人结"山中社"。崇祯元年（1628），他移家至橡槲山中，"有友五人来山中结社"。顺治九年（1652），丁耀亢在北京还参与创立了观文大社，史载："顺治九年，（臧振荣）以拔贡肄业成均，与邓汉仪、丁耀亢二百余人创观文大社。"②邓汉仪也提及此次结社之事，称曰："壬辰，余客都门，同丁子野鹤二百余人于慈仁寺结观文大社。"③

李澄中也与人结过"鸡豚社"。康熙三十三年五月初六日，他自京城辞官归家，卜居城西村舍，"君既移家西村，绝迹不入市城。锄花种竹外，与比邻高仲之、李餐青、我家蓬海、白峰约鸡豚社。相遇辄饮，饮辄醉，醉辄以手拍几案，按节而歌，若不知老之将至者"④。张侗的《雨后赴约小隆中》亦有云："鸡豚小社近相催，山下骑驴踏绿苔。不为藕花待题句，泼空野水少人来。"

甚至在"诸城十老"只剩下张衍、张侗、隋平三人在世时，他们还和丘信常（子石）、丘玕常（禾年）、丘玉待（子我）、丘潍远（紫山）、张儳（白峰）、王翰（羽翁）等人结过"石梁九老会"。张侗的《石梁九老图小记》云："石梁空，在齐长城青牛郑氏南五里山中，断涧石陀陀，水咽不流。白下洪秋士所谓风鸣水和，奏为姑洗之律者也。（记地）两人对酌，子石覆杯笑，浮白问青天者为白峰。龙山老人禾年据梧而长吟。

---

① 乾隆《诸城县志》卷三十《陈烨传》，乾隆二十九年（1764）刻本。
② 乾隆《诸城县志》卷三十一《臧振荣传》，乾隆二十九年（1764）刻本。
③ （清）邓汉仪：《诗观三集》，《四库禁毁书丛刊》第 3 册，北京出版社 1997 年版，第 208 页。
④ （清）张侗：《续传》，《白云村文集》，《四库全书存目丛书》集部第 250 册，第 777 页。

昆铁、石之民兀自坐隐,曾不经听。从旁代下一着则蓬海先生也。或疑子云一人,欹石畔凝睇六人。茹毫一一吐为小像者,为卢溪王羽翁。后闻屦声珊珊来至止者,为痴拙子子我、紫山。或曰其指向月者,孙万夫语其弟怀东也。王子既貌两人,转而自貌,颊上毛栩栩欲动,九老图所以传也。(记人)羽翁时年七十,蓬海、石民、怀东长羽翁三岁,长子云二岁。万夫长子云七岁,少禾年十岁。于是禾年年八十又八矣,而子我、紫山少羽翁三岁,长白峰、子石、昆铁六岁,皆不得称老。预于斯图者,亦如洛下之收司马君实云尔。(记年)"① 光绪《增修诸城县续志·隐逸补遗·丘信常》亦载:"邱信常,字子石,明诸生。……颁白归里。与兄玕常(禾年)、玉待(子我)、侄潍远(紫山),暨张石民(侗)、蓬海(衍)、白峰(傃)、王羽翁(翰)、隋昆铁(平),结石梁九老会。张侗为之记……"② 而县志所收录的文字基本上是张侗《石梁九老图小记》中的"记地"和"记人"两部分。

综上所论,我们不难看出,这一时期"诸城十老"的交游与结社活动,频繁而密集,人员与地域很是广泛。需要注意的是,"诸城十老"的这些交游与结社活动,多是自由的、随意的,他们既没有什么文学纲领,也没有任何政治意味,只是志同道合的乡邦文人的诗酒唱和的聚会而已,颇具有"以文会友"的性质。然而,"诸城十老"的这些交游与结社活动,既是他们人生历程中的重要内容,亦是诸城文学发展史上不可或缺的组成部分。

---

① (清)张侗:《石梁九老图小记》,《其楼文集》卷一,诸城博物馆藏民国七年石印本。
② 光绪《增修诸城县续志·隐逸补遗》,光绪十八年刻本。

第四章

"诸城十老"的人生抉择与身份认定

通过上述三章的爬梳,我们对"诸城十老"所处的社会背景、地域环境、人生经历与交游情况已经有了一个较为全面的了解。那么,身处易代之际的"诸城十老",面对时代的风云变幻,究竟会做出怎样人生选择呢?他们之所以做出这样的人生选择,其原因又是什么呢?对"诸城十老"的身份,我们又究竟给以怎样的认定呢?他们是不是真正意义上的"遗民"呢?要想从根本上了解"诸城十老"的一生,就必须对这些问题作出明确的回答与解读。有鉴于此,本章拟对上述问题进行专门的分析讨论。

第一节 "诸城十老"的人生抉择与归隐心态

一 "诸城十老"的人生抉择

纵观"诸城十老"各自人生历程,我们不难发现,面对易代的政治风云,除丁耀亢早期有些许的反清举动外,他们没有像当时的顾炎武、黄宗羲、阎尔梅等人那样为图谋恢复明朝而竞相奔走,也没有像傅山、李焕章等人那样坚守气节,宁做遗民也绝不仕清。而是选择了当时大多数下层文人通常选择的人生之路:面对清朝定鼎、复明无望的客观现实,以一个顺从者的姿态,接纳了新朝的存在。或继续孜孜科举以求仕进,渴望通过科举仕进在新朝重谋发展;或绝意仕进而放情山水,始终以友朋诗酒为伴。面对有限的生存环境,各尽其能地拓展着自己的生存空间,寻求谋道与谋食的自我发展途径。具体而言,面对时局的变化,"诸城十老"最初主要选择了以下三种不同的人生道路。

第一类以丁耀亢、刘翼明、李澄中、丘元武为代表。面对清朝定鼎的客观现实，他们始终保持着耕读传家的传统治生模式，继续通过科举之路来谋求自我在新朝的发展，在寻求实现自我人生价值的同时，还不断地寻求着谋生之道，追求着谋道与谋食的双重发展。

这种生存方式，不仅可以满足读书人基本的生存所需，还为他们提供了较为安静的读书环境，从而可以保持传统的生活状态。然通常情况下，只有一些善于持家、擅长耕种的读书人才能通过这种治生模式实现谋道与谋食的双重收获。面对时局的变化，他们摒弃"安贫乐道"的传统观念，不断寻求多种谋生手段，想方设法提高自己的生活水平。在谋道的同时，始终不放弃谋生。也可以说，他们的谋道实际上更多是为了谋食。对于谋食的重要性，丁耀亢就体会颇深。他不但自己一生从没有放弃过治生，即使到了晚年，已经目盲而行动不便，照样去田间亲自查看麦收情况，还把自己的这一人生体悟，谆谆告诫于子孙："帖括书生，用心章句而不知稼穑，冒寒暑霜露则病。夫夫也，一旦失势居贫，不能谋生，与饿莩等。"（《家政须知·习苦》）"或为行商，或为坐贾，或为畜牧，或为收藏，或贱入而贵出，或更旧而为新，醯酱雉菽，酒曲丝麻，贩羊牧豕，油房杂靛，苟得其人，可为恒产。不得其人，本末俱亡。故必有忠信之朋，兼有通变之识，同心分金，有才有守，庶几得之。"（《家政须知·逐末》）[1]

第二类以徐田、赵清、隋平为代表。入清之后，他们虽然也有科举仕进的想法和行动，但最终并没有取得成功。正因如此，直到康熙三十七年（1698），五十四岁的隋平还因为失志于有司而郁郁寡欢："岁戊寅，余以帖括失志于有司，自囚藿垣内。"[2]

仕进道路的不通，使得他们此后转而寄情于田园，因此而选择了一种游历山水、赋诗唱和、饮酒论文的纯粹的文人生活模式。面对时局的变化，他们既不善谋道，又不善谋生。他们本不擅长耕种，却又不肯俯

---

[1]（清）丁耀亢：《家政须知》，《丁耀亢全集》（下），中州古籍出版社1999年版，第251页。

[2]（清）隋平：《刻徐栩野遗诗序》，《栩野诗存》，《山东文献集成》第四辑第27册，第97页。

下身段去另谋出路。而生活的拮据，更消耗了他们治生的热情，所以只能生活愈发穷困，任由自己终生困顿而唯忘情于山水之间。

第三类以张侗、张衍为代表。他们进入新朝之后，因为家庭的原因，绝意仕进，一生没有任何求仕的举动，而是选择了一条归隐于田园、终生以山水友朋为乐的人生道路。

身处易代之际的"诸城十老"，之所以做出这样的人生抉择，形成如此的人生格局，概言之，主要出于以下四个方面的原因。

一是与传统文人固有的家族观念有关。萧一山先生有云："中国为家族宗族之社会，对于国家观念，民族意识，比较淡薄，所以异代兴替，朝统变更，无论帝王谁属，大多以顺民自居。"[①] 可以说在各种社会关系中，家族关系始终处于主导和关键地位，当家族利益与国家利益发生冲突时，他们大多首选家而放弃国，往往会做出更有利于家族利益、生计需求以及自我发展的选择。而"诸城十老"于明清易代之际做出这样的人生选择，无疑更多的是出于对家庭利益与个人发展的考虑。

二是与他们当时所处的山东特殊环境有关。前文已言，满清入关后，山东民众在几番殊死抗争、气力耗尽之后，最终归顺清廷。从而造成了山东既是归顺清廷较早的地区，又是清初的科举和上层官员中人数居多的省份。所以，当清兵大举南下、江南民众如火如荼抗清之时，山东已经逐渐稳定下来，士人学子也大都逐步接受了复明无望的事实，开始考虑如何在新朝立足并实现个人的人生价值问题。身处这一洪流之中，"诸城十老"在清朝定鼎之后的人生道路选择，自然也会受到这一因素的影响。

三是与明末清初动荡的社会环境有关。明末清初的板荡风云，对"诸城十老"的物质生活与精神世界都造成了很大的影响。而崇祯十五年诸城发生的战乱，更是给包括"诸城十老"家族在内的诸城人民的生活造成了严重冲击，成为"诸城十老"难以解开的心结。身处这样的社会环境之中，"诸城十老"的人生选择，自然也会受到这一因素的影响。而张侗、张衍绝不仕清的人生选择，更与这一事件有着直接的关系。

四是与清初实施的怀柔政策有关。清初实施的怀柔政策，为"诸城

---

① 萧一山：《清代通史》（一），华东师范大学出版社2006年版，第13页。

十老"易代之后的继续仕进提供了可能。而李澄中能够通过博学鸿儒科步入仕途,更是清初所实施的怀柔政策的直接受益者。

二 "诸城十老"的故土情结与归隐心态

虽然"诸城十老"最初的道路选择各不相同,或出仕,或归隐,但他们最终都归隐于田园,且老死于故乡。这一相同的人生结局,与他们一生浓浓的故土情结和始终存在的归隐心态有着直接的关系。

通过前文对"诸城十老"人生经历的爬梳,我们发现,不管他们面对明清易代选择了什么样的人生道路,但他们人生的最初期阶段,都有过山居读书问学的人生经历。受这一人生经历的影响,"诸城十老"自年轻始,内心就充满了对田园闲适自由生活的向往与渴求。其诗歌中自然也就对故乡的山水风光多有描写,彰显出浓浓的故乡情怀。

一方面,"诸城十老"的这一故土情结和归隐心态,在没有仕清经历的张衍、张侗、徐田、隋平、赵清等人身上表现得尤为明显。

张衍与张侗兄弟二人,因战乱时张衍生母徐氏惨死于清兵之手,故于新朝绝意仕进。因为没有仕进的欲求,他们的人生经历也很简单,始终过着身处田园之中的闲适归隐生活;因为没有科考的羁绊,他们也就没有仕途的患得患失,故而心态平和,一生纵情于山水而流连于诗酒。张衍一生效仿陶渊明,爱菊、种菊、画菊,始终"以山水友朋为乐",其诗歌也多以"村酒才成邻父聚,狂歌三叠暮云深"、"为话桑麻阡陌晚,衡门新月挂遥岑"(《秋稔》)之句,表现出自我的闲居之乐。张侗一生"意在林壑",是"靖节、和靖一流"[①]的忠实追随者,过着"买鸡买黍买鱼虾,尚有余钱付酒家"(《山居杂咏》其八)、"聊拖一杖随青草,花暖蝶闲任所之"(《山居杂咏》其十六)的闲适惬意生活。在他们的影响之下,其族弟张佳和张僎亦效仿之,不科举不仕进,一生也过着平静的山居生活。

徐田、隋平和赵清虽有入清科举仕进之行为,但皆以不第告终。徐

[①] (清)李焕章:《琅邪放鹤村诗集叙》,《琅邪放鹤村诗集》,《山东文献集成》第二辑第30册,山东大学出版社2009年版,第130页。

田以诸生、赵清和隋平以布衣的身份,均终老于故乡。面对科举不第的人生经历,他们没有像丁耀亢、丘元武、李澄中和刘翼明等人那样难以释怀,而是以比较平和的心态坦然处之,于田园找寻着生活的快乐。即使是身处贫穷潦倒的生活困境之中,他们也不甚以此为意,表现出一份发自内心的从容与惬意。从徐田的"太平无别事,野老话残阳"(《冬日闲居》)、赵清的"我辈行藏如皎月,何人风雨卧空山。尔来同梦无拘束,处处烟霞任往还"(《与张石民宿分青阁》)、隋平的"阅世思浮海,观涛羡折芦"(《之莱海上同吕涓洲看芙蓉岛》)等诗句来看,我们能真切地感受到诗人是在身心合一地享受着归隐田园之乐。

另一方面,"诸城十老"的这一故土情结和归隐心态,在有入清求仕为官经历的丁耀亢、丘元武、李澄中和刘翼明四人身上,也表现得淋漓尽致。作为身处社会下层而始终痴迷于诗歌创作的文人,其一生自然也就被求仕谋食以求生存和渴望自由、向往田园生活的矛盾所包围。

"学而优则仕",本是古代读书人的传统,也是古代读书人的共同心愿。吴伟业所言"古之为士者,非公车特征,则宰府交辟,次亦屈志州郡耳。其有淹顿牢落,没世而无闻者,盖亦少矣"[1],即道出了一般读书人渴望出仕的正常心态。故面对时局的变化,身处社会下层的现实,使得他们不得不试图通过仕途来改变自己的生存处境。然而,与生俱来的诗人气质,又使得他们渴望消除仕途的羁绊而回归田园。故而在他们一生的出仕生涯中,也就始终充满了出仕与归隐的矛盾心态,并最终选择了归于田园。

丁耀亢出身科举之家,其兄弟子侄均有功名。大哥丁耀斗,万历三十三年进士;侄子丁大谷,天启七年举人;六弟丁耀心,崇祯三年举人;儿子丁玉章,崇祯六年副贡。然丁耀亢的科考之路却极不顺利。天启元年(1621),自负的丁耀亢初试失利,心情低落,遂有隐居山中的想法,在诸城城南的橡槚山购地筑屋植树,时常来此居住。天启四年,第二次科考失利,独自去橡槚山散心,"入深谷,憩流泉,荫林木,听鸟声而始

---

[1] (清)吴伟业:《何季穆文集序》,《吴梅村全集》,上海古籍出版社1990年版,第654页。

解。或载酒冒雨雪随所适，静坐终日"①。次年，丁耀亢决定搬到橡樕山居住，自此开启了隐居生活，著书、结社，自得其乐。虽然山居生活很惬意，但屡试不第依然如鲠在喉，他甚至开始闭关学禅，"扫地焚香深下帘，冥心塞穴学参禅"（《丙寅七月同孙江符闭百日关》）。直到顺治八年，丁耀亢在二十四年间有"自甲子至辛卯入闱八次"（《中秋同诸公宴集贡院》）屡战屡败的科考经历。顺治十一年，丁耀亢因病未能参加乡试，"风雨一编堪自得，投竿钓艇任烟波"（《甲午病不入闱谢杨犹龙学士》），"三年淹系鲍难食，五斗捐停米已除"（《无求》），才彻底终止了科考生涯。一次次的科考，足以证明丁耀亢仕进心之强烈。为谋得一官半职，丁耀亢于顺治五年七月进京，并在朋友的帮助下改籍顺天府，先任镶白旗教习，后转任镶红旗教习，直到顺治十年才得容城教谕一职。然而此时的丁耀亢已觉"捧檄登车愧老亲"（《李龙衮给谏传予教授容城欲辞未果》），有辞官之意。容城任职届满，改任福建惠安知县时，归隐之意更坚，于顺治十七年十一月以病乞归，直到十二月"乃许放还"，得以返回诸城，最终实现自我归隐故土田园之愿。

丘元武亦是出身于科举世家，也是"诸城十老"中科举仕途最顺利的一人。顺治十六年中进士，很快被授予抚州（今江西省抚州市）府推官，并自此开始了长达十年的仕途生涯。康熙八年，改任贵州施秉知县。四年后，因其政绩突出，丘元武被擢升为工部都水司主事。赴任之际，因康熙十二年"三藩之乱"的爆发，使他不但失去了由贵州施秉任上擢升工部都水司主事的机会，还彻底终止了自己的仕途生涯，陷入了"数奇兵隔冬官舲，盐车中绊骐骥辱"（《忆昔行》）的困境。直到康熙二十年冬，他才"冒风波虎豹之险，间道东归"，回到家乡诸城。因"生平壮气略尽"，自此过起了"闭门涓上读书耕稼"的归隐生活。

李澄中虽出身于书香之家，但其科举也极不顺利。除在生员各级考察中"必冠诸生"②外，并无大获。故而他"与同县刘翼明、赵清、徐田、隋平、张衍、衍弟侗诸人，日放浪山海间，醉歌淋漓，有终焉之

---

① （清）丁耀亢：《山居志》，《丁耀亢全集》（下），中州古籍出版社1999年版，第269页。
② 王钟翰点校：《清史列传》卷七十，中华书局1987年版，第5761页。

志"。直到康熙十八年，五十岁的李澄中才中式博学鸿词科，随后入职翰林院十三年。因没有得到重用，反而因为博学鸿儒的身份有"阳用而阴弃之"的感觉，加上有人刻意排挤，使李澄中有辞官之心。而康熙三十年，他奉命典云南乡试，回京后，又为妒者所伤，更坚定了他辞官的决心，于康熙三十三年结束了16年的官场生活，回归故土。

刘翼明的为官之路更是蹉跎。直到康熙八年，才获得了岁贡身份，有了做低微官职的资格。可官运更是姗姗来迟，直到七十八岁时他才谋得利津训导一职。为了得到官俸养身，他"蹉跎七十八年身，官冷羞称救汝贫"（《戏示子弟》），"索俸常求米"（《思亲友》）、"辞官非易事"（《对影》）。但归隐田园的内心呼唤，又使他不时迸发出"发愤明年辞官去"（《寒夜不寐口占》）、"急欲问渊明，南村在何处?"（《甲子除夜枕上》）的呐喊。在仕与隐的矛盾中纠结了四年，直到康熙二十七年才最终辞官归家。

通过以上分析，我们可以看出，丁耀亢、丘元武、李澄中和刘翼明有为官经历的四人，最终都不约而同地选择了弃官归隐之路，并最终老死于家乡诸城。

最让人称奇的是，虽然"诸城十老"在新朝仕进的态度和行动不同，但这并没有妨碍他们之间的交往。丁耀亢、丘元武、李澄中和刘翼明，都是主动求官，又自愿辞官，但置身山林的张衍、张侗、徐田、赵清、隋平等人，始终以宽容的态度接纳他们。

未做官之前，他们"日放浪山海间，醉歌淋漓，有终焉之志"。做官之时，他们之间的交往也并未中断，始终以诗文传递消息、互通音信。

李澄中入京为官后，张侗一直怀念与其在山中谈诗论文的情形，以"应悔归来晚，千岩谢杜鹃"（《山中寄渔村先生》）之语表达了盼其归来的心意。身在京城的李澄中也写信抱怨"久不得石民一纸书"，甚至和张侗约定"明年史事粗结，便拂衣投林，与石民长啸白沙翠竹间，以续旧游。然谈梅口酸，此心已飘然九仙五莲之麓矣"[①]。此语并非空谈，李澄中在辞官归家的第二年（康熙三十四年）就是和张侗结伴南游的。

---

① （清）李澄中：《与张石民》，《卧象山房尺牍》，《山东文献集成》第一辑第35册，第358页。

当丁耀亢、丘元武、李澄中和刘翼明相继辞官后，张衍、张侗、徐田、赵清、隋平等人也是满心欢喜。

当丘元武归家后，"是时，县人多结社为诗，元武归，唱和其间，与刘翼明、李澄中、徐田、张侗相伯仲。"

李澄中辞官后，与张侗游江南，更独游浙、闽访名胜，还与旧友修鸡豚社。

张侗得知李澄中辞官归时，欣然作《喜渔村先生归卧象山》诗曰："日出龙门近，渔歌石上闻。松风久相待，鹤梦未曾分。归路依黄草，还山望白云。由来麋鹿性，一笑复为群。"诗题的一个"喜"字，道出了诗人对李澄中重回卧象山的喜悦之情。末尾"由来麋鹿性，一笑复为群"一句，更是直言虽然他们的选择不同，但最终还是合群的。

同样，当徐田得知丘元武回到家乡，特地赋诗，以"楚鸿避乱归沧海，洱月重圆到故庐"之语安慰历经艰难终归家乡的丘元武（《寄丘龙标》）。

由此可见，"诸城十老"选择出仕与否，都是个人的行为。他们之间的交往，并没有因为出仕与否而心生嫌隙，有为官经历的丁耀亢、刘翼明、李澄中和丘元武等人，与一生未仕的张侗和张衍、赵清、隋平、徐田等人的相处一直是和谐的、融洽的。有时甚至会因为距离产生美，思念之情更深厚。

第二节 "诸城十老"人生不遂的原因

面对时代的风云变幻，"诸城十老"不管选择了何种谋道与谋生的道路，但从总体来看，其人生之路并不顺遂，结局更不圆满。

就科举之路而言，除张侗、张衍绝意于仕进之外，丁耀亢、李澄中、刘翼明、徐田、赵清、隋平等人多有屡试屡败、屡败屡试的经历。

就为官之途而言，丁耀亢只担任过教习、教谕之职，刘翼明只担任过训导一职，李澄中主要在翰林院供职，丘元武的官职止步于县令。总体来看也不顺遂。

就治生情况来看，"诸城十老"之中，除丁耀亢、丘元武有着较强的治生能力外，其余诸人皆治生能力很差。所以，他们中除张衍和隋平因为原先家境富裕而无生活之忧外；刘翼明、张侗、徐田、赵清和王乘箓等人，生活困乏，始终与贫穷为伍。

"诸城十老"人生道路的不顺遂，有着多方面的原因。既与当时他们所处的社会大环境有着重要的关系，更与他们自身有着直接的关系。

一　时代大环境的影响

"诸城十老"的人生不遂，与其所处的时代大环境有着重要的关系。一方面，明清易代，造成了整个社会的动荡不安，打破了"诸城十老"原有的平静生活。而诸城"战乱"的爆发，更是不但给"诸城十老"的家庭与自身生活造成了严重冲击，而且给他们的精神世界带来了严重冲击。身处其中的"诸城十老"，不得不为家庭和个人安全与生存考量而整日疲于四处逃难避祸。面对这样的生存环境，"诸城十老"难以静下心来、心无旁骛的致力于求取功名，在考虑科举仕进的同时，他们更多的精力只能用于谋食。人生精力的分散，使其科举之路不顺遂，也就是自然而然的事情了。即使求取功名之后，社会的动荡不安，也使得他们的仕途之路充满艰辛与波折。丁耀亢的半路辞官，丘元武的半路失官，无疑都与这一社会现实有着直接的关联。

另一方面，清朝定鼎之后，山东虽是率先安定下来的地区，但科考的录取率与供求之间的比率有着很大的差距。刘希伟认为："自顺治以迄乾隆末期，由于山东乡试举额仅按'科举中省'水平加配，人口规模却异常庞大，常居'人口大省'之列。"[1] 所以，能像丘元武一样，于科考一考即过的幸运儿自然是少数，大多数人的科考经历，也就只能以不遂而告终。

此外，清初"文字狱"的出现，更是导致"诸城十老"人生不遂的直接原因。这一点我们从丁耀亢的人生经历就可以看得十分清楚。不期而遇的文字狱，给丁耀亢的精神世界带来了重创，他无法排解，只能借助参禅拜佛来寻求解脱。

---

[1] 刘希伟：《清代山东乡试研究》，硕士学位论文，厦门大学，2008 年。

二 "诸城十老"的自身原因

除上述社会原因之外,"诸城十老"的人生不遂,更与其自身有着直接的关系。

第一,应试目的单一。通过爬梳"诸城十老"的科举之路,我们不难发现,其应试目的非常单一:他们的应试目的,与当时的大多数读书人一样,不是为了某种政治信仰与追求,更没有国家与民族大义的担当,而是单纯地为了谋食,即试图以科举应试为手段,来谋求改变家庭与自身的生存状况而已。如刘翼明就直言不讳地表明其去任利津训导一职,目的就是为了俸禄。这本无可厚非。本来他们获得了官职,算是弥补了科举不遂的缺憾。然欣喜过后,他们之前因为科举不遂所累积的怨气,并没有因为得官而消减,反而抱怨多多,或因得不到重用而抱怨,或因受到同僚排挤而抱怨,或因做官与辞官的两难选择而抱怨,完全看不到他们的执政能力和为官气魄,反而更像是不得志的诗人。相较于乏善可陈的政绩,他们在各自任上进行了大量的文学创作活动,且成绩显著。尤其是丁耀亢在容城任职的五年,创作并出版了诗集《椒丘诗》、杂记《出劫纪略》、戏剧《表忠记》等。李澄中以博学鸿儒的身份得官,也注定了他始终与文学创作结缘,而他在京十几年,不仅是其创作的高峰,还扩大了在文坛上的影响。刘翼明在利津任上,同样是工诗不辍。这样的求仕目的,自然成为他们为官不遂的重要原因,也决定了他们任上难以有大的作为,既未能提出像样的政治主张,又未能取得大的政绩。

第二,自身应试能力不足。"诸城十老"科举之路的不遂,除因社会动荡、自身难以集中精力于科考的因素之外,更与其自身应试能力的不足有着密切的关系。清代以八股取士,而八股自有八股的游戏规则。然"诸城十老"身上,更多体现出的则是一种诗人的情怀,其应试行文中自然多有文学笔法,而难以写出符合规定的八股文来。如李澄中在各级生员试中逢考必冠,是因为当时的考官如知县吴西洱、督学戴岵瞻、知县陈汉星、督学施愚山等都是文化人,欣赏他的文笔,也欣赏他的诗。然一旦进入乡试环节,却皆以不第告终。康熙十七年,他作为鸿博之士入京,下闱,仍不第。康熙十八年,他参加博学鸿儒科殿试,考题为《璇玑玉衡赋》一篇、《省耕诗》二十韵,反而能够考中;康熙二十四年,他又参加殿试,试题为《经史赋》、《首春懋勤殿应制》二十韵,依然能够考中。由此可见,李澄中写诗作赋的功底,面对诗赋类型的题目,皆胜任有余。而他之前的科举不第,大概就是因为他用文学笔法写的八股文,不符合八股文的体式,自然也不被教条的考官所接受。

第三,深受诗人气质的影响。具有诗人气质的人,往往情绪容易激动,言谈举止充满激情豪气,但他们处事缺乏圆滑,所以具有诗人气质的人在政治上一辈子也成熟不了。纵观"诸城十老"之人生经历,我们可以看到,他们自幼都喜欢为诗,并且诗歌创作伴其一生,其身上也就自然带有浓重的诗人气质。其思维也就多有诗人的感性倾向而缺少理性,遇事多率性而为;少有政治家的从政定力,缺乏那种其九死犹未悔的精神,不能愈挫愈勇。故而人生之中,每遇挫折,其内心总是充满了纠结与矛盾。这种纠结与矛盾,在科举求仕时表现得很突出。如丁耀亢一生八次科举终无所获,刘翼明久不遇,李澄中久困科场,满腹愤懑无处言说,于是他们在不放弃科举的同时,都转而工诗,借诗歌来抒发自己的郁闷。于是,科举不遂与诗歌创作二者相互呼应、相互作用,在消减科举不遂的痛苦时,也强化了自身的诗人气质。他们在准备科举的过程中,除丘元武能够心无旁骛地集中精力准备科举考试,熟练掌握八股考试的规则,能够三考三中颇为顺利外,其余诸人多因工诗而下第。后来丁耀亢、刘翼明、李澄中在科场蹉跎多年,最终通过非正规科举考试进入仕途,然他们于各自任上,不得不以此为谋食手段的现实与其崇尚自由的诗人气质所产生的强烈冲突,使得他们每遇挫折就自暴自弃,牢骚满腹,渴望回归自由的田园生活,在这种气质影响之下,他们于仕途之上,自然也就难成大事。

总之,作为身处社会下层的文人,"诸城十老"中的大多数人,虽然一直希冀通过科举仕进来改变自己的人生命运,但在社会因素与自身原因的双重作用下,他们的人生并不圆满。不但科举仕进难遂心愿,而且生存状况艰难。除诗歌创作之外,终生并无大的建树。

第三节 "诸城十老"身份的认定

一 学界对"诸城十老"身份的争鸣

截止到目前,学界对于"诸城十老"身份的研究,主要是围绕"诸城十老"这一诗人群体是否属于遗民集团和丁耀亢其人是否属于遗民这两个问题来展开的。前者涉及如何界定"诸城十老"这一诗人群体的身份问题,后者直接涉及如何界定丁耀亢其人的身份问题,因而意义重大。然而学界对于这两个问题的看法,却一直存在不同的观点。

(一)学界对"诸城十老"群体身份的认定情况

对于"诸城十老"这一诗人群体身份的认定,学界主要存在两种不同的看法。

一是认为"诸城十老"这一诗人群体,其整体身份为遗民集团,属于"诸城遗民集团"的一部分。

这一观点产生最早,可以说是与"诸城十老"之名出现的时间基本一致;影响最大,此说一出,"诸城十老"这一诗人群体的遗民集团身份,基本上就被确立,并被学界广泛接受与采纳。其代表性人物,当数任日新和张崇琛。

1988年12月,任日新发表《九仙诗人丁野鹤》一文。说道:"明末清初,诸城县文人多隐居山林,结社赋诗、讲文,其中有十名文士颇有名气,当时称为'诸城十老',丁野鹤为其中之一。"[①] 可见,该文看重的是"诸城十老"的"隐居"与"结社"特性,还只是将"诸城十老"的身份界定为明末清初隐居山林,结社赋诗、讲文,颇有名气的诸城县文人。

1989年,张崇琛发表《蒲松龄与诸城遗民集团》一文,直接将"诸城十老"这一诗人群体的身份认定为"遗民集团"。其文曰:"清初,与南方的扬州遗民集团存在的同时,在山东,也有一个以诸城为中心的遗民集团。这个集团约包括两部分人:一是以'诸城十老'为代表的当地

---

① 任日新:《九仙诗人丁野鹤》,政协山东省诸城县委员会文史资料研究委员会编辑《诸城文史资料》(第10辑),1988年12月。

人士；二是从各地奔集而来的所谓'侨寓'。"①

任日新和张崇琛是学界较早关注"诸城十老"的学者，于"诸城十老"的研究在学界颇有影响。故其"遗民集团"说，也就被学界广为接受。自此以后，在诸多学者的论著中，"诸城十老"这一诗人群体的身份，也就多被贴上了"遗民集团"或"诸城遗民集团"的标签。即使到2005年朱丽霞出版《清代辛稼轩接受史》一书时，虽然看到"诸城十老"成员可分为有仕清经历者与不仕清廷者的两类人，仍将"诸城十老"的身份整体上界定为遗民集团，只是这些遗民与其他类型的遗民相比较，"诸城遗民较为灵活"罢了。其书说道："易代之初，冒辟疆（辟疆）在如皋的水绘园所罗致的大批宾客多遗民之后。但相比之下，诸城遗民较为灵活。如张氏兄弟及徐田、赵清、隋平、李象先、杨涵、马鲁等坚持做遗民，不仕清廷。而已经仕清的丁野鹤、邱海石、李澄中、邱元武、李之藻等不得已而入仕也旋即弃官。他们对于新朝的某些政策尚持拥护态度，如平藩、尊孔、赈灾等。②"

二是以仕清与否为标准，将"诸城十老"中有过仕清经历的丁耀亢、丘元武、李澄中三人排除于"遗民集团"之外，因为他们三人虽"经常参加这个遗民集团的活动"，但"已非遗民"。这一观点的代表性人物当数张兵。其说见于2001年发表的《清初山左遗民诗群的分布态势与创作特征》一文。文曰："诸城遗民集团以'诸城十老'中的遗民为骨干，以胶州高璪为辅翼，又有侨寓诸城的李焕章、马鲁、杨涵、王屿似诸遗民参与其中。所谓'诸城十老'，是指诸城籍的丁耀亢、王乘箓、刘翼明、李澄中、张衍、张侗、邱元武、徐田、隋平、赵清等十人。十人当中，丁耀亢曾官容城教谕、邱元武官施秉知县、李澄中应鸿博之试，已非遗民；但他们得官复弃官，又经常参加这个遗民集团的活动。从现有材料来看，这个遗民集团的活动极隐秘，他们经常聚会之所主要在张氏之放鹤园和城外的卧象山。放鹤园为'十老'中的张衍、张侗兄弟所建，当时，这里接纳过不少遗民遗老。"③

---

① 张崇琛：《蒲松龄与诸城遗民集团》，《蒲松龄研究》1989年第2期。
② 朱丽霞：《清代辛稼轩接受史》，齐鲁书社2005年版，第149页。
③ 张兵：《清初山左遗民诗群的分布态势与创作特征》，《西北师大学报》2001年第3期。

正因为此派以不仕新朝作为认定遗民的标准,故李伯齐在其主编的《山东分体文学史·诗歌卷》第十一章之"明末山东遗民诗人"一节中,认为山左遗民的特点是"通过隐居不仕的方式表达出来的",故"诸城十老"中的张衍、张侗兄弟成了诸城遗民群中的领袖人物。他说:"更多的山左遗民不但没有像徐大拙那样反清复明的实际行动,甚至也缺少李织斋的隐约其词,心绪明显要平和得多,虽然时时流露故国之思,却少见慷慨激昂、锥心涕血式的深恸;其抱残守缺,忠于明室的心意乃是通过隐居不仕的方式表达出来的。在北方诸省中,山东遗民诗人群的规模及创作都是堪称翘楚,形成了以新城、莱阳、莱州、诸城等为核心,以德州、曲阜、胶州等为辅翼的多个遗民诗人集团,涌现了如新城徐夜、济阳张尔岐、章丘张光启、邹平张实居、乐安徐振芳与李焕章、莱阳董樵与姜氏兄弟、掖县赵氏兄弟、德州卢世㴶与程先贞、胶州高璪等声名颇著的诗人,还出现了类似扬州冒辟疆水绘园那样接纳本地及他乡往来文士(包括遗民)的'放鹤园',园主张衍、张侗兄弟名列'诸城十老',是诸城遗民群中处于领袖地位的人物。"①

而对于诸城遗民集团的活动形式与特点,张兵的《清初山左遗民诗群的分布态势与创作特征》一文是这样归纳的:"诸城遗民集团的活动形式不外乎聚会纵谈、游山赋诗和结社,当时曾出现的白莲社和鸡豚社即为诸城遗民所结的诗文之社;但是,由于几经删削,今存诸城遗民诗文集中,已经看不到过激的言论了。尽管如此,通过一些零星记载,我们仍可觅到一些遗民们的故国情思。如寓居诸城的李焕章,当他在张氏放鹤园读到明季忠臣李邦华的文集时,竟因'睹其忧君爱国之忠',曾激动得'老泪纵横于尺幅间'。孤臣孽子之心,实不难想见。又如'十老'之一的徐田,在其《栩野诗存》中有《磨镜老人歌》古诗一首,诗人正是通过磨镜老人的悲惨经历,反映了社会的沧桑变迁,其中所隐含的易代之痛,也不难体会。"②

(二)学界对丁耀亢本人身份的认定情况

20世纪80年代以来,学者们开启了对丁耀亢的研究,其小说《续金

---

① 李伯齐:《山东分体文学史·诗歌卷》,齐鲁书社2005年版,第427、429页。
② 张兵:《清初山左遗民诗群的分布态势与创作特征》,《西北师大学报》2001年第3期。

瓶梅》和戏剧《赤松游》、《西湖扇》、《化人游》等首先成为研究的重点。随着对丁耀亢小说和戏曲研究的深入,学界对丁耀亢身份的认定,也经历了一个从遗民到非遗民的过程。

1. 丁耀亢是遗民,而且是具有强烈民族意识的遗民

学界持此观点的学者最多,可以说是主流观点。如:

郝诗仙、郭英德《丁耀亢生平及其剧作》一文认为:"作为遗民作家,集中表现在《西湖扇》里的是丁氏遗民人格。"①

秦华生《丁耀亢剧作剧论初探》一文认为:"入清后,丁耀亢追忆往昔,以遗民的切肤之痛,怀念作为'故国'概念的朱明王朝。《赤松游》里借张良之口云:'故国青门不改','风物萧疏故国荒'。"②

罗德荣《〈续金瓶梅〉主旨索解》一文认为:"作为明代遗民,丁耀亢自然会对朱明王朝充满眷恋之情,对满清政权含有切齿憎恨,从而在作品中流露出强烈的'民族意识'。"③

孙言诚《论〈续金瓶梅〉的思想内容及其认识价值》一文称:"虽然在清初生活了二十多年,却是位至死不忘朱明王朝的遗老。"④

李克《丁耀亢戏曲评点理论发微》一文曰:"《化人游》中那种时空交错的迷幻情境,不过是其'渡世之寓言,而托之乎词者也'。《赤松游》中张子房'家国飘零,宗社荆棘'的喟叹,《西湖扇》中陈道东的'叹世运颠危谁可造,那白眼元龙气未消',从中不难窥见丁耀亢作为遗民曲家的复杂的文化心态和时代情绪。"⑤

此类文章很多,不再一一赘述。

2. 丁耀亢不是遗民

这一观点的代表性人物是杨琳。2010 年,杨琳发表《丁耀亢非遗民论》一文,通过仔细爬梳《丁耀亢全集》的全部作品,并从丁氏家族传统出发,结合时代背景、地域环境和思想传承,分析丁耀亢在明清之际

---

① 郝诗仙、郭英德:《丁耀亢生平及其剧作》,《齐鲁学刊》1989 年第 6 期。
② 颜长珂、安葵:《戏曲研究》(第三十一辑),文化艺术出版社 1989 年版,第 84 页。
③ 罗德荣:《〈续金瓶梅〉主旨索解》,《明清小说研究》2002 年第 1 期。
④ 孙言诚:《论〈续金瓶梅〉的思想内容及其认识价值》,《吉林大学社会科学学报》1991 年第 6 期。
⑤ 王安葵、冯俊杰:《中华戏曲》(总第 40 辑),文化艺术出版社 2009 年版,第 282 页。

的行为，首次对学界视丁耀亢为遗民的观点提出质疑，并得出如下结论："丁耀亢是一个以保命和治生为主的地主文人，其人生观也是顺应天命，在他身上并没有太多的爱国情感、民族仇恨之类的政治倾向，不应过度拔高。"① 杨琳之说，以丁耀亢作品及表现为论据，既很有针对性，也很有说服力，令人信从。然而可惜的是，其对遗民的界定标准却没有明确的提及。

通过梳理学界关于"诸城十老"身份研究的主要观点，我们不难看出，学界不论是对"诸城十老"群体身份的认定，还是对丁耀亢其人身份的认定，标准并不统一，观点多有不同，孰是孰非，令人难以适从。那么，我们究竟如何来界定"诸城十老"的身份呢？要想回答好这个问题，就必须首先明确"遗民"的界定标准。

二 "遗民"的界定标准

"遗民"一词，由来已久，《左传》中即已多次出现。如《左传·哀公四年》云："司马致邑，立宗焉，以诱其遗民，而尽俘以归。"其本义也很中性，泛指易代变革之际前朝留下来的人，并不带有任何政治色彩。最早有记载的严格意义上的遗民应该是商周易代之际的伯夷、叔齐两人，他们"义不食周粟，隐于首阳山"的气节，也就成为后世衡量遗民主要的道德标准。然而，后世学者对"遗民"一词内涵的界定，却有多种不同的看法。兹举几种较有代表性的观点，供读者详察。

1. 归庄在为朱子素《历代遗民录》所作的序中指出："凡怀道抱德不用于世者，皆谓之逸民；而遗民则惟在废兴之际，以为此前朝之所遗也……故遗民之称，视其一时之去就，而不系乎终身之显晦。"②

2. 孔定芳在《明遗民与清初满汉文化的整合》③一文中提出，所谓"遗民"，蕴含了两个主要元素。其一，是指士大夫阶层，主要是指有一定名望和影响的上层士大夫而非普通士群。其二，作为遗民必须是易代之后不仕新朝，这是遗民的核心元素。严格地说，遗民是"不仕之士"

---

① 杨琳：《丁耀亢非遗民论》，《明清小说研究》2010年第1期。
② （明）归庄：《归庄集》卷三，上海古籍出版社1984年版，第170页。
③ 孔定芳：《明遗民与清初满汉文化的整合》，《故宫博物院院刊》2005年第4期。

而非"不遇之士",这就将遗民与承平时期的"逸民"区别开来,遗民实际上非"民"而是"遗儒"或"遗士"。

3. 张兵在《遗民与遗民诗之流变》一文中,对"遗民"是这样界定的:"首先,作为遗民,必须是生活于新旧王朝交替之际,身历两朝乃至两朝以上的士人,不论他们在故国出仕与否、是否有功名,但在新朝必不应科举,更不能出仕;其中如宋遗民入元后曾出任学官、明遗民入清后曾入幕者当不予计较。其次,作为遗民,其内心深处必须怀有较强烈的遗民意识。"①

4. 罗惠缙的《从〈苌楚斋随笔〉五种看刘声木的"文化遗民"情结》一文,在综合了张兵《遗民与遗民诗之流变》、方勇《南宋遗民诗人群体研究·导言》②、李瑄《刘遗民非"遗民"考》③等诸多学者的观点之后,认为:"对于'遗民'的释义,人们常以《汉语大词典》和《辞海》等辞书为参照,将其分为广义与狭义两类,广义的遗民是指改朝换代之后的幸存者,此义不带任何政治与感情色彩;狭义的遗民是指改朝换代后不愿出仕新朝或肯认新朝的人,此义成为普遍意义上的遗民概念。有论者将遗民的释义放大到带有强烈的遗民意识(包括不区分'遗'和'逸'、'仕'和'隐'、注重晚节等)层面,笔者以为,讨论遗民,不应纯粹局限在狭义概念的'仕'与'不仕'上,既要注意他们内心是否有强烈的遗民意识,也要注意他们对于传统政治思想及新旧王朝的态度,更要关注他们对传统文化中的道统、学术等方面的强劲依附力与自觉性。"④

通过爬梳以上观点,我们不难发现,诸家对"遗民"这一概念的界定是客观与主观相兼的。就遗民产生的客观条件而言,各家看法一致,即必须身处易代之际,且有跨越新旧两朝的人生经历。因为没有朝代交替就不会有遗民现象。就主观而言,各家判定遗民身份的标准又是带有弹性的。诸家都认可在"对待新旧王朝的态度上,必须有较强烈的遗民

---

① 张兵:《遗民与遗民诗之流变》,《西北师大学报》1998年第4期。
② 方勇:《南宋遗民诗人群体研究·导言》,人民出版社2000年版,第8页。
③ 李瑄:《刘遗民非"遗民"考》,《史学集刊》2005年第4期。
④ 罗惠缙:《从〈苌楚斋随笔〉五种看刘声木的"文化遗民"情结》,见张新民主编《阳明学刊》第三辑,巴蜀书社2008年版,第397页。

意识"是最重要的判定标准。但在是否以"易代之后不仕新朝"作为判定遗民的标准方面，诸家有不同意见。有的认为是必要条件，有的认为不是必要条件。

结合以上诸家之说，我们认为，严格意义上的"遗民"，其界定标准，应该同时满足以下条件：

一是就时间节点而言，必须身处易代之际，且有跨越新旧两朝的人生经历。

二是就所指对象而言，所谓遗民，主要是指在旧朝有一定名望和影响，或在旧朝有出仕经历的人士，而非广义上的改朝换代之后的普通幸存者。尤其不能指普通群众，即使他们身历两朝。否则，遗民的外延就会过大，只要是有跨越新旧两朝经历的人就都可以称为遗民了。

三是就自身行为而言，必须是易代之后不愿出仕新朝或肯认新朝的人。这是界定遗民的核心元素之一。虽然有的专家对这一条件并不认可，但我们不得不承认伯夷、叔齐"义不食周粟，隐于首阳山"的举动，应该成为后世衡量遗民的主要道德标准之一。所以，只要出仕新朝，就不能算作是真正意义上的遗民。

四是就人生态度而言，必须是内心具有强烈的遗民意识。他们对故国念念不忘，对新朝有明显的抵触情绪或行为。这也是学界广为认可的界定遗民最最重要的核心元素。

三 "诸城十老"身份的认定

明确了遗民的界定标准，我们就照此来对"诸城十老"的身份进行认定。

在对"诸城十老"的身份进行认定之前，首先要说明的是：将"诸城十老"界定为"某某集团"是不合适的。因为就一般意义而言，集团是指"为一定目的而组成的共同行动的团体"，而"诸城十老"并非严格意义上的诗人团体。他们之间虽然有过这样那样的交游与结社，但从未围绕一个共同的目的而组成一个共同的行动团体。"十老"只是人们对生活于明末清初代表了诸城诗坛最高成就的诗人的尊称而已。

明确了这一点，下面我们再来对照"遗民"的标准，看看"诸城十老"能不能算作是遗民。

首先,"诸城十老"中的王乘箓逝于明崇祯六年,而隋平生于清顺治三年,他们二人都没有跨越两朝的人生经历,仅就第一条标准而言,他们就不能算作遗民。

其次,"诸城十老"中的张衍、张侗、徐田、赵清四人,虽生于明,长于清,有跨越两朝的人生经历,但他们由明入清之时,都还仅仅是十余岁的孩童,既无明朝之出仕经历,大的名望和影响也难以谈起,所以,对照第二条标准,他们自然也不能算作真正意义上的遗民。

再者,"诸城十老"中的丁耀亢、李澄中、丘元武、刘翼明四人,都曾仕清;张衍、张侗、徐田、赵清四人虽没有仕清的经历,但他们都有过科举的人生经历,只是在清朝或仅取得诸生身份,或入清之后科举不第罢了。所以,对照第三条标准,他们也不能算作是真正意义上的遗民。

依据以上三条,我们可以断定,"诸城十老"都不是严格意义上的遗民。那么,剩下的就只有"诸城十老"内心是否具有强烈的遗民情绪这一条了。

前文已言,"诸城十老"中的王乘箓、隋平二人都没有跨越两朝的人生经历,绝对不能算作遗民,所以其遗民情绪也就无从谈及。有鉴于此,下面我们主要围绕"诸城十老"中的丁耀亢、李澄中、刘翼明、丘元武、张衍、张侗、徐田、赵清八人的人生经历和诗歌作品,对他们身上是否有遗民情绪展开论述。

丁耀亢本身不是遗民,但身历两朝与易代动荡生活的特殊人生经历,并不妨碍其身上带有遗民情绪。这一点,我们认可上文提及的秦华生、罗德荣、李克等人对丁耀亢遗民情绪的肯定。虽然杨琳的《丁耀亢非遗民论》一文认为丁耀亢"并没有多少的遗民情结在",但本文认为杨琳所说的"丁耀亢对亡明的怀念,更多是怀念曾在明朝度过的富贵殷实的美好的青少年时光",就恰恰是其具有遗民意识的具体体现。

在丁耀亢的诗文作品中,我们可以发现其中流露出诸多因易代而带来的遗民情绪。当他看到道边废弃的古井时,不禁抚今追昔,既以"神宗在位多丰岁,斗粟文钱物不贵。门少催科人昼眠,四十八载人如醉"之语,回忆了明万历帝在位之时,"物不贵"、"门少催科",老百姓生活的舒适;又面对当下"江山鼎革成新故,物化民移不知处"的情形,不禁发出了"井中白骨成青苔,春碓之人安在哉"的易代感叹(《古井白歌》)。当他游西山而看到万历帝的题额时,更是感慨万千,不时发出"太平留盛迹,御墨落空山"、"游人心未死,洒泪看痕斑"的故国之思(《来青轩有神宗题额》)。当他站在明王陵前时,亦发出了"王气一朝尽,乌号杳莫扳"、"龙蟠分泗水,虎化失钟山"的亡国之痛(《望西山诸陵有感二十二韵》)。即使人到晚年,他依然流露出对"明末风尚淳,官清徭税少"(《山中怀古田舍四首》)的故国美好时光的深切怀念。

除了怀念故国,他的《济南上巳载酒寻孝廉阎古古王令子于禁所》一诗,更是以婉约的笔法,表达了自己强烈的遗民情绪。诗曰:

> 二士谈经处,键门春草深。琴声无杀韵,鸟语有疑音。
> 载酒还修禊,连床即入林。相逢堪一笑,谁解脱骖心?
> 千里难期约,南冠亦有缘。庸人无此遇,屯运有同贤。
> 贯索疑星聚,佳辰叹客迁。莫须矜李杜,卷舌老余年。

该诗作于顺治十一年,丁耀亢从诸城赶往容城赴任,途经济南,携酒看望了因抗清被俘、关押在济南监狱的阎尔梅(号古古)和王士誉(字令子)。诗中作者一开篇就把监狱称之为"二士谈经处",定下了委婉含蓄的基调,然后以"相逢堪一笑,谁解脱骖心"之句来表达自己难以言表的情绪,继而点明诗人与朋友有"南冠"之缘。诗中的"南冠"有两层含义:一是指囚犯,代指阎尔梅和王士誉;二是指阎尔梅和丁耀亢在明亡后,都曾服务于南明弘光王朝,同为南明官员,所以说二人"有缘"。由此我们知道诗中所说的"脱骖心",就是亡国之痛、故国之情。作者的这种情感,自然不能被清朝廷所接纳,故而诗歌末尾诗人劝说阎尔梅和王士誉二人,不要学李白、杜甫写诗了,只有闭口不言才能渡过眼前的难关。全诗引经据典,叙事婉曲,抒情柔婉,在委婉曲折中抒发了自己的遗民情绪。

除了丁耀亢身上具有遗民情绪之外,在李澄中、刘翼明、丘元武、张衍、张侗、徐田、赵清等人的身上,我们已很难发现有遗民情绪。在今天诸城博物馆所收藏的清初画家郭牟的《观瀑图》中,虽然画中的张侗和张衍依然身着明代衣冠,且画中有诗一首曰:"二人同僻卧象山,世事纷纷不忍看。今日虽为清民子,随时莫忘汉衣冠。"但只是时人的一种愿望寄托罢了，并不能因此而说他们本身带有遗民情绪。因为我们通过爬梳他们的诗歌作品，从中并没有发现具有遗民情绪的相关诗句。由此来看，他们既不能算作真正意义上的遗民，也并无多少遗民意识。

此外，清人卓尔堪的《明遗民诗》收录五百余家，然没有收录"诸城十老"中的任何一人，反而"诸城十老"同时代的山东人姜垓、姜垓、徐夜等以及与"诸城十老"有过交集的张怡、阎尔梅、冒辟疆等人都赫然在列。之后民国孙静庵的《明遗民录》，亦收有遗民五百余家，谢正光的《明遗民传记索引》[①]，收有遗民二千三百多人，但都没有收录"诸城十老"中的任何一人。这些资料虽然可能有遗漏之嫌，但更多的恐怕是收录者并没有把"诸城十老"作为遗民看待。由此观之，也证明了"诸城十老"都不是严格意义上的遗民。

既然"诸城十老"都不是严格意义上的遗民，那么，我们对他们的身份应该如何界定呢？

根据上文对"诸城十老"人生经历的爬梳和诗歌作品的分析，我们觉得如此界定他们的身份较为合适："诸城十老"既是一群生活于社会中下层、整日为谋食而疲于奔命的读书人；又是一群在科举不遂、为官不顺、生活难如人愿等多重困境的夹击之下，转而工诗的中下层诗人。他们面对时代的风云变幻，大都顺天应命，并没有表现出应有的爱国情感、民族仇恨之类的政治倾向。

[①] 谢正光、范金民：《明遗民录汇辑》，上海古籍出版1992年版。

第 五 章

"诸城十老"的诗歌创作与影响

亲历明末清初社会剧烈变革的"诸城十老",虽然其人生经历各不相同,且一生于仕途都无所大的建树。然而,面对时代的风云变幻、自身生存的艰难困苦,他们并没有因此而沉沦,而是始终坚持诗歌创作,用诗歌述说着对人生的感悟,为后人留下了大量的诗文美篇。不仅引领诸城诗坛走向了前所未有的创作繁荣,而且在明末清初的诗坛之上留下了或深或浅的足迹,开辟出一片自己的天地。因此可以说,"诸城十老"的一生,就是诗歌创作的一生。

第一节 "诸城十老"著述佚存情况

一 丁耀亢著述佚存情况

"诸城十老"中,丁耀亢的文学成就最大。其诗文、戏曲、小说俱佳。清初山东诸城文士王复振曾评论其人其创作曰:"野鹤先生,旷世逸才,于书无所不窥,著作甚富。其大者,论断古史,法戒昭乘;次而主盟词坛,古体、近体、歌行、赋记、赞颂,一切俱臻绝顶;兼及传奇、小说。遗稿诸书,传流海内者非一日。"[1]

(一)历史记录

1. 乾隆《诸城县志》卷十三《艺文考》著录:《逍遥游》一卷、《陆舫诗草》五卷、《椒丘诗》二卷、《江干草》一卷、《归山草》二卷、《听山亭草》一卷、《天史》十卷、《西湖扇传奇》一卷、《化人游传奇》一

---

[1] (清)王复振:《家政须知序》,《丁耀亢全集》(下),第247页。

卷、《蚺蛇胆传奇》一卷、《赤松游传奇》一卷。

2. 《四库全书总目提要》卷一八二"别集类存目九"著录《丁野鹤诗钞》十卷：是集凡分五种，曰《椒邱集》二卷，起甲午终戊戌，官容城教谕时所作。曰《陆舫诗草》五卷，起戊子终癸巳，皆其入都以后所作。曰《江干草》一卷，起己亥终庚子。曰《归山草》一卷，起壬寅终丙午。曰《听山亭草》一卷，起丁未止己酉。自《陆舫诗草》以前，耀亢所自刻，《江干草》以下，皆其子慎行所续刻也。①

3. 咸丰《青州府志》卷三十三《艺文考》载：丁耀亢《野鹤诗钞》十卷，见《四库全书总目》；《陆舫诗草》五卷、《逍遥游》一卷、《椒邱诗》五卷、《江干草》一卷、《归山草》二卷、《天史》十卷、《西湖扇传奇》一卷、《化人游》传奇一卷、《蚺蛇胆传奇》一卷、《赤松游传奇》一卷。本传俱不载见县志。

4. 民国赵尔巽《清史稿》志一百三十《艺文四》：《丁野鹤诗钞》十卷，丁耀亢撰。

（二）亡佚情况

《漆园集》今未见。丁耀亢《出劫纪略·航海出劫始末》："（崇祯十七年）九月，刘太史宪石移家入海，南行过淮上，谒淮镇刘将军泽青。授以赞画，为陈方略，使结东之大姓为藩篱，不能行。为疏以荐，授纪监司理于王将之军，屯东海以图进取。于是官于岛中。借官为名，终日赋诗饮酒，且以课耕。诗载《漆园集》。"②

（三）存藏情况

1. 《丁耀亢全集》（李增坡主编，张清吉校注，1999年中州古籍出版社出版），不仅收录乾隆《诸城县志·艺文考》和《四库全书总目提要》所提及的诗集，还有从其杂著《天史》中发现了丁耀亢早年的诗集《问天亭放言》。该书共三册：上册收诗集《陆舫诗草》五卷、《椒丘诗》二卷、《江干草》一卷、《归山草》一卷、《听山亭草》一卷、《逍遥游》二卷，剧本《化人游词曲》一卷、《西湖扇》二卷、《赤松游》三卷、《新编杨椒山表忠蚺蛇胆》二卷。中册收小说《续金瓶梅》十二卷。下册

---

① （清）永瑢、纪昀：《四库总目提要》卷一八二，海南出版社1999年版，第992页。
② （清）丁耀亢：《丁耀亢全集》（下），中州古籍出版社1999年版，第279页。

收杂著《天史》十卷（附一《管见》一卷，附二《集古》一卷，附三《问天亭放言》）、《家政须知》一卷、《出劫纪略》一卷、《增删补易》十五卷。然该书仍有遗漏。刘洪强《丁耀亢全集补遗》一文，即搜集到的丁耀亢遗文有为钟羽正《崇雅堂集》所作的《明工部尚书太子太保钟先生集序》和为张缙彦诗集《菉居诗集》所作的《〈菉居诗集〉叙》，有诗歌《武夷偶述》，有词《西江月二首》和《风入松》[1]；张崇琛《丁耀亢的两首佚诗》[2]一文，则首次公布了丁耀亢诗集《问天亭放言》附录的两首佚诗《山居歌》与《田家歌》。

2.《简易秘传》十五卷（山东省博物馆藏清康熙李文辉辑钞本），亦被《山东文献集成》第二辑第1册收录。

3.《天史》十二卷《问天亭放言》一卷（山东省博物馆藏清康熙四十五年钞本），亦被《山东文献集成》第二辑第22册收录。

4.《逍遥游》二卷（山东省博物馆藏旧钞本），亦被《山东文献集成》第三辑第28册收录。

5.《丁野鹤集八种》，包括《逍遥游》二卷、《陆舫诗草》五卷、《椒丘诗》二卷、《丁野鹤先生遗稿》三卷、《家政须知》一卷（北京图书馆藏清初刻《丁野鹤集八种》本），亦见《四库全书存目丛书》集部第235册和《清代诗文集汇编》第13册。

二 王乘箓著述佚存情况

（一）历史记录

张侗《续传》："庚辰夏六月，（李澄中）选同邑王钟仙、丁野鹤、丘海石、刘子羽四先生诗，成于二十二日，未时乃卒。"[3] 即李澄中刊刻的王乘箓诗集《钟仙遗稿》。

乾隆《诸城县志》卷十三《艺文考》著录，王乘箓有《钟仙遗稿》一册。

咸丰《青州府志》卷四十五《人物传》载："后李澄中、张衍始求

---

[1] 刘洪强：《丁耀亢全集补遗》，《德州学院学报》2010年第5期。
[2] 张崇琛：《丁耀亢的两首佚诗》，《山东图书馆学刊》2017年第3期。
[3] （清）张侗：《续传》，《白云村文集》，《四库全书存目丛书》集部第250册，第777页。

而刻之，不及百篇，即所传《钟仙遗稿》也。"

（二）亡佚情况

《钟仙遗稿》，目前尚未寻到。

（三）存藏情况

今《东武诗存》卷一收王乘篆诗62首。

三　刘翼明著述佚存情况

（一）历史记录

李澄中《镜庵诗选序》称，刘翼明"专以力为诗，积五十年存四千余首"①。

1. 乾隆《诸城县志》卷十三《艺文考》载，刘翼明的《镜菴诗选》五卷。

2. 咸丰《青州府志》卷三十三《艺文考》：刘翼明《镜菴诗选》，见本传无卷数。卷四十六《人物传》："翼明为诗五十余年，积四千余首。李澄中为之删定，曰《镜菴诗选》，今传本也。"

（二）亡佚情况

李澄中《镜庵诗选》称：刘翼明"积五十年，存四千余首"。今收刘翼明诗最多的《镜庵诗稿》十一卷，约有2200首。据此推断，刘翼明诗歌的亡佚情况很严重。

（三）存藏情况

1. 《镜庵诗选》五卷（诸城李澄中选，青岛市图书馆藏民国二十七年胶州张鉴祥家钞本，内有张鉴祥跋），亦收录在《山东文献集成》第三辑第28册。

2. 《东武高士刘翼明诗稿》一卷（山东省图书馆藏稿本），收录在《山东文献集成》第三辑第28册。

3. 《镜庵诗稿》十一卷（四明周斯盛选，山东省图书馆藏民国山东省立图书馆钞本），收录在《山东文献集成》第三辑第29册。

4. 《海上随笔》不分卷（青岛市图书馆藏稿本），收录在《山东文

---

① （清）李澄中：《镜庵诗选序》，《镜庵诗选》五卷，《山东文献集成》第三辑第28册，影印民国二十七年胶州张鉴祥家钞本，山东大学出版社2009年版，第739页。

献集成》第三辑第 23 册。

四　李澄中著述佚存情况

李澄中一生诗文赋俱佳，尤以赋闻名。

（一）历史记录

1. 乾隆《诸城县志》卷十三《艺文考》著录：《卧象山房文集》四卷、《诗集》七卷、《赋集》一卷、《滇南日记》二卷、《艮斋笔记》八卷、《明史稿》四册。

2. 《四库全书总目提要》卷一百八十三著录《卧象山房集》三卷，《附录》二卷："国朝李澄中撰。澄中有《滇南日纪》，已著录。是编，赋一卷，文一卷，诗一卷，附《滇南集》一卷；又《艮斋文选》一卷。"

3. 《四库全书总目提要》卷一百八十三《白云村集》八卷："是集，即（庞）垲官建宁府知府时，为刻于福建者。……王士禛《感旧集》，载其《齐讴行》三首，《细草谷》一首，此集皆未载，又《鱼龙图》一篇，亦与《感旧集》所载，数字不同。盖垲与士禛门径稍别，故去取亦稍异也。"

3. 《四库全书总目提要》卷六十四著录《滇行日记》二卷，称："于山川风土、古迹故实，无不详载，而考证之处差少。"

4. 咸丰《青州府志》卷三十三《艺文考》：李澄中《白云村集》八卷、《滇行日记》二卷、《卧象山房集》三卷附录一卷，俱见《四库全书总目》。《艮斋笔记》八卷、《明史稿》四册，本传俱不载见县志。

5. 咸丰《青州府志》卷四十七《人物传》："（庞垲）守福建建宁时，为刻其《白云村集》八卷（四库全书录之，并录其《滇行日记》二卷）、《卧象山房集》三卷、附录一卷。"

（二）亡佚情况

《海鸥》、《鹡鸰》今未见。李澄中的《三生传》称："适（周栎园）先生有事于诸。……先生使者索予著作来相迫也。乃觅《海鸥》、《鹡鸰》二集持之，行。"

（三）存藏情况

1. 《卧象山房集》二十九卷、《艮斋笔记》八卷（山东省图书馆藏稿本），包括《赋》一卷、《诗集》十三卷、《文》二卷、《尺牍》一卷、

《杂传》一卷。收录在《山东文献集成》第一辑第 35 册。

2.《李渔邨先生稿》一卷（山东省博物馆藏稿本有寿光赵愚轩校，日照王献唐跋），收录在《山东文献集成》第一辑第 35 册。

3.《白云村文集》四卷、《卧象山房诗正集》（南京图书馆藏清康熙刻本），亦收录在《四库全书存目丛书》集部第 250 册。

五　张衍著述佚存情况

（一）历史记录

乾隆《诸城县志》卷十三《艺文考》著录有诗集《渐山阁草》四卷。

（二）亡佚情况

《渐山阁草》，今未见。

（三）存藏情况

《东武诗存》卷四下收录张衍诗 16 首。

六　张侗著述佚存情况

（一）历史记录

张侗一生著述甚丰。

1. 方迈《贞献先生传》称："（张侗）著述甚富，其阐明圣学者，有《鲁论言外录》、《大学解》、《续大学问》、《读易续言》、《三才传》、《四太极图说》、《三古记略》、《读四子书》及《其楼诗集》、《文集》各种，藏于家。"①

2. 乾隆《诸城县志》卷十三《艺文考》载：《放鹤邨文集》五卷、《其楼诗集》一册、《卧象山志》一卷、《酒中有所思诗》一册。

3.《四库全书总目提要》卷一百八十五著录：《放鹤村文集》五卷"是集，前有方迈所作侗小传"。

4. 咸丰《青州府志》卷三十三《艺文考》：张侗《放鹤村文集》五卷，见《四库全书总目》；《楼诗集》一卷，见本传。

---

①　（清）方迈：《贞献先生传》，张侗《其楼文集》卷首，诸城博物馆藏民国七年石印本。

（二）亡佚情况

《鲁论言外录》、《大学解》、《续大学问》、《读易续言》、《三才传》、《四太极图说》、《三古记略》、《读四子书》、《酒中有所思诗》，今皆未见。

（三）存藏情况

1. 《琅邪放鹤村诗集》一卷、续集一卷，收录在《山东文献集成》第二辑第 30 册。

2. 《其楼文集》和《其楼诗集》，山东诸城博物馆藏。

3. 《卧象山志》点校本，李本亭主编，齐鲁电子音像出版社 2015 年出版。

七　丘元武著述佚存情况

（一）历史记录

1. 乾隆《诸城县志》卷十三《艺文考》载，丘元武有《柯邨遗稿》八卷，《丘氏诗乘》一册。

2. 《东武诗存》卷二下载其有《烟鬟草亭诗集》。

3. 咸丰《青州府志》卷三十三《艺文考》：丘元武《柯村先生集》。（见《邱石常传》无卷，数县志作八卷）

4. 咸丰《青州府志》卷四十六《人物传》载："泰州邓汉仪服其伟丽清深，《诗观》、《诗品》皆登之，复订其全诗，曰《柯村先生集》。"

（二）亡佚情况

《烟鬟草亭诗集》，今未见。

（三）存藏情况

1. 《柯村遗稿》八卷（康熙诸城丘元履刻本），收录在山东图书馆。

2. 《东武诗存》卷二下收录其诗 112 首。

八　徐田著述佚存情况

（一）历史记录

1. 乾隆《诸城县志》卷十三《艺文考》记载，徐田有《栩野诗集》八卷。

2. 咸丰《青州府志》卷三十三《艺文考》：徐田《栩野诗集》八卷，

见本传。

（二）亡佚情况

《栩野诗集》，今未见。

（三）存藏情况

《栩野诗存》三卷附栩野遗诗补辑一卷投赠一卷附（民国诸城王鉴先等辑，中共山东省委党校图书馆、山东省图书馆藏民国二十一年至二十三年诸城王鉴先排印鉴庐丛刊本），现收录在《山东文献集成》第四辑第27册，存诗440多首。

九　赵清著述佚存情况

（一）历史记录

1. 乾隆《诸城县志》卷十三《艺文考》载，赵清有《白云集》六卷。

2. 咸丰《青州府志》卷三十三《艺文考》亦有著录《白云集》六卷。

（二）亡佚情况

《白云集》六卷，今未见。

（三）存藏情况

《东武诗存》卷四上，收录赵清诗歌24首。

十　隋平著述佚存情况

（一）历史记录

1. 乾隆《诸城县志》卷十三《艺文考》载，隋平著有《半舫草》一册、《圣学同心录》一册、《琅邪诗略》七卷。

2. 咸丰《青州府志》卷三十三《艺文考》：隋平《琅邪诗略》七卷。

（二）亡佚情况

《半舫草》今未见；《圣学同心录》亦未见。

（三）存藏情况

《琅邪诗略》七卷本，今山东博物馆有藏。

《东武诗存》卷四上，收录隋平诗歌16首。

此外，除了清代王庚言《东武诗存》收录了"诸城十老"的诗歌外，王士禛《渔洋山人感旧集》、卢见曾《国朝山左诗钞》、邓汉仪《诗观二集》和《诗观三集》、沈德潜《清诗别裁集》，民国徐世昌《晚晴簃诗汇》等，也分别收录了"诸城十老"部分人的部分诗歌，详情参见第六章第六节"'诸城十老'的诗坛地位与影响"部分。

第二节 "诸城十老"诗歌创作的诗坛背景

诗歌一直是中国古代文人创作的主要体式，也是贯穿整个中国古代社会的主流文学样式。纵观中国古代诗歌的发展脉络，自《诗经》、《楚辞》伊始，经过两汉魏晋南北朝的发展，相继在唐代和宋代树立了唐诗和宋诗两座诗歌高峰，进而影响和左右着元明清三朝诗坛宗唐或宗宋的诗歌创作走向，引领诗坛走向新的繁荣。

客观地说，明清两朝的诗歌创作成就，比不上唐诗和宋诗。但明末清初的诗歌创作，却因易代沧桑和时局变革而大放异彩，故而成为中国古代诗歌史上的特殊存在。明末清初这一特殊的时代背景，对整个诗坛的诗歌创作产生了重要的影响，身处其中的"诸城十老"自然也不能例外。因此，要研究"诸城十老"的诗歌创作，就不得不了解当时的诗坛背景。有鉴于此，本节拟从明末清初诗坛的整体概况、明末清初的山东诗坛和诸城诗坛三个层面，首先对"诸城十老"诗歌创作的诗坛背景作一简要概述。

一 明末清初诗坛概况

明清两代是诗歌创作相当繁荣的时代。就数量而言，明清两代不仅出现了大量的诗人，并且留下了数量众多的诗歌作品。仅从目前所能见到的、较为权威的明代和清代诗歌总集的收录情况来看，就能很好地说明这一点。如朱彝尊的《明诗综》，收录明代诗人有3400多家，诗歌有10100多首；徐世昌的《晚晴簃诗汇》，收录清代诗人有6100多家，诗歌有27600多首。就诗歌流派来看，这一时期形成了众多的诗歌流派。如明代以杨士奇、杨荣和杨溥为代表的台阁体，以李东阳和何景明为代表的前七子，以李攀龙和王世贞为代表的后七子，以袁宏道为代表的公安派，以钟惺和谭元春为代表的竟陵派等；清代有王士禛的神韵派、沈德潜的格调派、袁枚的性灵派、翁方纲的肌理派等。他们的诗歌创作，可以说是分别代表了明清两朝诗坛不同阶段诗歌创作的最高成就。而明末清初的诗坛，则是明清诗坛的一个特殊时期。因为社会剧变，明末清初诗坛在承袭古代诗歌创作传统时，也出现了一些新的变化。

（一）承袭了古代诗歌"吟咏情性"的创作传统

整体来看，"诗言志"和"诗缘情"是古代诗歌理论中的两种最为重要的诗歌创作主张。面对这两种诗歌创作倾向，明末清初的诗人则明显承袭了古代诗歌"诗缘情"即"吟咏情性"的创作传统。

"诗言志"一说，主张"诗歌是用来表达人的思想、志向与抱负的"[1]，强调诗歌承载着家国政治的功能。此语最早出自《尚书·尧典》，其含义有二：一是由先秦时期的借用《诗经》之句来表达赋诗者的理想抱负和政治态度，进而逐渐演变为"将诗歌与政治教化密切联系，视'美刺'为'言志'的重要内容。他们注重诗歌艺术的社会功利性，但由于过分强调则易抹杀诗歌艺术的个性，忽略诗歌艺术的情感表达与形象化要求"[2]。这一主张，后来在晋代的玄言诗和宋代理学家的"载道"说中体现得最为明显。二是《毛诗序》发展了"诗言志"的观点，既肯定"诗者，志之所之。在心为志，发言为诗"，又强调诗歌的"吟咏情性"，明确了诗歌是可以通过抒情来言志的，从而将"志"和"情"联系在一起。刘勰亦将"志"和"情"并称，认为"人禀七情，应物斯感，感物吟志，莫非自然"[3]。但直到唐代的孔颖达才明确提出了情、志合一说，认为"在己为情，情动为志，情志一也"[4]。

而"诗缘情"一说，出自陆机的《文赋》，其曰："诗缘情而绮靡。"然究其实质，当与"吟咏情性"之说一脉相承。

"吟咏情性"是一个产生很早且随着诗歌的创作进程不断被后世诗人和诗论家修正、完善的诗歌创作概念。从现有的资料来看，"吟咏情性"最早出现在《毛诗序》中。究其内涵，指的是诗人在诗歌创作过程中，

---

[1] 朱立元主编：《美学大辞典》（修订本），上海辞书出版社2014年版，第162页。
[2] 同上。
[3] 王运熙、周锋：《文心雕龙译注》，上海古籍出版社1998年版，第42页。
[4] （唐）孔颖达：《十三经注疏·左传正义》，中华书局1980年版，第2108页。

要"把诗歌的言志和抒情性质统一起来,明确地指出诗歌是情感的表现,又以儒家美学限制审美情感的自由表现"。然而,这一时期,"吟咏情性"不过是作为教化和美刺的附庸存在,在诗人的诗歌创作活动中依然处于边缘的位置。

到魏晋南北朝时期,随着玄学的兴起,人们更加注重"情性"所包含的个体才性和情感,"吟咏情性"不但内涵发生了变化,而且已经从边缘位置一举成了文本的中心。钟嵘《诗品序》所言之"至乎吟咏情性,亦何贵于用事?'思君如流水',既是即目;'高台多悲风',亦惟所见"、刘勰《文心雕龙·体性》所言之"气以实志,志以定言,吐纳英华,莫非情性。是以贾生俊发,故文洁而体清;长卿傲诞,故理侈而辞溢"等,皆认为"吟咏情性"是指文学创作对诗人个体内心世界的表达。加上"抒写日常生活情感、无关政教的作品大量涌现",故"'吟咏情性'已不再与儒家所强调的礼义和政教相联系"。[1]

唐代诗人基本上接受了上述说法,并对其加以延伸,主要用来指"诗歌创作要抒发人的思想感情"[2]。如司空图在《二十四诗品·实境》中也说:"情性所至,妙不自寻。"此后,"吟咏情性"的这一内涵指向,广被诗人和诗论家所认可。

宋代在理学思潮的统领下,诗人追求以才学为诗、以文字为诗、以议论为诗的创作模式,从而对诗歌创作"吟咏情性"的原则有所忽略。然即在宋代,仍有诗论家支持"吟咏情性"的诗学观点,如严羽就在《沧浪诗话·诗辨》中说:"诗者,吟咏情性也。"

元代诗人为了去除宋诗的弊端,不仅大力提倡诗歌要"吟咏情性",如元好问《杨叔能小亨集引》云:"吟咏情性之谓诗。"郝经《与撒彦举论诗书》说:"诗,文之至精者也,所以歌咏性情,以为风雅,故撼写襟素,托物寓怀,有言外之意,意外之味,味外之韵。"还对"吟咏情性"的本质进行探讨,强调"性情"之"真"。如吴澄《吴特进诗序》说:"夫诗以道性情之真,自然而然为之贵。"

明代诗人亦多承袭前人"吟咏情性"的诗歌创作传统。如李梦阳的

---

[1] 朱立元主编:《美学大辞典》(修订本),上海辞书出版社2014年版,第191页。
[2] 同上。

《鸣春集序》说:"诗者,咏之章而情之自鸣者也。"谢榛的《四溟诗话》也说:"诗本乎情。"而"吟咏情性"的诗学观,伴随着明代中叶个性解放的思潮又焕发出勃勃生机,并出现了许多与之相匹配的文学观点。如李贽提出的"童心说",认为文学创作要真实坦率地表达作者的内心情感和人生欲望;公安派的"性灵说",提出"独抒性灵,不拘格套",认为文学创作要有感而发、直抒胸臆,要真实地表达作者的内心情感;竟陵派亦提倡"性灵",重视作者的个体性情的流露;汤显祖在《耳伯麻姑游诗序》中也说:"世总为情,情生诗歌。"这些说法无一例外地体现了对作者在文学创作中流露的真情实感的重视。

受明末清初时局动荡和社会变革的冲击,这一时期的诗人和诗论家们进一步丰富了"吟咏情性"说的内涵。如陈子龙等人直面现实,提倡书写真情,将个人情感与时代精神联系在一起,并融入了深厚的社会政治内涵,在诗歌创作实践上体现了"情"、"志"合流,带有经世致用的色彩。黄宗羲赞同诗歌要书写真情实感,但又强调个人真情实感应该具有深厚的社会内容。王夫之在《夕堂永日绪论内编序》中强调"情"、"志"并重,认为诗歌既要表达真情,"以心之元声为至",还要"曲写心灵,动人兴观群怨",更多强调诗歌要有积极的社会内容和教育作用。因此,这一时期的诗歌创作局面,恰如蒋寅先生所言:"对清初诗家来说,找回失落的传统,首先是要解决诗歌的伦理基础问题。为此他们重拾儒家传统诗论的种种言说,举凡'诗言志'、'思无邪'、'兴观群怨'、'修辞立其诚'、'发乎情止乎礼义'等最古老的儒家诗学话语,都被他们作为诗学的核心命题,反复加以引据和论证,予以切合当下语境的阐说和发挥。"[①]

(二) 宗唐还是宗宋,成为明清诗学界争论的焦点

明清诗坛在遵循"吟咏情性"的创作传统的同时,还在诗歌创作的学习对象上掀起了宗唐或宗宋的论争。

明代诗坛,以"前七子"和"后七子"为主的宗唐派占据主导地位。"前七子"的李梦阳、何景明提出了"诗必盛唐"(按:《李梦阳传》载:

---

① 蒋寅:《在传统的阐释与重构中展开——清初诗学基本观念的确立》,《中国社会科学》2006年第6期。

"梦阳才思雄鸷,卓然以复古自命。弘治时,宰相李东阳主文柄,天下翕然宗之,梦阳独讥其萎弱。倡言文必秦汉,诗必盛唐,非是道者弗道。")① 的诗歌创作主张,提倡写诗要宗法盛唐,其目的是通过复古手段来摆脱"台阁体"一统天下的形式主义诗风,进而振兴明代诗坛。然而他们在具体的诗歌创作实践中却拘泥于拟古,单纯地追求盛唐诗人的写作模式而未能真正领会盛唐气象的内涵和精髓。李攀龙承袭"前七子"的拟古主张,亦提倡"诗必盛唐",尤对李梦阳的诗歌创作推崇有加,声称:"谓文自西京,诗自天宝而下,俱无足观,于本朝独推李梦阳。"② 且他编辑的《古今诗删》不收录一首宋元诗,由此亦可以看出他的宗唐倾向。因李攀龙"操海内文章之柄垂二十年"③ 的领袖身份,从而吸引了众多的追随者,并因此掀起了当时诗坛的模拟之风。在这种拟古意识的支配下,不仅李攀龙写了大量的拟古诗,还有众多追随者也模仿创作了许多拟古诗歌。但他们的诗歌创作,多徒有学唐之名,并无盛唐之气象,故后人批评李攀龙的诗歌有"瞎唐诗"之说。

为了反对"前后七子"的模拟之风,明朝后期以袁宏道为代表的公安派,高举"性灵"说大旗,主张作家应该用自己的语言来表现自己真实的思想感情,为诗要"独抒性灵,不拘格套",认为"出自性灵者为真诗";然其创作多流于鄙俚,其文学主张的理论意义超过了他们的创作实践。其后以钟惺、谭元春为主要人物的竟陵派,在公安派锋芒消退的情况下趁势而起,主张为诗应"孤怀"、"孤诣",认为"真诗者,精神所为也。察其幽情单绪,孤行静寄于喧杂之中;而乃以其虚怀定力,独往冥游于寥廓之外"④,即只有处于空旷孤迥、荒寒独处的境地,通过孤行静寂的覃思冥搜,才能写出表现作者性灵的真诗;然其刻意追求字意深奥的文学主张,将诗歌创作引入了"幽深孤峭"的狭窄境界。虽然公安派和竟陵派提出了有针对性的理论主张,但是因他们各自的创作实践能力无法很好地支撑他们自己的主张,反而自曝其短,并没有有效地消除

---

① (清) 张廷玉:《明史》卷二百八十六《李梦阳传》,中华书局1974年版,第7348页。
② (清) 张廷玉:《明史》卷二百八十七《李攀龙传》,中华书局1974年版,第7378页。
③ (清) 钱谦益:《列朝诗集小传·李按察攀龙》,上海古籍出版社1983年版,第428页。
④ (明) 钟惺:《诗归序》,转自曹顺庆、李凯主编《中国古代文论史》,重庆大学出版社2015年版,第196页。

李攀龙诗学观对明末清初诗坛的影响。

至清初诗坛，为诗宗唐还是宗宋，则成了诗学界争论的焦点。[①]

宗唐一派，其代表人物主要有吴伟业、顾炎武、王夫之、王士禛、朱彝尊以及"虞山派"的冯班、冯舒等人。他们为诗宗唐的大方向一致，但在论诗主张和具体的诗歌创作方面又各有侧重。如吴伟业学唐，主要体现在"神韵悉本唐人"；而王夫之"以兴、观、群、怨论诗，推崇盛唐而不满晚唐和宋人"；朱彝尊则"极力扬唐抑宋"；冯班等人则"稍稍举晚唐乃至昆体，而不专主盛唐"。

宗宋一派，其主要人物有宋荦、查慎行、厉鹗、黄宗羲、吕留良、叶燮等人。他们从校勘、注释、编辑入手（如查慎行的《补注东坡先生编年诗》、厉鹗编《宋诗纪事》、吕留良等编《宋诗钞》等），"意在张皇宋诗，在他们看来，宋诗一点也不比唐诗逊色，在有的方面，甚至还有过之"，并对时人极端的宗唐抑宋态度表达了不满。

虽然宗唐派和宗宋派都各自坚持自己的主张，表达了非此即彼的是非态度。但在宗唐宗宋的论争中，身为诗坛盟主的钱谦益则提出了"唐宋兼宗，尊唐而不卑宋"的诗歌创作主张，提醒为诗者要摒弃门户之偏见，不要非此即彼地走向极端。持类似观点的还有王士禛。他为诗"不太喜欢门户之见"，虽然针对"唐、宋诗之语不多见"，然其少年学唐诗、中年习过宋诗、晚年又学唐诗的为诗经历，恰好证明了他对唐宋兼宗这一诗学观的支持。在此基础之上，他进而提出了自己的诗歌主张——"神韵说"。

王士禛的"神韵说"，不仅仅是他自身诗歌创作的主张，还是清康熙诗坛最为重要的诗歌理论。因其"以实大声宏之学，为海内执骚坛牛耳，垂五十余年"[②]的诗坛地位，其说在康熙诗坛产生了极大影响。

"神韵说"的主旨，在"清"、"远"二字。"清"有清新之味、"远"有悠远之意，故"神韵说"推崇清新悠远、言尽意余的审美趣味。

[①] 以下参考黎孟德的《试论清初诗坛的宗唐界宋之风》一文，见《四川师范大学学报》2005年第5期。

[②] （清）卢见曾：《国朝山左诗钞》，《山东文献集成》第一辑第41册，山东大学出版社2006年版，第2页。

王士禛自己在《池北偶谈》中对此有专门解释："汾阳孔文谷天胤云：'诗以达性，然须清远为尚。'薛西原论诗，独取谢康乐、王摩诘、孟浩然、韦应物，言：'白云抱幽石，绿筱媚清涟'，清也；'表灵物莫赏，蕴真谁为传'，远也；'何必丝与竹，山水有清音'，'景昃鸣禽集，水木湛清华'，清远兼之也。总其妙在神韵矣。神韵二字，予向论诗，首为学人拈出，不知先见于此。"① 由此观之，王士禛所推崇的"清"、"远"诗风与王维、孟浩然、韦应物等人的诗风是一致的。简而言之，"神韵说"是继承了唐司空图、宋严羽的诗歌主张，推崇王维、孟浩然、韦应物和柳宗元的诗歌风格。提倡兴到神会，以"不着一字，尽得风流"为诗歌创作的最高境界。所以施闰章在《渔洋续诗集序》中说："新城王阮亭先生论诗，于其乡不尸祝于麟，于唐人亦不踵袭子美。其诗举体遥隽，兴寄超逸，殆得三唐之秀，而上溯于晋魏，旁采于齐梁者。"② 从这段话中，我们可以看出王士禛的"神韵说"与唐诗的渊源关系。当时诗坛上，论诗主张"含蓄有味"，与王士禛的"神韵说"一脉相承的还大有人在。如田雯亦云："风人之旨，往往含蓄不露，意在言外，读《硕人》，大概可睹矣。"③ 张谦宜亦认为："诗贵蕴藉，正欲使味无穷耳"，"含蓄二字，诗文第一妙处"。④

二 明末清初山东诗坛概况

身处诗家济济、派别林立的明清诗坛，山东诗坛也获得了长足发展。尤其是明弘治中叶到清康熙年间，山东诗坛创作繁荣，成为山东诗坛历史上最为辉煌的时期。这一时期，来自山东的李攀龙和王士禛先后成为诗坛盟主，各主诗坛几十年，依靠他们的名望和群体的力量，他们的师友、同年、同乡、同僚、弟子，无论诗歌创作成就高或低，都得到了其揄扬与推崇，从而带动了山东诗坛的整体繁荣，产生了一大批诗人。仅

---

① （清）王士禛：《池北偶谈》，《王士禛全集》，齐鲁书社2007年版，第3275页。
② （清）施闰章：《渔洋续诗集序》，《王士禛全集》，齐鲁书社2007年版，第685页。
③ （清）田雯：《古欢堂集杂著》，郭绍虞辑《清诗话续编》，上海古籍出版社1983年版，第712页。
④ （清）张谦宜：《絸斋诗谈》，郭绍虞辑《清诗话续编》，上海古籍出版社1983年版，第794—795页。

清代相继出现的山东诗歌总集分别收的山东诗人之作,如宋弼的《山左明诗钞》收录诗人431家,卢见曾的《国朝山左诗钞》收录诗人620家,张鹏展的《国朝山左诗续钞》收747家,余正酉的《国朝山左诗汇钞后集》收389家,共计约有2200家之多。所以王士禛有云:"吾乡风雅,明季最盛。"① 并随后列举了王遵坦、孙廷铨、丁耀亢、丘石常、宋琬、赵进美、徐夜等十几位诗人。赵执信亦云:"本朝诗人,山左为盛。"② 其所列举的赵进美、宋琬、王士禛、王士禄、曹贞吉、李澄中、颜光敏、谢重辉、田雯等人,都是清初诗坛很有分量的诗人。

明代前期,"颂圣德,歌太平"的台阁体甚是流行,继而是带有台阁体痕迹的、以李东阳为主的茶陵诗派,整个诗坛的发展并无大的起色。故而同期的山东诗人也寥寥无几,诗名不大。

经过百余年的休养,自明代中叶,山东诗坛开始焕发生机,并逐渐走向繁盛,出现了许多引领全国诗坛风向坐标的诗坛大派,其影响一直持续到清乾隆年间。如以边贡和李攀龙为核心的历下诗派、以王士禛为核心的神韵诗派、以赵执信为核心的饴山诗派等,都是当时全国诗坛颇有影响力的诗派。其中,王士禛的神韵诗派在清康熙年间的影响最为深远。

历下诗派的形成,与"前七子"中的成员边贡和"后七子"的领袖李攀龙有密切关系。他们同为历城人,共同带动了山东诗坛的兴盛,开启了明代山东诗坛高开高走的大繁荣。在他们的强势影响下,不仅激发了一大批同学、乡人的作诗热情和自信心,还强化了乡邦诗学意识,从而形成了带有地域标志的历下诗派。不仅如此,李攀龙凭借自己的声望和领袖身份,将其影响扩展到山东大地,一直持续到清初。与此同时,还有冯裕等人组成的"海岱诗社"活跃于青州一带,主张以诗歌来抒发率真的性情,然他们的在山东诗坛的影响,远远不及"历下诗派"来得迅猛。总之,在他们的影响下,明末清初的山左诗坛出现了一大批诗人

---

① (清)王士禛:《古夫于亭杂录》卷三,《王士禛全集》,齐鲁书社2007年版,第4890页。

② (清)赵执信:《谈龙录》,丁福保辑《清诗话》,上海古籍出版社1978年版,第315页。

以及密集的诗人群体，共同促进了山东诗坛的繁荣。

而神韵诗派的形成，则得益于王士禛"神韵说"的盛行。所以卢见曾在《国朝山左诗钞》中说："国初诗学之盛，莫盛于山左。渔洋以实大声宏之学，为海内执骚坛牛耳，垂五十余年。"① 明末清初山东诗坛的繁荣盛况，一直延续到了清代康熙年间。

除此以外，与王士禛的神韵诗派差不多同时活跃于山东诗坛的，还有以赵执信为核心的饴山诗派等。

三 明末清初诸城诗坛概况

乘着明末清初全国诗坛和山东诗坛繁盛的东风，诸城诗坛也得到了空前的繁荣，迎来了诸城诗歌创作历史上最为辉煌的黄金时期。

第一，这一时期诸城诗坛诗人众多。仅乾隆《诸城县志·艺文考》所收录的明清诗文集作者，就有69家。其中所收录的生活在明末清初的诸城诗人，就有丘橓、陈烨、丁自劝、王乘箓、窦赞、谭成爻、王劝、臧尔昌、王锳、王斗枢、王钺、孙必振、丁耀亢、丘玉常、丘石常、丘元复、丘元武、丘宗圣、臧振荣、丁豸佳、丁似谷、刘翼明、刘果、李澄中、李让中、张衍、张侗、张僎、徐田、王咸烋、窦长琰、曹玉锡、杨蕃、赵清、王翰、隋平、王沛思、王沛恂等。这些人中，被纳入乾隆《诸城县志·文苑传》则是王乘箓、丁耀亢和丁豸佳、刘翼明、丘元武和丘石常、李澄中、徐田、隋平、王咸烋、张衍、张侗、张佳、张僎、李让中、王沛思等人。

第二，这一时期出现的诗人，不仅数量上远远超过了明清之前诸城诗人数量的总和，还诞生了许多在山东诗坛乃至全国诗坛颇有影响的诗歌大家。如"开一邑风雅之始，县中诸诗人皆推为先辈"② 的丁耀亢、与王士禛、田雯被时人并称为"山左三大家"③ 的李澄中等人，就是其中杰出的代表。

---

① （清）卢见曾：《国朝山左诗钞》，《山东文献集成》第一辑第41册，山东大学出版社2006年版，第2页。
② 乾隆《诸城县志》卷三十六，乾隆二十九年（1764）刻本。
③ （清）庞垲：《卧象山房集序》，《白云村文集》，《四库全书存目丛书》集部第250册，齐鲁书社1997年版，第693页。

第三，这一时期诸城诗人的诗歌创作，成就了诸城诗坛历史上最为辉煌的历史时期。

从现有史料来看，明代以前，诸城诗歌等文学创作活动并不发达，其留史著述亦寥寥无几。乾隆《诸城县志》所见之有名者，仅南唐的孙晟、宋代的赵明诚和李清照夫妇而已。

孙晟，其生平事迹可见于《新五代史·孙晟传》，然其所著《孙晟集》现已佚，故我们无法得知其文学创作的内容和成就。

赵明诚，是宋代金石学家，有《金石录》存世。其妻李清照是众所周知的婉约词派大家，有《漱玉词》存世。因为李清照是诸城人赵明诚的妻子，故被乾隆《诸城县志·文苑传》将其收录其中。

除了乾隆《诸城县志·文苑传》所收录的诗人外，史书中所载之南宋词人侯寘和徐大用也是诸城人。

侯寘，字彦周，著有《孏窟词》。其词现收录在明代毛晋编辑的《宋词六十名家》中，有"元祐旧家流风余韵"①。

徐大用，生平事迹不详。目前仅能从其好友陆游所作的《徐大用乐府序》一文窥得少许徐大用的信息。该文曰："吾友徐大用，家本东武，呼吸食饮于郱淇之津，盖有以相其轶思者。故自少时，文辞雄于东州……独于悲欢离合，郊亭水驿，鞍马舟楫间，时出乐府辞，赡蔚顿挫，识者贵焉。"② 由此可知，徐大用出过乐府词集，受到时人重视，可惜的是今已一字不传。

以上所列诸位，就现存资料而言，我们很难看出他们与诸城文学的内在联系。反而是豪放派的词坛大家苏轼，与诸城有着更为深厚的渊源。神宗熙宁七年（1074）至熙宁九年期间，苏轼出任密州太守。短短两年时间，苏轼不仅政绩卓然，还留下了《水调歌头·明月几时有》、《江城子·密州出猎》、《超然台记》等传世佳作。这些文学作品，至今仍是诸城人引以为傲的文学名牌，即连苏轼本人也是诸城文人一直仰慕的偶像。

---

① （清）永瑢、纪昀：《孏窟词提要》，《四库全书总目》卷一百九十八，海南出版社1999年版，第1088页。

② 钱忠联、马亚中主编，涂小马校注：《渭南文集校注》（一），《陆游全集校注》第九册，浙江教育出版社2011年版，第365页。

苏轼在诸城时期取得了极高的文学成就，为诸城文坛打下了坚实的创作根基，但凭其一己之力，尚未能创造诸城文坛的繁荣。

其后，诸城诗坛仍旧寂寂无人。直到明代，尤其是嘉靖、隆庆以后，诸城诗坛才真正迎来了自己的黄金时代。至此，诸城"文章府地"之称才算实至名归。对此，乾隆《诸城县志·艺文考》的记载，可谓简洁而中肯：

> 诗集多在国朝，六朝、三唐、宋、元以来，著作何寥寥也？盖县介南北之交，东南复抵大海，晋元、宋高两朝南渡，世家巨族意或航海随之，所留者农夫野老而已，且其地为边疆战场，重以慕容德、李全之蹂躏，干戈盛而弦诵衰，其势然也。故虽以贞观、开元、庆历、元祐之栽培，而孙晟、赵明诚夫妇之外无闻焉。自明以还，一统至今，人择善地以为居，南北衣冠之族接踵而来，故嘉、隆而后，科名日盛，著作亦日多，丘简肃公其尤著者也。我朝文运丕兴，文教弥隆，经学不少而诗集尤富，丁野鹤开于前，李渔村继于后，刘镜菴、徐栩野、丘氏父子、张氏兄弟，皆分道扬镳，鼓吹休明。而后起者，且步武接武，为斯文之薮矣，是岂尽关山川之秀欤？呜呼，人杰地灵，不信然哉！①

第三节 "诸城十老"的诗歌创作倾向

从现有的资料来看，"诸城十老"并没有提出专门的诗歌创作理论。但我们从其诗歌创作实践、他们对别人诗歌的评价以及他人对其诗歌的评论，同样可以觅得他们的诗歌创作主张与倾向。通过对现有资料的爬梳，我们发现，"诸城十老"的诗歌创作具有以下两个较为鲜明的倾向：一是对中国古代诗歌"吟咏情性"的创作传统多有继承，且在继承过程中提出了一些自己的看法；二是面对明末清初诗坛宗唐或宗宋的激烈论争局面，"诸城十老"的诗歌创作，则明显的更倾向于宗唐。

---

① 乾隆《诸城县志》卷十三，乾隆二十九年（1674）刻本。

一 秉承"吟咏情性"传统，追求作"真诗"、抒"真情"

"诸城十老"的诗歌创作，不仅继承了中国古代诗歌"吟咏情性"的固有创作传统，还在继承的基础上，提出了许多自己对这一诗歌创作传统的主张与看法。如：

李澄中作诗，追求以"道性情"为核心，称："夫诗以道性情而气运随之。"① 又称："天地元音固日在人性情间。"② 他不仅强调要作"真诗"，"无亦傅情而发，惟出之也真，斯傅之也久。故其时有真诗而无诗人，后世专以诗名家，自缘情绮靡之说兴，雕绘弥甚而真诗愈微矣"③；还强调作诗必须是有感而发，"纪风土、感时序，一事一物，触之而成声"④。

张侗作诗，强调表达自己的真实情感，故方迈称其诗歌"纵情诗酒，文不加点，自成一家言"⑤。

需要指出的是，"诸城十老"的诗歌创作，虽秉承"吟咏情性"的创作传统，于诗歌创作中亦追求作"真诗"、抒"真情"，但他们于诗歌中所抒发的所谓"真情"，除个人对家人、对朋友、对家乡的热爱之情外，更多流露出的是对自我失意人生的怨恨之情。

所谓"怨情"，从小处而言，就是抒写自己人生经历的种种不如意的心境。从大处而言，就是表达批评时政和社会弊端的情绪，与"诗言志"有相通之处。

许慎《说文解字》云："怨，恚也。从心，夗声。"而对于从"夗"得声之字，段玉裁《说文解字注》云："凡夗声、宛声字皆取委曲意。"由此可见，所谓"怨"者，即指心之委曲，心意之不得伸也。

---

① （清）李澄中：《庞雪厓丛碧山堂诗序》，《卧象山房文集》，《山东文献集成》第一辑第35册，第307页。
② （清）李澄中：《钟承家诗序》，《卧象山房文集》，《山东文献集成》第一辑第35册，第330页。
③ （清）李澄中：《刘龙麓静怡斋诗序》，《卧象山房文集》，《山东文献集成》第一辑第35册，第311页。
④ （清）李澄中：《汪若程遥唱和诗序》，《卧象山房文集》，《山东文献集成》第一辑第35册，第306页。
⑤ （清）方迈：《贞献先生传》，《其楼文集》，诸城博物馆藏民国七年石印本。

而"怨"字和诗歌有了关联，则是出自《论语·阳货》的"诗可以怨"。然其所强调的，则是诗歌的政治教化的功用。随着诗歌创作活动的演进与诗歌创作理论研究的深入，"诗可以怨"的内涵也在不断地丰富深化，不仅使"诗可以怨"成为中国古代诗学理论的一个重要命题，而且还被广泛运用于诗歌创作领域。如司马迁就以"屈平之作《离骚》，盖自怨生也"之语，来评价屈原的《离骚》，乃至衍生出"发愤著书"说；钟嵘的《诗品序》，则强调诗歌要抒发"怨情"；杜甫的《天宝怀李白》有"文章憎命达"之语，亦是感慨时运不济的怨情；而韩愈的"不平则鸣"，柳宗元的"感激愤悱"以及欧阳修的"穷而后工"，都是在诗歌创作实践的基础上，强调"怨情"对诗人诗歌创作的激发动力，进一步密切了诗歌与"怨情"的关系。钱钟书先生的《诗可以怨》一文，亦认为文学创作尤其是诗歌创作，"虽然在质量上'穷苦之言'的诗未必就比'欢愉之辞'的诗来的好，但是在数量上'穷苦之言'的好诗的确比'欢愉之辞'的好诗来的多"，而且"古代评论诗歌，重视'穷苦之言'"。①

而"诸城十老"多是屈居下僚的失意文人，尤其是有着为官经历的丁耀亢、刘翼明、李澄中和丘元武等人，他们一生坎坷，挫折不断，科举的失利、为官的不遂，以及现实生活里的诸多不如意，使得他们在理想和现实之间存在着巨大落差。因此，他们选择为诗要书写"怨情"的创作倾向就是自然而然的事情了。

丁耀亢一生坎坷，终难不得志，又有国破家亡的惨痛经历，其诗歌创作倾向多抒己身之怨情。故孙廷铨在《陆舫诗草序》中说："读野鹤诗，时闻激楚，其悲时悯俗之心耶。"②赵进美在《陆舫诗草序》中也说："为天下雄而眷怀君国，悯念天人，幽愤慷慨，发为啸歌，此岂徒嗟行李之艰，悲一代之遇哉？"③

---

① 钱钟书：《诗可以怨》，《钱钟书散文》，浙江文艺出版社1997年版，第324页。
② （清）孙廷铨：《陆舫诗草序》，《丁耀亢全集》（上），中州古籍出版社1998年版，第3页。
③ 同上书，第5页。

刘翼明一生"矢志坎坷",作诗"好为感愤语",① 所以李澄中阅读其诗之后,作了如此的评价:"当其感愤、慷慨、牢愁、侘傺,真有天地不能容其悲,鬼神不能明其怨,而一托之比兴风雅之言,以寄怀于海上青霞、琅邪明月者。"②

李澄中科名晚达,直到五十岁才中式博学鸿词科而入职翰林院,为官十几年却不甚得志,故其曰:"嗟乎,世之怀才者多不遇,而遇者又违遭坎坷,以疾病萦其身,抑何造物之不仁甚耶。"③ 又曰:"诗者,牢愁感愤之所为作也。"④

丘元武失官后,其所作之诗"皆以发抒其胸中抑塞无聊之气"⑤。

二 宗唐但不泥于唐,转益多师而成一家之体

面对明末清初诗坛宗唐、宗宋的激烈论争局面,"诸城十老"诗歌创作,就其整体倾向而言,基本上属于宗唐一派。

"诸城十老"生活的时代,李攀龙虽已作古,但其"诗必盛唐"的诗歌创作主张,对明末清初诗坛的影响并没有因此而消减。加上"诸城十老"尤其是李澄中与李攀龙特殊的缘分关系,故为诗倾向宗唐的"诸城十老",在其诗歌创作过程中对李攀龙多有学习也就是自然而然的事情了。其中,李澄中可谓是效仿李攀龙最具代表性的人物。前文已言,李澄中因相貌与李攀龙十分相似而被时人视为李攀龙的后身,加之二人又为同姓,很容易产生认同感,因此李澄中的诗歌创作有效仿李攀龙之处也就不足为奇了,所以后人评价其诗歌说:"以汉魏三唐为宗,高岸开

---

① (清)李澄中:《凡例》,刘翼明《镜庵诗选》五卷,《山东文献集成》第三辑第28册影印民国二十七年胶州张鉴祥家钞本,第739页。
② (清)李澄中:《镜庵诗稿近集叙》,刘翼明《镜庵诗稿》,《山东文献集成》第三辑第29册,第26页。
③ (清)李澄中:《丁钝斋十笏草堂集序》,《卧象山房文集》,《山东文献集成》第一辑第35册,第311页。
④ (清)李澄中:《丘学山洗桐草诗序》,《李渔邨先生稿》,《山东文献集成》第三辑第28册,第702页。
⑤ (清)邓汉仪:《丘柯村先生诗序》,《柯村遗稿》,山东图书馆藏康熙诸城丘元履刻本。

朗，仍效于鳞体也。"① 李澄中《自为墓志铭》也说："其诗高岸，以汉魏唐人为宗，不屑屑近时习。"② 当然，李澄中并没有全盘接纳李攀龙的诗学观点。对于李攀龙的诗学观点，他既有肯定："在昔边与李，中原鞭弭张。事去百余载，风流归渺茫。不惜扬气力，重为发幽光"③；也有批评："王、李之病，病于拘守迂固字句法耳"④。此外，刘翼明也学习李攀龙的诗歌，"愤合空同、大复、弇州、沧溟纵读"，就是收集了李梦阳、何景明、王世贞和李攀龙的诗集一起读，且很有效果，其"诗滚滚日进"。⑤

对于"诸城十老"为诗宗唐的创作倾向，有以下三点应该引起我们的特别关注：

一是"诸城十老"的诗歌创作主张宗唐但不泥于唐。他们对前人为诗仅拟于唐或仅拟于宋所带来的弊端，有着清醒的认识。如"诸城十老"中的李澄中就曾这样说道："自唐宋分麈，学人各骛，竞相短长，势同敌国。嗟乎，何所见之不广也。大抵拟唐者失之严，拟宋元者失之纵。夫严则拘，拘则蹊径托焉。纵则兼收，兼收则泛滥而美恶杂焉。诚能汰拟唐之肤近，矫宋元之杂糅，天地元音固日在人性情间。未闻三百篇，何代之寻也。"⑥

二是"诸城十老"追求为诗宗唐，但强调不应仅学唐诗之皮毛，而应该更注重对唐诗内在精神的追随。如"诸城十老"中的刘翼明就对学诗宗唐，提出过这样的看法："夫学唐者，当求唐之骨髓，而不可徒得其

---

① 徐世昌：《晚晴簃诗汇》卷四二《李澄中》，《续修四库全书》集部总集类第1630册，第29页。

② （清）李澄中：《自为墓志铭》，《卧象山房文集》，《山东文献集成》第一辑第35册，山东大学出版社2006年版，第272页。

③ （清）李澄中：《送宋牧仲按察山东》，《卧象山房诗正集》，《四库全书存目丛书》集部第250册，齐鲁书社1997年版，第782页。

④ （清）李澄中：《织斋文集序》，《白云村文集》，《四库全书存目丛书》集部第250册，齐鲁书社1997年版，第704页。

⑤ （清）李焕章：《竹叟传》，《织斋集不分卷》，《四库全书存目丛书》集部第208册，齐鲁书社1998年版，第661页。

⑥ （清）李澄中：《钟承家诗序》，《卧象山房文集》，《山东文献集成》第一辑第35册，山东大学出版社2006年版，第330页。

皮毛也。皮毛似矣，而骨髓不似，终不过傀儡之衣冠耳。"①

三是"诸城十老"的诗歌创作，虽以宗唐为主，但兼有汉魏诗风。即其为诗以宗唐为主，但所宗之唐人，亦不拘于一家，而是转益多师。他们在学诗宗唐倾向的主导下，虽以学习杜甫为主，但进而将"诗必盛唐"的学习范围，扩大到了整个唐代。诸如李白、杜甫、王维、孟浩然、韦应物、贾岛、姚合等诸多诗人，都是他们学习模仿的对象。如庞垲在《卧象山房集序》中评价李澄中之诗时就曾这样说道："渔村学由自得，善无常主。古文趋八大家，以欧阳永叔为法；诗祖盛唐，高、岑、王、孟外，尤以少陵为指向。"② 可见，李澄中的诗歌创作，虽以学习杜甫为主，但对高适、岑参、王维、孟浩然等人的诗歌亦多有学习。

一方面，就学杜而言，"诸城十老"中的丁耀亢、刘翼明、李澄中、丘元武等人，学习杜甫用力最深，宗唐学杜成为他们诗歌创作的主流倾向。这是因为杜甫身经丧乱、怀才不遇的人生经历和忧国忧民的情怀，以及因此而形成的沉郁顿挫的诗风，使得同样经历战乱和家国之变的丁耀亢、李澄中、丘元武等人，在学杜的过程中更容易在心灵上产生强烈的共鸣。故在其诗歌创作的道路上，一直学杜不辍，在提高诗艺的同时，杜甫精神也已渗透到他们的血脉中，业已内化于他们的行动和灵魂之中，成为他们生命里不可或缺的组成部分。

丁耀亢"性喜音律，每读汉魏六朝及李杜诸家，辄辍制业"③。他科考不顺时，转而"检先大夫手遗廿一史而涉猎之"（《天史自序》），并于崇祯五年（三十四岁）完成《天史》一书。该书附录二"集古"部分即本着"诗之有益于史"的原则，收录了唐宋以及之前诗人的诗作，并附有自我的点评。如其"感遇"部分有评杜甫《庭前甘菊花》言"感君子遇时之晚，功不成也"；"幽愤"部分有评杜甫《写怀》言"愤人心之不古，营于私念也"。《病柏》言"愤君子之失时改操，伤岁寒也"，《义鹘行》言"怜鹰愤蛇褒鹘，俱有报应"，《大嘴乌》言"小人得位，君子失

---

① （清）刘翼明：《虞山论诗》，《海上随笔不分卷》，《山东文献集成》第三辑第 23 册，第 380 页。

② （清）庞垲：《卧象山房集序》，李澄中《白云村文集》，《四库全书存目丛书》集部第 250 册，第 693 页。

③ （清）丁慎行：《乞言小引》，《丁耀亢全集》（上），第 507 页。

时也"。而自崇祯十五年后，丁耀亢一直处于逃难状态，更是"得读杜诗，时杂吟咏"（《航海出劫始末》）。顺治十一年，丁耀亢曾手批正德刊本《李杜合集》，据郑骞《善本传奇十种提要》记载："余曾见耀亢手批正德刻本《李杜合集》，朱蓝满楮，书法怪伟。卷尾有跋云：……顺治癸巳（1653），余卜居海村，借而读之。甲午（1654）赴容城教署，携为客笥。……感而书之。琅邪丁耀亢题于容之椒轩，时五十六。（下有'丁耀亢印'及'陆舫'两朱印）。"并注明"此书为琉璃厂某书店所有"。① 在学杜的过程中，丁耀亢逐步确定了自己的诗学观："夫古人之诗，不必如是观。以我之史，因而观诗，则我之史亦堪有诗，而诗固善注史也。"② 丁耀亢在其一生的诗歌创作里，本着以诗补史的原则，在关注自我命运的同时，也关注着社会现实。这类诗歌在其诗集《逍遥游》中表现最为明显。《逍遥游》主要收录了丁耀亢写于崇祯八年（1635）至顺治四年（1647）之间的诗作，尤其是《海游》部分，涉及崇祯十五年诸城战乱和明清鼎革的历史事实，所以龚鼎孳称丁耀亢的诗歌"以杜陵之声律，写园吏之襟情，无响不坚，有愁必老，至其苍古真朴，比肩靖节，唐以下未易几也。……当其意思悠忽，耿耿难名，实有屈子之哀，江淹之恨，步兵之失路无聊，与夫《彭衙》、《石壕》、《无家》、《垂老》之忧伤憔悴，而特托于击千抟万，巢林饮河，一切诙奇激宕之言，怨也，可群正焉。"③ 此外，在丁耀亢的诗集里有《拟和杜陵咏物诸作十二首》、《次少陵韵再上龚大司马二首》等诸多和杜诗。如"近欲追寻杜工部，浣花韵险和诗难"（《壬寅元日次冯起部殿公韵二首》）之句，就既表达了对杜甫的敬仰之情，又表现了自己的学杜成果。

刘翼明也曾师法杜甫，并点评过杜诗。清人李璋煜的《跋刘子羽先生〈评杜诗〉十七卷》④一诗，就根据自己当时所见版本，从多方面评价了刘翼明点评的杜诗，诗曰："姓字留题岁月俱，越台点勘少陵殊。眼中人惯推诗史，身后名思付酒徒（《南史》陈喧语）。试蓟房村应得芋

---

① 郑骞：《善本传奇十种提要》，《燕京学报》第 24 期（1938 年 12 月），第 141 页。
② （清）丁耀亢：《天史·集古序》，《丁耀亢全集》（下），第 149 页.
③ （清）丁耀亢：《逍遥游序》，《丁耀亢全集》（上），第 632 页。
④ 王宪明编：《续东武诗存》，西泠印社出版社 2007 年版，第 38 页。

(批语草书甚工),需求赤水尚遗珠(内阙一卷)。逸仙老去霞标死(丁逸仙、邱霞标两人,皆见跋语中),世有相知似尔无(《文选》东阿书牍语)?"

李澄中二十岁学诗,"见《徐文长集》读之,已而弃去。读钟、谭,又弃去";二十五岁时,"拟长吉者二年,然后得《文选》及李杜集,始归于正",自此他"专力少陵者三十年,放之诸家,参伍之以辨其体格,穷其变化"①,即使居京期间也是学杜不辍,与好友庞垲"日取少陵诗,研索其法"②。

丘元武在抚州任职时,曾为顾宸的《辟疆园杜诗注解》一书的《五律注解》部分作过评语(按:顾宸的《辟疆园杜诗注解》一书完成于顺治十八年。除了丘元武,为其做评语的还有:李壮、毕忠吉、王养晦、程康庄、王士禛、刘壮国、毛漪秀、丁泰、周建鼎、陈泰和、张一鹄、李粹白、张熙岳、李琯、钱陆燦等)③;在其被迫失官后,辗转回到家乡,更是"以自老所为诗,悲歌慷慨、沉郁顿挫,听者如闻伍员之箫、雍门之琴、高渐离之筑,为之徘徊感叹而不能已","余读之惊喜,奇奥险怪,伟丽清深,无所不有,皆以发抒其胸中抑塞无聊之气,盖得骚杜之深者。"④

另一方面,"诸城十老"中的张衍、张侗、赵清、隋平等人,则更多地把王维、孟浩然、韦应物、柳宗元等唐代诗人作为了自己学习的对象,作诗追求含蓄有味,"超然物外而得风趣自别"⑤。他们的这一诗学主张,与王士禛所提倡的"神韵说"基本一致。因此,他们的诗歌创作实践,也可以看作是对王士禛"神韵说"主张的具体呼应。

张侗、张衍、徐田、赵清、隋平以及王乘篆等人的诗歌作品,都多带有神韵色彩倾向。他们一生布衣,栖居田园,始终追求山水田园之乐,

---

① (清)李澄中:《汉魏李杜诗选序》,《卧象山房文集》,《山东文献集成》第一辑第35册,山东大学出版社2006年版,第306页。
② (清)李澄中:《庞雪厓〈丛碧山堂诗〉序》,《卧象山房文集》,《山东文献集成》第一辑第35册,山东大学出版社2006年版,第307页。
③ 转自孙微:《顾宸及其〈辟疆园杜诗注解〉》,《山东杜诗学文献研究》,齐鲁书社2004年版,第342页。
④ (清)邓汉仪:《丘柯村先生诗序》,《柯村遗稿》,山东图书馆藏康熙诸城丘元履刻本。
⑤ (清)方迈:《贞献先生传》,《其楼文集》,诸城博物馆藏民国七年石印本。

故其诗歌创作倾向和诗歌创作风格上更接近王士禛的"神韵说"。如张衍的"塌虚云渐近,白山在眼垂"(《雨中》)、张侗的"买鸡买黍买鱼虾,尚有余钱付酒家"(《山居杂咏》之八)、徐田的"太平无别事,野老话残阳"(《冬日闲居》)、赵清的"我辈行藏如皎月"、"处处烟霞任往还"(《与张石民宿分青阁》)、隋平的"阅世思浮海,观涛羡折芦"(《之莱海上同吕涓洲看芙蓉岛》)、王乘篆的"往来渔樵间,不见葛天民"(《山谣》)等诗句,皆抒发了其归隐山林之乐,用语清新,格调明快。

《四库全书总目提要》称张侗的诗歌:"其文则欲摆脱町畦,乙乙冥冥,别标象外之趣,而反堕公安、竟陵派中。盖存一不落窠臼之意,即其窠臼矣。"① 由此可知,张侗诗的"象外之趣"和方迈所言其诗之"散淡之态,超然物外",与王士禛"神韵说"所追求的"不着一字,尽得风流"的诗歌境界是一致的。

正是因为"诸城十老"的一些诗歌作品,在一定程度上契合了王士禛的"神韵说",所以王士禛对"诸城十老"创作的部分佳作,多有赞赏与推介。如王士禛的《池北偶谈》卷十二《谈艺·丁野鹤诗》,就收有丁耀亢的一首诗,诗曰:

> 陶令儿郎诸葛妻,妻能炊黍子烝藜。
> 一家命薄皆耽隐,十载形劳合静栖。
> 野径看云双屐蜡,石田耕雨半犁泥。
> 谁须更洗临流耳,戛戛幽禽尽日啼。

该诗作于明崇祯六年(1628),收录在丁耀亢早年的诗集《问天亭放言》中,诗题为《自城移家》(按:丁耀亢《问天亭放言》最后二句为"泉清不以濯牛耳,作听山禽近水啼")共五首,此其二。《问天亭放言》诗集中收录的都是丁耀亢三十七岁之前的诗作。此时,时局尚稳,丁耀亢的生活很是安逸,心情是愉悦的,气氛是轻松的,因此,他这一时期的诗作多以描写自己耕稼读书的田园生活为主,诗风也很清新。所以王士

---

① (清)永瑢、纪昀:《四库全书总目提要》卷一八五,海南出版社1999年版,第1011页。

禛认为："野鹤晚游京师，与王文安（铎）诸公倡和，其诗亢厉，无此风致矣。"① 言外之意，他认为丁耀亢年轻时的诗作更有"风致"。这样的诗作，契合了王士禛的"神韵说"，与王士禛所提倡的"为诗要先从风致入手，久之要造于平淡"② 的写诗要求是一致的，因而得到王士禛的推崇。

刘翼明的一些诗歌，也是因为契合了王士禛的"神韵说"而得到了他的赞赏。王士禛《渔洋诗话》卷上载："诸城刘翼明，字子羽，居琅邪台下，老而工诗。余常爱其句云：'桃花柳絮春开瓮，细雨斜风客到门。'"③ 其《池北偶谈》卷十五亦记："东武刘子羽秀才翼明有句云：'桃花柳絮春开瓮，细雨斜风客到门。'"④ 得到王士禛赞赏的这些诗句出自刘翼明《自渠丘同马三如宿王申甫峒峪别业》一诗，全文如下：

> 南山深处问南村，饥渴夕阳地主尊。
> 衣有神珠仍丐子，路迷芳草见王孙。
> 桃花流水春开瓮，细雨斜风客到门。
> 偏具隐心无隐迹，只将种果种仙根。

该诗写刘翼明和马三如（马长春）一起造访王申甫的峒峪别业，经过一番跋涉找到别业后，惊喜万分，一句"桃花流水春开瓮，细雨斜风客到门"之语，不仅化解了先前的劳顿，还升华了诗歌的境界，符合"清远为尚"的追求，难怪王士禛会赞不绝口。

此外，李澄中的《象山积雨》一诗也很有"神韵"意味。该诗曰：

> 人听今朝雨，山垂太古云。长林烟外合，细草榻边分。
> 石路阴多滑，风泉晚更闻。自惭心不定，虚负鹿为群。

---

① （清）王士禛：《池北偶谈》卷十二，《王士禛全集》，齐鲁书社2007年版，第3104页。
② （清）王士禛授、何世璂录：《然灯纪闻》，观自得斋丛书本（光绪刻）。
③ （清）王士禛：《渔洋诗话》卷上，《王士禛全集》，齐鲁书社2007年版，第4756页。
④ （清）王士禛：《池北偶谈》卷十五，《王士禛全集》，齐鲁书社2007年版，第3213页。

该诗写积雨过后的山中美景。经过积雨的洗礼，身处卧象山细草谷的诗人，沐浴着清新的空气，聆听着随风而至的清脆泉声，为自己摇摆不定的心理感到惭愧。诗中的"风泉晚更闻"之语，道出了山中的寂静，与孟浩然的《宿业师山房待丁大不至》一诗中的"松月生夜凉，风泉满清听"有同工之妙。王士禛的《渔洋山人感旧集》卷十一还收录了李澄中的《细草谷》一诗，由此可见王士禛对李澄中这首诗的认同。今翻检李澄中的诗集，我们依然可以从中找到很多首带有神韵色彩的诗歌，兹不多言。

丘元武的诗歌，有些也多有"神韵说"的特质。如其被张谦宜称之为"锋敛而味长"[①]的《杂诗》。诗曰：

双翮奋何许？将适瀛海滨。餐玉坐若木，中有群仙人。
贻我久视药，素霞流水轮。谁复学长生，青丘迹已陈。
拜求轩辕镜，翡翠起龙鳞。光华摇坤轴，八表无纤尘。
魑魅走深谷，大道明屈伸。念此不能寐，栉沐事凌晨。

总之，"诸城十老"立足当时的诗坛，既承袭了中国古代诗歌"吟咏情性"的创作传统，又体现了清初诗坛鲜明的宗唐创作趋势。在此基础上，他们转益多师，彰显着自己的文学天性，努力创作并形成了自己的诗歌主题与风格。

第四节　"诸城十老"的诗歌创作主题

主题是诗歌的灵魂。前文已言，"诸城十老"一生以诗为命，创作了大量诗歌。他们用诗歌书写着自我对人生的感悟与理解，始终贯穿着对生活、对朋友、对故乡的热爱和对民生的关注。综观"诸城十老"之诗歌创作，我们发现其在诗歌创作主题方面具有以下较为突出的特点：

一是诗歌创作题材丰富，各类主题多有涉及。举凡中国古代诗歌所

[①] （清）张谦宜：《絸斋诗谈》卷七，见郭绍虞编选、富寿荪校点《清诗话续编》第 2 册，上海古籍出版社 1983 年版，第 889 页。

出现的托物言志、即事抒怀、咏史怀古、山水田园、羁旅行役、思乡怀远、题赠送别、爱情闺怨、谈禅说理等常见创作题材，"诸城十老"在其诗歌创作过程中多有涉及。

二是诗歌创作主题格调不高，少有国家民族情怀而多关注自我遭际。在"诸城十老"的诗歌作品中，我们很难见到"天下兴亡，匹夫有责"、"人寰尚有遗民在，大节难随九鼎沦"、"死将为厉鬼，生且为顽民"、"无情今夜贪除酒，有约明朝不拜年"、"志不二朝惟织斋……甘做大明老秀才"等这种让人荡气回肠的诗句。在他们的笔下，我们更多看到的是他们对自我家庭与自身命运的关注、更多流露出的是身处不同境遇之下的自我人生烦恼与感慨。唯让人感到可贵的是，"诸城十老"在感叹自我命运的同时，亦能由己及彼，关注到百姓生活的艰辛，写下了诸多关心民生疾苦的诗篇。

三是少言志而多抒情。在"诸城十老"的诗歌作品中，虽然我们也能找到"言志"主题的诗歌作品，例如他们经常用"饭牛"这一典故来表达自己的人生志向。但此类作品的数量，远不及"抒情"来得多。在"诸城十老"的诗歌作品中，我们更多见到的其围绕自身不同境遇而抒发的诸多不同情感：既流露出因仕途不顺、生活穷困、逃难艰辛等人生不如意的诸多"怨情"，又表现出对民生多艰之同情；既讲述游山乐水的闲适之情，又表现出对隐逸生活的向往与追求；既书写羁旅行役之困情，又时时流露出念家怀乡之思情；既倾诉着思亲怀友之亲情、友情与爱情，又谈禅说理，追求恬静淡泊之真情……然于诸多情感之中，作为身处社会下层的文人，他们所抒发的更多是围绕自我命运而产生的诸多"怨情"。

四是故土情结浓厚，家乡山水多有描写。"诸城十老"的人生经历虽不尽相同，但他们都出生于诸城，终老于诸城。因此，他们的诗歌创作中自觉不自觉地会表现出浓厚的故土情结，描写家乡山水田园风光和风土人情，自然也就成了他们诗歌创作的重要主题。

五是交游活动频繁，酬唱送别之作数量众多。"诸城十老"一生喜交游、广交游。在其一生的交游活动中，都创作了大量带有"寄"、"怀"、"忆"、"别"、"题"、"送"、"寄怀"等字眼的诗作，酬唱送别自然也就成了他们诗歌创作的重要主题。

六是同一诗人创作于不同时期的诗歌作品，其主题多有变化。这一点，在丁耀亢的诗歌作品中体现得最为明显。其年轻时，诗歌多以描写山水田园为主题；中年时，因遭逢战乱，故关注自身命运、记录逃难经历成为其诗歌创作的重要主题；而晚年时，其内心逐渐趋于平和，故寄情山水、参禅悟理成为其诗歌创作的重要主题。

有鉴于此，本节拟以"情"字为主线，从关注自身命运、书写自我怨情，哀叹民生多艰、同情下层民众，珍视亲人友朋、诉说亲情友情，描写田园风光、寄情山水之间，登台咏史怀古、抒发思古幽情，记录羁旅行役、寄托思乡之情，超然身世之外、参禅论道说理七个方面，对"诸城十老"诗歌作品中所表现出的诗歌创作主题进行分析研读。因同一主题下其创作的诗歌作品数量较多，故本节在进行分析时，只是选取了其最具代表性的作品，而非这一主题的全部作品。

一 关注自身命运，书写自我怨情

前文已言，"诸城十老"的人生之路多不顺遂。故而在其诗歌创作中关注自身命运、书写自我怨情，就成了重要的主题和共同主题。"诸城十老"的诗歌作品，浓缩了其一生的坎坷经历和人生失意，流露出诸多怨情：既有失母丧父殇子家庭不幸之怨情，又有物质生活窘困、举业仕进不遂之怨情，还有被迫四处逃难之怨情等。尤其是在丁耀亢、刘翼明、李澄中、丘元武等有出仕经历的人的诗篇中，所抒发的这类情感更为强烈。

丁耀亢一生经历复杂、挫折不断。其诗集《问天亭放言》、《逍遥游》、《陆舫诗草》、《椒丘诗》、《江干草》、《归山草》、《听山亭草》等所收录的诗歌，就以时间为顺序对自我一生的经历有着忠实的记录。我们不仅可以从中看到其不同时期的人生遭遇，还可以发现其于诗篇中时时所流露出的诸多怨情。如他的《怀仙感遇赋并序》、《自述年谱以代挽歌》、《请室杂著八首》等诗歌作品，就是其身处不同人生阶段的总结，包含着强烈的怨情。而这其中，又尤以《自述年谱以代挽歌》表现得最为明显。

《自述年谱以代挽歌》作于康熙三年，叙述了丁耀亢自出生至六十三岁的人生经历，不仅囊括了其大半生的不幸遭遇，还可以看作是其怨情的集中爆发。年轻时，丁耀亢孜孜求仕，均以下第告终。面对"大战则困，小战则勇"，以至于"辛酉甲子，及于庚午。弟侄奋飞，骞余独苦"的尴尬局面，他用诗歌诉说着科举不遂的人生烦恼。崇祯十五年战乱爆发，清兵攻进诸城；两年后，又遇"甲申国变"，丁耀亢先后经历了两次逃难生涯，故创作于这一时期的诗歌作品中充满了被迫逃难之怨。顺治十年冬，丁耀亢谋得容城县教谕之职。不料当地条件恶劣，竟至于"敝车疲驴，环堵不完"，故其诗歌中充满了生活艰辛之怨。在这样的环境中"如是五年"，后被"赈饥于容"的朋友祝公、梁公发现，"连章四荐"，终使"帝悯其穷"，丁耀亢谋得"闽海万里，霞岭千重"的县令之职，并于"己亥十月，捧檄而往"，然还未到为官之地，他就流露出"决志抽簪"的想法，并在"进退逡巡"之中，最终放弃官职，于"辛丑正月，得赋归来"。故其这一时期的诗歌作品中，充满了仕途不如人意之怨。康熙三年，丁耀亢又因其小说《续金瓶梅》而遭人诬告，面对此飞来横祸，他申诉无门，故其诗歌在记录逃亡河南嵩山经历的同时，还诉说着自己有志不得伸、有冤无处诉的悲愤之情："法当对簿，陷阱已列。义当不辱，愤欲自决。多言取祸，一笑而绝。日月在上，覆盆莫伸。命与祸会，天遘其屯。于人何尤？我生不辰！"[1]

因为命运多舛，丁耀亢对传统节日特别敏感，尤其是象征团圆的中秋节。他为此写下了20多首与中秋节有关的诗作。如写于顺治七年（1650）的《吾友耿隐之有忆五年中秋五律甚佳因效而作六中秋诗》一诗，由近及远描写了顺治六年至顺治元年的中秋节。这六年的中秋节，丁耀亢有四年是在外度过的，他要么"夜归步清影，千里忆庭除"（其一），要么"中庭如积水，客去塌频移"（其二），要么"家远隔中秋"、"佳节唯僧伴"（其三），要么"野饮田间社"（其五），就是这些月圆人不圆的场景，不仅让丁耀亢尝尽了人世间的悲欢，还流露出一股无法抹去的哀愁。其《丁未中秋月》一诗，则叙述了其自康熙四年（1665）经历了"文字狱"前后所过的中秋节，"甲辰（1664）中秋在何处？燕山夜宿禅林寺。乙巳（1665）中秋在何处？侯门醉卧周村肆"，直到"丙午（1666）中秋返故园"，但"高堂永诀失慈萱"，使他"泪血染衣双眼

---

[1] （清）丁耀亢：《丁耀亢全集》（上），中州古籍出版社1999年版，第427—428页。

暗";而到了丁未（1667）这年的中秋,年老体迈,眼疾加重的丁耀亢,言语间有难以排解的哀愁和悲伤,只能长歌当哭:"今年丁未复中秋,一恸西河泪不收。百忧历尽无生气,十载流离始尽头。回头总计关山月,燕鲁齐梁并吴越。九死重生病乃苏,万里归来泪流血。何处高歌明月楼,何人痛哭清秋夜? 未卜来年月与人,再问阴晴与圆缺。"[1]

刘翼明诗歌所抒发的怨情与其家庭贫困、愈老愈穷的人生经历有着直接关系。如《屋漏》、《刈稻》、《补屋成道士兄欲为醉眠处戏题》、《农忙》、《咏似贫士》、《苦风》、《粟尽》、《麦秋将至》、《谪我》、《家信》、《有求行》、《幼子行》、《寒夜不寐苦忆失志诸友》等。年轻时,刘翼明颇有壮气,不太在意自己困顿的生活;而到了晚年,面对贫穷加剧的生活,其诗歌作品中则充满了抱怨与愁苦。尤其是《镜庵诗稿余集》中,他处处流露出穷苦之愁之怨。如《刈稻》一诗,就描写了其生活贫困以至于"六月如冻蝇,常带饥寒色"、"腥膻辞肠胃,寡人翻有得"的窘迫情景。《村居即事》一诗,则直言因为饥饿而流露出"为苦朝饥望麦秋,难将辟谷傲留侯"的丰收期盼。而《有求行》一诗,更是直言不讳、事无巨细地铺写着自己生活的困窘:全诗开篇扣紧诗题"有求"二字,写其"有求"而无人可求的哀怨:"求人救饥如求天,天不见答何怪焉";面对有求而无人可求的糟糕局面,他牢骚满腹地抱怨道:"人多重粟如重命,命不赠人亦何病。当其不事生产时,懒惰傲慢颇有词。嚣嚣那知天地大,詀詀何待亲友为";"一逢旱涝饥馑来,草根木皮皆生灾。无物可充肠渐细,有门可投面如灰。妻子无言各怨怼,饱人捧腹相教诲。汝实不俭又不勤,平生自取生理昧"。而这一切皆因自己"不善治生生易窘,有腼面目复谁悯",只能自己怨恨自己。故末尾以"君不见来往颠倒沟壑中,恃亲恃厚皆成空"之句,结束了抱怨。

李澄中诗歌所抒发的怨情,则与其家境贫寒、科名晚达有关。在诗歌中,他既用"客冷经秋余敝帽,家贫留饮笑空罍"（《徐掞西雨中登超然台索饮有诗嘲余酒尽辄寄二首》）等诗句,直接描写自己生活的贫困,还用"忧岁忧贫无终极"（《春雨叹四首》）这样的诗句,表达了对贫困生活的深刻体验。面对失母丧父、家道中落的困境,他用诗歌诉说着自

---

[1] （清）丁耀亢:《丁耀亢全集》（上）,中州古籍出版社1999年版,第540—541页。

己的伤痛:"吾年十四痛失母,两手据地啼呱呱。二十丧父肠欲断,骨肉艰难尝茹荼。《蓼莪》废去那忍读,门户式微田荒芜"(《客寒吟》);描写着年过四十依然"经年佣耕一石无,经年奔走多迷途"(《客寒吟》)的窘困生活状态。直到五十岁中式博学鸿词科后,李澄中的生活条件才得以改善,然入职翰林院十多年,他"终日如处女闷坐一室中,以出门无可与语者"[①],内心郁结,只能将满腹的怨气诉诸诗篇,表达自我"汝祖望我深,二十困名场。蹭蹬三十年,气竭不复扬。痴心悼凤昔,快意恣猖狂。盛气有蹉跌,垂老趋路旁。献赋感主知,一官十经霜。客久变故多,亲知往往丧"(《重阳送祁儿东归》)的人生感叹。

丘元武的人生失意,与失官有莫大关联,其诗歌中的浓郁怨情亦来源于此。其《忆昔行》一诗,就抒发了因自我人生经历不如意而产生的怨情。该诗既写其自失官后,"数奇兵隔冬官聆,盐车中绊麒麟辱。天寒道远哀离群,广坐魋踽昼不分"的落寞悲愤之情,又写其因为"坐此轇輵集百忧"而不得排解,以至于"槁项对食声啾啾。左耳堕聪左足蹇,点漆双瞳光欲收",身体也变坏了。虽然身心俱损,但"百忧"仍然无法排解,只能是"华屋不辨仰天叹,茫昧图书雾中看"。这种失官的郁闷情绪,一直困扰着丘元武的后半生。即使到晚年,他依然郁郁寡欢。其《生日》一诗,就通篇感慨自己的平生遭遇,未有半点欢快情绪,只有"何物丹砂留白发,曾谁青眼哭黄泉。生平搔首崎岖路,五十三冬雨雪天"的叹息与伤感。

需要说明的是,虽然"诸城十老"的诗歌抒"情"多而言"志"少,但其言"志"之诗也还是有的。在"诸城十老"的诗歌里,我们经常见到"饭牛"这一典故。"饭牛"即"宁戚饭牛",是指春秋时期卫国人宁戚借喂牛之际慷慨悲歌而得到齐桓公重用的故事。"诸城十老"于诗歌创作中,就多次化用这一典故来表现他们对仕途的渴望,以及求之不得而生的怨恨之情。如李澄中有两首《细草谷》,其一曰:"峡势忽以深,野风吹谡谡。不见饭牛人,细草满空谷。"其二曰:"草细春将晚,山回谷乍深。逃形无熟客,竟日有鸣禽。石激泉声碎,天衔峡势沉。饭牛人

---

① (清)李澄中:《答庞雪厓检讨》,《卧象山房尺牍》,《山东文献集成》第一辑第35册,第364页。

未达，商调那堪吟。"刘翼明亦有《细草谷》一诗："我昔曾饭牛，牛亦不努力。今日入高云，不觉泪沾臆。"这三首诗歌，都运用的是"宁戚饭牛"的典故，表现了作者想要获得出人头地的机会的强烈愿望，以及现实不甚如意，愿望落空的哀怨之情。而李澄中和刘翼明在诗歌中所流露的伤感情绪，也是丁耀亢和丘元武等人所共同拥有的怨情。

二 哀叹民生多艰，同情下层民众

"诸城十老"在关注自我命运、哀叹自身遭遇的同时，还能由此及彼，哀叹民生之多艰，写下了诸多关注农事、关心民生疾苦的诗篇，表达出对下层民众生活疾苦的深深同情和对当权者的谴责。

丁耀亢创作的这类诗篇最多，主要有《良农苦》、《田家二首》、《忧蝗》、《忧旱诗成得雨志喜》、《三月朔日雨后雪农家忌之卜为凶岁余既喜且忧作诗留验》、《春饥》等。如《良农苦》一诗：

良农记岁功，终岁无暇日。半夜起饭牛，呼儿种早麦。
雨旱识天时，畜畚尽地力。妇饷子荷锄，日午汗浃背。
冰雹与蝗蝻，三年不逢岁。忽然值大有，米谷忽狼戾。
县尹催春粮，正月逼完税。斗粟钱数文，揭债利十倍。
贫农经岁劳，只为富者益。岁荒食不足，岁丰粮亦匮。
安得缓征徭，饘粥可常继！①

该诗既叙写了良农"终岁无暇日"的辛苦，又谴责了"县尹催春粮，正月逼完税。斗粟钱数文，揭债利十倍"的残酷。

除了强烈地谴责官府催科给老百姓带来的痛苦外，更多的时候，丁耀亢对于民生苦难表现了一种悲悯的情怀："田家关治乱，忧乐可观世"（《山中怀古田舍四首》）。因为父亲去世早，丁耀亢十六岁起就主持家政，对于生计和生存一直存有危机感，而他财产的多寡与其拥有的田地和收成有密切的联系，所以他了解农村生活以及农业生产，知道农业劳动的艰辛和农民生活的不易。只要出现旱灾、蝗灾，他就担心年景不好，老

---

① （清）丁耀亢：《丁耀亢全集》（上），中州古籍出版社1999年版，第546页。

百姓要挨饿,"遍地遗蝗将出土,穷乡贫户正啼餐"、"积岁凶荒多倚杖,杞忧不止为饥寒"(《忧蝗》),"闻道催科新令急,旱蝗满野老农悲"(《春饥》)甚至为自己不能帮助他们而心生惭愧。他经常和农民打成一片,关系也很融洽,"平生喜野人,行乐不择地","借我园中亭,儿女成嘉会"(《遇佃户泥饮》);他也会宴请农民,如顺治三年中秋就和儿子们在东庄场圃设宴款待众多农民:"日暮归荒圃,空场净月光。几年悲逆旅,此夜对村氓。枣栗收园果,稌秔足岁粮。群农喧井碓,暂与乱离忘"(《吾友耿隐之有忆五年中秋五律甚佳因效而作六中秋诗》)。在丁耀亢的心中,农夫也是他的朋友,所以当追随他四十年的老农纪大去世后,他满怀深情地追忆了两人相交四十年的经历:"橡山老农开山叟,自我买山随我久。结茅种树四十年,短锸长镵不离手。平生性朴不辞劳,穷饿不知乞升斗。种果移松难记工,垒石开园唯恐后。临溪常事捕鱼虾,绕屋为吾种桃柳。乱后流移去者多,独住穷山称善守",发自内心地称赞道:"百年同志无贤愚,吁嗟老纪真吾友。"(《挽老农纪大》)可以说,丁耀亢能够在自己的诗歌创作中多方面多角度的展示农村生活和农民生活,是难能可贵的。

丘元武也对民生给予了多方面的关注。他失官后,身处战乱,面对"慈亲白发筹盐米,病骨青山寄鬼神"(《避乱九龙山中》)、"贫难招客床头酒"、"童仆渐知粗粝贵"(《雨后漫成长句》)的局面,生存生计的问题也提上日程,故而他对于农事和民生格外关注。历经十年艰辛回到家乡后,他一直过着"闭门涓上读书耕稼"的生活。除了专力为诗外,他还"为生计百端集"(《率诸仆植果花杂树二首》),率领仆人栽桃、接梨、植李,进行耕种。正因为有了耕稼的切身体验,所以他对民生的辛苦有着更为深刻的感受。如《饭牛行》[①]:

饭牛复饭牛,牛卧惨颜色。
自我耕石田,塍畔不遑息。
东风吹雨凉侵骨,山农驱我一何急。
夏日苦长夜苦短,僛僛泥滓逐蓑笠。

[①] (清)丘元武:《柯村遗稿》卷二,山东图书馆藏康熙诸城丘元履刻本。

　　　　　　顾视群犊复多态，伏枥茭刍雄盼睐。
　　　　　　阿翁鞭箠属疾足，靬韅谁当芟草莱。
　　　　　　劳逸于物亦等闲，金络莎缰良班班。
　　　　　　昔时兰栗今摧折，汗流白日骍毛斑。
　　　　　　独向江滨泪如雨，十春力尽祈年鼓。
　　　　　　不收群力收一犉，一犉终难任斥卤。
　　　　　　呜呼！一犉终难任斥卤。

该诗与丁耀亢的《良农苦》直言良农之苦不同，而是从牛的角度，通过描写牛耕田之艰辛，来感叹农家稼穑之艰辛。

　　徐田一生贫穷，虽不善治生，却时常躬耕南亩，对民间疾苦也有着深切体验。如其《催科行》①：

　　　　　　白发为农笑鲁莽，□□（缺二字）浩歌三击壤。
　　　　　　只因南亩产白云，定我石田赋上上。
　　　　　　荷锄陇头烟月浓，不脱蓑衣卧春风。
　　　　　　日赊当垆三升醽，不觉田中长蒿蓬。
　　　　　　三秋负二税，环顾四壁空。
　　　　　　边陲多战士，待此补粮买刀弓。
　　　　　　上官羽檄纷纷下，长吏奉行不待夜。
　　　　　　伍伯叩门带怒声，青狗黄鸡避入野。
　　　　　　巢父止一牛，去年卖价酒家筹，陶氏五株柳枝柯。
　　　　　　臃肿哲匠走，十亩典四邻。
　　　　　　邻人爱亩嫌白云，鲛人有珠不借我，沽却绿绮更不可。
　　　　　　逼侧复逼侧，愁坐但耳鸣。
　　　　　　南山老樵无一事，大笑庞公又入城。

该诗以"三秋负二税，环顾四壁空"、"长吏奉行不待夜，伍伯叩门带怒声"等诗句，表达了对官府强行征税的愤怒。

---

① （清）徐田：《栩野诗存》，《山东文献集成》第四辑第27册，第81页。

刘翼明愈老愈穷，备尝生活艰辛，对于赋税的催缴感受更深。如其《苦风》一诗，就描写禾麦因狂风摧残受损严重的情况："前日大风起，伤禾更伤麦。今日复大作，麦存千之百"，然而官府并没有因此减税，反而"催科更督责"，表现出对官府催科的不满。在《麦黄》一诗中，他对官府"催科正怒嗔"的急促，同样地流露出怨恨之情。

李澄中的《悲灶民》一诗，面对煮盐之灶民"鬻子剜肉敢言苦，胥徒作势颜色嗔"的生活，同样也表达出了自己的同情与怜悯。

三 珍视亲人友朋，诉说亲情友情

"诸城十老"的一生，离不开亲情和友情。他们左手牵着家人与朋友，右手牵着山水与田园，二者相辅相成，成为他们一生中最重要的组成部分。因此，在他们的诗歌作品中，描写亲情与友情就成为其诗歌创作的重要主题之一。

"诸城十老"对于维系和振兴自己的家族都有一种使命感，亲情是他们生活重要的部分。对于父母，他们恪守孝道，不仅在物质上供养父母，更在精神上遵从父母命。《论语》有云："三年无改于父之道，可谓孝矣。"而"诸城十老"正是这一孝行标准的忠实践行者。

丁耀亢早年丧父，他和弟弟丁耀心与母亲田氏一起居住。其母的言传身教对他影响甚大。他在诗中自称："亢游庠后，弟始娶，老母同诸兄命折爨，每人分地六百亩，界墙而居。时予贫犹强自谋，弟心则专苦肄业，家道日乏焉。"（《保全残业示后人存记》）[①] 面对一生多次参加科举然皆不中的尴尬局面，丁耀亢对此虽有厌倦之心，然在母亲的严厉督促之下，依然努力不已，并对其母心存愧疚。如其在《天伦一日乐》一诗中曾这样写道：

> 癸酉仲冬，送九弟会试。是日，同酌老母膝前承欢，各醉也。老母因责予疏狂下第之罪，又教九弟以作吏清白，述先人二事为家法者。予兄弟皆泣拜命，各跪进酒卮。谨志之，以志天伦中一日之乐。

[①] （清）丁耀亢：《丁耀亢全集》（下），中州古籍出版社1999年版，第286页。

严霜仲冬晨，季子念行役。兄虽落魄归，弟是春明客。
炎凉人气殊，骨肉本无隔。下山送别离，老母布筵席。
大舅自乡来，饯甥实借泽。其人田舍翁，吉语相促迫。
年老伤同胞，留坐语畴昔。远言儿女事，笑谈杯屡易。
见余惨不欢，颜色多踡踖。老母呼我前："汝命岂独厄？
才名三十年，虚劳竟何益！天心唯眷勤，放荡易抛掷。
及此不自努，尔发多早白。回头顾季子，一身有重责。
功名伏祸机，门户从前积。尔父历清要，永贫无儋石。
官俸五百金，捐帑当易箦。安知子孙福，非食前人德。
何事饱与温，能不愧服舄？"言终泣有声，兄弟泪填膈。
同悲味不同，明发怀难释！①

该诗记录了明崇祯六年（1633）仲冬，一家人聚在一起，欢送其胞弟丁耀心赴京会试的情景。兄弟二人承欢老母膝下，大醉。宴席上，其母既教导丁耀亢不要因屡试不中而"放荡易抛掷"，又教导丁耀心为官要像其父一样"清要"，兄弟二人则涕泣拜命。其《吾友耿隐之有忆五年中秋五律甚佳因效而作六中秋诗》之六，则描写了顺治元年丁耀亢与家人一起过中秋的情形。其诗小序特地介绍了此次过中秋的背景："甲申避乱海中，同王太平率兵回山东，至安丘，晤刘太史。十四日由安东卫访苏侍御，附渔舟渡海，中秋夜抵海岛，见老母诸子已罗瓜果于庭。"诗曰："避乱从戎马，间关见老亲。故知惊梦寐，新战历城闉。海阔风催棹，村孤月待人。此宵欢不寐，瓜果闹东邻。"② 这一年，丁耀亢辗转多地终于赶在中秋夜回家，时"见老母诸子已罗瓜果于庭"，使他经历了从"避乱从戎马"到"间关见老亲"的欢喜，享受了"此宵欢不寐，瓜果闹东邻"的天伦之乐。此时，让他倍感幸福的是老母依然健在。即母亲过世后，人到晚年、目盲多病的丁耀亢，依然用诗歌诉说着对母亲的怀念："转眼成终天，流光何迅速！衰服岁将周，坟草春已绿"（《五月二十六日

---

① （清）丁耀亢：《丁耀亢全集》（下），中州古籍出版社1999年版，第241—242页。
② （清）丁耀亢：《丁耀亢全集》（上），中州古籍出版社1999年版，第71页。

为先太夫人诞辰失恃二周坟草将宿昔则承欢今则隔世是用再脩牲礼并荐新麦哀不成章以歌代哭》)①。

像丁耀亢这样直率地书写亲情的诗作，在"诸城十老"其他人的诗篇里也有。如王乘箓《山谣》（其四）中，就描写了自己山居时享受着的"大儿读鲁论，道字不出口。小儿学作字，涂墨常两手"天伦之乐。

当他们与亲人之间有了时间和空间的距离后，他们会用诗歌来表达对亲情的渴望。如刘翼明看到其父刘元化生前种植的竹林死而复生时，不禁触景生情，用诗歌诉说着对父亲的思念："出对新篁感醉翁，白云去后酒资空。从今又好重沽酒，那许重来猊一红"（《南园竹新发言念先君》），"几载称枯槁，何来笋又生。当年资父酒，此后代儿耕"（《又题竹上》）。

相对于亲情，"诸城十老"则用更多的诗篇来描写友情。这与"诸城十老"一生喜交游、多交游（本文第三章之交游部分，对此已有详细阐述）的生活经历有关。因此，用诗歌记录自己的交游经历、诉说对友朋的思念、对友情的珍爱，自然也就成了他们诗歌创作的重要主题。这类主题的诗歌多为酬唱送别之作，其诗题大多带有"寄"、"怀"、"忆"、"别"、"题"、"送"、"寄怀"等字眼，表达出"诸城十老"对友情的珍重。

丁耀亢一生交游对象广泛，仅出现在其诗文中的交游人物就极多。他不仅用诗歌记录了同他们之间的交游经历，还用诗歌诉说了友朋间彼此牵挂、问候、感谢等多种情谊。在丁耀亢众多的交游对象中，其中又尤以龚鼎孳和傅掌雷最为特殊。他们三人因诗歌而结缘（按：龚鼎孳有云："余与野鹤文章交……遂契。"②），彼此之间因仰慕才华而惺惺相惜（按：丁耀亢《〈杨忠愍蚺蛇胆〉剧成傅掌雷总宪易名〈表忠〉志谢》一诗曾云："感君独赏高山曲，欲问成连海畔船。"），更因丁耀亢遭遇"《续金瓶梅》案"而结下了深厚的友谊，三人之间多有诗歌互赠互答。当丁耀亢因"《续金瓶梅》案"而入狱之时，二人积极出手相助。面对这

---

① （清）丁耀亢：《丁耀亢全集》（上），中州古籍出版社1999年版，第589页。
② （清）龚鼎孳：《江干草序》，《丁耀亢全集》（上），中州古籍出版社1999年版，第353页。

份难得的友情，丁耀亢自然感怀于心。故其出狱后，就既作有《病中寄别龚大宗伯》、《龚大司寇招同阎古古白仲调纪伯紫夜集即席分韵十首》等诗歌，表达了对龚鼎孳的感激之情："赎身无地酬平仲，急难何时报信陵。"又用"老去侯嬴何以报，向人唯说信陵恩"（《喜傅司空初度病起寄谢四首》）、"白发难酬知己泪，黄金不尽故人心"（《病卧东村风雪中遣人候傅司空》）等诗句，表达了对傅掌雷的深深谢意。当傅掌雷去世时，丁耀亢闻知消息，即作《哭傅掌雷尚书十律》一诗，用"义气于今成白眼，交情自古重黄金"、"登床永诀犹垂手，流水无声已断琴"等诗句，既表达了对友人的悼念之情，又表达了对彼此间友情的珍重。康熙八年，丁耀亢在临终之际，还曾经留下这样的话语："生平知己，屈指数人，惟龚大宗伯、傅大司空诸名公，脱骖患难，耿耿在怀。"（按：丁耀亢之子丁慎行《乞言小引》："己酉，年七十一，召余曹曰：'将逝矣！生平知己，屈指数人，惟龚大宗伯、傅大司空诸名公，脱骖患难，耿耿在怀。'"）① 由此亦可见丁耀亢对龚鼎孳和傅掌雷二人救命之恩的至死不忘。

　　刘翼明的诗集中表达思念友人、珍视友谊的诗歌也特别多。如"诗贪佳境穷尤傲，魂逐良朋老未收"（《有怀国儒》）、"莫向高天争聚散，且留姓字白云间"（《山上留题碧霞宫遥寄子聚》）、"故人在山中，如踏山中雪。相对顿相忘，间阔终内热"（《奉怀中涔寄渭清诸友》）、"回首潍西兄弟好，素心常守更何时"（《索居怀白峰兼寄陶昆》）等诗句，即是表现的此类主题。在众多友人中，他对王倜的情谊尤其令人震撼。他不仅"以身许友"、为王倜报仇，还用诗歌表白着二人的情趣相投："与君交相发，贵在气所积。性情戒互袭，喜露其本质。"（《忆王无竟琅邪壁上读铁园草真字韵诗》）即王倜去世后，刘翼明亦常常用诗歌表达对故人的怀念："宿草满阡人更哭，遗文行世鬼犹狂。"（《送无竟老母高归岁因伤零落诸亲友拟寄招远扬曙岚霞岚兄弟时晴岚亦物故矣》）

　　刘翼明与李澄中"以诗文相砥砺"三十余年，交情也非同一般，彼此之间的题赠之作极多。如刘翼明的"出门西北望，喜有致书频"（《秋日有怀寄渭清》），就言其收到老友书信的兴奋。而李澄中在两人相继为官后，不仅经常想起"结交少年时"、"旬月必相见"的刘翼明，更因得

---

① （清）丁耀亢：《丁耀亢全集》（上），中州古籍出版社1999年版，第507页。

官后二人"南北隔乡县"的现实,而"相期各抽簪,莫为浮荣绊",约定"明年去金门,待君潍河岸"(《寄刘广文子羽》)。

需要指出的是:作为一个共同活跃于诸城诗坛的诗人群体,"诸城十老"成员内部之间的交游,有着近十年的蜜月期(即从康熙九年到康熙十七年)。这段时间,他们多选择卧象山山居,饮酒论诗,肆意放纵,并于康熙十五年签订山约(可见李澄中的《至后刘子羽王屋山徐栩野张蓬海石民白峰陈子璞马维斯王羽翁丘带湄隋昆铁赵壶石樊德施集怡堂订象山约》)。彼此用"高士何来分锻灶,酒徒多半聚糟床"、"吾道安能尝寂寞,同声歌散夜来霜"等诗句,道出了他们相约的原因在于彼此"同声"。即后来的诗作里,他们也多次以"同心"二字明示情谊。如李澄中的"念我同心友,怅怅长淮边"(《寄阎再彭二首》),"人生失志仗朋友,势力交情不与之。同心放浪在山水,此事亦若天所私"(《除夕前一日壶石白峰过我夜谈》);隋平的"好友相逢总弟昆,平分秋色到柴门……同心莫负同舟夜,鹤唳钟声向晚多"(《丙辰中秋夜同马愚臣李雷田张石民丘桐樵侄东望半舫分韵》),"樽前几见同心侣,夜半歌声过远村"(《冬夜集半舫斋》)等。

四 诗画田园风光,寄情山水之间

"诸城十老"的诗作中,有大量描写自然景物和山水田园的诗作。在这类诗作中,他们既表达了热爱自然、享受田园生活的闲适之情,又表现了对隐逸生活的追求。

一方面,诸城有"东国名地,山川之秀甲青齐"[①]的美誉。作为生于斯、老于斯的"诸城十老",对故乡的山山水水有着很深的感情。故歌唱故乡田园风光,自然也就成为其诗歌创作的共同主题。而这其中,描写和赞美最多的当数故乡的五莲、九仙、卧象三山。

面对五莲山之美,"诸城十老"赞不绝口。在他们的诗集里,吟咏五莲山的诗作比比皆是。可以说是从不同的角度全方位立体地展示了五莲山的美貌与风骨,淋漓尽致地抒发自我对五莲山的热爱之情。

---

① 乾隆《诸城县志》卷首顾士安的序,乾隆二十九年(1764)刻本。

张侗就以"岱以崇隆显,劳以幽窅显,五莲以峭削显"[①]之语,不仅道出了五莲山峰之陡峭如削的特点,还将其与泰山、崂山相提并论,由此亦可见五莲山在诸城文人心目中的分量。而其《登五莲绝顶》则写登上五莲山最高峰五老峰,不仅将五莲山的全貌尽收眼底,"一峰壁立四峰低,万里烟波入望齐",还使得"心似浮云无定影,随风飘落海东西",心境也随之开阔缥缈。

隋平更以"我爱五莲山"(《宿五莲山》)之语,直白地诉说了其对五莲山的热爱。而这也可以说是"诸城十老"以及诸城文人对五莲山的共同情感。

丁耀亢不仅耳熟能详五莲山的成名历史,而且曾在康熙六年(1667)应光明寺主持紫林大师"修志征诗"之邀,而作《莲山十景诗》。该组诗分为《莲开五叶》、《塔涌千层》、《五老排空》、《灵龟吸海》、《海楼望日》、《石砚摩云》、《露垂仙掌》、《月印西峰》、《龙眠石榻》、《凤落丹山》十首,从不同的视角写出了五莲山的神采丰韵,可以说是歌咏五莲山的代表作。兹摘录其中二首分析如下:

五老排空
庐岳飞来五老仙,峰头遥望各争先。
居然扶杖行相顾,未肯离群断复连。
风雨千年形不改,沧桑万劫貌常鲜。
欲呼石丈招难至,月照空堂影自悬。
石砚摩云
千树松阴万壑烟,方台如砚自天全。
拟将鸟迹云为墨,似有龙光铁更坚。
文遇劫灰天亦秘,书逢绝笔鬼难传。
不劳雕琢成完璞,好付逸民鲁仲连。

第一首诗重点描绘五莲山五老峰后山坳的五块怪石,状如五位老仙

[①] (清)李焕章:《五莲山志序》,释海霆《五莲山志》,《山东文献集成》第二辑第20册,第689页。

人，即使经历"风雨千年"而"形不改"、"沧桑万劫"而"貌常鲜"，暗示自己虽然遭遇多次磨难，依然能够挺过去。第二首先写由五莲山自然天成的石砚，联想到可以写好文章，进而又因为自己遭遇的"文字狱"被戳到痛处，顿生怨愤之情，想要停笔不写，做个鲁仲连那样的逸民。由此可见，这组诗名为写景，实则是诗人借景抒情，抒发自己在现实世界的遭遇，以求在山水之间获得解脱。实际上，丁耀亢的好多山水诗就是这样的产物。当年，丁耀亢第一次科举失利，烦闷不已，故跑到王乘箓居住的五莲山解闷，"才离华岳山头井，却憩莲花海上峰"（《辛酉孟冬同九弟见复游五垛醉赠友人王子》）；崇祯六年的科考再次失利，丁耀亢依然将五莲山当作自己排忧解难的最佳去处，夜宿山中僧舍，"偶然上界闻钟起，五朵芙蓉出翠烟"（《癸酉仲冬独宿五莲山僧舍二首》）。

与丁耀亢交好的王乘箓，大半生居住在五莲山中，"去城七十里，始觉山宜人"（《山谣》）。如此优美的居住环境，为王乘箓游览、描绘、赞美五莲山提供了便利条件。身居山中，使得他可以感受五莲山四季不同的景色。春天里，"寻遍胡麻流水踪，松间元鹤偶相逢。吹笙醉上升仙石，云满莲花第五峰"（《五莲山》），置身五莲山宛如仙境；夏天里，"飞云漠漠千山雨，簟冷萧萧万竹风。一夜小斋清不寐，开门瀑布落墙东"（《山斋夜雨》），可以观赏山雨汇成瀑布的景观；秋天里，"寺午炉香倦，风鸣岩溜分"（《秋日过光明寺》），可以尽享山中的宁静；冬日里，"海风接大壑，天雪响空林"（《同丁野鹤夜入五莲》），可以感受雪夜五莲山的气势。真可谓游山赞山千遍也不厌倦。通过以下两首诗的比较，我们就可以看出王乘箓对五莲山的发自肺腑之爱。

> 夜宿五朵
> 古寺先秋树，山僧入夜钟。怪添诗思冷，门有白云封。
> 客去僧无定，云来门不开。狂吟书未了，留壁待重来。
> 五莲醉笔
> 几年违洞户，今日叩山门。洞尚天香满，诗将姓字存。
> 重题秋石面，醉卧碧松根。入社僧呼起，摇头酒在樽。

第一首，写诗人夜游五莲山，触发诗情，遂题诗于光明寺壁上。第二首，诗人写自己时隔几年再登五莲山，在光明寺看见当年的题诗尚存，不禁欣喜若狂，诗兴大发，尽情地饮酒赋诗，酣畅淋漓地表达了自己的登山之乐。

刘翼明的《将入山》一诗，则描绘了五莲山杜鹃花开得绚烂景象："从此西南去，花开见杜鹃。无声啼夜月，有色染林泉。景美谁能恋，情深我又然。啸歌群壑接，禽鸟乐天全。"

李澄中的《同吴元任游五莲山》，则通过描写秋日携友登五莲山的经历，"旭影上清晓，霜华落岩树。洞回有静音，石仄无坚步。过岭林松稠，坐见微风度。黝窅狮洞深，岌危龟峰固"，不由得发出"入山感慨多，往事尽成误"的叹息。

丘元武的《望九仙五莲》一诗，则从"望"的角度描写五莲山的高耸峭拔："芙蓉高削护诸天，钟声遥从上界传。千嶂蔚蓝盘道曲，两山风雨海潮悬。祇今铁锁开虚阁，终古珠林拥断烟"，以及万历年间敕建光明寺的史实，"莫怪东峰偏突兀，梵宫曾赐大农钱"。

徐田的《宿光明寺》一诗，写其置身五莲山光明寺，不仅感受到了山寺的安静，"傍崖结精庐，适与孤峰对"，还感受到了大海的波澜壮阔和波涛拍岸的震撼，"登高望海日，电掣金光碎。天半起潮声，声归莲花内"，遂顿生隐居山林之心，"愿了无生缘，利刀断所爱"。

同样的，九仙山也景色美丽，风景宜人。与九仙山颇有渊源的"诸城十老"，自然也创作有许多歌咏九仙山的诗歌作品。

康熙七年，京城刘学士来九仙山游玩，丁耀亢就曾与其和诗而作《刘学士奉使祭告因游海上九仙山六绝病中次韵寄怀》。该诗扣紧一个"仙"字，描绘了九仙山诸多山峰的奇幻独特，既有"绛节仙人紫盖封，乘鸾飞渡海东峰"的海东峰、"茫茫九点齐烟暗，不是仙人那得来"的竹林峰、"沧溟极目接天崖，半夜红轮照九垓"望海峰、"九天星斗拥峰头，呼吸能通帝座游"的万岁峰、"云作衣裳月作盆，珮环归去此峰存"的梳洗峰，又有"百丈崖头立琅尖，石梯苔滑展难沾"的观音峰，所以诗人直言"九仙秀色收将满，千古何须颂子瞻"。

而王乘箓创作的《雨后登白鹤楼》一诗，更是吟咏九仙山胜迹"白鹤楼"的佳作：

第五章 "诸城十老"的诗歌创作与影响

> 岚结千峰霁,秋疏万木空。龙腥山雨后,蜃气海云中。
> 倚剑岩高峙,奔雷壑递通。鹤楼迥自出,吟啸下天风。

该诗写诗人秋雨过后登白鹤楼,因"万木空",云海缭绕中,愈发凸显了白鹤楼的凌云摩空之貌。

卧象山不仅景色绝美,还是理想的隐居静修之地,自然吸引了"诸城十老"的关注。如张侗不仅开辟卧象山志为友朋聚会之所,还创作了大量赞美卧象山自然风光、抒发对卧象山热爱之情的诗歌。如其《象山》一诗曰:

> 移家束练雪千寻,短发萧萧醉不禁。
> 白石歌残许谁和,谷风吹出老龙吟。
>
> 丹霞洞口影嶙峋,看日蓬莱沧海滨。
> 添入峰头仙十二,苏家兄弟外三人。

诗人写自己移家到束练峰,只见峰白、石白与丹霞相映成趣,看见此景有要成仙的感觉。《再入象山》一诗曰:

> 信宿龙湫旧酒奚,沿流醉踯乱峰西。
> 侧听飞瀑雨空落,仰视浮云山与齐。
> 行偶倦时欹绣壁,路逢绝险依丹梯。
> 豁然石扇分双峡,无数桃花踏满溪。
> 村径螺旋归去窄,茅檐蜎缩到来迷。
> 牧儿牛背怀阿弟,田父桑阴饷老妻。
> 因予调饥思软枣,大家围坐出蒸梨。
> 苦辞盏底糟醴薄,笑指锄头黍穗低。
> 亲故在门免迎送,瓜瓠隔陇懒提携。
> 片言不觉动游子,四顾茫如索杖藜。
> 向导委蛇随白鹿,音闻断续引黄鹂。

> 余生未必百年寿，改日移居一处栖。
> 遍语乡人人未信，世间那有武陵溪？

诗人写自己住在龙湫旧酒友家，不仅通过"醉蹋"、"侧听"、"仰视"的方式游览了景色秀丽、山势崎岖的绣壁、丹梯、双峡，还感受了"牧儿"、"田父"等乡民之间的亲情，以及感受到乡人以蒸梨、甜酒招待的热情，因此喜欢上了有如桃花源仙境般的卧象山。诗人所描绘的充满乡土气息的温暖画卷，很容易让人喜欢上这充满诗情画意的地方。这应该是诗人移居此地的理由吧。

李澄中描写卧象山风光的佳作当属组诗《牛涔杂吟》。该诗运用丰富的想象、夸张的手法，分别描写了卧象山"夜半朝群帝，珊珊玉节还"的笋圭石、"峡势忽以深，野风吹谡谡"的细草谷、"双崖划古门，寒玉洗山骨"的杰门、"混沌凿此池，中有苍颉魄"的砚潭、"怪石若豕头，倒着发深省"的閜霖柱等多处自然景观。诗中所描写的卧象山景之奇之美，令人叹为观止。当李澄中真正弃官归家后，重游卧象山，更是别有一番滋味在心头，"别山虽已久，留影印潭光。题壁人谁在，看云心独伤。千峰悬梦寐，双鬓笑行藏。自是归来好，春花满路香"（《初还卧象》）。

此外，张侗的《山居杂咏》组诗，还用16首诗歌，分别描绘了九仙、卧象、五莲三山一年四季变化多端的山色之美，抒发了诗人发自内心的隐逸生活之乐。该组诗诗前的小序，就开篇明义地表达了张侗的隐居之趣，序曰："槲林峪在仙、莲两山之间，群峰错立，一径曲通，盖以风雨为离合，不必罗浮也。主人书岩王子，于松杉深处重起'石者居'（予萧家村旧额），悬榻相待，予且往而家矣。茅檐睡足，日长如年，酒三斗，鼓腹以歌其辞云。"短短数语，形象地勾勒出了自己山居生活的状态，读来令人顿生向往之情。而这组诗歌连在一起，就是一幅幅流动的、交叠的、富有情调的山水连轴画和乡村生活图景，需要细细品读才能懂得个中三昧。兹摘录其中三首分析如下：

其一
小至寒梅向日开，千岩万壑幻楼台。
路从摩诘买山入，棹自茗雪泛宅来。
蚕妇缫丝忙岁月，龙孙磨剑走风雷。
青泥饭后苦相忆，分送莲华露一杯。

其八
买鸡买黍买鱼虾，尚有余钱付酒家。
岫出青云作霖雨，天教白发老烟霞。
骆驼隔岸重栽柳，子母连阡旧种瓜。
谷口残阳谁系马？解缰牵动薜萝花。

其十六
聊拖一杖随青草，花暖蝶闲任所之。
半岭半冈松叶滑，一阴一雨谷风吹。
贪闻断续怀春鸟，误覆输赢消日棋。
烂醉已忘尧甲子，龙图出水复何时？

这三首诗歌，从不同的角度抒发了诗人隐居山林的乐趣。第一首，诗人化用典故，连用"忙岁月"、"走风雷"、"苦相忆"、"分送"等词语，以拟人化的手法写活了九仙、卧象、五莲三山的美景。第八首，首联"买鸡买黍买鱼虾，尚有余钱付酒家"，连用三个"买"字和一个"付"字，表达了其充满烟火气息的山居生活；尾联又不忘以神来之笔逗一逗身边的高山，一个"系马"，一个"解缰"，瞬间便就让画面动了起来。第十六首，诗人则用"聊拖"、"随"、"任所之"等词语，铺写出自己山居生活的闲散与惬意，仿佛忘却了人世间的纷扰。患得患失之情顿失，反而多了一份发自内心的从容与惬意。言语之间，我们能感受到诗人是在身心合一地享受着田园生活之乐。

除上述三山之外，在丁耀亢的诗歌中，还对橡槚山多有描写。其诗集《问天亭放言》，就收录了自天启元年（1621）到崇祯七年（1634）间创作的诗歌。这些诗歌主要讲述了丁耀亢年轻时居住在橡槚山中，或游赏山水，或读书交游，或谈禅论道的恣意闲适生活，通过描写优美宁静的山间景色和闲适自怡的心境，表达出自我对自然山水的喜爱以及隐逸生活的乐趣。如《橡槚山人歌》、《自城移家五首》、《己巳孟夏自城归山作》、《雨后池上看注水》、《春日山中独坐》、《春日山居即事二首》、《秋日山居即事》、《秋山夜静闻蛩》、《琅邪台观海》等。

　　在《橡槚山人歌》中，丁耀亢对其在橡槚山的生活状态，有着这样的描写："山不卑，亦不高，四围翠玉横青绡。水不浅，亦不深，一溪寒縠鸣秋琴。家不贫，亦不富，涧有芹崧园有芋。酒熟还邀庞德公，粮空不累黔娄妇。身不勤，亦不懒，带索行吟长复短。树影牛眠菰蒲深，鸟声鸦舞图书满。长镵短锸露肘髀，日向山中种桃李。结茅劈岩架屋数十间，野花幽树栽成里。自饭黄犊入青林，归来濯足前溪水。溪上落花殷，溪下白云深。白云落花同气味，寒香澹澹渔樵心。痛哭长啸皆有悟，世人那复知其故？隐不成狷傲不狂，十年缩颈如寒鹭。不及空山扪只履，朝看山白暮山紫。雾暝烟霏不敢唾，脱衣独醉眠石底。眠石底，麋鹿践踏忽惊起。旁有草蔓刺人耳，芝兰盘孤香芳芷。采兰剪草全无功，欲请东山黄与绮。黄绮不见奈若何？蘼芜青葛自成窝。等待新松高十丈，满林明月听婆娑。"① 只要置身于橡槚山中，丁耀亢就会暂时忘却了世俗的纷扰，摆脱了科考的牵绊，烦恼郁闷之情也会一扫而光，心情大好，所以他"入山谷，憩流泉，荫林木，听鸟音而始解。或载酒冒雨随所适，静坐终日"，还经常呼朋唤友，在山林畅饮，"或山花映谷，溪雪流澌，载酒咏诗，呼朋命驾"（《山居志》）②，时有"清乐自足，安知桃源忽为晋魏"（《峪园记》）③之感。他的"性与山习"，一是受其父丁惟宁爱好山水的影响，"余未成童时，常随先柱史游于九仙山别墅。往来林壑，欣然有得，固天性然也。"二是丁耀亢写这些诗作时，社会比较安定，"时四方无事，夜不闭户，常于三更夜谈后，月上雪晴，游于峰顶，燎薪达旦，乐而忘曙。"（《山居志》）④

　　由此我们可以说，"诸城十老"不仅亲身行遍了诸城境内的每一寸土地，还用笔抚摸着家乡的每一处山水，让家乡的田园山水风光和人文景

---

① （清）丁耀亢：《丁耀亢全集》（下），中州古籍出版社1999年版，第213页。
② 同上书，第269页。
③ 同上书，第270页。
④ 同上书，第269页。

观在他们的笔下获得了重生,散发着生机。

另外,即使为谋生、交游或避难而辗转他地,"诸城十老"爱好山水田园的本性依然不改,每次出游途中所见的风景,也会让他们留恋不已,为之纵情歌唱。

丁耀亢到扬州,便作《瓜州》一诗:"水外苍烟一鹭明,长天雨歇半江晴。双舟对过如梭急,爱听船娘转舵声。"开头两句"水外苍烟"、"长天雨歇"描绘的是一幅江天浩渺画面,意境开阔,三四句中"双舟对过"、"船娘转舵声",则从细处着笔,生动形象。人到西湖,便创作有大量描写西湖美景的佳作,如《答友人约访西湖出山浦》、《尹含玉嘉禾司理招饮湖上》等;身至武夷山,便创作有描写武夷山风光的《武夷山行》、《武夷茶歌》等多首诗篇。如其《武夷山行》一诗,前半部分就用"插天拔地枕清流,翠嶂丹崖森在目。山浸冰壶一百里,水束灵峰三十六"等这样的诗句,描写了武夷山的大气之磅礴、山水之秀丽。

李澄中也曾到过武夷山,作有《游武夷山三首》,描写了武夷山"策杖山形变,回舟峡势随"的不断变化的山姿,抒发了"探幽忘日夕,香满桂花枝"(其一)的游山之乐,表达了"何日重来此,真探九曲源"(其二)的心愿。

生于斯长于斯的"诸城十老"在反复吟咏家乡山山水水的诗篇里,已经包含着浓郁的热爱家乡之情。而在其记录家乡特有的风土人情、轶闻趣事的诗篇中,更能体现出他们的感念乡土之情。

李澄中乃"好奇"之人,其《艮斋笔记》就主要记载了明清两朝的掌故,尤其是诸城本地的奇闻异事。如卷一《情话录》载:"戊午秋,诸邑海溢四五里,人畜亦无所伤,俗曰海笑也。"[1] 除此之外,李澄中更多的是用诗歌来记载故乡的人文风情。据史料记载,李澄中曾经偶遇一个四海为家的外乡琵琶手,有幸聆听了琵琶手专门为其演奏的《高山流水》等百首曲子,因惊异于其高妙绝伦的弹奏手法,遂作《赠琵琶生(有序)》一诗纪之。该诗小序曰:"琵琶生者,不知何许人。携一铁杖,一铜琵琶,遨游两粤吴楚甚久。闻其为鲁人,故又往往寄迹济泗海岱间。其人多力,善饮酒,醉则持其杖舞。弹琵琶一再阕,辄泣数行下。今年

---

[1] (清)李澄中:《艮斋笔记》卷一,《山东文献集成》第一辑第35册,第429页。

春遇之韩王坝上，为予奏《高山流水》、《广陵散》、《地水火风》等百余曲，皆世所未闻者。其音兼琴瑟铙吹金鼓雷炮甲马，其弹纯用左手，自成声。右手时扇之，不以指弹也。至于扇不著弦处，其音尤妙。盖其传得之西域，铜琵琶亦西域人所贻云。"其诗云：

> 此夕初闻变徵声，潜踪十载恨将平。
> 山河久散兴王气，江海空传绝艺名。
> 瞳目渐离犹击筑，添身豫让罢谈兵。
> 伤心莫奏鸿门曲，五柞长杨草尽生。
>
> 法曲犹传天宝年，梨园子弟漫相怜。
> 才抛血缕荆卿剑，来奏春风贺老弦。
> 马上王嫱青冢月，笳中蔡女白狼烟。
> 莫因流落悲非土，横海曾伤旧战船。①

该诗引经据典，用高渐离击筑、豫让变身行刺、项庄奏鸿门曲、五柞长杨、王昭君的琵琶曲、蔡文姬的胡笳等典故，形容琵琶生演奏的"变徵声"，既苍凉悲壮，又震撼人心。

张侗的诗歌，也记录了在诸城流传已久的歌谣和音乐。其《诸冯辨》不仅探究诸城之名的渊源，还记录着一首当时流传甚广的《乐乐之歌》："我乐乐，尔乐乐，尔我同乐乐。"② 此外，他对苏轼当年在诸城传播《阳关三叠》之事也有记载。其《胶西三叠》小序云："昔苏子瞻守胶西，有闻勋者教之歌《阳关三叠》，后送孔密州云：《阳关三叠》君须密，除却胶西不解歌。勋固善讴，不遇子瞻，此调几成绝响。余胶西人，偶传此曲，心赏之，微嫌其第三句太直，少变态，第四句音节太悲，所谓乐句甫毕，旋教人涕零也。"③（按：熙宁七年，苏轼知密州时，文勋携带古本《阳关三叠》也来到诸城。苏轼的《东坡志林》载："旧传《阳关

---

① （清）李澄中：《卧象山房诗集》，《山东文献集成》第一辑第 35 册，第 85—86 页。
② （清）张侗：《诸冯辨》，《其楼文集》，诸城博物馆藏民国七年石印本。
③ （清）张侗：《胶西三叠》，《琅邪放鹤村续集》，《山东文献集成》第二辑第 30 册，第 172 页。

三叠》，然今世歌者每句再叠而已，若通一首言之，又是四叠，皆非是。或每句三唱，以应三叠之说，则丛然无复节奏。余在密州，有文勋长官，以事至密，自云得古本《阳关》，其声婉转凄断，不类，乃知唐本三叠盖如此。及在黄州，偶得乐天《对酒》云：'相逢且莫推辞醉，听唱阳关第四声。'注云：'第四声：劝君更尽一杯酒。'以此验之，若一句再叠，则此句为第五声。今为第四声，则一句不叠审矣。"后来，苏轼离开密州，作《和孔密州五绝》中有"《阳关三叠》君须秘，除却胶西不解歌"之语。)《阳关三叠》，不仅张侗会演唱，还是"诸城十老"宴饮时必不可少的歌唱曲目。聚会时，他们"同声歌《渭城》，眉山所谓三叠之音，独《东武》宛转凄断者也"①。其《琅邪诗选第一编序》亦云："昔苏髯公移守胶西，送孔密州淇水之上，云：'《阳关三叠》君须秘，除却胶西不解歌。'吾乡不徒工诗，且善歌。余旧制《胶西三叠》，待谱管弦。来岁（康熙四十八年）春二月，兄初度，使儿童按节，婉转歌之，一以为先生寿，一以为是编告成功也。"② 由此可知，《阳关三叠》的曲调"婉转凄断"，与一直流传在诸城的《东武吟》有异曲同工之音。

《东武吟》出自汉代，原本就是反映诸城民风民俗的曲子。《元和郡县志》卷十一载："密州诸城县，本汉东武县也，属琅邪郡，乐府章所谓《东武吟》者也。"③ 郭茂倩《乐府诗集》引左思《齐都赋》注云："《东武》、《泰山》皆齐之土风，弦歌讴吟之曲名也。"可见，《东武吟》与《泰山吟》一样，都是土风歌谣。此曲古辞不存，然后世模拟者甚多，较为著名的有陆机的《东武吟行》、鲍照的《代东武吟》、沈约的《东武吟行》、李白的《东武吟》等，多用来抒发人生短促、韶光易逝之情绪，有一股苍凉幽怨之气。故陆游《渭南文集》卷十四《徐大用乐府序》有云："古乐府有《东武吟》，鲍明远辈所作，皆名千载。盖其山川气俗，有以感发人意，故骚人墨客，得以驰骋上下，与荆州、邯郸、巴东三峡之类，森然并传，至于今

---

① （清）李澄中：《孝子赵清传》，《卧象山房文集》，《山东文献集成》第一辑第35册，第243页。
② （清）张侗：《琅邪诗选第一编序》，《其楼文集》卷三，诸城博物馆藏民国七年石印本。
③ 乾隆《诸城县志》卷六，乾隆二十九年（1764）刻本。

不泯也。"① 直到清代,《东武吟》的曲调一直在诸城流传。而丁耀亢、李澄中、徐田等人,亦多以《东武吟》为题进行诗歌创作。

丁耀亢的《东武吟》② 一诗,就堪称赞美家乡风物,追忆家乡先贤的佳作。其诗曰:

> 我生东武郡,因为东武吟。
> 东武之名自何始?太白吟咏留至今。
> 南望琅邪台,沧溟万里泛蓬莱。
> 北望穆陵关,岱峰青翠如垂鬟。
> 卢敖山有读书洞,韩信坝头春水动。
> 盖公徒传清静言,眉山遗记超然兴。
> 秦汉传闻多典故,不记伏生授经处。
> 诸冯高峙冶长坟,城阳曾入朱虚墓。
> 九仙崒嵂大海东,安期羡门时相逢。
> 秦皇碑有李斯篆,斋堂岛在冯夷宫。
> 当时徙民三万户,推迁百代谁为主?
> 山城榛莽乱斜阳,居人惆怅空怀古。

诗人开篇点题,直言东武之得名,是由于李白的《东武吟》。然后抚今追昔,一一列举了卢敖山、韩信坝、盖公、超然台、伏生授经处、公冶长坟、朱虚墓、安期羡门、秦皇碑、冯夷宫等诸城境内古圣先贤遗留的人文古迹,字里行间流露出身为"东武人"的自豪感。然末尾两句,诗人笔锋斗转,情绪一落千丈,感叹时代变迁,而自己空有一颗怀古心,伤感之情萦绕心头。

李澄中的一曲《东武吟》③,更是展示家乡山水风土之美的力作。诗曰:

---

① (宋)陆游:《徐大用乐府序》,《陆游全集校注》第九册,浙江教育出版社 2011 年版,第 365 页。
② (清)丁耀亢:《丁耀亢全集》(上),中州古籍出版社 1999 年版,第 85 页。
③ (清)李澄中:《卧象山房诗集》,《山东文献集成》第一辑第 35 册,第 101 页。

我家东武城，因为东武吟。
东武飞作怪山去，东武之名留至今。
超然有古台，坡公迹灭生蒿莱。
先人敝庐在其下，巷口乔木柴门开。
南睇双尖见马耳，石䃌生云白于水。
老农测侯识阴晴，昨夕云生朝不起。
琅邪辇道盘山阿，秦皇碑字今销磨。
斋堂斜连沐官渡，鼋鼍出没何其多。
长潍喧呼恶浪㵥，韩信坝头鬼夜哭。
卢山本以卢敖名，寂寞岩灯照幽独。
九仙摩霄列岫攒，五莲捧出青琅玕。
惊涛倒峡两湫裂，中有千尺苍龙蟠。
福地新开号卧象，野客携杖时来往。
壁月高悬珑塔光，玉虹下注元潭响。
季氏曾城石屋根，雨霖葛冢汉臣魂。
天地洪荒虞帝出，千年人说诸冯村。
其余琐细不足数，唐宋传来名独古。
山川灵气相荡回，尽收远势归东武。
东武吟成声转悲，风俗曾经鲁所治。
十万人家读书处（苏子由语），淳朴尚有先民遗。
几遭劫火饱丧乱，城郭楼榭飘风吹。
残黎鹑结力已尽，梁伏遗教空尔为。
我今客游羁京师，梦魂不到天之涯。
感今思昔意惆怅，旷野茫茫远相望。

该诗开篇点题，起笔类同丁耀亢，几乎将诸城境内的超然台、马耳山、琅琊台、秦皇碑、韩信坝、九仙山、五莲山、卧象山、石屋山、诸冯村等名山古迹罗列殆尽，如数家珍般地介绍了自己家乡的文风之盛、民俗之美。之后诗人以"山川灵气相荡回，尽收远势归东武"之语，统领诸城境内全部山水风光和人文古迹，形成了一股高远磅礴的气势。然诗人接下来承袭《东武吟》天生具有的苍凉悲壮基调，以"东武吟成声转悲"之语，感慨诸城经历了明末清初的战乱，民生凋零，即使圣贤在世，也难以恢复"十万人家读书处"的盛况。最后四句，诗人写自己在京城为官年，此时此刻"感今思昔"，油然而生的思乡之情更浓更切。

徐田的《东武吟四首》①，则通过写其登山临海，遥想古今，感叹山河依旧、物是人非，充满萧瑟之意。其一诗曰：

大海临疆域，日出天鸡鸣。朝光射楼堞，化为黄金城。
南山千丈石，悠悠莲花生。山飞寓枅木，穴远穿洞庭。
野人贡芝草，为君添遐龄。寂寂幽人居，嘐嘐云籁鸣。
放怀天地外，坐对山河清。阴阳有禅代，人事有枯荣。
昨葬古人地，复作今人茔。寂寞千载后，谁知姓与名。
惟有虞皇氏，稍稍振英声。

然诗人思绪一转，回到当下，想到自己亲自开辟的卧象山，吸引了各路人才，自豪感油然而生，不禁为家乡再高歌一曲。其三诗曰：

烟火十万户，比屋若连涛。余家桃花洞，千林一鸟巢。
岂不安耕凿，无德比渔樵。龙峡三千尺，自我通人迹。
手弄霜潭瀑，足踏天门右。云根来蒲轮，隐士著凫舄。
琅邪海中浮，三山隔弱水。高楼蜃吐市，巨鳌鱼吞舟。
闾尾在何处，沧波令人愁。官盐万缕烟，蹲鸱可永年。
洞飞还丹火，人耕种芝田。冶服夸毗子，击肥与烹鲜。

除了《东武吟》，李澄中还有《齐讴行四首》②，立意高远，纵横古今，一气呵成的赞美了青州几千年的历史变迁。全诗先写青州"负海"环河，地势优，"形胜古所推"；接着回顾齐桓公称霸，"十二国诸侯，屏息相奔趋"的盛况；最后赞"三齐多异人"。清人王培荀称该诗"总括今

---

① （清）徐田：《东武吟》，《栩野诗存》，《山东文献集成》第四辑第27册，第76页。
② （清）李澄中：《卧象山房诗集》，《山东文献集成》第一辑第35册，第42页。

古,可当风土志读"。①

五 登台咏史怀古,抒发思古幽情

超然、琅琊二台,是诸城境内最为有名的两座古台。在"诸城十老"的诗歌作品中,不但对此多有描写,而且还多借此而咏史怀古,抒发其思古之幽情。故其创作的与此相关的诗歌,自然也就多有浓郁的怀古气息。

超然台本是苏轼熙宁八年(1075)知密州时所建,与苏轼自然有着无法割裂的联系。随着苏轼的千古名篇《超然台记》的问世,超然台也名声大噪,成为历代文人墨客登览吟咏之处。而苏轼一生坎坷,然其超然物外、旷达洒脱的人生态度,更是安抚失意文人的一剂良药。

丁耀亢的《登超然台谒苏文忠公有感》②一诗,就直抒胸臆,表达了对苏轼的追忆。诗曰:

穆陵霸气尚纵横,台畔遗文记典刑。
物有可观皆可乐,人能超世始超名。
旧河沙岸翻为谷,官署归鸦不入城。
我著《瓶梅》君咏桧,古今分谤愧先生。

该诗作于康熙六年(1667),此时距丁耀亢遭遇"文字狱"已经过去三年,但他仍然难以释怀,特地登超然台缅怀苏轼。站在台上,诗人联想到苏轼曾经因为"咏桧"诗等而遭遇了文字狱(即"乌台诗案"),身陷囹圄,其诗词文大量被毁掉。由此,诗人觉得自己因小说《续金瓶梅》而致祸,也不算什么了。可以说,苏轼及其修建的超然台,给诗人带来了精神上的慰藉与鼓舞。

李澄中家住超然台下,少年时即经常登台玩耍;成年后,他又号苏台(按:《池北偶谈》卷十四"地名"条云:"尝见诸城二士人诗卷,一称苏台,一称秦台。或问之,则苏台者谓超然台,秦台谓琅琊台耳,尤

---

① (清)王培荀:《乡园忆旧录》,齐鲁书社1993年版,第247页。
② (清)丁耀亢:《丁耀亢全集》,中州古籍出版社1999年版,第524—525页。

可绝倒。")①，创作了许多与超然台有关的诗作。如《徐掠西雨中登超然台索饮有诗嘲余酒尽辄寄二首》、《乙巳正月十六夜登超然台同丁智临臧岱青坦园两甥》、《与周屺公刘子羽登超然台》、《雨后与张石民王羽翁登超然台》等。通过这些诗歌题目，可知李澄中经常和亲朋好友游览超然台，饮酒赋诗，登临怀古，苏轼则是一个绕不过去的话题，所以他说"为听蛙声问大苏"，少时游玩的情形也会浮上心头，"堪怜少小追欢地"，感慨"此日登临半老夫"（《雨后与张石民王羽翁登超然台》②）。

最值得的一提的是，李澄中和刘翼明陪同周斯盛游览超然台之事，可以称上是诸城文坛的佳话。康熙十年（1671），周斯盛仰慕刘翼明替好友王偁伸冤的壮举，特地前来诸城拜访，并在李澄中和刘翼明的陪同下游览了超然台，三人均作诗留念。李澄中写有《与周屺公、刘子羽登超然台》，刘翼明写有《次渭清超然台四首同证山》，周斯盛写有《与刘子羽李渭清登超然台》③。他们"残碣寻遗迹，临风忆浊醪"（《与周屺公刘子羽登超然台》），抒发登台思古之幽情："似与眉山约，苍茫对咏诗"（《次渭清超然台四首同证山》）、"古人不可见，与子上高台"（《与刘子羽李渭清登超然台》）。这些诗句，皆与苏轼有关。可见，超然台与苏轼已然成为一个整体，成为诸城文人膜拜的对象。

而琅琊台是诸城境内最有历史文化底蕴的古迹，《山海经·海内东经》对其已有记载。琅琊台以其美丽的山海风光和悠久的人文气质吸引了历代文人墨客。李白、白居易、李商隐等人就曾游览过此处。生于斯长于斯的"诸城十老"见琅琊台更是如获至宝，时不时地独自或结伴前来琅琊台游乐，他们或欣赏美景，或凭吊过往，或捕捉灵感，留下了许多动人心魄的瑰丽诗篇。

刘翼明世居琅琊台下，与琅琊台有着深厚的感情。如其诗作《秋夜杂咏十首》其一云："九仙有路到琅邪，东海西连五朵霞。宛委村旁红叶满，鲈鱼香处有吾家。"生活在这里，他有时听潮，可以"长啸天边海接

---

① （清）王士禛：《池北偶谈》，《王士禛全集》，齐鲁书社 2007 年版，第 3163 页。
② （清）李澄中：《卧象山房诗集》，《山东文献集成》第一辑第 35 册，第 77 页。
③ （清）周斯盛：《证山堂集》，《四库全书存目丛书》集部第 233 册，齐鲁书社 1997 年版，第 11 页。

声,从前磊块一时平"(《琅邪听潮》)①;有时垂钓,可以"雨过即垂钓,一时鱼正饥"(《海上偶出》)。他和子侄辈读书在此,可以"信宿高台瘵瘵新,精神寂寞即通神"(《携子侄读书琅邪台上》)②。总之,琅邪台不仅是刘翼明心中的"乐土"(《琅邪台赋寄胶州友人》)③,更是他躲避俗世的避风港湾。故其《生日逃俗入琅邪四首》之二云:"初度山中度,山即吾父母。白石不肯老,白云常相守。萝月裸我身,松露乳我口。浩浩如太古,恩爱两不有。"在这首诗里,诗人叙写了自己为逃避世俗,故躲到山中做寿,并直接将琅邪比作父母,由此可以感受到诗人对琅邪台的热爱。即使离乡游历,每当想念家乡,那琅邪就是他家乡的代名词。如其《将入临川五十里夜间有怀》其三一诗曰:"二月临川麦有芒,野风吹出菜花香。谁言此地春来早,便不兴怀望故乡。(小注:怀琅邪旧居)"而《重游琅邪台》一诗,更可以说是刘翼明描写琅邪台的代表作。诗曰:

风光浩浩水漫漫,路遇高台第几盘。
断碑残碣留古意,落霞枯木壮奇观。
钟鸣野寺斋堂岛,潮打空城亭子兰。
愿与此处成小隐,一蓑一笠一渔杆。

诗人不仅描写了琅邪台"风光浩浩水漫漫"、"落霞枯木壮奇观"的自然美景,还不忘琅邪台"断碑残碣"所保存的古迹。诗人陶醉其中,激情澎湃,情不自禁地发出了"愿于此处成小隐,一蓑一笠一渔竿"的人生感慨。

而琅邪台又是观海的胜处,其优势在于"台高,可望远"。登临琅邪台,可以俯仰于天地山海之间,观山海胜景,听碧海惊涛,与海中岛屿遥遥相望,可以感受大气磅礴蔚然壮伟的海洋气息。故"诸城十老"在

---

① (清)刘翼明:《琅邪听潮》,《镜庵诗稿》,《山东文献集成》第三辑第29册,第23页。
② (清)刘翼明:《携子侄读书琅邪台上》,《镜庵诗稿》,《山东文献集成》第三辑第29册,第35页。
③ (清)刘翼明:《琅邪台赋寄胶州友人》,《镜庵诗稿》,《山东文献集成》第三辑第29册,第7页。

登台怀古的同时，还经常登临琅琊台观海，创作了一些明显带有海洋气息的诗作。如刘翼明的《雪中喜张柏若邀游琅邪同王北野兄弟》："生临大海喜徘徊，怀抱欣逢胜地开。"《入琅邪下临东海拟寄柴村先生》："出门即到东海边，生长名山亦有缘。"丁耀亢更是"诸城十老"中咏海的代表。他的这类诗歌充满激情，既写了海的绚丽，又展示了海的恢宏气势。如其《望海》一诗：

> 一粟渺天地，横流即巨杯。
> 鲲池谁濯羽，鹏背欲驱雷。
> 岛没鼋鼍失，潮鸣日月回。
> 始皇碑板在，海畔有秦灰。

再如《琅邪台观海二首》：

> 海道东南天半阴，三山明灭影沉沉。
> 骊珠才迸波涛黑，鲲翅微鸣风雨深。
> 寥廓沧桑愁变化，苍茫云汉杳追寻。

> 田横徐福浮沤尽，一叶扁舟自古今。
> 灵山东望接扶桑，日出人间夜未央。
> 星斗浮沉随浩渺，鱼龙鳞甲动光芒。
> 飘摇欲卷天为满，吐纳全收谷尽王。
> 潮汐往来蜃市幻，海鸥泛泛笑秦皇。

登临琅琊台，经常会看到海市蜃楼的幻景。而这也是"诸城十老"笔下多次描绘的美景。如丁耀亢的《渡鸭岛》有"蜃市不消尘海劫，浮生无计老渔蓑"之语，刘翼明的《浴佛日与李祗居琅邪见海市》有"海潮音里现珠宫，消息何须问祝融"之语，皆描述了海市出灭无常，蜃楼隐现难测的奇景。

即使身在外地，"诸城十老"每遇古迹，亦常常流连其中。在描写其诗情画意的同时，也常常咏史怀古，发思古之幽情。如李澄中康熙二十九年典试云南时，游览了云南的风景名胜，在留下诸多描写云南美景诗篇的同时，还很自然地联系云南的历史人物和事件，发出"江山如故，金碧已残"（《游华亭寺记》）之古今兴亡之感。如他的《登太华寺大悲阁望滇池》一诗曰：

> 香台高拥万山平，无数烟云绕涧生。
> 杯底岚光浮太华，檐前秋色挂昆明。
> 空余战垒悲戎马，似有秋风动石鲸。
> 我醉欲留归路晚，满湖鸥鹭棹歌声。

这首诗里，出现了太华寺和滇池两个景点。太华寺在昆明太华山之上，站在太华寺大悲阁可以俯瞰滇池全貌。李澄中《泛滇池游太华寺记》一文，不仅描绘了滇池的概貌，"前对滇池，周五百余里。其北为草海，居人网鱼，取水草。其中水深处为白荡，阔十余里，中横一埂。其南为昆海，统名曰滇池"，还介绍了滇池之名的由来，"汉武帝凿昆明池，习水战，盖像此也。郦道元谓：源广末狭，有似倒流，故名曰滇。"诗人置身其中，"四望远山环列，秋水如掌，旷然心目间，不知身之在天末矣"，感叹"山川雄秀，故英隽亦往往间出焉"，顿生兴亡之感。在这首诗里，同样浓缩了诗人登临太华寺大悲阁的所见所感，美景依旧，人事全非。其中的"空余战垒悲戎马，似有秋风动石鲸"之语，写风景再美，也掩盖不了战争留下的痕迹。此处化用杜甫《秋兴八首》中的"石鲸鳞甲动秋风"诗句。杜甫诗中的"石鲸"，本是指汉武帝放置在长安城昆明池的石凿鲸鱼，因滇池又名昆明池，李澄中在此借名发挥，表达了强烈的古今兴废之感。这是因为李澄中在云南时，距"三藩之乱"已有十余年，但还能看到当时留下了战争痕迹，故有感而发之。与之相同的情感还有如下诗句，"百战河关余旧垒，孤城烟火半斜晖"（《于鼎臣藩司许元功臬司王颉轩吴克庵两观察招饮五华山》），"故垒几经秋草没，荒城依旧夜乌啼"（《重九前一日王抚军在兹邀游金马寺》）等。这与他在赴云南路上所写《荆州》、《南阳谒诸葛祠》等诗歌所抒发的情感一脉相承，都蕴含着浓郁的古今兴废之感。

六　记录羁旅行役，寄托思乡之情

"诸城十老"都有丰富的漫游经历。他们南下北上、东奔西走，到过北京、河南、福建、云南、贵州等，足迹遍布大半个中国，不仅结交了朋友，还游览了各地风光。他们漫游的理由虽各不相同，如丁耀亢就曾因外出求学而下江南、因战乱而避难海上、因谋生计而进京、因文字狱而出逃嵩山等；丘元武则因"三藩之乱"滞留他乡；丁耀亢、刘翼明、李澄中和丘元武等为谋求仕途而寄居不归；但他们都能够将自我游历名山大川、结交朋友、一路所见所感诉诸笔端，形成了以此为主题的许多诗文美篇，既记录羁旅行役之苦，又寄托思乡念家之情。

丁耀亢的诗集《逍遥游》就是其崇祯八年至顺治四年之间在各地游历的汇总，其中的《岱游》描写了其登览泰山时所见的自然风光和人文盛景；《江游》则记录了崇祯十二年丁耀亢"溯海而淮而江，既不得南枝，蜡屐倦游，止于白下"① 的第一次漫游江南的经历；《吴陵游》则记录了顺治四年"家居郁郁不得志"的丁耀亢再次"泛舟淮海"② 的第二次漫游江南的经历。《陆舫诗草》主要写其顺治五年到十年之间在京城五年的生活经历；《椒丘诗》写其顺治十一至十五年的容城教谕的生活经历；《江干草》作于顺治十六年至十八年，记录了他赴任惠安知县的经历。

刘翼明的《镜庵诗稿近集》之《粤游草》中的部分诗篇，记录了自己顺治十年到十一年南下广东途中的所见所感。有《拟登金山以屯兵禁》、《鄱阳舟中》、《河埠上下多橘田》、《顺德官署闻鸠》、《北归题梅岭》、《北归望见庐山》、《急归》等。

李澄中的《滇南集》写其康熙二十九年奉命典云南乡试时，一路所见各地风景、名胜古迹以及云南的风光。尤其是在游览了昆明的滇池、五华山、太华寺、华亭寺等风景名胜，写下了《登太华寺大悲阁望滇池》、《饮五华山》、《泛滇池游华亭寺记》、《游太华寺记》等一系列赞美昆明名胜古迹的诗文。

---

① （清）丁耀亢：《野鹤自纪》，《丁耀亢全集》（上），第667页。
② （清）丁耀亢：《丁亥夏日野鹤自纪》，《丁耀亢全集》（上），第688页。

丘元武的《柯村遗稿》中，有的诗歌记录了他在贵州避难期间的颠沛流离的生活苦况。如《避乱九龙山中》、《迷道与家人相失野宿自慰》、《十月十五夜如铁园因忆庚申此夜予携家逃入九虬山感赋》等；还有的写其一路北上归家，沿途的所见所感。如《思州客舍雨坐杂咏》、《过湖北杂咏》、《至楚村有感》等。其中还夹杂着浓厚的思乡之情，如《乡园三咏》、《诸仆言涓村浩然有怀二首》、《梦家兄汉标夜话铁园四首》等。

除了有专门描写出游的诗集外，还有大量零散的诗篇记载着"诸城十老"的出游经历。这些诗篇集中表达了作者羁旅行役、思乡怀人的主题。细言之，主要表达了以下情感：

一是抒发自己身在异乡的孤独寂寞之感。

丁耀亢在容城任职时，忧愁烦闷无法诉说，只能独自承受："忧来不向世人言，绝塞愁时且闭门。夜夜五更闻鼓角，千里伤心忆故园"（《独忧》），"三年如梦里，官冷似闲居"（《如梦》）。

刘翼明南下广东，一路之上，孤独来袭，倍感凄凉，故其《拨闷》曰："谁使独为万里游，一时如此亦何尤。钟声雨湿鸡难和，江口涛惊客易愁。"

丘元武滞留他乡多年，倍感孤独，尤其是身处雨夜、听到北雁南归的哀鸣之时，其孤独之感更为强烈。如其《雨夜有怀》曰："秋冷孤吟画角催，怀人书隔赵王台。黄昏淅沥群峰雨，白发萧条万里杯。多病披帷常不寐，深灯读史易生哀。如何夜半闻霜雁，还带乡音自北来。"

赵清的《过济南别刘子羽先生》，写其进京路上，经过济南时，拜访了当时在利津任职的刘翼明，想到刘翼明年老体迈之时才得到了广文一职，既感慨其"仕路那容垂钓叟，老年久滞广交官"的境遇，又由此及彼，联想到自己一无所成的现实处境，顿时伤感不已："此际依依同是客，萧条我又向长安。"

二是抒发身在异乡的思亲思乡之情。

王乘箓的《忆家》，通过"白云迢递日悠悠，穷谷西风一日秋"、"纵是桃源饵灵药，驻颜也不解消愁"等诗句，一语中的道出了无论身在何处、哪怕是世外桃源，家始终是牵挂。

丁耀亢大半生辗转他乡，思乡思亲之情更强烈。他会在梦里回到家乡:"何年橡槲横牛背,浊酒黄鸡野芋肥"(《梦入故山》);会在月下想念家乡亲人:"河汉不可极,计家天许长"(《月下二首》);身在病中,思乡之情更加迫切:"秋苏肺气愁增剧,病入乡心老渐催"(《病卧北城求假归省柬刘宪石学士》);以至于在归乡途中见到类似家乡的植物,也会惊喜不已:"道旁野菊连秋戍,马上村酤似故乡。"(《马上重九同大行王遇甫分韵得阳字》)

刘翼明跟随丘元武离家去临川,也创作了一系列思乡念亲的诗歌:"寒食思归梦未孤,三千里路有江湖。不知东北梧桐岭,新土于今得到无"(《寒食剧思先茔》),"天涯谁与密缝衣,令节思亲泪自挥。谁识塚中慈母在,倚门时也望儿啼"(《夜梦老母》),"星河灿烂始凭栏,久雨新晴喜自宽。料得故园今夜影,庭前一样举头看"(《三月十一夜月念诸弟侄》)。

丘元武曾先后在江西抚州、贵州施秉为官,后因"三藩之乱"而滞留他乡多年。江山阻断,故乡难归。这一特殊的人生经历,不禁让他思念故乡、思念亲人之情更浓:"如何夜半闻霜雁,还带乡音自北来"(《雨夜有怀》),"昨夕乡园梦,灯青伯氏庐"(《梦家兄汉标夜话铁园》),"梦里刀环惊鹊起,家书寄自武陵人"(《得家书》)等。

与以上诸位稍稍不同的是,王乘箓早年还有塞外漫游经历,写下了不少行旅诗,抒发了少年意气和以身报国的豪情壮志。有《少年行》、《欸乃曲》、《塞下曲》等。他个性豪放,意气风发,其漫游的经历不仅开阔了视野,还激发了他从军报国的热情。如《少年行》:"白马黄金络,嘶风过大堤。十千沽腊酒,结客取洮西。"写其渴望奔赴战场,杀敌立功的愿望。再如《塞下曲》:"飞刀走马羽林间,一道明光五月寒。战罢玉门关外驻,不须回首望长安。"则写其亲临战场,保家卫国的豪情壮志,令人欢欣鼓舞。

七 超然身世之外,参禅论道说理

在丁耀亢晚年遭遇文字狱之后创作的诗歌中,参禅论道说理成为其诗歌创作的一个重要主题。

年轻时,丁耀亢因科考失利而倍感失落,故天启六年(1626)就有和友人孙江符闭门参禅百日的经历,"扫地焚香深下帘,冥心塞穴学参禅",试图以此求得"耳根静不闻雷霆,眼界空能见圣贤"(《丙寅七月同孙江符闭百日关》)的人生境界。而在闭关结束后,有了"地似梦柯成国邑,人如剖桔成神仙"(《虎丘方开关》)的体验。由此看来,丁耀亢通过打坐参禅来排解在现实世界遭遇的痛苦,以求获得心灵的宁静,是取得了成效的。此后,丁耀亢有断断续续的参禅活动。晚年因文字狱而经历了逃难、被押解入京、入狱等一连串的打击,故其参禅活动越来越多,参禅之心也越来越强烈,甚至到了痴迷的程度,并因此写下了诸多以参禅悟机、打坐拜佛为主题的诗篇,以期获得心灵的慰藉。这些诗歌大多结集于丁耀亢的最后一部诗集——《听山亭草》中,如《丁未仲春初度前入山谒大士》、《参禅》、《同问石上人宿紫竹庵禅室》、《禅房不寐》、《达观》、《达化》、《戊申腊朔早起礼佛四首》等。这类诗作,大多表达了丁耀亢想要摒弃杂念、摆脱尘世的困扰,"学道能逃俗,藏身不离禅"(《闻马习仲山居被讼》),以及想要脱尘出世、一心向佛的信念:"余生不尽牟尼梦,初地仍寻薜荔衣"(《丁未仲春初度前入山谒大士》),"莫问南宗与北宗,参禅如上最高峰"(《参禅》),"参禅我爱王摩诘,任侠人扶杜子春"(《柳村新垦杂诗俳体效元白八首》),"半榻禅心生夜磬,十年归梦落山樵"(《同在兹孙夜宿山楼》),"尘念自生还自灭,禅心无住亦无降"(《漫兴》)。

除上述诗歌主题之外,在王乘箓和徐田等人的诗作里,还有一些以描写爱情婚姻为题材,来表达男女情感世界里的悲欢离合这一主题的诗歌。

王乘箓的描写爱情婚姻的诗歌有《饷妇》、《秋闺怨》、《江南曲》、《相思曲》、《采桑》、《自君之出矣》、《玉阶怨》、《送别曲》等。这类诗作,多采用乐府旧题,抒发男女爱恋中的种种情思。既有诉说思妇对征夫、游子的思念:"自君之出矣,不复上高楼。楼外多秋色,天涯入望愁"(《自君之出矣》);也有描写初恋的美好:"看花一笑来,与妾初相遇。"(《江南曲》)然而更多的是写弃妇的哀怨,表达了对女性"无何妾薄命,弃置今下堂"(《采桑》)被抛弃的深深同情。如《相思曲》一诗曰:

南山松柏高,丝萝结千尺。君恩妾未忘,妾意君如掷。

>归来泪满衣,斑斑渍成血。畏人不敢啼,忽哽又还咽。
>轻风入我帏,推窗见明月。无言罗绮寒,一夜生华发。

该诗诗题名为相思,却无关相思。全诗如泣如诉,读之催人泪下,能真切地感受到诗中女子血泪斑斑、一夜生白发而痛到骨髓的悲伤。

徐田的爱情婚姻之作有《爱妾换马篇》、《妾答换马篇》、《鸳鸯篇》、《懊侬歌牛尼生四首》等。其《鸳鸯篇》一诗,以鸳鸯"坚贞两不移"、"双飞惬意愿"的恩爱情景起兴,表达了"天地虽无情,不能使之离。世人重其义,虞罗不忍施"忠贞不渝的爱情宣言。而《懊侬歌牛尼生四首》其一,则以"夜来就侬宿,索侬绣香囊。短钗持赠妾,欢情故不长"之句,描写男子的薄情给女子带来的痛苦。

第五节 "诸城十老"的诗歌创作风格

"诸城十老"的诗歌,不仅主题内涵丰富,多种题材均有涉猎,而且在长期的诗歌创作实践中,秉承"吟咏情性"的诗歌创作传统,主张为诗宗唐但不泥于唐,转益多师而终成一家之言,逐步形成了自己的诗歌创作风格。对于"诸城十老"的诗歌创作风格,前人多有论及。然用语往往简单而笼统(如论丁耀亢诗歌之风格,多曰"有亢厉之风";论王乘箓诗歌之风格,则多以"清健";论张衍诗歌之风格,则曰"多东篱风致";论张侗诗歌之风格,则多言其诗善"别标象外之趣";论徐田诗歌之风格,则多以"朴劲清茂"等等),令人难以理解与把握。有鉴于此,本节拟以前人之说为参照,并结合"诸城十老"的具体诗歌作品,对他们各自的诗歌创作风格进行具体的分析研究。

一 激楚亢厉,风致空寂:丁耀亢的诗歌风格

丁耀亢不仅是"诸城十老"中存诗最多的诗人,还是诗歌成就最高、风格最为多样的诗人。对于丁耀亢的诗歌创作风格,前人主要有以下几种说法。

1. 赵进美《陆舫诗草序》云:"野鹤方有志于时,抱盛才绝学,名高著作之林,海内多知己。左纂鞭右,铅管怀志,为天下雄而眷怀君国,

悯念天人，幽愤慷慨，发为啸歌，此岂徒嗟行李之艰，悲一代之遇哉！"①

2. 孙廷铨《陆舫诗草序》云："读野鹤诗，时闻激楚，其悲时悯俗之心耶？夫雅怀越俗，抚时欲勤，固宜定诗郊庙，议礼明堂。今乃屈首一毡，顾影独吊，起而为诗，则诗固纪年之史也。如是，而时为激楚之音，足以观世矣。"②

3. 康熙《诸城县志·丁耀亢传》云："公之诗刻苦雄杰，不寄人篱下，自成一家言。"③

4. 乾隆《诸城县志·丁耀亢传》载："为诗踔厉风发，少作即饶丰韵，晚年语更壮浪，开一邑风雅之始，县中诸诗人皆推为先辈。"④

5. 《四库全书总目提要》卷一八二《丁野鹤诗钞》提要云："耀亢少负隽才，中更变乱，栖迟羁旅，时多激楚之音。自入都以后，交游渐广，声气日盛，而性情之故亦日薄。王士禛《池北偶谈》载其'陶令儿郎诸葛妻'一律，谓'野鹤晚游京师，与王文安诸公倡和，其诗亢厉，无此风致'。盖亦有所不满矣。"⑤

以上诸家对丁耀亢诗歌创作风格的界说，大致包含两方面的意思：一是大多认定丁耀亢诗歌最主要的风格特点在于"激楚"与"亢厉"；二是注意到了丁耀亢前后期诗歌创作风格多有变化与不同。总体上说来，上述诸家之说没有什么问题。然从丁耀亢现存诗歌的风格来看，上述诸说仍有些许不足，主要表现在以下两个方面：一是诸家虽多言丁耀亢前后期诗歌风格多有不同，但对其前期诗歌的创作风格，除乾隆《诸城县志·丁耀亢传》言"少作即饶丰韵"外，其他诸家均未言及。二是对丁耀亢"晚年"诗歌的风格界定过于单一。从《四库全书总目提要》所记来看，诸家所言丁耀亢之晚年诗歌，当指"野鹤晚游京师"，而与王文安等诸公多有倡和之时，即顺治五年到十年丁耀亢进京谋事之间创作的诗

---

① （清）赵进美：《陆舫诗草序》，《丁耀亢全集》（上），中州古籍出版社1999年版，第5页。
② （清）孙廷铨：《陆舫诗草序》，《丁耀亢全集》（上），中州古籍出版社1999年版，第3页。
③ 康熙《诸城县志》卷七，康熙十二年刻本。
④ 乾隆《诸城县志》卷三十六，乾隆二十九年（1764）刻本。
⑤ （清）永瑢、纪昀：《四库全书总目提要》卷一八二，海南出版社1999年版，第992页。

歌。顺治五年丁耀亢年已五十，对于康熙八年即已去世的丁耀亢来说，可以看作是其人生的晚年阶段。但若以"激楚"与"亢厉"，概言丁耀亢晚年所有诗歌之风格，则失之于偏颇。因为丁耀亢晚年创作的诗歌并非表现为这一单一风格。尤其是丁耀亢康熙四年之后所创作的诗歌中，我们更难看到"激楚"与"亢厉"的特点，而所见更多的是温顺与从容、恬淡与清澈。所以，将丁耀亢晚年全部诗歌的风格都界定为"激楚"与"亢厉"，就很有问题。三是诸家对丁耀亢诗歌晚期诗歌风格的界定过于笼统而抽象。其所曰"激楚"与"亢厉"究竟是什么意思，让人难以理解与把握。

有感于此，本文在分析丁耀亢的诗歌风格之前，觉得有必要先分析清楚诸家所言丁耀亢诗歌"激楚"与"亢厉"风格之意。

先说"激楚"。《激楚》本为歌舞之名，最早出现于《楚辞·招魂》中，"是指战国时期流行的楚地民歌，后来流布到宫廷中，成为宫廷中表演的歌舞曲目"[①]。表演《激楚》这种歌舞时，多管弦齐鸣、鼓声密集，节奏非常急促，音调苍凉凄楚，令人热耳酸心、血气为之动荡。后人依据《激楚》歌舞的这一特点，多借用"激楚"一词来评论诗人诗歌的创作风格，指其诗歌中大多流露出一种苍凉凄楚、忧危自伤的内在情绪。而这种情绪，又多是因诗人人生之路难以顺遂，尤其是面对易代之际而发出。

再说"亢厉"。"亢厉"本是用来形容人的脸色的一个词语，指的是其多有傲气、面露严厉之色，是一个人内在性格的外在表现。后诗评家借用此语以论其诗歌之风格，往往指的是其诗歌文辞粗豪、笔锋尖刻，多流露出对自身处境不满的怨气和对自我期许甚高的傲气。而丁耀亢在遭遇科考失利和历经战乱后，其内心交织的怨气和傲气形诸文字，自然带有亢厉之气。由此看来，前人以"激楚"与"亢厉"来形容丁耀亢诗歌创作的风格，也就是情理之中的事情了。

明白了"激楚"与"亢厉"的含义，我们再来结合丁耀亢的诗歌作品，具体分析研究其诗歌创作风格。

就整体风格变化而言，丁耀亢一生创作的诗歌，大致可以分为早期

[①] 王莉：《论歌舞曲〈激楚〉在汉代的流布及其成因》，《济南大学学报》2007年第1期。

(37岁之前)、中期(38—61岁)、晚期(62—71岁)三个阶段。下面我们就依据其创作于不同时期的诗歌作品,分为三个阶段来具体分析丁耀亢诗歌的风格。

(一)诗多风致,已有亢厉——丁耀亢早期诗歌的主要风格

丁耀亢三十七岁之前创作的诗歌,大多结集于《问天亭放言》中。从该集所收诗歌来看,丁耀亢早期创作的诗歌,主要是田园诗。大多描写其山居风光的优美以及山居生活的乐趣,明显带有清新恬淡的风格,读来让人感觉饶有风致。如《自城移家五首》① 第二首曰:

> 陶令儿郎诸葛妻,妻能炊黍子蒸藜。
> 一家命薄皆耽隐,十载形劳合定栖。
> 野径看云双屐蜡,石田得句半犁泥。
> 泉清不以濯牛耳,坐听山禽近水啼。

诗中有炊黍、蒸藜等农村生活场景,也有野径、石田、犁、山禽等普通的田园景物,表达了诗人身居山间的惬意和闲适之情,用语质朴,风格清新。被王士禛赞誉为颇有"风致"② 之作。由此可见,王士禛所说的风致,就是指丁耀亢表达恬淡闲适心情的田园诗,风格清新。

在他的笔下,山间四时风光美不胜收:"细雨春寒换蔽裘,携家犹及踏青游"(《春尽携家入山》),"东林云热蒸雷雨,下滩水浸三尺余"(《夏日卧东溪泉中》),"石迸生秋笋,霜酣笑晚榴"(《散步秋园》),"柴门积雪来无伴,古寺留僧剩有邻"(《山房自述》)。还有着浓郁的生活气息,"野渚纷挑菜,晴波喜浣衣"(《峪园即事》)。通过这些诗作,我们可以感受到此时的丁耀亢,依然醉心于田园生活,心境比较淡泊,充满着浓浓的生活情趣,故而其诗多有清新、恬淡之美。

除山水田园诗外,此时的丁耀亢还创作大量的咏物诗。在这类诗歌中,我们能明显感觉到诗人内心深处涌动着的不平之气,流露出人生不遂的抑郁、烦闷之情绪。如其《老马》、《老女》、《老将》、《老树》等诗

---

① (清)丁耀亢:《自城移家五首》,《丁耀亢全集》(下),第215页。
② (清)王士禛:《王士禛全集》,齐鲁书社2007年版,第3105页。

作。在《老将》一诗中,诗人写曾经征战沙场的老将虽然年已衰老,但"气尚雄",还可以像李世民那样"挂剑"、像李广那样"伤弓",然帝王只宠信年轻的霍去病、人们只晓得廉颇和李牧的忠心。末尾一句"低头怜战马,落日大江东",写老将站在江边,面对落日,哀叹和自己一起出征过的战马,营造出一种悲壮凄美的画面。整首诗歌,诗人以老将自比,引经据典,自伤怀才不遇之境遇。全诗语言古朴遒劲,风格浑厚雄健,气势悲壮苍凉。所以沈德潜称该诗"结尤悲壮"[1]。丁耀亢这类的诗歌多有奇句妙语,亦深得王士禛的赞赏:"丁著《天史》,诗多奇句,如《老将》云:'低头怜战马,落日大江东。'《老马》云:'西风双掠耳,落日一回头。'此例皆警策。"[2] 阅读这类诗作,让人既可以感受到丁耀亢文思泉涌的诗才,也可以感受到其初露端倪的激楚亢厉诗风。

此外,《问天亭放言》中还有关注现实、关心民生疾苦的诗歌作品,也大多带有"激楚之音"。崇祯五年(1632)正月,孔有德叛变,叛军先后攻陷登州、黄县、平度,并进围莱州,时莱州知府朱万年与登州、莱州巡抚都御史死皆难。丁耀亢就用诗歌记录了这一事件:当时"东贼围不解,西兵胆犹缩。流民血里疮,运车泥没辐"(《壬申秋避乱山居》),面对东兵围攻莱州,官军不仅不去解救,反而趁乱打劫,"持刀吓民一何勇,赴阵杀贼一何悚"(《官军行》)。而朝廷束手无策,只能"朝廷宰相会议频,征兵羽檄如风云",只有莱州朱太守"独往坚持入虎穴,甘将一死为臣例",以及杨将军、谢中丞"誓同生死固守城"(《哀朱太守》)。面对战乱,诗人企盼"轻身羡去燕,侧耳惊逐鹿。中夜起彷徨,独坐念倾覆。安得秦人源,同行迈卜筑"(《壬申秋避乱山居》)。同时对"猛虎白日绕林行,伥鬼襹衣为驱路。不食麋鹿但食人,上帝命之为不仁。爪牙雄武有天纵,古往今来称大臣"(《猛虎吟》)等不良社会现象进行了批判。

(二)亢厉为主,间有风致——丁耀亢中后期诗歌的主要风格

随着战乱的爆发,丁耀亢自身的人生经历也更为坎坷。面对科举的

---

[1] (清)沈德潜:《清诗别裁集》,上海古籍出版社2013年版,第564页。
[2] (清)王士禛:《古夫于亭杂录》卷五,《王士禛全集》,齐鲁书社2007年版,第4922页。

失利、仕途的不如意、逃难的仓皇失措等种种人生遭际，自视甚高、怀才不遇的丁耀亢，自然内心充满了强烈的失落与悲愤之情，故沉郁悲壮，激楚亢厉，也就成为丁耀亢这一时期诗歌创作的主要风格。从丁耀亢创作于这一时期的《逍遥游》、《陆舫诗草》、《椒丘诗》、《江干草》等诗集来看，这一特点表现得尤为突出。

《逍遥游》所收诗歌，不仅内容繁杂，诗风也多有变化："其《岱游》之音壮，《海游》之音哀，《江游》之音思以长，《故山游》之音清以激，《吴陵游》之音怨以平"①。但"激楚之音"仍是其诗歌创作的主要风格。故龚鼎孳说道："吾行天下，阅人深矣，即未见肝肠如此人者！已复尽读其《逍遥游》诸诗，天海空寥，回翔自适。以杜陵之声律，写园吏之襟情，无响不坚，有愁必老，至其苍古真朴，比肩靖节，唐以下未易几也。野鹤自言曰：'吾等称诗，小异人者，腹中多数卷史书耳。'夫能读史斯能阅世，能阅世斯能玩世。当其意思悠忽，耿耿难名，实有屈子之哀，江淹之恨，步兵之失路无聊，与夫《彭衙》、《石壕》、《无家》、《垂老》之忧伤憔悴，而特托于击千抟万，巢林饮河，一切诙奇激宕之言，怨也，可群正焉。"②因这类诗歌中多有"激楚之音"、"中间违碍之语甚多"③，故乾隆四十五年（1780）六月二十四日《逍遥游》被下令销毁。

而《陆舫诗草》、《椒丘诗》、《江干草》这三部诗集，则贯穿着丁耀亢入清后的整个仕宦生涯。就内容而言，既有诗人哀叹自我不幸的诗篇，如《怀仙感遇赋》等；又有抒发亡国之痛的诗篇，如《秋怀和太史王敬哉夫子韵五首》等；既有记录社会动荡的诗篇，如《题永平申太仆殉难册》；又有哀叹民生疾苦的诗篇，如《捕逃行》等。不管表现何种内容，都有一股悲怨郁勃之气充溢诗间，彰显出明显的激楚之音、亢厉之风。如其《捕逃行》④一诗：

---

① （清）丁日乾：《逍遥游叙》，《丁耀亢全集》（上），第633页。
② （清）龚鼎孳：《逍遥游序》，《丁耀亢全集》（上），第632页。
③ 姚觐元：《清代禁毁书目》，商务印书馆1957年版，第331页。
④ （清）丁耀亢：《丁耀亢全集》（上），中州古籍出版社1999年版，第316页。

嗟尔逃人胡为乎来哉？
昔为犬与豕，今为虎与豺。
犬豕供人刀俎肉，虎豺反噬乡邑灾。
尔生不时遭杀掳，不死怀乡亦悲苦。
何为潜伏里中村，一捕十家皆灭门。
择人而食虎而翼，仇者连坐富者吞。
嗟尔已为人所怜，何为害众祸无边？
皇恩新赦有宽令，都护爱人惜尔命。
甘死北地莫投亲，普天何地非王民？

该诗通篇描写"逃人"的悲惨境遇，不仅自己性命难保："尔生不时遭杀掳，不死怀乡亦悲苦"；还会祸及亲友："一捕十家皆灭门"。末尾四句，更是正话反说，劝"逃人"不要逃跑，因为"普天何地非王民"。诗人以看似冷静的笔触，字里行间透着一股无法排解的悲愤。

与《捕逃行》写"逃人"的悲惨命运不同，其《屠牛叹呈张中柱学士》[①] 是写牛的任人宰割的悲惨命运，诗曰：

燕市西番旧羌落，屠杀天生自安乐。
都城用牛不计万，远近群驱就束缚。
撑拄蹄角侧不起，努张血力睛犹烁。
饮刃一哮微带声，中节砉然遂解髀。
庖丁见惯谈笑轻，一瞬十牛如振箨。
众牛旁立相待死，毛角溅溅神自若。
觜肪同登大俎盘，皮骨群分百匠错。
死犹济物不辞用，生本利人代耕作。
虎豹凶残出于柙，劳生尽力填溪壑。
功罪报施已不仁，造物何尝分厚薄。
东风春草年年生，老牛死尽犊还耕。

[①] （清）丁耀亢：《丁耀亢全集》（上），中州古籍出版社1999年版，第29页。

该诗作于顺治六年（1649），身居京城的诗人看到"西番旧羌落"，以屠杀耕牛为乐，甚为震惊，着力铺写了濒死之牛的百般挣扎、庖丁谈笑间一瞬杀死十牛的残忍、众牛麻木待死的无奈，形象地刻画了屠牛者如虎豹般凶残的野蛮行径，毫不客气地指责他们行为的不仁义。或许诗人在这一刻想起了崇祯十五年惨死于清兵屠刀下的诸城民众，惨烈的场景历历在目，由彼及此，对于残忍的屠牛行为痛恨不已，从而发出了强烈的谴责，亢厉之气喷薄而出。尤其值得注意的是首句"燕市西番旧羌落"中的"西番旧羌落"一词，本是指我国古代对西域一带及西部边境地区的泛称，此处代指入主中原的八旗子弟，含有轻蔑不屑不满之意。所以杨钟羲有云："渔洋谓其晚作亢厉，然如此诗，亦香山之遗也。"[①]

此外，这三部诗集，还体现了丁耀亢十余年仕宦生涯的苦闷与压抑之情、出仕与归隐的矛盾心态。在京城任教习时，丁耀亢与名公大臣多有唱和，不时发出"邱陵既换，阳侯不波；沧海既田，鱼龙泥曝"（《陆舫游记》）的人生感叹；得任容城教谕一职时，丁耀亢顿生"已将生计付渔竿，谁解鹓堂戴竹冠"的辞官想法（《李龙衮给谏传予教授容城欲辞未果》）；赴任惠安途中，辞官归家之愿更切。其《久客蒲城上台屡檄不放夜坐达旦》一诗，就描写了其向朝廷提出辞官申请，在蒲城等待答复的心情。曰："山城风雨夜寒侵，欹枕灯残耐苦吟。故国青山万里梦，老亲白发五更心。微官求劾身仍系，薄俗依人病转深。自拥孤衾愁达旦，卧听童仆有哀音。"从这首诗里，我们能感受到丁耀亢在蒲城等待批复时焦躁不安的心情，以及辞官的决心。

（三）亢厉顿失，终归风致——丁耀亢晚期诗歌的主要风格

《归山草》和《听山亭草》这两部诗集，收录了丁耀亢人生最后八年创作的诗歌作品。

康熙元年，丁耀亢辞官归家，想重归山居生活，然其小说《续金瓶梅》为之带来了逃难和入狱的经历；出狱后，丁耀亢彻底归家，开始了晚年的田园生活。这样的人生经历，使其豪气不再，故而其创作于这一时期诗歌的作品，内容和风格也随之发生了很大的变化：激楚亢厉之风

[①] 杨钟羲：《雪桥诗话三集》第2册，文物出版社1984年版，第34页。

顿失，而风致之作重现。

一方面，这一时期的丁耀亢创作了大量描写逃隐经历和一心归禅的诗歌，呈现出一种空寂清寂的风格。如《归山草》中的《过兖州寄贾凫西四首》、《陈留署中留别》、《水月庵参禅二首》、《呈济南学宪王子陶》、《归禅后次渭清原韵四首》、《请室杂著八首》、《焚书》等，《听山亭草》中的《丁未仲春初度前入山谒大士》、《参禅》、《同问石上人宿紫竹庵禅室》、《禅房不寐》、《达观》、《达化》、《戊申腊朔早起礼佛四首》等，都是描写其参禅悟机、打坐拜佛的诗篇。这些诗歌，表达了丁耀亢想要摒弃杂念、摆脱尘世的困扰，以及想要脱尘出世、一心向佛的信念，呈现出一种空灵清寂之美。

因为文字狱的打击，丁耀亢的向禅之心越来越浓，逃难时，他"曾谒白松少室师"，甚至"剃发嵩山大索时"（《呈济南学宪王子陶二首》），想出家。出狱后，他更加坚定了参禅之心，"欲觅参禅地，圜扉卧此翁"（《请室杂著八首》），"老来顿觉参禅好，绣佛长斋未断沽"（《寄阎古古次壁上旧韵二首》），在参禅中寻求安慰。待到出狱归家后，更是日日参禅礼佛，"参禅我爱王摩诘，任侠人扶杜子春"（《柳村新垦杂诗俳体效元白八首》），"昌黎遇后微官绝，何似参禅老石根"（《过贾岛墓》），渴望通过参禅悟道来寻求内心的平静："渐觉人间天地窄，愿同弥勒一龛居"（《归禅后次渭清原韵四首》），"学道能逃俗，藏身不离禅"（《闻马习仲山居被讼》）。如《达观》[①]：

> 自无而有云生灭，自有还无影去留。
> 社燕自来还自去，山花无喜亦无愁。
> 空传桃实能延岁，莫笑芭蕉不耐秋。
> 看破彭殇同一尽，蟪蛄何用吊蜉蝣。

从这首诗中，我们不难感受到诗人抛却俗念，摆脱尘世纷扰的意念，以参禅的心态看待自然万物和人间世事，获得了心灵的宁静，看破了云、社燕、山花的有无与去留，不喜不悲，也顿悟了生与死、寿命的长与短。

[①]（清）丁耀亢：《丁耀亢全集》（上），中州古籍出版社1999年版，第561页。

流露出一种超然世外的空灵澄澈之美。

再如《达化》①一诗：

> 七十行吟荣启期，披蓑拾穗乐偏奇。
> 江山到处皆春色，花鸟随时即故知。
> 世本唐虞人自隘，我无机智物何疑。
> 巢由舜禹浑多事，庄子濠梁笑仲尼。

诗中诗人写自己年已七十，要向荣启期那样知足常乐、远离流俗，人间处处有春色，世世有唐虞，自己也要抛弃俗事杂念，心境也要变得简单平静。读来让人有一种想脱离尘世的空寂之感。

另一方面，晚年彻底归山、在参禅礼佛中获得了心灵宁静的丁耀亢，重新唤醒了其热爱山水的本性，在这一时期又创作了大量的景物诗（多收录在《听山亭草》中）。格调清新，文笔优美。

此时的丁耀亢虽然体病目盲，但他依然用耳朵、用心灵感受着山间的春鸟（《听春鸟》）、夏泉（《听夏泉》）、秋声（《听秋声》）、冬雪（《听冬雪》）等四季景色的轮回与变化之美。他每日"早起听啼莺"（《山晓》）、感受着"鸟雀投林晚"（《山晚》）的山间晨昏景色，以至于"镇日莺啼声不断，招邻呼酒听笙歌"（《东园》）。这类诗歌多充满浓郁的生活气息，一如丁耀亢早年山居时创作的山水田园诗歌，格调清新优美，读来感觉饶有风致。

通过以上分析，我们不难看出，丁耀亢的诗歌创作风格，正如他早期自号"野鹤"、晚年自号"木鸡道人"一样多有变化：早期诗歌创作以追求风致为主，部分作品已有激楚亢厉之气；中晚期诗歌作品多以亢厉为主，间有清澈之作；而人生晚年的诗歌创作则追求空灵清寂之美。由此看来，除其人生晚年的诗歌作品外，激楚与亢厉之风始终伴随其诗歌创作。

---

① （清）丁耀亢：《丁耀亢全集》（上），中州古籍出版社 1999 年版，第 561 页。

二　刚健而不失清新：王乘箓的诗歌风格

王乘箓的诗歌风格，前人多冠以"清健"二字。如乾隆《诸城县志·文苑传》曰："生性豪迈，不拘细节。""诗清健。平生与丁耀亢、孙江符相友善。"①"清"即清新；"健"即刚健。但这并不是说王乘箓的诗歌分为清新和刚健两种创作风格。而是说其诗歌清新不离刚健，刚健不失清新。当然，通过对王乘箓诗歌作品的分析，我们不难看出，"清健"始终是王乘箓诗歌创作风格的主调。

刚健的诗风，在王乘箓的边塞诗和行旅诗中体现的最明显。王乘箓生性豪放，为人不拘小节，有着"雄心傲骨气铮铮"②的磊落胸襟，所以"诗如其人"，为诗刚健也就是自然而然的事情了。通过"十千沽腊酒，结客取洮西"（《少年行》）、"相逢在知己，不在结交多"《赠戴谔扬》、"一剑三生恨，高歌十载情"（《霁雪过长城岭》）、"壮怀占紫气，北斗没云边"（《早行》）、"偶怀随道远，猎猎北风声"（《雪霁朝行》）等诗句，我们就可以看出，王乘箓的诗歌，字里行间无不充溢着一股豪气，读来令人血脉贲张。

他的山水田园诗，虽以"清新"见长，但在清新中依然透着刚健之气。如其《饮江上楼》一诗："画楼高起绿杨边，美酒沽来斗十千。醉倚江云看江水，夕阳摇出打鱼船。"该诗以"画楼高起"、"斗十千"、"看江水"营造出一种开阔的画面，颇有气势，又把"绿杨"、"晚风"、"鱼船"等纳入画面，使得刚健的主调中又有了清新的底色。类似的诗句还有很多，如"林叶湿无声，云起河之渚。南山酿雨来，北山秀禾黍"（《山谣》）、"空翠一声山鸟过，斜晖千叠乱峰凉"（《再题九仙石壁》）、"山光晴带雨，海气晚蒸云"（《早春游五莲寄丁野鹤》）、"海风接大壑，天雪响空林"（《同丁野鹤夜入五莲》）等，也常常带有一股刚健之风。

除了"清健"为主的风格外，王乘箓的爱情诗也写得哀婉缠绵。如《秋闺怨》："汉家新战胜，有信说平安。含泪理刀尺，关山月正寒。"该诗写思妇得到丈夫打胜仗报平安的消息后的心理变化，"含泪"、"理"、

---

① 乾隆《诸城县志》卷三十六，乾隆二十九年（1764）刻本。
② （清）丁耀亢：《哭王钟仙律诗四首并引》，《丁耀亢全集》（下），第223页。

则道出了思妇对征夫的百般牵挂。

三 纤郁悲凉，苍秀朴老：刘翼明的诗歌风格

刘翼明的诗歌风格，前人主要有两种看法。一是李焕章在《刘子羽刻诗序》中谈及其诗歌风格时云："其诗纤郁闷愤、触目悲凉。"① 二是张谦宜在《絸斋诗谈》卷六中评价其诗歌："所居钟山海之胜，故笔下苍秀。读书涵养，骨力朴老，此老生平得力处。"② 然而，这并不是说刘翼明的诗歌创作兼具风格，只是两人评价刘翼明诗歌的角度不同罢了。李焕章之评，多立足于刘翼明诗歌的内容与情绪，而张谦宜之评，则侧重于刘翼明诗歌的文笔与语言。

（一）纤郁闷愤、触目悲凉——刘翼明诗歌的主要风格

刘翼明为诗好苦吟，尤精于近体诗。读其诗，多给人一种"纤郁闷愤，触目悲凉"的感觉。这一诗歌风格的形成，当与他一生"久不遇"的经历有关。他一生屡试不第，专力为诗。其曾自言："夫夫也成童以后，即喜为诗。先君子殊不诫之，反因而导之，由是以诗而怡悦，亦以诗而落拓。盖得力者在此，失力者亦在此矣。"③ 此番话语，既道出了写诗给刘翼明带来的喜悦，又点明了因为写诗而疏于科考、屡试不第的伤感心情。正是基于这样的人生经历与心态，故而使得刘翼明的诗歌，常常带有着一股郁闷悲伤的情绪，呈现出一种纤郁闷愤、触目悲凉的诗风。

这种悲凉的诗风，在其作于二十八岁到四十七岁之间的诗歌（收录于《镜庵诗稿前集》）中，就表现得很明显。在这些诗歌中，我们可以看到其不同人生境遇下所流露出的多种伤感情绪：如每逢佳节，他有着"一身到处总凄凉，寥落斋盘忆稻城"（《端午日题青州旅壁》）、"十年空自厌蹉跎，几度阴晴任意过"（《中秋夜月》）的伤感；站在年轻时读书的铁园里，他诉说着"来往三年余涕泪，南门消息永难期"（《铁园感

---

① （清）李焕章：《刘子羽刻诗序》，《织水斋集不分卷》，《四库全书存目丛书》集部第 208 册，第 770 页。

② （清）张谦宜：《絸斋诗谈》，郭绍虞辑《清诗话续编》，中华书局 1983 年版，第 876 页。

③ （清）刘翼明：《镜庵诗稿前集自序》，《镜庵诗稿》，《山东文献集成》第三辑第 29 册，第 2 页。

旧》）的伤感；想念朋友时，他发出"相见苦身存，相思苦梦往"（《怀王国儒》）的伤感；送别朋友时，他发出"年来霜鬓哭摧残，有齿还禁苜蓿盘"（《送遡洙迴澜兄衮中广文》）的伤感；而朋友的相继离世，更让他悲痛欲绝，涕泪涟涟："再思往事愈伤神，人日何堪哭故人"（《初闻邱大青子如讣音》），"东山宿草悲无竟，北道新正哭子如"（《自城回》），"君死我生由我哭，何人哭我更如君"（《哭逄太冲文昭老友》）。在这诸多让人伤感的情绪中，字里行间都有一股勃郁不平之气。这种浓郁悲凉的风格，几乎贯穿着刘翼明的全部诗篇。如《寒夜不寐苦忆失志诸友》一诗曰：

> 鹑悬复念故人寒，且喜三旬得九餐。
> 狂客何妨充鼓吏，硕人正好仕伶官。
> 雪残搔首高天急，岁暮徵心曒日难。
> 满目鼋鼍无可驾，会将鸡犬问刘安。

该诗作于康熙九年（1670）冬，时年六十五岁的刘翼明早已"避居东海上，贫益甚，萧然有嵇阮风，杜门寡交游"[1]，面对着"鹑悬"、"三旬得九餐"的生活境况，一个"喜"字更是反衬出其衣食无着的凄凉；而一个"急"字和一个"难"字，则道出了急切的诗人即使不嫌弃"鼓吏"、"伶官"这样的职位，但也难以得到的悲伤。而这就是不得志的刘翼明的生活常态，故而其内心的悲愤难以自抑，不得不吐，由此也就使得整首诗歌笼罩在浓厚的悲凉氛围之中。

（二）笔下苍秀，骨力朴老——刘翼明诗歌的语言风格

除了悲凉之风，刘翼明诗歌的语言还具有苍劲俊秀、刚健质朴之美。张谦宜在《絸斋诗谈》卷六中评价刘翼明之诗，这样说："所居钟山海之胜，故笔下苍秀。读书涵养，骨力朴老，此老生平得力处。"[2] 张氏所言

---

[1] （清）李澄中：《镜庵诗稿近集叙》，《镜庵诗稿》，《山东文献集成》第三辑第 29 册，第 26 页。

[2] （清）张谦宜：《絸斋诗谈》，郭绍虞辑《清诗话续编》，中华书局 1983 年版，第 876 页。

之"笔下苍秀",即是指刘翼明诗歌语言具有苍劲俊秀之美;而其所言"骨力朴老",则是指刘翼明的诗歌语言刚健雄劲、质朴老到。

刘翼明诗歌这一语言风格的形成,与刘翼明先天的气质秉性、平日所居环境的自然优美、后天的"读书涵养"有着密切的关系。刘翼明少年既有慷慨、任侠之壮气,加之长年居住在集山海之胜的琅琊台,故而使得他身上自带一种遗世独立的高士之风。如李焕章曾言,刘翼明"既与世人绝,乘夜月,陟琅琊绝顶。杂罡风拂拂,或瞰家园,万马飞青,振衣而啸,手一编。人或见之,曰高士传也"①。刘翼明作诗"锐精研思"、心无旁骛,其"胸中并不知有诗,又何知有穷达",故而能到达写诗的最高境界。"惟其无仕宦之心,故其诗愈高;无荣辱得失之感,故其诗安闲夷淡;无世情家私之萦其怀,故其诗气完力余,益老以劲"。②正因为刘翼明的诗歌创作有着这种无所羁绊的良好心态,故能创作出了许多被张谦宜称赞为"其通体严霰血脉灌注者,列之上乘"③的诗作。如《寄题张公潍上园亭》、《城中送儿辈应县试》、《奉怀牛浡寄李渭清诸友》、《行意堂偶题》、《与厉仲觉夜话》、《琅邪台寄怀蔡漫夫》、《过丁赤岸》、《端午日偶出寄李渭清》、《夜听两幼子读阴骘文》、《评渭清诗册》、《室怨》、《河夫咏》、《怀周证山》、《亟思蔡漫夫张起元却寄》、《病虐委顿过十八滩》、《过重萝山留别主人丁平之》、《宿王申甫峒峪别业》、《九雪》、《有怀王国儒》、《月下独步》、《早行过两河羡主人未醒》等。兹就其《过重萝山留别主人丁平之》一诗,分析如下:

>桃源有路问羲黄,题遍伊人薜荔墙。
>宏景原非松不梦,辋川本以画为庄。
>秋光到树红千叶,水气浮山绿一行。
>有客何来逢细雨,重阳连日作高阳。

---

① (清)李焕章:《竹叟传》,《织水斋集不分卷》,《四库全书存目丛书》集部第208册,第661页。

② (清)苏兰孙:《镜庵诗稿前集叙》,《镜庵诗稿》,《山东文献集成》第三辑第29册,第3页。

③ (清)张谦宜:《絸斋诗谈》,郭绍虞辑《清诗话续编》,中华书局1983年版,第877页。

该诗是写给朋友的留别之作,虽不直接写情谊,却句句关乎情谊。开篇直接将重萝山比作世外桃源;三四两句用南朝陶弘景恋松和王维画取的典故,赞隐居之乐和山水之美,用典自然老到,不露痕迹;后笔锋一转,五六两句直接写山中景色,诗人将"秋光"、"水汽"、树、山、红绿、千叶、一行这些平常名词和寻常动词"到"、"浮"组合在一起,构成了一幅树红山绿的绚烂秋景图,确有苍秀之美。再如《早行过两河羡主人未醒》一诗:"早起关何事,驱驰老未休。谁怜残月下,在汝梦中游。"该诗语言质朴浅显,却"用意绝妙,其人之惰窳亦照出"[1]。

对于刘翼明诗歌创作的不足,前人也有论及。如张谦宜在《絸斋诗谈》中曾这样说:"生时以朋友为性命,故见于诗题者甚多。然求其痛痒相关、肺腑潜通者,亦自无几。竟有录寄某人,略不道及交情,此亦何人不可通用,心窃病之。刘先生只为义气上留心,便落世法;贫穷未免芥蒂,已落俗情,此诗品所以不高。撰句有极佳者,但骨节时有不合,首尾或不相称。此下笔太快,精力有渗漏也。诗用仙佛故事,最令人厌。一切删除,归于大雅。吾爱古人以此。翁尝自评:'用古善搬运不如丁野鹤,雄浑超腾不如丘柯村。'自是确论。吾以为矜贵高洁,终让王无竟。措大做得几首诗,便以全福望之天,以资助责诸人,以百事仰体必之亲友妻子。世间那有此事?读刘诗者勿以其感慨为然。日日在山水朋友上留心,久之亦觉成套。"[2] 此种评价,甚是中肯。

四 高岸开朗,沉郁凄楚:李澄中的诗歌风格

对于自我诗歌创作的风格,李澄中自己在《自为墓志铭》中有着这样的说法:"其诗高岸,以汉魏唐人为宗,不屑屑近时习。"[3]

对于李澄中所自言之诗歌风格,诗家多有认同。钱钟联主编之《清诗纪事·康熙朝卷》(卷五)即收有如下诸家之说:一是卢见曾《国朝山

---

[1] (清)张谦宜:《絸斋诗谈》,郭绍虞辑《清诗话续编》,中华书局1983年版,第880页。
[2] 同上书,第878页。
[3] (清)李澄中:《自为墓志铭》,《卧象山房文集》,《山东文献集成》第一辑第35册,第391页。

左诗钞》所说:"君始为诗,恒废食饮,喜怒哀乐皆寄之。久不得志于有司,遂罢举子业,专其力于诗。其诗高岸,以汉魏唐人为宗,不屑屑近时习。"二是张维屏《国朝诗人徵略》所云:"渔村《自为墓志》:君幼与群儿戏,辄坐忘,其胸中时时见太古深山二境,移时乃如故。"三是徐世昌《晚晴簃诗汇》也说:"渔村生时,父梦李于鳞入室,及长,又尝梦人授一卷文字曰:此汝作也。醒记数语,是于鳞《华山记》中语。刘子羽见于鳞画象,亦谓渔村与相似。专力为诗,以汉魏三唐为宗,高岸开朗,仍效于鳞体也。"四是邓之诚《清诗纪事初编》所言:"澄中诗学杜甫,辞多比兴,雅而能切。文笔遒錬,善于碑传纪事之作。鸿博五十人中,足称上选。《四库》谓其篇章不富,未能与王士禛、田雯抗衡,实则自订其集,删汰已多也。"①

综合以上诸说,我们可以看出,李澄中诗学杜甫,为诗"以汉魏唐人为宗,不屑屑近时习",并在创作过程中形成了自己"高岸开朗"的诗歌风格。

所谓"高岸开朗",是指李澄中的诗歌有着高远的境界和阔大的气势。这一诗歌风格,不仅展示了诗人的豪迈气势,还表现在对雄奇阔大、壮观奇特意象的追求方面。李澄中诗歌创作的这一风格,在其诸如《仗剑行》、《题丁野鹤先生鱼龙卷》、《大醉行》、《铁锁桥歌》、《游沂山观百丈崖瀑布》等古体诗中,体现得最为明显。如《仗剑行》一诗:

> 男儿万事在怀抱,行年四十耻言老。
> 腰间剑佩七宝装,辞家东出渔阳道。
> 渔阳少年多不平,宝剑化作苍龙精。
> 出匣霜风动鳞甲,黄金作靶曼胡缨。
> 酒酣上马肝肠热,报仇乱洒桃花血。
> 月下提舞向猿公,万里关河散冰雪。
> 虎皮甲袖黄战袍,剑光直拂秋云高。
> 此物真堪献天子,安可弃掷空江皋。
> 谒向金门挂秋水,封豕长蛇不敢起。

---

① 钱钟联主编:《清诗纪事(五)·康熙朝卷》,江苏古籍出版社1987年版,第2810页。

雄心期断佞人迹，侠骨肯逐侯生死。
昔曾斩蛟长桥头，仗策今从赤帝游。
古来神物须大用，笑杀冯驩但蒯缑。

该诗抒发了诗人自己想要仗剑远行的抱负，着重通过描写宝剑的神力，表达了自己想要建立功业的迫切愿望。在诗人笔下，宝剑不仅有"黄金作靶曼胡缨"的华丽装饰，还有"剑光直拂秋云高"的锋芒；不仅有斩杀"封豕长蛇"的威力，还有成就"雄心"、"侠骨"的大用。全诗通篇诗思纵横驰骋，气势豪迈，甚有激情。

此外，李澄中创作的近体诗，也体现出"高岸开朗"的诗风。如在"轻舆晓向山背行，千山万山云气生"（《新店驿雨后口占》）、"锁钥孤城壮，风沙落日多"（《涿州》）、"醉里谁堪忆故乡，春风万里共垂杨"（《寄龙标施秉》）等诗句中，诗人即运用了"千山万山"、"孤城"、"风沙落日"、"万里"等开阔眼界的意象，颇有豪迈之气。再如《沅州山中闻鹧鸪》一诗："空山雨气散新秋，匹马王程不少留。怪尔声声行不得，七千里外过沅州。"该诗以"空山"、"雨气"、"匹马"等词语，勾勒出了一幅初秋雨后、诗人为了"王程"而骑马独自奔走山野的行旅图。并通过对鹧鸪不时发出"行不得"的哀鸣的责备，衬托身已奔波"七千里外"的诗人自己，并没有畏途难攀的伤感，内心反而顿添无限的自豪。

除了上述诸家所言"高岸开朗"的风格之外，通过爬梳李澄中的诗歌作品，我们发现其诗歌还呈现出伤感凄楚的创作风格。

因为科举不遂、仕宦失意，李澄中在其诗歌中多抒发怨情，并大多带有一股伤感凄楚之风。因为人生的不如意，使得他对雨雪天特别敏感："过午凝阴飞冻雪，麦苗生事转愁人"（《寒食大风雨作》），"潦田忧饿岁，仓庾待清秋"（《复雨》），"雨多秋稼死，岸坼野茅侵"（《十四日雨》），"经旬淫霖鸟乱号，白日失驭羲和逃"（《春雨叹》），"一望天涯风雪满，愁他关塞路漫漫"（《忆雁》）。因为有了雨天的渲染，很容易激发诗人心中种种不快的情绪，其诗歌自然也就蒙上了一层伤感的色彩。而更多的时候，李澄中擅长用带有伤感色彩的意象，来抒发自我之怨情，如在"塞鸿飞不到，空听鹧鸪声"（《送曲均海游闽》）、"洗盏高歌深夜后，满庭花气一孤灯"（《过张石民兄弟饮西圃题壁》）、"寂寞游子身，寒灯照憔悴"(《十月一日作》)、"罇中剩有陶家酒,不遣闲愁醉后生"(《重九前二日过天宁寺访王任庵》)、"灯前各忆家千里,此夜归鸿第一声"(《六谦见过夜谈》)等诗句里,诗人就运用"塞鸿"、"孤灯"、"寒灯"、"酒"、"归鸿"等带有寒气的冷色调意象,营造出一种凄清孤独的场景,创造出一种让人伤感凄楚的氛围。再如《抵东武有感》一诗:

> 故园多年路已迷,河桥变尽旧长堤。
> 黄泉忍泪询良友,白鬓垂肩认老妻。
> 征马惯随斜日散,夜乌还傍古城啼。
> 灯前更话伤心事,儿女难分手重携。

该诗叙写诗人辞官回到家乡时的感受,不仅运用了"故园"、"征马"、"斜日"、"夜乌"、"灯"等多种带有伤感色彩的意象,还以"伤心事"、"醉似泥"来直抒胸臆,使整首诗歌笼罩在一种让人伤感凄楚的色调中。

五 闲适平淡,多东篱风致:张衍的诗歌风格

张衍的诗歌创作风格,一如他平日的生活状态:闲适自怡而多东篱风致。正如王庚言在《东武诗存》卷四下所言:"时作小诗《墨菊》自怡,多东篱风致,足以为隐者法。"[1]

张衍一生衣食无虞并绝意仕进,有着超然世外、平淡冲和的人生境界。在这种生活状态和人生态度的影响下,他为诗追步陶渊明,用诗歌抒写着自我山居生活的快乐,其诗歌也大多呈现出"足以为隐者法"的"东篱风致"。

就张衍现存的诗歌来看,主要是抒写其山居生活之乐的山水田园诗。在他的笔下,更多描写的是"鸡黍延客"的诗意生活,诗风平淡而自然。如其"多君邀策杖,移酒醉芳新"(《丁卯春雪早起笠云贻竹屏邀赏庭梅》)、"才酌芳春醉晚杯,一樽独对野梅开"(《梅开置酒喜山中诸昆弟至》)、"老翁三五倚斜曛"、"酒酣脱帽露巅雪"(《古槐歌和李渔村太史》)等诗句,就描写了他田园生活的自在闲适。"策杖"、"野梅"、"倚

---

[1] (清)王庚言:《东武诗存》,中华书局2003年版,第217页。

斜"、"脱帽"等寻常物象，经过诗人的点化，也就平添了许多情趣。

张衍一生爱菊成痴。写菊、画菊、种菊成为他生活的常态，缺一不可。他不仅以陶渊明的传人自居，称"菊之爱者，谁说陶彭泽后无人"[①]；并在诗歌风格上追步陶渊明的平淡自然诗风，呈现出与陶渊明诗歌一样的"东篱风致"。如其写自己幽居之乐的《雨中》[②]一诗中的"塌虚云渐近，白山在眼垂"诗句，就颇有陶渊明"采菊东篱下，悠然见南山"的神韵。再如其《重阳邀壶石游河上》一诗："又是重阳节，黄花簪满头。故人多半老，身世不胜愁。天远寒山碧，风高落木秋。与君同载酒，月下棹轻舟。"诗人选取重阳佳节菊花满头的时节，与友人聚会。用"天远"、"寒山"、"风高"、"落木"、"载酒"、"轻舟"等寻常语言，在平淡的外表下流露出与友人真挚的情谊，读来很有韵味。

六 清新散淡，风趣自别：张侗的诗歌风格

关于张侗诗歌风格，前人主要有如下说法：

1. 李澄中在《琅邪放鹤村诗集叙》中称："其幽淡之骨，遗世独立，萦回百折而后出之，至冥思所造太古之音，发其天籁。盖尽弃古人津筏而自成，其为石民之诗者也。"[③]

2. 方迈《贞献先生传》这样评价张侗诗歌："诗不规模古人，陶冶性灵，由乎自得。偶尔吟咏，散淡之态，超然物外，而得风趣自别。"[④]

3. 卢见曾的《国朝山左诗钞》卷四十七云："纵情诗酒，文不加点，自成一家言。"[⑤]

4. 王庚言的《东武诗存》亦云："诗不规模古人，陶冶性灵，由乎自得，偶尔吟咏，散淡之态，超然物外，而风趣自别。"[⑥]

5. 《四库全书总目提要》卷一八五："其文则欲摆脱町畦，乙乙冥

---

① （清）张侗：《六兄蓬海先生小传》，《其楼文集》卷一，诸城博物馆藏民国七年石印本。
② （清）张衍：《雨中》，隋平《琅邪诗略第一编》卷五，诸城博物馆藏。
③ （清）李澄中：《琅邪放鹤村集叙》，《琅邪放鹤村诗集》，《山东文献集成》第二辑第30册，第131页。
④ （清）张侗：《其楼文集》卷首，诸城博物馆藏民国七年石印本。
⑤ （清）卢见曾：《国朝山左诗钞》，《山东文献集成》第一辑第41册，第633页。
⑥ （清）王赓言：《东武诗存》，中华书局2003年版，第212页。

冥，别标象外之趣，而反堕公安、竟陵派中。盖存一不落窠臼之意，即其窠臼矣。"①

根据以上诸家之观点，我们可以看出，张侗的诗歌创作，并不模仿取法于古人，而是注重"陶冶性灵，由乎自得"，呈现出清新散淡，超然物外而风趣自别的特点。

从张侗现存的诗歌来看，其题材多为田园诗和送别诗。在这两种题材的诗歌作品中，其为诗追求清新散淡、超然物外而风趣自别的风格都表现得很是明显。

其田园诗，以描写田园风光和隐居生活乐趣为主，风格清新散淡。如《移家我村》、《山居杂咏十六首》、《入山》、《再入象山》、《山中有问仙释事者诗以对之时兄蓬海弟子云白峰适至》等。其《山中有问仙释事者诗以对之时兄蓬海弟子云白峰适至》一诗曰："自是我村田舍翁，桑间十亩一溪通。顺时耕凿事从古，随意犁牛乐不穷。泉水无庸踏壁上，檐鸡依旧宿云中。春忙失赴梅花约，醉依棠梨嗅午风。"诗人以"桑树"、"犁牛"、"泉水"、"檐鸡"等表现山间乡村的寻常景物，组成了一幅颇有生机的农家生活场景。虽然农事繁忙，但诗人"乐不穷"，用"顺时"、"随意"、"无庸"、"依旧"等词语，显示了其超然物外的生活姿态。尤其是末尾两句，一抑一扬，于清新散淡中表现了自我生活的田园之乐。

再看其送别朋友的送别诗。如《留仙榻送渔村先生之长安》："游子燕山去，迟迟出故林。春风吹不散，岭上白云深。"《送刘子羽出卧象山》："聊从一杖去天涯，回首空山但落霞。只有潭中流水影，随君海上种桃花。"这两首诗歌，前者是写给要去北京的李澄中，后者是写给要离开卧象山的刘翼明。二人都是诗人相交多年的好友，他们一同栖居在卧象山中，结伴吟诗论文，甚至惬意。在这样朝夕相伴的日子里，朋友们因为某种原因要离开，诗人将自己的留恋不舍之情，倾注在了"春风"、"白云"、"落霞"、"流水影"等具体的物象之中。也只有真正像诗人这样超然物外的心境，才能将"哀而不伤"的离情别绪诉说得如此实在而又感人。

---

① （清）永瑢、纪昀：《四库全书总目提要》，海南出版社1999年版，第1011页。

七　伟丽清深，沉郁顿挫：丘元武的诗歌风格

丘元武的诗歌，在"诸城十老"中最为别具一格，深得清初诗坛大家邓汉仪赏识。邓汉仪在《丘柯村先生诗序》中称赞其诗曰："奇奥险怪，伟丽清深，无所不有，皆以发抒其胸中抑塞无聊之气，盖得骚杜之深者。"①邓汉仪不仅将其不少诗歌收录在《诗观》中，还将其《烟鬟草亭诗集》全部收录在《诗品》中，以期"复勒全诗以告当世"。由此我们足可见邓汉仪对丘元武诗歌的赏识。乾隆《诸城县志·文苑传》不仅认可了邓汉仪评价丘元武诗歌"伟丽清深，无所不有，皆以发抒其抑塞无聊之气"的说法，还称赞其"诗工而有格"。

张谦宜在《絸斋诗谈》卷七中对丘元武的诗歌亦有评价："柯村诗气象雄伟"、"思路巉刻，笔力俊爽，自尔踔厉无前。尤爱其胸中眼底奇气森罗，往往触绪飞扬，纡郁迸露。面貌不脱文人，精神已多霸气，自与弄笔舐墨者不同。读书论世，另置一格待之可也。"②

根据以上评价，我们可以将丘元武的诗歌风格归纳为以下三点：语言伟丽清深，笔力俊爽；"诗工而有格"，深得唐代格律诗之精髓；多抒抑塞无聊之气，诗风沉郁顿挫。

丘元武的诗歌，语言"奇奥险怪，伟丽清深"；"诗工而有格"，深得唐代格律诗之精髓。如其《望九仙五莲山》一诗曰：

芙蓉高削护诸天，钟磬遥从上界传。
千嶂蔚蓝盘道曲，两山风雨海潮悬。
祇今铁锁开虚阁，终古珠林拥断烟。
莫怪东峰偏突兀，梵宫曾赐大农钱。

在这首诗里，诗人从"望"的角度，直接将笔触对准九仙山和五莲山，

---

①　（清）邓汉仪：《丘柯村先生诗序》，丘元武《柯村遗稿》，山东图书馆藏康熙诸城丘元履刻本。

②　（清）张谦宜：《絸斋诗谈》，郭绍虞辑《清诗话续编》，上海古籍出版社1983年版，第889页。

描绘了两山高耸云端的气势、嶂多道曲风雨环绕的地势,以及山中虚阁凌云、古寺拥烟的绝妙美景。而末尾又以"莫怪东峰偏突兀,梵宫曾赐大农钱"之句,道出了万历帝在五莲山敕建光明寺的史实,突出了两山的文化底蕴。整首诗扣紧一个"望"字,以纵横捭阖的大写意手法,一气呵成地将九仙山五莲山的自然景观和人文景观置于读者眼前,一扫《九仙山下吾家在焉偶读苏长公宿九仙山诗怅然有怀即用其韵》一诗的抑塞无聊之气,从整体上显示了丘元武诗歌"伟丽清深"的特点。宋人魏庆之《诗人玉屑》有"七言诗第五字要响……所谓响者,致力处也"的为诗主张,在丘元武的这首诗中得到了印证。该诗首联里的一个"护"字,用拟人的手法,写活了九仙、五莲二山,突出了二山之高削;颈联用"开"、"拥"二字,描写了九仙、五莲二山烟云缭绕的开合之状,笔力俊爽,既活现了山中之美景,更从细微之处凸显了丘元武诗歌"伟丽清深"的特点。

　　丘元武的诗歌,不仅笔力俊爽,风格伟丽清深,还于诗歌中多抒其抑塞无聊之气,诗风"悲歌慷慨沉郁顿挫",以至于"听者如闻伍员之箫、雍门之琴、高渐离之筑,为之徘徊感叹而不能已"[①],可谓深得杜甫诗歌"沉郁顿挫"之神韵也。这一特点,在其失官之后的诗歌作品中,表现得更为明显。如《九仙山下吾家在焉偶读苏长公宿九仙山诗怅然有怀即用其韵》一诗:"仙留遗版字还真,一别名山历十春。终怨白云催过客,应知红叶望归人。桑麻海屿邻孤寺,风雨天涯健此身。回首峰前小隐地,渔庄曾不到蹄轮。"诗人回到阔别十年的家乡,面对熟悉的九仙山,回首宦海沉浮,犹如白云催过客,触发了自我的怨尤之情、落寞之感,抑塞无聊之气遂聚于笔端喷薄而出。再如《次与斯韵》一诗:"十年还浪迹,无梦到长安。华发怜簪笔,青山笑据鞍。猿声枫叶落,雁影塞云寒。为问周南客,谁歌行路难。"该诗诉说诗人失官十年而浪迹四方,无法再回到京城做官的悲凉心态。于一"怜"一"笑"之中,道出了失官的心酸;悲凉心态,犹如猿声之哀鸣、雁影之孤单那般凄凉。末尾一联用典,以司马谈滞留周南未能参加汉武帝元年首封泰山的典礼而深感

---

① (清)邓汉仪:《丘柯村先生诗序》,丘元武《柯村遗稿》,山东图书馆藏康熙诸城丘元履刻本。

遗憾之事，感叹世事艰难，人生难如人愿。

八　朴劲清茂，雄杰之语：徐田的诗歌风格

徐田的诗歌创作，体裁多样，"各体皆工，尤长于五古"①。其所作五言古诗《田家缲丝行》，即被李澄中称赏为不可多得之诗篇："可传不在多，即此足矣。"② 其为诗不论选择何种体裁，多能自辟蹊径，而终成自我之风格。

就语言风格而言，徐田之诗歌，笔力劲拔、用词颇有气势。故李澄中在《与徐栩野》中赞道："往见大作，如泛驾之马，恍惚驰骤而不合于度。又如入榛棘丛莽中，咫尺不辨径路所在。而雄杰之语，亦时时错出其间。嗟乎，以栩野之才，岂遽不若古人？而师心自用，所造止于此。此皆近日无知妄作者，目不窥古人藩篱，辄以为自我作古，而怪诡谬戾，一入其中，不可复出。故终身沉涸，以至此极也。"③

就诗歌整体而言，徐田之诗歌，颇有"朴劲清茂"之风。王统照先生在为徐田诗集《栩野诗存》所作序中说道："徐氏诗朴劲清茂，流传匪广，就旧诗论，固不失为一时作者，不知以何因缘此稿存于余家，余在童年即得熟读，或有待于余而为之传留耶？"④ 由此来看，徐田的诗歌具有质朴、刚劲、清新、醇厚等多种风格，这些风格既交织在一起，又各有侧重。

今观徐田之诗，不论是其送别诗、写景诗，还是农事诗，多有雄杰之语与朴劲清茂之风，果然不同凡俗，诸家所论甚是也。如其《寄顽石上人》一诗：

　　　　天外嶙岣削数峰，谁来石上种芙蓉？
　　　　缘深雪涧初飞锡，顿了禅机自打钟。

---

①　乾隆《诸城县志》卷三十六，乾隆二十九年（1764）刻本。
②　同上。
③　（清）李澄中：《与徐栩野》，《卧象山房尺牍》，《山东文献集成》第一辑第35册，第363—364页。
④　（清）王鉴先：《栩野诗存序》，《栩野诗存》，《山东文献集成》第四辑第27册，第70页。

> 草榻不留青嶂月，潮声半挂紫山松。
> 长镵采药聊携手，看尔春潭浴钵龙。

该诗描写五莲山山势之峭拔，宛如一幅瑰丽奇伟的图画。其格调之高深，用语之雄杰、色彩之斑斓，流溢着浓厚的浪漫气息，确有一股朴劲清茂之风，使人顿生心眩神摇、目迷五色之感，恍如置身世外。同时，作者通过对"飞锡"、"长镵"、"钵龙"等僧侣用器的描写，流露出自我对禅理的感悟与理解。再如《春日怀象山》一诗："天半悬壶是故乡，龙门垂瀑雪音长。夜来梦食桃花片，不是人间浊酒香。"该诗开头两句诗人写想念象山，直接称其"是故乡"，并选取雪落的情景抒发想念之情；三四句则写情思深浓，想念由白天进入到梦里，并以"桃花片"这特有的食物深化了想念之情，但末尾一句直言想念的不是"浊酒香"，言外之意，诗人想念象山，其实是想念他和一起开凿象山、一起在象山把酒言欢、论诗作文的朋友们。全诗扣紧一个"怀"字，实写怀山，虚写怀人，虚实结合，语浅情深。再如《送别李象先生》："出门望牛山，雪峰似古岱。千里蔚蓝天，渐没奚奴背。"该诗开篇即用一个"望"字，一扫离别之伤感；三四两句写诗人目送友人离去，直至背影消失，以"蔚蓝天"的高阔与"奚奴背"的渐没形成鲜明的对比，表达了对朋友的依依惜别之情。

徐田的农事诗，尤以李澄中所称"可传不在多，即此足矣"① 的《田家缲丝行》为最。《田家缲丝行》包括《采桑》、《饲蚕》、《簇蚕》、《缲丝》四组诗歌，从采桑、养蚕、簇蚕、缲丝等不同角度，全景式的描写了田家从采桑养蚕到缲丝纺织的全过程。如《采桑》一诗：

> 布谷罢鸣蚕将老，采桑复走愆时道。
> 手提两筥南陌长，稚子牵衣索母抱。
> 大树杨枝垂垂远，黄雀结巢云柯短。
> 痴儿泣指桑边椹，攀枝恐覆巢中卵。
> 春风短袖近柔条，稚子狼藉桑下苗。

---

① 乾隆《诸城县志》卷三十六，乾隆二十九年（1764）刻本。

一寸柔桑一寸丝,绿云两笞作一挑。

鸣鸠逐妇向人语,作速还家天将雨。

该诗描写农妇蚕老之前采桑的辛苦和忙碌。开篇四句,写早起带着孩子采桑;中间六句言采桑过程,末尾四句言采桑结束赶在雨前回家。通篇采用白描手法,用语质朴,如同出自田家妇女之口,描绘了一幅田家采桑图。尤其是中间六句,稚子索要、采摘桑葚的哭闹与顽皮,母亲对"巢中卵"担心的心情,都跃然纸上,使得画面生机盎然,颇有情趣。全诗通篇不言采桑之辛苦,但在诗人的客观叙述中,又无不处处透露出辛苦。

九 平淡质朴,情感真挚:赵清的诗歌风格

赵清的诗歌,大多散佚。今可见者,仅有 24 首。其诗歌创作之整体风格,我们难以了解。加之前人对其诗歌风格又少有论及,故我们只能围绕其现存的这些诗歌来探其端倪。

赵清现存的 24 首诗歌,大多是送别诗和写景诗。这些诗歌,语言平淡质朴,感情真挚,富有人情味。尤其是他表达对友谊的珍重时,用语虽朴实无华,但情感却尤为真挚动人。如《闻越台先生病寄诗问之》一诗:"萧萧白发岁时侵,百里难忘一寸心。钟磬同声来远浦,渔樵有梦寄高岑。老依丘壑人多病,海暗鱼龙夜自吟。闻说加餐仍旧日,秋来扶杖好相寻。"诗人用"一寸心"、"同声"、"加餐"、"好相寻"等朴实无华的语言,路远情牵,表达了对朋友的牵挂,其真情实感跃然纸上。

他的写景诗平淡自然,也颇有情趣。如《山中晚兴》一诗:"孤影立空翠,西风看落霞。为招沧海月,更渡碧溪槎。泉响初过雨,山香不是花。归时迷径路,便可宿樵家。"该诗扣紧诗题,抓住"晚兴"这一特点,抒写自己浓厚的游山兴致。前四句连用"立"、"看"、"招"、"渡"写诗人游山兴致不减。后四句先以"泉响"、"山香"写自己游山的所听所闻,然后以"迷径路"、"宿樵家"抒发游山所感。语言浅显直白,但处处流露着游山之乐。

十 宁静恬淡，立意高远：隋平的诗歌风格

隋平的诗歌，亦大多散佚，今天可见者，仅有 16 首。其诗歌创作之整体风格，我们也难以了解。加之前人对其诗歌风格亦少有论及，故我们也只能围绕其现存的这些诗歌来窥其一斑。

从隋平现存的这 16 首诗歌来看，不同的诗歌题材，其风格也是多变的。

隋平的山水景物诗大多表现出宁静恬淡、富有意境的特点。如《宿五莲山》一诗："我爱五莲山，松阴如撒网。梯石为楼台，拄杖时一往。磬声静归林，飞檐寒滴响。云霞见海日，天风忽一厂。薄暮嗒然回，群峰但俯仰。"这是一首清幽典丽的写景五言古诗。全诗以"我爱五莲山"开篇点题，统领全篇，先写眼见所见所闻之景象：撒网样的松阴、楼台般的梯石，悠扬的磬声从静静的林中传出，飞岩滴水发出清脆的声响。静中有动，恬淡自然，散发出一股诱人的气象。尔后由近而远，写极目远眺之所见：云霞斑斓，海日映红，描绘了一幅闲适宁静、充满抒情气息的画图。作者已经陶醉在秀美的山色里，无奈薄暮降临，嗒然而回，兴犹未足。故落句用"俯仰"二字，直将群峰拟人化，充满了对山中美景的留恋情感，与句首"我爱五莲山"直相呼应。

与游览五莲山所抒发的柔情不同，其登临怀古之作，则显示出一股豪气。如《雨中过长城岭》一诗：

> 不向山中去，焉知刘武营？山川余伯气，风雨静边城。
> 故鬼阴犹注，重门久自平。圣人惟重德，设险在开诚。

诗人写雨中路过长城岭，看到当年刘邦留下的军营堡垒，思绪纷纷，顿时引发出俯仰古今之叹。三四两句的一个"余"字，说明看到长城岭依然能够感受到当年齐国的霸者气势；而一个"静"字，则感叹其霸气已消歇在风雨中。五六两句，分别承接第三四两句而来，用"注"、"平"二字感叹当年成就霸气者的鬼魂依然聚集在城门，然城门早已化为平地。在此基础上，诗人进一步升华自己的感情，直接点明"设险"不是治国

良策,"重德"、"开诚"才是治理国家的上策。诗人由古及今,重点在今,提升了全诗的境界,立意颇为高远。

隋平的送别诗,也写得情真意切。如《别山》(《卧象山志》题为《寄张石民山中》)一诗:"筑室南山南,十年久不去。前日梦波桥,翻成堕泪处。"该诗前两句点明南山本是自己与老友经常相聚去处,然因朋友各奔东西,至今已十年未见。诗人怕触景生情,故平日亦很少独自前往。后二句写诗人故地重游,禁不住因思念朋友而泪流梦波桥。全诗通篇借景言情,虽不直言友情,却句句关乎友情。

综上所言,我们不难看出,"诸城十老"在其一生的诗歌创作过程中,大都形成了自己的诗歌创作风格,并由此而奠定了自己明末清初诗坛上的地位,引领诸城诗坛走向前所未有的空前繁荣。

第六节 "诸城十老"的诗坛地位与影响

作为活跃于明末清初的诗坛的一个诗人群体,"诸城十老"在其一生的诗歌创作活动中,不仅形成了自己的诗歌创作风格,而且在诸城诗坛上具有无人可以替代的地位与影响。伴随着其诗名的远播,他们在山东诗坛、乃至于全国诗坛,也赢得了自己一定的地位和影响。

一 开风奠荣:"诸城十老"在诸城诗坛的地位与影响

前文已言,"诸城十老"皆出生于诸城,终老于诸城,他们人生的大多数时光也是生活在诸城。他们毕生致力于诗歌创作,因诗歌而与当时诸城诗坛的诗人们联系密切,不仅影响和左右着诸城诗坛的诗歌走向,而且凭借自己的诗歌创作成果,最终确立了自己在诸城诗坛上的地位,引领诸城诗坛走向前所未有的繁荣与兴盛。

当然,由于"诸城十老"生活的时代并不完全一致、其所取得的诗歌创作成就也不一样,故而其在诸城诗坛的地位与影响,也自然存在着个体性差异。本节拟从以下两个方面来具体阐释"诸城十老"之个人在诸城诗坛上的地位与影响。

第五章 "诸城十老"的诗歌创作与影响　239

（一）从乾隆《诸城县志》看"诸城十老"在诸城诗坛的地位与影响

县志是一个县域最为权威的官方历史书籍。它记载着一个县的历史、地理、风俗、人物、文化教育、物产风貌等重要资料，是了解一个县域某一时期历史的重要文献资料。如果一个人能够入选该县之县志，自然说明其人或其作品在该县具有广泛的影响力。而刊刻于乾隆二十九年的《诸城县志》，就囊括了诸城有史以来直到清代乾隆年间的几千年的历史，"诸城十老"其人其作能够被选入这一县志，自然也就说明他们在诸城历史尤其是诸城诗坛历史上有着重要的地位与影响。

关于"诸城十老"诸君在诸城诗坛的地位与影响，乾隆《诸城县志·艺文考》总论中有着一段简洁而中肯的论述："诗集多在国朝，六朝、三唐、宋、元以来，著作何寥寥也？盖县介南北之交，东南复抵大海，晋元、宋高两朝南渡，世家巨族意或航海随之，所留者农夫野老而已，且其地为边疆战场，重以慕容德、李全之蹂躏，干戈盛而弦诵衰，其势然也。故虽以贞观、开元、庆历、元祐之栽培，而孙晟、赵明诚夫妇之外无闻焉。自明以还，一统至今，人择善地以为居，南北衣冠之族接踵而来，故嘉、隆而后，科名日盛，著作亦日多，丘简肃公其尤著者也。我朝文运丕兴，文教弥隆，经学不少而诗集尤富，丁野鹤开于前，李渔村继于后，刘镜菴、徐栩野、丘氏父子、张氏兄弟，皆分道扬镳，鼓吹休明。而后起者，且步武接武，为斯文之薮矣，是岂尽关山川之秀欤？呜呼，人杰地灵，不信然哉！"①

根据以上这段论述，我们可以看出，明代之前，诸城诗坛并不发达，著作寥寥、诗人无几；明代嘉庆、隆兴年间，诸城诗坛著作才日渐增多；直至"诸城十老"生活的清初之时，诸城文人著述才大为兴盛，尤其是诗集数量大增，从而形成了诸城诗坛最为繁荣的时期。而诸城诗坛这一繁荣局面的出现，与"诸城十老"的诗歌创作有着最为直接的关系：他们不仅是此时诸城诗坛诗歌创作的中坚力量，在被乾隆《诸城县志》官方首肯其功的七人当中，除丘石常外，其余皆是"诸城十老"中的成员，而且丁耀亢对诸城诗坛繁荣局面的形成，具有引领和促成之功，属于

---

①　乾隆《诸城县志》卷十三《艺文考》，乾隆二十九年（1764）刻本。

"开一邑风雅之始,县中诸诗人皆推为先辈"①的领袖级人物。换句话说,没有"诸城十老"的出现,就没有诸城诗坛的繁荣与兴盛。

正是因为"诸城十老"在诸城诗坛所具有的这一特殊地位,故而在乾隆《诸城县志·文苑传》所收录的明代诗人中,王乘箓成为唯一的人选。而其余9人,除赵清之事迹记录于《孝义传》外,他们都在乾隆《诸城县志》之《文苑传》中有介绍其生平事迹的独立传记。按:乾隆《诸城县志》之《艺文考》共收录69家,其中明清时期有62家,与"诸城十老"同时代的有38家。这38人中,又有16人被写入《文苑传》,他们分别是王乘箓、丁耀亢、丁豸佳、刘翼明、丘元武、丘石常、李澄中、徐田、隋平、王翰、王咸炤、张衍、张侗、张僎、李让中、王沛思等,而"诸城十老"除赵清列于《孝义传》,皆入《文苑传》。

作为一个诗人群体,"诸城十老"不仅孜孜于诗歌创作,还相互唱和砥砺,共同推动诸城诗坛走向前所未有的空前繁荣。如王乘箓与丁耀亢互为诗友;丁耀亢提携李澄中,称其诗"异日当遂名家";李澄中与刘翼明以"诗文相砥砺"三十余年;赵清和隋平诗学李澄中。

"诸城十老"不仅在诸城诗坛具有无可替代的地位,而且其诗歌创作对诸城诗坛之后生晚辈多有影响。如徐田之子曾诗学张侗;路斯道曾诗学隋平等。

(二)从《东武诗存》看"诸城十老"在诸城诗坛的地位和影响

在诸城诗坛历史上,出现过多本较有影响的诗歌总集。其中能够汇集一邑之诗、影响力最大的诗歌总集,当数王庚言于嘉庆二十五年(1820)刊刻的《东武诗存》。从《东武诗存》所收之"诸城十老"诗歌作品的实际情况来看,我们亦可以看出他们在诸城诗坛上的地位与影响。

《东武诗存》共分十卷,主要收录了明代至清嘉庆年间诸城诗人(包括与诸城有联系的侨寓诗人)280家的诗歌作品3537首。这其中明代有26家、清代有254家。而所收录的"诸城十老"的诗歌作品就有746首,约占21%。具体收录情况是:收王乘箓诗62首、丁耀亢诗135首、丘元武诗112首、刘翼明诗83首、李澄中诗156首、隋平诗16首、徐田诗60首、赵清诗24首、张侗诗55首、张衍诗16首。其所收"诸城十老"的

---

① 乾隆《诸城县志》卷三十六《文苑传》,乾隆二十九年(1764)刻本。

第五章 "诸城十老"的诗歌创作与影响

诗歌作品数量上虽有多少之别,但都有诗歌作品入选。

除了收录其诗歌之外,在《东武诗存》中,还保留着不少同乡诗人对"诸城十老"其人其诗的赞誉。如卷四下所收张傧的《铁园感旧应丘百斯之索》①一诗,就分别将刘翼明、李澄中、徐田、赵清四人并称为"骚坛独步推刘(子羽)李(渔村),徐(栩野)赵(壶石)崚嶒路亦奇";而卷十上有王肇晋《夜读同邑前辈诗集,率尔成句,即题其后》②一诗,先后对丘元武、丁耀亢、李澄中、刘翼明和张侗等其人其诗有着如此的评价:

《丘柯村慎武》:"卓哉丘柯村,意气雄且杰。大笔何淋漓,石破惊天裂。醉登太白楼,高歌喝明月。会使张山农,下拜称奇绝。"

《丁野鹤耀亢》:"先生旷世才,目光如曙星。一官不屑意,长揖傲公卿。下笔走风雨,险语天为惊。神龙不见尾,笙鹤遥空声。"

《李渔村渭清》:"先生韩欧才,余力驾扬马。读书卧象山,蔚然古作者。诏起赴凌云,声名震朝野。长啸归去来,吾道在风雅。"

《刘子羽翼明》:"子羽古丈夫,而何止司铎。观其复友仇,高义云天薄。青山土一抔,遥对琅邪郭。太息斯人逝,古道不可作。"

《张石民侗》:"斯人介如石,孤性自天赋。富贵真浮云,掉头羞一顾。谈道兼著书,自辟高寒路。余每过其楼,低徊不能去。"

此外,王庚言在《东武诗存》卷首所作之《序》中,还将"诸城十老"的地位提到了和同时代的王士禛、宋琬、赵执信、田雯等人相提并论的地位:"入本朝,文教昌明,诗学大振。刘子羽、丁野鹤、丘楚村柯村父子、李彭仲渔村昆季,与同时新城之王、莱阳之宋、益都之赵、德州之田,分道扬镳,和声以鸣国家之盛,岂不伟哉!"③而该书之末尾,王庚言还写了一首七律《庚辰秋辑刊乡前辈诗成敬赋一律》,借以表达其对包括"诸城十老"在内的诸城诗坛前辈先贤的敬意,诗曰:"琅邪文献旧相推,流韵余风尚可追。旷世宁无知己感,遗言空益后人悲。声名事

---

① (清)王庚言:《东武诗存》,中华书局2003年版,第207页。
② 同上书,第466—467页。
③ (清)王庚言:《东武诗存》卷首,中华书局2003年版,第4页。

业具千古,俎豆馨香共一时。夜半英灵应聚语,此中甘苦有谁知。"①

二 名播诗传:"诸城十老"在山左诗坛的地位与影响

"诸城十老"不仅在诸城诗坛上有着极高的地位与影响,而且随着其诗歌作品的广泛流布,加之是时诗坛大家的有力推介,"诸城十老"其人其诗在山东诗坛之上,也有着较高的地位与影响。这一点,我们可以从以下两个方面来进行说明。

(一)从时人所评所收看"诸城十老"在山左诗坛的地位与影响

有清一代,诗歌创作呈现出一片繁荣的景象,而这其中又尤以山左诗坛最为著名。饴山诗派领袖赵执信就曾在其《谈龙录》中说道:"本朝诗人,山左为盛。"随着"诸城十老"的诗名远播,"诸城十老"不仅受到不少名家大师的有力推荐(如康熙诗坛盟主王士禛、饴山诗派领袖赵执信,在其著述中就对"诸城十老"其人其诗多有褒扬与推介),还被收录到许多有名的诗集之中。

1. 从时人所评所收来看,"诸城十老"成员之中在山左诗坛地位更高、影响最大的当数李澄中。

一方面,李澄中当时就与王士禛、田雯被士林并称为"山左三大家",可见其在山左诗坛的地位之高、影响之大。清代著名诗人庞垲所作之《卧象山房集序》曾云:"王新城阮亭、田德州纶霞,坛坫久成,于时望重龙门。渔村入都,与鼎足而立,士林称'山左三大家',莫之或先焉。"②

另一方面,与王士禛同时代的饴山诗派代表人物赵执信,在其《谈龙录》中论及山东诗坛的盛况时,亦对李澄中有着很高的评价:"本朝诗人,山左为盛。先清止公与莱阳宋观察荔裳(琬)同时;继之者新城王考功西樵(士禄)及其弟司寇,而安丘曹礼部升六(贞吉)、诸城李翰林渔村(澄中)、曲阜颜吏部修来(光敏)、德州谢刑部方山(重辉)、田侍郎、冯舍人后先并起。然各有所就,了无扶同依傍,故诗家以为难。

---

① (清)王庚言:《东武诗存》,中华书局2003年版,第507页。
② (清)庞垲:《卧象山房集序》,(清)李澄中《白云村集》,《四库全书存目丛书》集部第250册,第693页。

秀水朱翰林竹垞（彝尊）、南海陈处士元孝（恭尹）、蒲州吴徵君天章（雯）及洪昉思皆云然。"① 在其所列不多的山左诗坛名家的代表性人物中，李澄中之名赫然在列，由此亦可见李澄中在山左诗坛的地位与影响。

2. "诸城十老"中丁耀亢、刘翼明等人在山东诗坛亦有较高威望。

身为明末清初诗坛盟主与领袖的王士禛，在其《古夫于亭杂录》、《池北偶谈》、《渔洋诗话》② 等著述中，就对"诸城十老"中的丁耀亢、刘翼明、李澄中等人多有褒扬与推介。如其在《古夫于亭杂录》卷三《山东风雅》中这样说道："吾乡风雅，明季最盛。如益都王遵坦太平、长山刘孔和节之，尤非寻常所及。王，巡抚潆子；刘，相国鸿训子也，余为作合传。他如益都王若之湘客，诸城丁耀亢野鹤、丘石常海石，掖县赵士喆伯浚、士亮丹泽，莱阳姜埰如农、弟垓如须，宋玫文玉、弟琬玉叔，董樵樵谷，淄川高珩葱佩，益都孙廷铨道相、赵进美韫退，章丘张光启元明，新城徐夜东痴辈，皆自成家。余久欲辑其诗为一集传之，未果也。"③

从此段论述中，我们不仅可以看到王士禛直接将"诸城十老"中的丁耀亢、丘石常二人，与明末清初山东诗坛名家王遵坦、刘孔和、王若之、赵士喆、赵士亮、姜埰、姜垓、宋玫、宋琬、董樵、高珩、孙廷铨、赵进美、张光启、徐夜等人相提并论，还可以发现其有着"欲辑其诗为一集传之"的想法，由此即可见其对丁耀亢、丘石常二人在明末清初山左诗坛地位的承认。

正是基于"欲辑其诗为一集传之"的想法，后来王士禛还编辑（卢见曾补传）了《渔洋山人感旧集》④ 十六卷。该书选诗以"神韵说"为标准，收诗范围更广，共收录清顺治、康熙年间与王士禛有着交游关系的诗人333家，诗歌2572首，可谓是顺康两朝的经典诗选。而这其中，

---

① 丁福保：《清诗话》，上海古籍出版社1978年版，第315—316页。
② 《古夫于亭杂录》、《池北偶谈》、《渔洋诗话》均见袁世硕先生主编的《王士禛全集》，齐鲁书社2007年版。
③ （清）王士禛：《古夫于亭杂录》卷三，《王士禛全集》，齐鲁书社2007年版，第4890—4891页。
④ （清）王士禛：《渔洋山人感旧集》（清代传记丛刊·学林类·38），明文书局1985年版。

卷六就收录丁耀亢《峪园即事》、《老马》、《老将》、《琅邪台观海》以及补遗一首《别武夷山寄张茧茧李瘖生两异人》等5首诗歌；卷十二亦收录李澄中《齐讴行三首》、《细草谷》、《鱼龙图》等诗歌5首，从而实现了"欲辑其诗为一集传之"的想法。丁耀亢和李澄中二人的诗歌作品之所以能够入选其中，既因为他们二人的诗作符合王士禛"神韵说"的审美标准，更因为其二人诗歌之影响。所以卢见曾说："一经先生选次，如金之入大冶，渣滓悉化，融炼一色，洵选家之巨手也。"①

3. "诸城十老"的其他成员，在山左诗坛也有一定的地位与影响。

身为诗坛领袖的王士禛在自己的著述中，就对"诸城十老"成员丁耀亢、刘翼明的诗作多有赞赏。如其《古夫于亭杂录》卷五之《丁耀亢丘石常》篇，对丁耀亢的诗歌就有着这样的评价："丁著《天史》，诗多奇句，如《老将》云：'低头怜战马，落日大江东。'《老马》云：'西风双掠耳，落日一回头。'此例皆警策。"②而其《池北偶谈》卷十五之《刘翼明》篇，亦对刘翼明的诗句多有称赏："东武刘子羽秀才翼明有句云：'桃花柳絮春开瓮，细雨斜风客到门。'"③

其后，"主东南文坛，一时称为海内宗匠"的卢见曾，在其《国朝山左诗钞》中对"诸城十老"的诗歌作品也多有收录。卢见曾为王士禛的《渔洋山人感旧集》作补传得到启发，后精心汇集顺治、康熙、雍正、乾隆四朝的清代山左诗歌，编辑而成有着保存乡邦文献之功的《国朝山左诗钞》。他对清初山左诗坛之诗歌创作成就，曾在《国朝山左诗钞序》中这样称道："国朝诗学之大盛，莫盛于山左。渔洋以实大声宏之学为海内执骚坛牛耳，垂五十余年。同时若宋荔裳、赵清止、高念东、田山姜、渔洋之兄西樵、清止之从孙秋谷，咸各先登树帜，衣被海内，故山左之诗，甲于天下。"④此段论述中在肯定山左诗坛诗歌创作成就的同时，主

---

① （清）卢见曾：《感旧集补传凡例》，《渔洋山人感旧集》（清代传记丛刊·学林类·38），明文书局1985年版，第11页。
② （清）王士禛：《古夫于亭杂录》卷五，《王士禛全集》，齐鲁书社2007年版，第4922页。
③ （清）王士禛：《池北偶谈》卷十二，《王士禛全集》，齐鲁书社2007年版，第3104—3105页。
④ （清）卢见曾：《国朝山左诗钞》，《山东文献集成》第一辑第41册，山东大学出版社2006年版，第2页。

要肯定了王士禛、宋琬、赵进美、高珩、田雯、王士禄、赵执信等人的诗歌成就。虽然我们于其中没有发现"诸城十老"成员之名,但从其《国朝山左诗钞》一书所收诗的实际情况来看,"诸城十老"多数成员的诗歌作品却多被其收入其中,由此也可以看出"诸城十老"在山左诗坛的地位与影响。按,其《国朝山左诗钞》一书,共收录诗人620家,诗歌5900多首,而其中所收录的诸城诗人就有35家(德州最多收49家,其次是掖县收41家,再次是淄川收37家,诸城与青州并列收35家),收诗269首。而其所录之诸城诗人,"诸城十老"成员除赵清之外,其余9家均列被收入其中。在其所收录诸城诗人的269首诗歌中,"诸城十老"的诗歌作品就有197首,占了绝对多数。具体收录情况如下:卷十九收录丁耀亢诗歌49首、王乘箓诗歌26首;卷二十收录刘翼明诗歌13首;卷二十三收录丘元武诗歌23首;卷三十四收录徐田诗歌11首;卷三十五收录李澄中诗歌67首;卷四十七收录张衍诗歌3首、张侗诗歌4首、隋平诗歌1首。其余72首诗歌,则分别是:冯源1首、冯世巩2首、邱志广1首、王瑛2首、邱石常4首、刘果8首、王钺10首、臧振荣5首、王翰5首、李让中4首、邱元复1首、王沛思1首、王谦1首、窦巇1首、刘荣1首、王沛憻1首、王沛恂4首、马持1首、王柽7首、王枢5首、王向昭1首、王敛福1首、高璿1首、张肤初2首、范德寿1首、李榕1首。以上这组数据表明,"诸城十老"不仅是诸城诗坛的中坚力量,而且当时在山左诗坛就有着广泛的影响。

(二)从后人所著山东文学史看"诸城十老"在山左诗坛的地位与影响

随着学界对"诸城十老"研究的逐步深入,"诸城十老"在山东诗坛的地位和影响,越来越受到学界的认可与重视。这一点,我们从当下所见之各类山东文学史中对"诸城十老"的描述,就可以得到很好的印证。

1. 乔力、李少群主编之《山东文学通史》(上卷)(先秦至清末),其第五编为"清代山东文学"。在这一编的第十二、十三章中就对"诸城十老"其人其诗多有论及。如第十二章"变化流程"第一节"诗文:正统文学的复兴"之"鼎盛一时的清初诗坛"部分,在论述清初山东地方诗坛的繁荣局面时就有着这样的描述:"清初时山东的遗民以新城、莱阳、诸城等地为最多。当时诸城诗坛以'十老'最负盛名,其中如王乘篆、刘翼明、张衍、徐田等人皆是遗民,还有侨寓诸城的李焕章、马鲁等人,使得诸城成为当时遗民的一个活动中心。他们都有诗文集传世。"①而第十三章"主流作家"第一节"丁耀亢与宋琬"之"著作甚丰的丁耀亢"部分,不仅详细介绍了丁耀亢的生平和诗歌等文学创作活动,还充分肯定了丁耀亢的文学成就:"在各种文学样式的创作上,他都有涉猎,并且都有一定的成就。"②

2. 李伯齐主编的《山东分体文学史丛书:诗歌卷》,也对"诸城十老"其人其诗多有论及。如第十一章"明代的山东诗歌"第四节"明末山东遗民诗人"之"山东明遗民诗概述"部分,就认为"诸城十老"为延续山左诗坛勃兴于明中期的一脉生机做出了重要贡献:"还出现了类似扬州冒辟疆水绘园那样接纳本地及他乡往来文士(包括遗民)的'放鹤园',园主张衍、张侗兄弟名列'诸城十老',是诸城遗民群中处于领袖地位的人物。这些遗民或邮简相传,或结社联吟,为延续山左诗坛勃兴于明中期的一脉生机做出了重要贡献。"③而第十二章"清初的山东诗歌(上)"第二节"清初山左诗坛"之"丁耀亢和清初诸城诗人"部分,更对丁耀亢在山东诗坛的地位给予了充分肯定:"丁耀亢是清代初期山东诗坛上不恃身份而诗名较高的老辈诗人,其成就亦相当可观。"④

3. 周潇主编的《明代山东文学史》⑤第十四章"至今大雅在东方——明末山东诗坛"之第五节"丁耀亢与诸城作家群",亦对诸城诗坛之丁耀亢、丘志广、丘石常、刘翼明和李焕章等人的文学成就多有介绍与肯定。

通过以上资料,我们可以看出,"诸城十老"其人其诗,不仅在当时的山左诗坛有着较高的地位与影响;而且其在山东文学史尤其是山东诗歌史中的地位与影响,也越来越受到学界的重视与肯定。而这其中,又尤以丁耀亢、李澄中、刘翼明等人的诗歌成就被时人和后人所肯定。

---

① 乔力、李少群主编:《山东文学通史》(上卷)(先秦至清末),山东教育出版社2002年版,第811页。
② 同上书,第857页。
③ 李伯齐:《山东分体文学史丛书:诗歌卷》,齐鲁书社2005年版,第429页。
④ 同上书,第450页。
⑤ 周潇:《明代山东文学史》,中国社会科学出版社2015年版,第421—428页。

三 声气日益增:"诸城十老"在全国诗坛的地位与影响

"诸城十老"其人其诗,不仅在山左诗坛具有较高的地位与影响,而且在王士禛、赵执信等诗坛领袖的极力推荐之下,他们在清代的全国诗坛也有一定的地位与影响。虽然这种地位与影响,与其在山东诗坛尤其是诸城诗坛的地位与影响相比要微弱得多,但我们亦不能忽视他们的存在。

就总体而言,"诸城十老"成员在清代全国诗坛较有影响的当数丁耀亢和李澄中。

丁耀亢诗名的远播,与邓汉仪、龚鼎孳等大家的大力推介有着直接的关系。顺治四年,丁耀亢南下淮扬,因诗歌而与邓汉仪、龚鼎孳相识相交,其诗名更因邓汉仪、龚鼎孳的称扬而渐增,故其在《自述挽歌以代年谱》一诗中说道:"淮扬风雅,声气益增。"顺治五年,丁耀亢进京谋生,与龚鼎孳、刘正宗、傅掌雷等名公大臣得以相交并经常流连诗酒,其诗歌创作才华更因此而得到肯定,诗名更是因此而大噪,故孙廷铨说:"今来燕都,《陆舫诗》海内争传之。"[①]

而李澄中之所以能够"诗赋始流传大江南北"(《三生传》),应该说与周亮工的大力提携有着直接的关系。李澄中与周亮工也是因诗歌而结识,其《三生传》云:康熙二年,他"以诗赋见知于"时任职青州海防道的周亮工。随后,在周亮工的大力提携之下,不仅其"诗赋始流传大江南北矣",而且其本人也成为时人所争相交往的对象:"予往来青州道上,同时为诸生者争欲识其衣冠面目焉。"[②] 其在《自为墓志铭》中亦有类似的论述。

诗人之诗名之所以能够远播,既与名师大家的极力推介有着直接的关系,更与其诗歌作品能够入选较有代表性的诗歌总集有着直接的关系。因为这是当时诗人诗名传播以及产生影响的一个重要途径。而

---

① (清)孙廷铨:《陆舫诗草序》,《丁耀亢全集》(上),中州古籍出版社1997年版,第3页。

② (清)李澄中:《三生传》,《卧象山房文集》,《山东文献集成》第一辑第35册,第412页。

"诸城十老"在清代全国诗坛的地位和影响,多体现在清人所选清诗的诗歌总集中。从现有的资料来看,"诸城十老"的诗歌作品,被冒辟疆的《同人集》、邓汉仪的《诗观》、沈德潜的《清诗别裁集》、邓之诚的《清诗纪事初编》、徐世昌的《晚晴簃诗汇》等诸多较有影响的诗集多有收录,由此我们也可以看出他们在当时全国诗坛的地位和影响。

(一) 从《同人集》所收看丘元武在全国诗坛的地位和影响

《同人集》①,即《六十年师友诗文同人集》,是冒辟疆晚年集六十年师友诗文汇编而成的一部诗文合集,在当时较有影响,后被收入《四库全书存目丛书》集部第 385 册。该书共分 12 卷,文 4 卷,诗词 8 卷,共收录师友同人间倡和酬唱之诗作 1482 首(另有诗余 60 首),其中不乏诸如龚鼎孳、周斯盛、邓汉仪、陈维崧、王士禛、孔尚任、宋琬等诗坛巨擘的相关作品。而"诸城十老"中的丘元武,即因康熙二十二年与冒辟疆相识而有幸参加了冒辟疆组织的师友同人倡和,其所作《蔡少君挽诗》、《书毕客言少君割股救父及免巢民先生于盗于火三事甚伟复作四章》、《赠巢民先生五字十律即用曹秋岳侍郎原韵》、《又用王阮亭宫尹韵再赠巢民先生长歌一章》等 4 首相关诗作,都被收录于《同人集》卷十中,由此即可见丘元武在清代全国诗坛的地位和影响。

(二) 从《诗观》所收看丁耀亢、李澄中、丘元武在全国诗坛的地位和影响

《诗观》② 是"骚雅领袖"③ 邓汉仪前后耗时 20 年而编成的一部堪称"诗史"、足备后人采择、在全国很有影响的鸿篇巨制。该书之所以取名为"观",其目的在于一方面编者欲以此选"纪时变之极而臻一代之伟观",另一方面也希望是编"可以观民风","亦可以备咨诹而佐纪载"(《诗观初集序》)。该书共分为三集 40 卷,收录了从清顺治初到康熙前期 1824 位诗人的诗歌作品 15000 余首。其中包括王士禛、宋琬等山东诗人

---

① (清) 冒辟疆:《同人集》,《四库全书存目丛书》集部第 385 册,齐鲁书社 1997 年版。
② (清) 邓汉仪:《诗观》,《四库全书存目丛书补编》第 39—41 册,齐鲁书社 2001 年版。
③ 雍正《扬州府志》卷三十一《人物·文苑·邓汉仪传》载:"尤工诗学,为骚雅领袖。"

69位。为了确保遴选之精,当时诸多知名诗人如杜浚、冒辟疆、陈维崧、孙枝蔚、汪懋麟、尤侗、朱彝尊、魏僖、费密、徐乾学等人,都积极参与了订阅工作。

《诗观》遵循着不分仕隐、不分亲疏、不问政治的选诗原则和不书官爵、不称先生夫子、不序前后的编排体例。其《诗观初集凡例》云:"诗道至今日亦极变矣。首此竟陵矫七子之偏而流为细弱,华亭出而以壮丽矫之。然近观吴越之间,作者林立,不无衣冠盛而性情衰。循览盈尺之书,略无精警之句,以是叶应宫商,导扬休美可乎?或又矫之以长庆,以剑南,以眉山,甚者起而嘘竟陵已燔之焰,矫柱失正,无乃偏乎?夫三百为诗之祖,而汉魏四唐人诗昭昭具在,取裁于古而纬以己之性情,何患其不卓越,而沾沾是趋逐为?故仆于是选,首戒幽细,而并斥浮滥之习,所以云救。仆历年来浪游四方,同人以诗惠教者甚众,藏之笥箧,不敢有遗。庚戌家居寡营,乃发旧簏,取诸同人之诗,略为评次。盖阅两寒暑而始竣厥书。"

就是这样一部在全国颇有影响的诗集,对"诸城十老"之丁耀亢、李澄中、丘元武等人的诗歌作品,就多有收录。如《诗观二集》卷十一,收录有丁耀亢《泊舟留诗海岳庵二首》、《报国寺浮屠》、《登岱四首》等7首诗歌;《诗观二集》卷六,收录李澄中诗歌《涿州》、《登扶云峡望霜潭》2首;《诗观三集》卷九,收录李澄中诗歌《题吴远度画卷》、《祷雨龙湫因遍游积霖谷》2首;《诗观三集》卷十,收录丘元武诗歌《南陌》、《杂感》、《秋郊》、《慰巫季震拟寄黎髯》、《长城岭》、《夏河即目》、《过浒水》、《海村夜行》、《王星五至涓上喜与言怀》(选四)、《过友人山庄》、《由赣榆至大伊山途次即事三首》、《得黎愧曾书寄答二首》、《喜晤陶秉衡》、《望九仙五莲》、《海村用友人韵》、《琅邪台怀古》、《中元以生还设醮二首》、《梅花岭怀古三首》、《大雨五日夜》、《海庄》、《再望大鱼不至》、《杜鹃叹》、《西田闻笛》、《感旧》、《所见》、《即目》、《望邑中诸山》34首。

此外,《诗观》还是一部诗歌评论性著作,不仅每首诗后均有短评,还在诗后对部分诗人作总评。丘元武不仅是"诸城十老"成员中入选诗歌最多的一位,还是邓汉仪特别欣赏偏爱的一位。故邓汉仪对丘元武的诗歌有着很高的评价:"柯村先生之诗,意险识高,才雄气健,具九仙、渤海之胜于豪情，问真吞吐日月挥斥云霞矣。由其结绶以后，阅愿蛮荒，遭罹兵火，如少陵之奔走梓益夔滇间，故能奋郁挺拔，以自见其奇。时人望之莫能名其宝也。丙寅冬日，柯村以扁舟访我于白沙道上，出诗见示。余为爬搜品识，剑光珠气，出土冲天，当为快事。"① 还说："予极推柯村之诗，勒成《诗品》（即《慎墨堂名家诗品》），而南游不遂，且奈之何。先生此诗（按：指孔尚任的《邗上又晤丘柯村》诗），真柯老知己。"②

正是出于对丘元武诗歌的欣赏，邓汉仪还专门将丘元武的诗集收录在其《慎墨堂名家诗品》中（《诗观二集凡例》："《名家诗品》已刻十余家，皆极精严，无敢滥入。"）子目今存三种：彭桂《初蓉阁集》2卷、施闰章《愚山诗抄》2卷、梁清标《使粤诗》2卷。明确刊行过的，还有王士禛《蜀道集》2卷及王熙、王曰高、李元鼎、孙在丰、李振裕、苏良嗣、程瑞禴、丘元武、谢开宠等人的诗选。其中，孙在丰、丘元武诗约刻于康熙二十五年。③ 邓汉仪所刊刻的丘元武的诗集是《烟鬘草亭诗集》，今不见，但其为丘元武所作的序却被保存在《柯村遗稿》中。现将邓汉仪所作《丘柯村先生诗序》全文著录如下：

忆壬辰客京师，与诸城丁野鹤先生寓仅隔垣。先生每于薄暮，拉余入诸贵游家，登堂大呼，阍者不敢禁。主人闻其声，辄倒履迎，命酒褷入座。野鹤纵谈诗及里门人物，则亟推丘海石先生，曰：天下奇士也。丘先生晚得高要令，弗就，旋捐馆。令嗣柯村异才，于书无所不读，能取进士第，为江右抚州推官，将贵盛矣。已而，奉裁循例，补黔之施秉县，县固在蛮荒瘴疠中。君不鄙其民而教养之四年，有成绩，擢水部。忽滇中难作，君移家入山，旋冒风波虎豹之险，间道东归，则生平壮气略尽。爰闭门涓上，读书耕稼。以自

---

① （清）邓汉仪：《诗观三集》，《四库全书存目丛书补编》第40册，齐鲁书社2001年版，第694页。
② （清）孔尚任：《孔尚任全集》，齐鲁书社2004年版，第773页。
③ 陆林：《邓汉仪心路历程与〈诗观〉评点的诗学价值》，《中山大学学报》2015年第5期。

老所为诗,悲歌慷慨,沉郁顿挫,听者如闻伍员之箫、雍门之琴、高渐离之筑,为之徘徊感叹而不能已。

丙寅秋,来访旧交于淮上,特棹扁舟访余于銮江,出诗见示。余读之惊喜,奇奥险怪,伟丽清深,无所不有,皆以发抒其胸中抑塞无聊之气,盖得骚杜之深者。然使柯村登枢要,扬扬呵殿于长安,或拥节万里,为镇抚重臣,诗虽工,亦不能振拔如是。惟余遭罹兵燹,久处困穷,为诗亦不肯苟且以悦俗,故见君诗,不觉有针芥之合焉。余既登君之作于《诗观》、《诗品》,而复勒全诗以告当世。君归东武,携此册登超然而读之,将见云山晦冥、海涛怒立,其亦可以自豪而无羡乎。当世之富贵利达,则南阳生之识赏,良不诬也。惜故人黄土,无由一快诵之。同学邓汉仪拜撰。

由此我们亦可见丘元武在清代全国诗坛的影响。

(三)从《清诗别裁集》所收看丁耀亢在全国诗坛的地位和影响

《清诗别裁集》[1],又名《国朝诗别裁集》,是沈德潜编辑的一部收录清顺治、康熙两朝诗人诗歌的诗歌总集。全书共收入诗人996家,诗歌3952首,一定程度上反映了清初到乾隆的诗歌面貌,有着较高的诗学地位。

针对"国朝选本诗,或尊重名位,或藉为交游结纳,不专论诗"的现象,该书提出了"是选以诗存人,不以人存诗。盖建竖功业者重功业,昌明理学者重理学,诗特其余事也。故有功业、理学可传,而兼工韵语者,急采之。否则,人已不朽,不复登其绪余矣,观者谅之。……亦有前明词人,而易代以来,食毛践土既久者,诗仍采入。编诗之中,微存史意"的选诗原则。

就是这样一部不论名位而专注于诗歌水平、希望实现"以诗存人"目的清人诗歌总集,其卷一四就收录了丁耀亢诗歌《老将》、《再答山阴王玉映并宗弟睿子》、《久客浦城台使屡檄不放夜坐达旦》3首,由此我们可以看出丁耀亢诗歌的水平及其在清代全国诗坛的影响。

---

[1] (清)沈德潜:《清诗别裁集》,上海古籍出版社1984年版。

（四）从《四库全书总目提要》看丁耀亢、李澄中、张侗在全国诗坛的地位和影响

《四库全书总目》[①]是我国古代最大的官修图书目录，也是现有最大的一部传统目录书。而《四库全书总目提要》则对誊录入库的3400余种"著录书"和抄存卷目的6700余种"存目书"全部写有提要，基本上包括了清乾隆之前的古籍，后人对此书评价甚高。

该书不仅收录有"诸城十老"成员之丁耀亢、李澄中、张侗等人的诗集存目，还介绍了他们的生平、作品以及作品风格。其可见者如下：

卷一八二著录丁耀亢《丁野鹤诗钞》十卷（江西巡抚采进本）："国朝丁耀亢撰。耀亢字西生，号野鹤，诸城人。顺治中由贡生官至惠安知县。是集凡分五种，曰《椒邱集》二卷，起甲午终戊戌，官容城教谕时所作。曰《陆舫诗草》五卷，起戊子终癸巳，皆其入都以后所作。曰《江干草》一卷，起己亥终庚子。曰《归山草》一卷，起壬寅终丙午。曰《听山亭草》一卷，起丁未止己酉。自《陆舫诗草》以前，耀亢所自刻，《江干草》以下，皆其子慎行所续刻也。耀亢少负隽才，中更变乱，栖迟羁旅，时多激楚之音。自入都以后，交游渐广，声气日盛，而性情之故亦日薄。王士禛《池北偶谈》载其'陶令儿郎诸葛妻'一律，谓'野鹤晚游京师，与王文安诸公倡和，其诗亢厉，无此风致'。盖亦有所不满矣。"

卷一八三著录《卧象山房集》三卷，《附录》二卷（山东巡抚采进本）："国朝李澄中撰。澄中有《滇南日纪》，已著录。是编，赋一卷，文一卷，诗一卷，附《滇南集》一卷；又《艮斋文选》一卷。安若讷为作《墓志》，记其梦为李攀龙后身。赵执信亦称其生而父梦攀龙入室，故其诗仍学攀龙。庞垲论文绝句，则有'寿光安子非知己，强为于鳞认后身'句。今观其集，颇不类沧溟体格，是垲所论者为允，若讷、执信，皆好奇之论也。"又卷一八三《白云村集》八卷（山东巡抚采进本）："国朝李澄中撰。康熙己未，以召试入史馆者，澄中与庞垲交最契。文格、诗格二人往往互似。是集即垲官建宁府知府时为刻于福建者。垲序称王新城阮亭、田德州纶霞坛坫久成，于时望重龙门。渔村入都，与鼎足而立，

[①] （清）永瑢、纪昀：《四库全书总目提要》，海南出版社1999年版。

士林称山左三大家。然澄中诗文修洁有余，至魄力雄厚，终非王、田比也。王士禛《感旧集》载其《齐讴行》三首，《细草谷》一首，此集皆未载。又《鱼龙图》一篇，亦与《感旧集》所载数字不同。盖垲与士禛门径稍别，故去取亦稍异也。"

卷一八五著录张侗《放鹤村文集》五卷（山东巡抚采进本）："国朝张侗撰。侗字同人，一字石民，诸城人。是集前有方迈所作侗小传，称其'有孝行，多奇节'。盖亦孤高之士。其文则欲摆脱町畦，乙乙冥冥，别标象外之趣，而反堕公安、竟陵派中。盖存一不落窠臼之意，即其窠臼矣。"

丁耀亢、李澄中、张侗的诗集，能够入选《四库全书总目提要》，由此我们即可见他们在清代诗坛的地位与影响。

（五）从《晚晴簃诗汇》看丁耀亢、王乘篆、李澄中、徐田、刘翼明在全国诗坛的地位和影响

《晚晴簃诗汇》①，又名《清诗汇》。是徐世昌选录清代几乎全部著名诗人的一部大型的清代诗歌选集，也是目前保存清代诗人及其作品最多的一部诗歌总集。全书共200卷，以"不分异同，荟萃众长，恉尚神思，务屏伪体。自名大家外，要皆因诗存人，因人存诗，二例并用，而搜逸阐幽，尤所加意"，以求"一代之中，各家俱存；一家之中，各法俱在"（《晚晴簃诗汇凡例》）为收诗原则，共收有清代诗人6100多家，诗歌27400多首。不但对钱谦益、吴伟业、龚鼎孳、王士禛、沈德潜、袁枚、翁方纲、曾国藩等诗坛大家的诗作多有重点选辑与推介，而且对一些名气不大的诗人的诗歌作品也多有选入。每个诗人名下皆附有小传，有的还附有前人对该诗人的评论和诗话。对待不同流派的诗人亦持论公允。

而"诸城十老"中的丁耀亢、王乘篆、李澄中、徐田、刘翼明等人的部分诗歌作品，亦被选入该书之中。由此我们即可见他们在清代诗坛的地位与影响。其收录情况依次如下：

卷三十二，收丁耀亢诗8首：《听笛》、《老将》、《哀陈章侯》、《再答山阴王玉映并宗弟睿子》、《久客浦城台使屡檄不放夜坐达旦》、《瓜洲》、《梨口村》、《屠牛叹呈张中柱学士》。

---

① 徐世昌：《晚晴簃诗汇》，《续修四库全书》集部总集类第1629—1630册。

卷三十四收王乘箓诗 4 首：《早春游五莲寄丁野鹤》、《送人从军》、《秋闺怨》、《饮江上楼》。

卷四十二收李澄中诗 10 首：《送宋稚恭省觐归淮南》、《自栗子关十里至回龙阁遇雨作》、《与齐贞吉家德公伯含卧衡饮祖家园水亭以心远地自偏为韵》、《初晴张蓬海石门兄弟过荷堤》、《仗剑行》、《送学士张敦复先生假归枞阳》、《七夕吴志伊检讨见过小饮》、《答赵壶石象山松下见怀原韵》、《寄龙标施秉》、《新店驿雨后口占》。

卷五十三收徐田诗 2 首：《中秋访王维宪不遇》、《自楚归寄同社诸友》。

卷六十二收刘翼明诗 5 首：《琅邪绝顶怀渭清》、《过重萝山留别主人丁平之》、《自渠丘同马三如宿王申甫峒峪别业》、《九日霞标山中得遇丁孟白共饮》、《寄戴宾廷》。

（六）从《清诗纪事初编》看丁耀亢、李澄中在全国诗坛的地位和影响

《清诗纪事初编》[①]，为今人邓之诚所编。既是邓氏的最后一部著作，也是邓氏用力最勤、学术水平最高的一部著作。全书二册，共八卷；以黄宗羲"以诗证史"的观点为依据，主要收录明朝遗民和清朝顺治、康熙两朝的诗人 600 家，收诗 2000 多家，所选亦不限于名家。其《清诗纪事初编序》自云曰："黄宗羲谓：当以诗证史，不当以史证诗。小年读此，深喜其说。时正读《吴梅村集》，因摭诗中之事，举以詑人，资为笑乐。唐宋人诗集编年者，足尽其人一生之事，即非编年而为分体，时地人物，偶一及之。出于亲述，视后人纪载有别矣。诗有异于史，或为史所无者，斯足以证史，最为可贵。其与史合者，诗略而史详，史固专行，何劳辞费！若辞旨隐约，以史证之，类于商隐。钱谦益《读杜小笺》，事事征实，不免臆测。近人辨论李商隐诗，各申其说，终无定论。史证之与证史，得失判然，于斯可见。昔修清史时，湘中有创议辑诗中自注以庀史材者，其说固是，然自注者少，且有为避指摘，故布疑阵，饰以他语者，安能执一以概之？"书中还撰有作者小传，博采旁引，资料充实，为诗家所倚重。

---

① 邓之诚：《清诗纪事初编》，上海古籍出版社 1965 年版。

而该书之卷六,即收录有丁耀亢诗歌 11 首:《剃发》、《流落》、《盗乱》、《田家》、《哀浙士陈章侯》、《同张尚书过天主堂访西儒汤道味太常》、《大侠行》、《移兵德州》、《捕逃行》、《乙巳八月以续书被逮待罪候旨至季冬蒙赦得放还山共计一百二十日狱司檀子文馨燕京名士也耳予名如故交率诸吏典各醵酒三日一集或至夜半酣歌达旦不知身在笼中也各索诗纪事予眼昏作粗笔各分去寄诗志感》、《焚书》。还又收有李澄中诗歌 1 首:《铁索桥歌》。由此观之,丁耀亢、李澄中的诗歌,不仅具有"证史"之功效,而且在清代诗坛有着自己的地位与影响。

总之,"诸城十老"以自我不同的诗歌创作实践,活跃于明末清初的诗坛之上。不仅是诸城诗坛繁荣的引领者和中坚力量,而且作为山左诗坛的一分子,"诸城十老"在明末清初的山左诗坛也有着不容忽视的地位和影响。同样的,"诸城十老"以诗会友,交友广泛,其诗作不仅得到了诗坛大家的赏识,还被不同的诗歌总集所收录,在清代诗坛之上也赢得了自己一定的地位与影响。此外,"诸城十老"还以个人的人格魅力,在当时的文人笔记、杂著以及文学作品中留下了自己的影子。本文对此不再展开论述。

第七节 丁耀亢诗歌的"诗史"特色

我国自古就有尊史的传统,"六经皆史"乃学界之共识,故《诗经》就成为诗歌与历史结合的最好范本。《诗经》之后,历代咏史诗不断涌现,成为联系诗歌与历史的最佳题材。而杜甫"诗史"之名既出,"诗史"精神则成为后世文人用诗歌以保全家国天下、关注社稷民生的责任和道义。因此以诗存史的"诗史",不仅成为诗人普遍的观念和责任,还成为联系诗歌与历史关系的精髓所在。今观"诸城十老"之诗歌作品,我们不难发现,丁耀亢一生的诗歌创作,就明显地体现出以诗存史的"诗史"特色。有鉴于此,本节拟据此展开专门论述。

一 "诗史"概念及其内涵的界定

作为一个文学批评概念,"诗史"一词本是由唐人在阅读杜诗时总结而得出的、专门用来就杜甫遭逢"安史之乱"时所写诗歌的赞誉。其说最早见于孟棨的《本事诗·高逸第三》："杜逢禄山之难，流离陇蜀，毕陈于诗，推见至隐，殆无遗事，故当时号为诗史。"① 然而，随着"诗史"一词的出现，加之此后历代文人尤其是诗评家们对"诗史"一词的不断沿用，其所指对象与内涵都发生了很大的变化。

（一）所指对象的变化

前文已言，"诗史"一词，本是就杜甫诗歌而言的一个文学批评术语。然而在后世的使用过程中，"诗史"所指对象也在发生变化。

一是专指身处改朝换代之际、寄寓着诗人身世家国兴亡之感的诗歌。杜甫之后，"诗史"一词多指南宋末年、明末清初这两个时代的部分诗歌作品。如南宋末年文天祥、明末清初吴伟业等人的部分诗歌被称为"诗史"。这两个时代的部分诗歌之所以被称为"诗史"，与其所处的易代的社会环境有着直接的关系。"因为，凡是易代之时，大多存在史官缺席、史料贫乏的问题，而诗歌因为篇幅短小，诗人可随时随地利用诗歌这种形式来记载所思所感，所以，其诗歌可以用来补充历史叙述的不足。"② 当然这一"诗史"说法的内涵，与专门指称杜甫诗歌的"诗史"多有不同：诗人必须身处改朝换代之际；诗歌内容必须体现出易代兴亡之感，有的还表现出强烈的爱国主义精神。

二是指能够反映某一时期重大社会事件、具有一定历史意义的诗歌。明代诗人杨慎的《颍川侯祠》，就被王士禛称之为"诗史"。王士禛《香祖笔记》卷五云："（王弘祚）为户部尚书时，尝属余选张含《禺山集》。余尤喜集中《颍川侯祠》一篇，足称诗史。"③

三是指前人的诗歌。如《宋书·谢灵运传论》："至于先士茂制，讽高历赏，子建函京之作，仲宣霸岸之篇，子荆零雨之章，正长朔风之句，并直举胸情，非傍诗史，正以音律调韵，取高前式。"④ 南朝齐王融《议

---

① （唐）孟棨：《本事诗·高逸第三》，丁福保辑《历代诗话续编》，中华书局1983年版，第15页。

② 张晖：《中国"诗史"传统》（修订版），生活·读书·新知三联书店2016年版，第365页。

③ （清）王士禛：《香祖笔记》，《王士禛全集》，齐鲁书社2007年版，第4572页。

④ （梁）沈约：《宋书》，中华书局1985年版，第1177页。

给虏书疏》:"今经典远被,诗史北流,冯李之徒,必欲遵尚。"①

四是认为那些身处改朝换代之际、专门记述前朝遗事者才是真正的"诗史"。如黄宗羲虽以"诗之与史,相为表里者也"②,来说明诗歌与历史互为表里的关系;并强调"以诗补史之阙"③,即诗歌具有补充历史的功能。但他对"史诗"内涵的界定却比一般人更为严格。在他的眼中,只有那些身处改朝换代之际、能记述前朝遗事者才是真正的"诗史"。

(二) 界定重点的变化

在孟棨的眼中,杜甫的诗歌之所以被誉为"诗史",具备两个条件:一是"在场",即诗人必须是亲历某种事件所写的诗歌。就杜甫而言,即指其亲历安史之乱、于流离陇蜀时所写的诗歌;二是"殆无遗事"。即诗人创作这些诗歌时,应该对其经历的全部事件均有记录,没有任何遗漏。就杜甫而言,即指其在写作这些诗歌时,记录了他流离陇蜀时的全部事情,连十分隐秘的事件也不例外,甚至没有任何遗漏。如杜诗记录了"安史之乱"中发生的重大事件与自我所见所闻所感,其著名的"三吏三别"既写了九节度兵败邺城后、为补充兵源而沿途征兵之事,又写战乱给老百姓带来的沉重灾难,表达了诗人忧国忧民的深厚情感;杜诗为我们提供了许多历史史实,可以以诗证史、以诗补史之失载。如其《三绝句》中所写渝州、开州杀刺史一事,就未见史书记载。两者缺一不可,成为构成"诗史"的必备条件。

此后随着文学批评家们对"诗史"一词的不断沿用,其涵义被不断地扩大和延伸,以至于提出了十余种不同的说法。张晖的《中国"诗史"传统》(修订版)一书,对此有着详密的论述,读者可参阅之,本文不再赘述,只是将其评价标准之两种代表性倾向略作说明如下。

一种倾向是强调"诗史"之"史"的功能,突出诗歌应该记载时事的"诗史"内涵。

---

① (梁)萧子显:《南齐书》,中华书局1972年版,第819页。
② (清)黄宗羲:《姚江逸诗序》,《黄宗羲全集》(十),浙江古籍出版社2005年版,第10页。
③ (清)黄宗羲:《万履安先生诗序》,《黄宗羲全集》(十),浙江古籍出版社2005年版,第49页。

"从孟棨《本事诗》强调杜甫流离陇蜀时记载所见所闻的诗歌开始,'诗史'说就不断强调诗歌对于外在现实世界的记录和描写。宋代的'诗史'说虽然繁杂,但无论是《新唐书》所说杜诗中'善陈时事的律诗',还是其他的论述强调杜诗的实录、史笔、知人论世、叙事等,实际上都指向同一个基本的文学理念:即诗歌的内容须记载、反映外在的现实世界。而明代复古诗论中的大量论争以及清代王夫之、钱谦益、施闰章、陈沆等人的论述,也都是在不违背此一理念的情况下展开的。可以说,强调诗歌记载现实生活的'诗史'说,起源于晚唐,到明代就基本稳定下来,成为中国传统诗学中一贯要求诗歌描写现实、反映现实、记载现实的一种具有代表性的理论诉求。"① 当然,这一评价标准也带来了许多弊端,进而"促使产生了将诗歌创作简单视为史料记录的观点。宋代'诗史'说中就已经强调诗歌忠实记载外在的世界,如记载年月日、尺寸、地理名词、人名等,并开始用杜诗来证史;这个倾向由明代的杨慎进一步光大,到清初钱谦益、黄宗羲的手里发展到极致。由此,不仅在理论上诗歌已经成为历史的史料,而且在创作实践中很多诗人写作诗歌的目的就是为了记载历史。这些现象的产生绝非突兀,均受到'诗史'说中要求诗歌忠实记载外部世界的影响"②。然而,诗歌记载历史的功能毕竟是有限的,面对这种"以诗为史"的阅读风气,清代也有多人提出过批评。

一种倾向是强调"诗史"之"诗"的本性,提倡诗歌在记载现实的同时,必须充分重视诗歌的文学性。

诗歌毕竟不能等同于历史,诗歌与历史毕竟有"文""质"之别。所以,强调诗歌记载外在世界的"诗史"说,并非是其发展的唯一走向。历代的"诗史"说,在强调诗歌要记载现实的同时,还强调要充分重视诗歌的文学性。这一看法,早在孟棨之后的宋祁就已提出。其《新唐书·杜甫传》云:"(杜)甫又善陈时事,律切精深,至千言不少衰,世

---

① 张晖:《中国"诗史"传统》(修订版),生活·读书·新知三联书店2016年版,第277页。
② 同上书,第279—280页。

号'诗史'。"① 他在接受孟棨"诗史"说的同时,更强调杜甫的律诗,指出杜甫之所以被称之为"诗史",既在于他"善陈时事",更在于其诗歌"律切精深"。此后,"宋代邵雍重视诗歌的本体,其他宋人强调杜甫诗歌的叙事功能或者杜诗的《春秋》笔法,明代诗论家如杨慎、许学夷、王夫之等希望诗歌通过抑扬讽刺、比兴、美刺等写作手法来记载现实,从而可以保持诗歌含蓄蕴藉、微婉甚至情景事合一的美感。"② 清代大量的诗歌笺注者,则利用"以诗证史"的方法来阅读诗歌,开始重新重视诗歌的文体特征,强调诗人通过比兴、美刺等手法来委婉地传达对现实重大事件的看法,从而将强调模仿的"诗史"说重新纳入抒情传统之下。

以上两种倾向,虽对"诗史"内涵界定的侧重点不同,但都遵循着一个共同的核心精神:即强调诗歌对现实生活的记录和描写。都强调用诗歌记载时事、用诗歌抒发自我对社会现实生活的理解与感悟这一基本内涵。

人们对"诗史"的内涵虽有着不同的解读,但杜诗所奉献的"诗史"精神,却始终被后世文人自觉继承,成为保存民族精神的光辉旗帜。尤其是每于国家存亡关头、朝代更替之际,就会涌现出许多具有"诗史"精神的诗歌作品,如南宋灭亡之时的汪元量、文天祥,明清易代之际的吴伟业、丁耀亢,直至清末民初的黄遵宪等。

二 丁耀亢诗歌的"诗史"特色

明确了"诗史"的概念及其内涵,我们再来探究丁耀亢诗歌的"诗史"特色。丁耀亢诗歌的"诗史"特色,主要表现在两个方面:一是其文学创作具有强烈的史家意识;二是其诗歌内容多有"以诗证史"、"以诗补史"之功。

(一) 丁耀亢强烈的史家意识

《天史》一书最能直观地体现丁耀亢的史家意识。该书于崇祯五年(1632)问世,丁耀亢详细地介绍了该书的编纂过程:"偶检先大夫手遗

---

① (宋)宋祁:《新唐书·杜甫传》卷二百一,中华书局1975年版,第5738页。
② 张晖:《中国"诗史"传统》(修订版),生活·读书·新知三联书店2016年版,第280页。

廿一史而涉猎之。喟然而悲，愀然而恐。因见夫天道人事之表里，强弱盛衰之报复，与夫乱臣贼子、幽恶大憨之所危亡，雄威巨焰、金玉楼台之所消歇，盖莫不有天焉。集其明白感应者，汇为十案，注以管见，十有二篇，名曰《天史》。系史曰：天者，尊圣言也。"① 于是，本着"旨存于彰善而权归于瘅恶"②的目的，丁耀亢精心选取《左传》、《史记》、《汉书》、《纲目》、二十一史等史书中的材料，按照"大逆"、"淫"、"残"、"阴谋"、"负心"、"贪"、"奢"、"骄"、"党"、"左道"分类，在选材上"惟以罪大为魁"，"凡有关报应者，拈纸记之"，集中罗列了各朝各代乱臣贼子、骄奢淫逸者的恶行败德。如第一类"大逆"二十九案就大加挞伐王莽盗名篡汉、江充杀太子、王敦灭亲叛主等大逆不道的行为，鲜明地体现了作者经世、警世的史官意识。因此，钟羽正的《天史序》也特别指出："丁君为《天史》，阅者肃然神悚，翕然称快，盖深心于警世，非徒以文鸣者。"③ 为了更加明确地表明自己的史家意识，丁耀亢特地在每则故事的篇末"附以狂言"，以"论曰"的形式发表令人警醒、发人深思的评论。如"大逆"之七"王莽盗名篡汉"论曰："莽起外戚，而能匿情饰行，假窃名誉，班固所谓色取仁者非耶？夫心不可欺，始而欺人，终而欺天，卒之抱孺子向天涕泣，身死于人手，而犹曰'天生德于予'，则亦成一痴駇，无知之物而已。自欺者，果能欺人、欺天乎哉？夫乱臣乱子，何代无之，而阴邪左道以乱天位，当以莽为罪首！"④

同样，丁耀亢的史家意识在其小说、戏剧的创作中同样得到了鲜明体现。其小说《续金瓶梅》，"立足于动乱的社会现实，关注人性，关心民生疾苦，其小说显得宽阔博大，有厚重深沉的历史感"⑤。其《化人游》、《赤松游》、《西湖扇》、《蚺蛇胆》等与历史相关的剧作，亦充分展示了丁耀亢的史家意识，即"丁耀亢剧作以一个个活生生的人在特定历史时期思想感情的变化，反映了许多清初历史和文学上的问题和现象，

---

① （清）丁耀亢：《丁耀亢全集》（下），中州古籍出版社1999年版，第7页。
② （清）丘石常：《问天亭放言序》，《丁耀亢全集》（下），中州古籍出版社1999年版，第209页。
③ （清）钟羽正：《天史序》，《丁耀亢全集》（下），中州古籍出版社1999年版，第3页。
④ （清）丁耀亢：《丁耀亢全集》（下），中州古籍出版社1999年版，第6页。
⑤ 王汝梅：《王汝梅解读〈金瓶梅〉》，时代文艺出版社2007年版，第232页。

对于我们全面了解当时的社会历史,对于通过微观来宏观把握清初文学创作,都是有益处的"①。由此可见,丁耀亢小说、戏剧等文学创作中始终贯穿着史家意识,而丁耀亢一生的诗歌创作更是其史家意识贯穿始终的具体体现。

丁耀亢创作中所呈现出的史家意识,与其强烈的经世之志密不可分。他早年居家读书时,就怀有济世救民之志。这一点,时人早已提及。如李澄中《丁野鹤耀亢小传》云:"莱有大泽社,当明末时,天下方争门户,先生独与王子房讲求经世之学。"②钟羽正的《天史序》亦云:(丁耀亢)"有心持世,于兹表其深衷",且以史"劝善惩恶而独取夫恶者惩之"③。

(二)丁耀亢诗歌的"以诗证史"、"以诗补史"之功

陈寅恪先生说过:"中国诗虽短,却包括时间、人事、地理三点。中国诗既有此三特点,故与历史发生关系。把所有分散的诗集合在一起,于时代人物之关系,地域之所在,按照一个观点去研究,连贯起来可以有以下的作用:说明一个时代之关系;纠正一件事之发生及经过;可以补充和纠正历史记载之不足。"④

丁耀亢的诗歌,忠实地记录了自我一生的经历及其所见所闻所感,用诗歌哀叹着自己人生的种种遭遇:有科考的失利,有仕途的不如意,有逃难的颠沛流离,有失去亲人的哀痛等。其《自述年谱以代挽歌》、《怀仙感遇赋》、《丁未中秋月》、《七十老人自寿排律》等带有自传性质的长诗,可谓是丁耀亢人生经历和个人遭遇的总结。所以说:"野鹤之诗,一野鹤之人之史也。"⑤除此而外,在丁耀亢的诗歌里,我们还可以看到其中夹杂着与明末清初风云变幻相关的许多历史事件。因此,丁耀亢的诗歌,也就具有了"以诗证史"之功。如邓之诚的《清诗纪事初编》

---

① 李增坡:《丁耀亢研究》,中州古籍出版社1999年版,第4页。
② 赵景深、张增元:《方志著录元明清曲家传略》,中华书局1987年版,第195页。
③ (清)丁耀亢:《丁耀亢全集》(下),中州古籍出版社1999年版,第3—4页。
④ 陈美延:《陈寅恪集讲义及杂稿》,生活·读书·新知三联书店2001年版,第48页。
⑤ (清)丁日乾:《逍遥游序》,《丁耀亢全集》(上),中州古籍出版社1999年版,第633页。

卷六所说:"集中纪事诸篇,颇可参证时事。"① 张崇琛先生也说:"丁耀亢的诗作堪称史诗,它不仅工致优美,踔厉风发,而且真实记录了当时社会史实。这无论对当时社会风习的研究,还是对时代全貌的把握,都具有不可磨灭的价值和意义。"② 具体而言,丁耀亢诗歌的"以诗证史"之功主要体现在以下几个方面。

1. 丁耀亢亲身提供了一个文字狱的案例

文字狱是清代政府对汉族知识分子加强思想控制与文化钳制的措施之一。而丁耀亢即因《续金瓶梅》一书而遭遇过文字之狱,以其亲身经历为世人提供了一个文字狱的完整案例。

康熙四年,六十七岁的丁耀亢因其小说《续金瓶梅》"虽为前金、宋二朝之事,但系为违禁撰写,且于书中又有宁古塔、鱼皮国等言辞"③,含有影射清兵入关时的暴虐行径之语而被捕入狱,成为当时众多的"文字狱"案之一。在这次事件中,丁耀亢入狱四个月,后被友人龚鼎孳、傅掌雷营救出狱,但其小说《续金瓶梅》被朝廷下令焚毁。这种可怕的梦魇使得丁耀亢的身心备受摧残,成为他晚年无法抚平的伤痛。因此,他晚年的诗作中一再出现"焚书"、"焚"等类的字眼。这类诗歌主要保存在《归山草》、《听山亭草》中,其中《请室杂著八首》、《逢宋今楚》、《戒吟二首》、《登超然台谒苏文忠公有感》、《和王元竟〈石门寺诗〉有感》、《自嘲》、《寄怀巴山孙健之》、《戊申腊朔早起礼佛四首》、《焚书》等诗歌,就集中表现了文字狱给其自身所带来的伤痛。

而对于此事的起因,丁耀亢在其《自述年谱以代挽歌》一诗中亦有提及:"甲辰三月,再兴讼状。构我文章,以成讪谤。愿奢索金,众欲难量。"即康熙三年三月,有人以其小说《续金瓶梅》中存在一些违碍之语来要挟丁耀亢,而地方官借机向他敲诈勒索,"蠹胥乘衅,假祸于东。指其文辞,兴妖作孽"。面对此飞来横祸,丁耀亢自知"愿奢索金,众欲难量",感叹"法当对簿,陷阱已列",甚至想到"义当不辱,愤欲自决",既无计可施,又无处诉说,只能"多言取祸,一笑而绝。日月在上,覆

---

① 邓之诚:《清诗纪事初编》,上海古籍出版社1984年版,第682页。
② 李增坡:《丁耀亢研究》,中州古籍出版社1999年版,第5页。
③ 安双成:《顺康年间〈续金瓶梅〉作者丁耀亢受审案》,《历史档案》2000年第2期。

盆莫伸。命与祸会,天遭其屯。于人何尤?我生不辰"。① 这看似是丁耀亢的个人遭遇,实际上与当时出现的"文字狱"有莫大关系。在此前一年,浙江归安县发生"明史案",起因就是由于县官吴之荣索贿不成,"乃首告之",结果导致了这场令人震惊牵扯极广的"文字狱"。而当时诸城县官周采、典史徐靓等来自浙江,受到吴之荣因告发而升官发财的启发,故紧盯着丁耀亢不撒手。

而对于此事所给自己带来的逃难经历与入狱、出狱经历,丁耀亢在诗歌中也多有记录:康熙三年三月,万般无奈的丁耀亢被迫深夜逃亡避难,"老去逃名已弃家,独携瓢笠走天涯"(《过兖州寄贾凫西四首》),渡过黄河,过开封,在陈留过除夕。康熙四年,丁耀亢依然滞留河南,辗转多地,在嵩山一带流浪,"堪怜衰老难为别,更苦飘零未可期"(《陈留署中留别》);当他听到朝廷大赦的好消息,兴奋不已"何处春风来马上,忽闻甘雨遍寰中"(《至孟邑得赦诏闻家信志喜六首》),立马启程归乡,然回家后,发现自己的事并没有消停。原来,丁耀亢的出逃激怒了周采等人,他们将此事上报朝廷,朝廷下令将其押赴京城,故丁耀亢六月回到家乡诸城,旋即"以'续书'被逮,待罪候旨",于八月被押解进京受审,"七十先朝老,趑趄上讼庭"(《逢宋今楚》)。幸运的是,在狱中的丁耀亢得到了其仰慕者司狱官员檀文馨的优待,檀文馨"率诸吏典各酾酒,三日一集,或至夜半,酣歌达旦",使得丁耀亢"不知身在笼中也"②;在狱外,他的挚友刑部尚书龚鼎孳和工部尚书傅掌雷则想方设法地寻求救援门路。四个月后,丁耀亢出狱。代价就是他的《续金瓶梅》要奉旨焚毁,"国门一炬墨烟青,海内焚书禁识丁"(《广文康孝廉代淄川高少宰索诗刻》)。这就是丁耀亢亲身经历的"晚以著书被祸入诏狱,仅而得免,丧明逃禅,文人之遇,斯为最酷"③ 的"文字狱"。

遭遇这次事件后,丁耀亢虽然笔耕不辍如旧,却再也不敢公然张之

---

① (清)丁耀亢:《自述年谱以代挽歌》,《丁耀亢全集》(上),中州古籍出版社1999年版,第428页。

② (清)丁耀亢:《请室杂著八首序》,《丁耀亢全集》(上),中州古籍出版社1999年版,第472页。

③ (清)邓之诚:《清诗纪事初编》(清代传记丛刊·学林类·28),明文书局1985年版,第682页。

于世了。李澄中的《江干草序》有云:"盖先生以著书构祸,与张俭略同。故自《椒丘》后,《江干》、《归山》、《听山》诸诗,率秘而不付剞劂。"[①] 所以丁耀亢没有亲自出版自己晚年的诗集,而是在临终之年交给了李澄中。通过阅读这类诗歌,我们能够深刻了解历经"文字狱"又幸免于难的丁耀亢所遭遇的身心重创,尤其是精神世界那种无法言语的苦楚和难以摆脱的煎熬。

丁耀亢以"文字狱"亲历者的身份所抒写的自身遭遇与痛苦体验,对我们了解清廷在禁锢汉族知识分子的精神领域所实行的一系列的非人道的文化高压政策有很大帮助,故其诗歌也就体现出极高的"诗史"价值和文献价值。

2. 忠实地记录了清兵侵占诸城及其入侵江南的实况

国破家亡的惨痛,让丁耀亢深刻地体验了世道多艰、人事无常:"乱后风尚陵夺,视为弱内,平昔亲知,反面秋风,百计相倾,忍之而不报。始知人情倾险,利吾衰也。"[②] 面对此种劫难,他悲愤难抑,写下了一系列的诗歌,真实地记录了清兵侵占诸城后战乱惨状。这类诗歌主要保存在诗集《逍遥游》之《海游》部分,有《壬午仲冬廿一日闻东兵入境约九弟奉老母南迁不从由山村至海上候之》、《十二月十三日喜老母褓侄出城以候九弟不至》、《十七日被东兵围尽走入海港寄商船得脱》、《约族中兄弟入斋堂岛不从》、《舟泊沐官岛再探九弟信不至》、《覆舟行》、《兵退后再答大兄》、《癸未四月闻兵退渡海言归》、《冬夜闻乱入卢山》、《甲申三月闻陷燕都再入东海喜老母诸子俱至》、《由大沙头入海夜行至大村》和《云台谒三元再宿月帆兄禅室》等。如《覆舟行》一诗,就真实地记录了作者"买舟载粮北岸,遇风而覆"的海上逃难经历,诗中用"骨肉丧离泪满眼,荒村日落唯啼乌"、"白龙跃出冯夷背,黑风倒拔鲛人须"之类的句子,表达了自己痛苦、悲愤的逃难心绪。当然,这不仅是丁耀亢个人的遭遇,也是当时兵荒马乱之中乱离人的共同遭遇。再如《冬夜闻乱入卢山》一诗,用"乱土无安民,逃亡乐奔走"、"白骨路纵横,宁

---

① (清)李澄中:《江干草序》,《丁耀亢全集》(上),中州古籍出版社1999年版,第354页。

② (清)丁耀亢:《丁耀亢全集》(下),中州古籍出版社1999年版,第279页。

辨亲与友"、"昨闻大兵过，祸乱到鸡狗。茅屋破不补，出门谁与守？但恐乱日长，零落空墟薮"①等类诗句，全方位地描写了全民逃难的景象以及自身无限的悲痛。

在历经诸城之乱后，为了寻找适宜的居住地，丁耀亢曾经南下，目睹了清兵在攻占江南后，使得江南百姓流离失所，也对江南地区的自然资源、社会生产以及文化造成极大破坏的景象。这类诗歌大多保存在其《逍遥游》之《吴陵游（丁亥仲夏）》、《陆舫诗草》、《江干草》等诗集中。如其《江干草·武夷山行》，就描写了风景秀美的武夷山在清兵践踏之后的满目疮痍："自从闽粤苦交兵，戎马平行山树秃。剧盗登峰搜富民，军令造船伐大木。邑人避难十万家，劫火焚林死沟渎"，最后诗人以"但愿天平海不波，万里还来跨黄鹄"②之句，表达了自己的美好祝愿。

丁耀亢亲历明末清初的兵乱，深受多次逃难之苦。而战乱中，死于非命的普通民众更是不可胜数，男男女女被掳走被奴役的更是不计其数，还有许多人流离失所，而女子们则无奈沦落风尘。丁耀亢于诗歌中也表达了对这类女子命运的关注。如《乱后再过扬州四首》③：

> 城荒水阔野无烟，明月桥空暮雨残。
> 新市鸭妆仍步楚，旧台马瘦尽归燕。
> 铺来瓦砾堆金粉，炫出毡缨避税钱。
> 都会东南争利地，物情穷处转凄然。

> 闹热悲凉百感生，繁花穷极转相平。
> 扬帆巨舶天王贡，落日寒烟过客情。
> 楚馆门排邗市粉，吴侬歌学满洲声。
> 不堪湖柳千行秃，一任孤舟到处横。

该诗作于顺治四年，丁耀亢南下避祸，行至扬州，看到了乱后留下的满

---

① （清）丁耀亢：《丁耀亢全集》（上），中州古籍出版社1999年版，第650页。
② 同上书，第398页。
③ 同上书，第691页。

目疮痍,"隋苑柳眠多化蝶,广陵音绝欲烧琴"(其三),"朱栏芍药人谁赠,缘水蘼芜珮欲留。天女顿辞莺雀馆,神仙来哭帝王丘"(其四),不再有"江暖莺啼户半春,朱栏护水暗窥人。谁家小阁垂杨里,露出芙蓉绣领巾"(《扬州》)的繁华景象,取而代之的是新朝统治下"新市鸭妆仍步楚,旧台马瘦尽归燕"、"楚馆门排邗市粉,吴侬歌学满洲声"的所谓新气象。诗中的"旧台马瘦",即指扬州瘦马,本指明清时期扬州的一些人家买来养育以待再贩卖的童女或雏妓。典出明代谢肇淛的《五杂俎·人部四》:"(维扬)女子多美丽,……扬人习以此为奇货,市贩各处童女,加意装束,教以书、算、琴、棋之属,以徼厚直,谓之'瘦马'。"① 这些人在清兵侵占扬州时被掳走,流落他乡。其实,在丁耀亢的笔下,还单独记载了多位在战乱中被掳走的女子,如其《夜雨留邱士区说故乡事》一诗,记叙了乡人邱士区来北京寻找被清兵掳走的女儿,诗题下有小注曰:"以赎女至都",诗中曰:"投荒蔡女贫难赎,绝塞苏卿老未还。"② 而他自己也曾帮助求赎过因兵乱而落入教坊的良家女梁玉,不仅为其作诗诉说遭遇,如《秦姬梁玉良家子》诗题下小注曰:"由兵火落教坊代述所遇";还促成了救赎一事(《秦姬梁玉良家子》其二小注曰:"诗为书扇。有泾阳孝廉刘季侯讳弘猷见此恻然,赎之,遂成义举。")③,有《九日招妓约诸公过饮为梁玉求赎二首》④ 一诗为证。还有他的《感宋娟诗二首》,在听闻京师盛传江南名妓宋娟流落塞外、题诗酒店求人赎回的事情后,他不禁由宋娟的遭遇而想到自己的失落,发出万千感慨。后来,受曹尔堪所托,他于顺治十年写成传奇《西湖扇》,将宋娟之事敷衍成宋娟和顾史的悲欢离合的爱情故事,将其扩大为身处乱世的无法把握命运的男男女女的共同遭遇。

3. 客观反映了满清入关后曾实施酷政的诸多史实

清廷入关之后,为了巩固自身的统治和维护自己的利益,实行了不

---

① (明)谢肇淛:《五杂俎》,中华书局1959年版,第210—211页。
② (清)丁耀亢:《夜雨留邱士区说故乡事》,《丁耀亢全集》(上),第147页。
③ (清)丁耀亢:《秦姬梁玉良家子》,《丁耀亢全集》(上),第164页。
④ (清)丁耀亢:《九日招妓约诸公过饮为梁玉求赎二首》,《丁耀亢全集》(上),第167页。

少酷政。如从顺治元年起，就曾以"东来诸王、勋臣、兵丁人等无处安置"[1]为由，多次下令圈地和投充，使百姓被迫放弃土地而成为满人的奴隶，无端的增加了大量流民。由于逃亡的汉人越来越多，为此又制定"逃人法"，规定：八旗属下的奴仆一旦逃跑，被抓捕后，刑法异常残酷、惨烈，连窝藏逃奴的人也要跟着受到牵连。如此严苛的政令，不仅给百姓带来严重的伤害，还对经济生产的恢复以及社会秩序的安定起了很大的破坏作用。丁耀亢敏锐地捕捉到了这些酷政的弊端，并怀着悲悯的心情写下了诸多谴责酷政的诗歌。其中最有代表性的当数他的《椒丘诗·捕逃行》[2]一诗。因满洲贵族的圈地行为，使得河北、山东两地产生了大量逃民；加上河北、山东两地水灾，饿殍遍地，以至于河北、山东的许多饥民成为"土贼"而不断作乱，清官军则四处镇压，造成了连年混战的局面。乾隆《诸城县志·总纪下》就有顺治七年"土贼"作乱的记录："土贼赵盛宽等掠枳沟等村，高琼率义勇庄能等击走之。"这一年，丁耀亢从京城回到诸城，目睹了"土贼"、"土寇"横行，遂作《盗乱》一诗："已见燕畿扰，相传邹峄空。如何焚比屋，不复乐归农。路断民频徙，烽连虎暗通。移家无可住，吾道已辽东。"用诗歌记录了当时包括诸城在内的山东官兵与"土贼"、"土寇"之间战乱不断的社会现实。

顺治二年，朝廷还以"君犹父也，民犹子也。父子一体，岂可违异"为由，颁布了剃发易服令，规定"衣帽装束，许从容更易，悉从本朝制度，不得违异"，如有违逆，则"必置重罪"或"不随本朝之制度者，杀毋赦"[3]。这一制度的推行，伤害了汉人尤其是上层士人的民族情感，因此，剃发易服之事也成为丁耀亢关注的焦点。他在诗作中多次流露出渴望恢复汉服的愿望。这类诗歌大多保存于《陆舫诗草》中。这一时期，丁耀亢主要在京城求仕，任旗塾教习，与龚鼎孳、傅掌雷、刘正宗、王铎、张坦公等朝廷大员交往密切，经常在一起赋诗唱和，抒发了其"邱陵既换，阳侯不波；沧海既田，鱼龙泥曝"[4]的易代感慨。如作于顺治六

---

[1] 《清世祖实录》卷十二，中华书局1985年版，第117页。
[2] （清）丁耀亢：《捕逃行》，《丁耀亢全集》（上），第316页。
[3] 《清世祖实录》卷十七，中华书局1985年版，第151页。
[4] （清）丁耀亢：《陆舫游记》，《丁耀亢全集》（上），中州古籍出版社1999年版，第285页。

年的《刘宪石学士春夜招饮次除夕前韵四首》一诗,就以"衣冠从北制,心事近南华"① 的诗句,抒发了山河易主之悲、衣冠易制之痛。而作于顺治七年《王尚书招听昆山部乐》一诗,则用"儺场喜见汉衣冠,一曲当筵白紵寒"② 等诗句,以一个"喜"字道出了诗人的无限感慨。作于顺治八年的《秋怀和太史王敬哉夫子韵五首》,则因"朝鲜供官多汉服"而发出"上代衣冠存属国,殊方文物易中原"③ 的叹息。类似的诗句还有很多,如写于顺治九年的《赐复汉官车服》中的"泰交尽复明王制,天保同歌湛露欢"④,以及写于顺治十年的《元宵前张举之招同宋玉叔张二瞻徐旸谷夜集观剧时闻欲复汉服》⑤ 一诗。此外,《剃发》一诗则是针对剃发之事而作,诗曰:"秋发睎阳短,晴檐快一髡。客尘清瓠蔓,霜气到蓬根。故镜劳凭吊,新缨笑独尊。人情习不异,如此任乾坤。"⑥ 这类诗歌,并没有表现出强烈的抵触和愤懑的情绪,其反复表达的多是对恢复汉服的强烈渴望。其中的原因,大概与此时身居京城丁耀亢的身份发生变化(顺治五年,他由顺天籍拔贡充任镶白旗教习,三年后又改充镶红旗教习)有关,也与他"自入都以后,交游渐广,声气日盛,而性情之故亦日薄"⑦ 有关。但无论如何,丁耀亢的这类诗歌,还是不断地抒发出恢复汉服的强烈愿望,从一个侧面反映了清廷的"剃发易服"政策给当时的汉人所带来的心灵伤害。

由此可见,丁耀亢诗歌的"诗史"特色,实质上就是诗人心目中的史官意识和经世之志的具体体现,也是其对"诗史"精神的自觉坚守,从而使他的诗歌创作与历史始终保持着连续不断的密切联系。与此同时,明清易代的沧桑巨变,为丁耀亢诗歌创作中的"诗史"特色提供了现实的情境体验,使他的史家意识与现实社会相遇合,故而使得他的诗歌与

---

① (清)丁耀亢:《刘宪石学士春夜招饮次除夕前韵四首》,《丁耀亢全集》(上),第26页。
② (清)丁耀亢:《王尚书招听昆山部乐》,《丁耀亢全集》(上),第53页。
③ (清)丁耀亢:《秋怀和太史王敬哉夫子韵五首》,《丁耀亢全集》(上),第67页。
④ (清)丁耀亢:《赐复汉官车服》,《丁耀亢全集》(上),第146页。
⑤ (清)丁耀亢:《元宵前张举之招同宋玉叔张二瞻徐旸谷夜集观剧时闻欲复汉服》,《丁耀亢全集》(上),第186页。
⑥ (清)丁耀亢:《剃发》,《丁耀亢全集》(上),第15页。
⑦ (清)永瑢、纪昀:《四库全书总目提要》卷一八二,海南出版社1999年版,第992页。

历史有了非常密切的联系，而他本人也十分自觉地完成了时代所赋予的使命与责任。

三 丁耀亢与杜甫"诗史"的差异性

（一）丁耀亢与杜甫"诗史"之共性

若以诗歌水平与成就而论，丁耀亢的诗歌，也许与杜甫无法相提并论。然丁耀亢之诗歌创作，以"宗唐"为主旨，以杜甫为学习对象。由此，就"诗史"特色而言，二人的诗歌又确有许多共同之处。概言之，主要体现在以下两个方面。

一是诗歌内容与主题多有相同之处。丁耀亢与杜甫都身经战乱，用诗歌主动地记录了自己亲历的战乱场景及自我所见所闻所感，抒发了对因战乱而流离失所的百姓的同情，表达了强烈的悲天悯世情怀。如丁耀亢作于顺治八年的《田家二首》，就描写了自我所见诸城战乱过后、农民遭受更加残酷的盘剥的社会现实：战乱过后，"官家令严催军需，杂差十倍官粮重"，而百姓却因遇上"去年春旱谷不收，荞麦无花秋雨涝"的年景，以至于到了不得不"鬻儿女"的地步，时常出现"我家有牛不肯卖"、"丁男昨日随官徭"的情形。该诗与杜甫的《石壕吏》一样，既揭露了官府的残暴，又表达出对遭遇苦难百姓的深切同情。

二是诗风多有相同之处。杜甫之诗歌，有"沉郁顿挫"之风；而丁耀亢之诗歌，充满"激楚亢厉"之气。然而究其实质，二人之诗歌都充满着一种悲愤、郁闷之情。故龚鼎孳评价丁耀亢之诗歌，"以杜陵之声律，写园吏之襟情，无响不坚，有愁必老，至其苍古真朴，比肩靖节，唐以下未易几也。……当其意思悠忽，耿耿难名，实有屈子之哀，江淹之恨，步兵之失路无聊，与夫《彭衙》、《石壕》、《无家》、《垂老》之忧伤憔悴，而特托于击千抟万，巢林饮河，一切诙奇激宕之言，怨也，可群正焉。"①

（二）丁耀亢与杜甫"诗史"之差异性

丁耀亢与杜甫的诗歌，虽有许多共同之处，然而就其诗歌所表达出

---

① （清）龚鼎孳：《逍遥游序》，《丁耀亢全集》（上），中州古籍出版社 1999 年版，第 632 页。

的人生境界和家国情怀而言，丁耀亢和杜甫的"诗史"类诗歌却有着云泥之别。

一方面，二人之诗歌所呈现的思想境界与主题存在着高低之别。杜甫一生心系家国，所以他的诗歌更多表达了对社会大事件的关注，将诗歌中原本属于作者个人的情感，提升到整个国家、社会的集体情感。面对时代的动乱，杜甫之诗歌所流露出的并非是对自我命运的担忧与关注，而更多表达出的是忧国忧民的情怀，充满着强烈的爱国主义精神。"穷年忧黎元，叹息肠内热"（《自京赴奉先咏怀五百字》），就是他诗歌的主旋律。而同样是身逢乱世，面对易代的激烈动荡，丁耀亢的诗歌却没有表现出这样高的思想境界。在他的诗歌中，更多关注的是自我与家庭的命运，更多流露出的是因自我命运多舛、人生难遂人意的悲愤与凄苦。在他的笔下，虽也因易代而表现出一定的遗民情绪，虽也能在关注自我命运的同时，间或流露出关心下层民众生活苦难的忧民之情；但主体上呈现出的依然是"悲己"色彩，即对自我与家庭命运的深深担忧。在他的诗歌中，对国家与民族命运却少有思考与关注。

另一方面，丁耀亢与杜甫虽然都经历了战乱，但二人所处的时代节点不同。杜甫生活在唐朝由盛转衰的历史时期，其所经历的"安史之乱"是一朝之内的事件。而丁耀亢经历的战乱，则是明清易代的大事件。因此，在杜甫诗歌中，我们难以见到感叹易代兴亡这类的情绪。而丁耀亢则不同，他身处明末清初易代之际，面对异族统治中原的现实，心存华夏之防的故国情怀，故其诗歌中多有故国之思、亡国之痛以及今昔之慨等多种遗民情绪。

严格来说，丁耀亢并不是真正意义上的遗民，但这并不妨碍他在诗歌里抒发遗民情绪。如其《长安秋月夜》、《古井臼歌》、《望西山诸陵有感二十二韵》、《济南上巳载酒寻孝廉阎古古王令子于禁所》等诗歌里，诗人在今昔的对比中，借古讽今，既表达了对现实的不满，又流露了诗人的故国之思。

综上所论，我们可以看出，丁耀亢诗歌的"诗史"特色，在继承杜甫"诗史"精神的基础上，又有变化。他诗歌"以诗证史"的特色，也为后人研究明末清初的一些事件提供了难得的资料，体现出一定的历史文献价值。

第 六 章

"诸城十老"人生境遇对诗歌创作的影响

诗歌与现实生活有着密切的关联。一个人的诗歌创作必然受到其生存环境的影响与制约。通过爬梳"诸城十老"的诗歌创作过程及其诗歌作品,我们发现"诸城十老"的诗歌创作,不论是诗歌创作主题的选择,还是诗歌创作倾向与诗歌创作风格的形成,明显地受到其人生境遇的影响与制约。所谓"人生境遇",就是一个人一生中所处的具体环境和所经历的特殊遭遇。从广义上来说,既包括其人生所处的社会政治大背景、诗坛背景、地域自然与人文环境、家庭背景与成长环境、人生经历等诸多客观因素,又包括个人先天的气质秉性、人生追求、处世态度等主观因素。本文所言之"诸城十老"的人生境遇,就包括客观与主观两部分。在第五章之"诸城十老"创作过程部分,我们已对这一问题有所涉及,只是说明的不够具体全面而已。有念于此,本章试着分析"诸城十老"的人生境遇对其诗歌创作的影响,以期读者对"诸城十老"的诗歌创作情况有一个更为全面的了解。

作为一个活跃于明末清初诗坛的诗人群体,"诸城十老"生活的时代节点大致相同。因此,他们所处的大致相同的社会政治背景、诗坛背景、地域自然与人文背景等诸多因素,必然对其诗歌创作有着许多共性的影响与制约。同样地,他们各自不同的家庭背景与成长经历,各自不同的人生观、价值观、处世态度等主客观因素的存在,自然也就使得其诗歌创作过程中表现出明显的差异性。其共性的部分,主要体现在诗歌创作倾向和部分相同的诗歌主题方面;而其差异性部分,则主要体现诗歌创作风格和对不同的诗歌创作主题选择方面。

第一节 "诸城十老"人生境遇对诗歌创作主题的影响

诗歌主题,即诗人诗歌作品所表现出的中心思想。"诸城十老"一生的诗歌创作,可谓题材丰富,主题多样。这一点我们在第五章中已有详细论述。纵观"诸城十老"的诗歌创作历程,我们不难发现,其人生境遇对诗歌创作的影响与制约,首先就表现在诗歌创作主题的选择方面。

一 "诸城十老"人生境遇对诗歌创作主题的共性影响

"诸城十老"的人生境遇对其诗歌创作主题的影响,既有共性,又有差异性。就共性而言,主要体现在以下几个方面:

一是受人生观与人生经历的影响与制约,其诗歌创作主题格调普遍不高,少有国家民族情怀而多关注自我遭际。

之前,我们一直将"诸城十老"分作三类,然按照是否出仕做官,他们又可合并为两类:一类以丁耀亢、刘翼明、李澄中、丘元武等人为代表,他们有出仕为官经历;一类以王乘篆、张衍、张侗、徐田、赵清、隋平等人为代表,他们一生未曾出仕做官,始终过着归隐田园的生活。然而,不论是出仕者还是归隐者,他们一生大都命运蹉跎,终生并无大的建树,始终没有摆脱社会下层文人这一身份。面对明清易代这样的社会激烈变革、外族统治中原大地这样的客观现实,他们十人之中,除丁耀亢初期有些许的反抗举动外,更多的是对这一社会现实的无奈接受与认可。身处社会变革的洪流之中,他们大多秉承传统文人固有的家族观念,更多考虑的是自我与家庭的命运,而很少考虑国家与民族的命运。正如萧一山先生所云:"中国为家族宗族之社会,对于国家观念,民族意识,比较淡薄,所以异代兴替,朝统变更,无论帝王谁属,大多以顺民自居。"[①] 受这一人生观念的影响,故而在"诸城十老"的诗歌作品中,我们很难见到"天下兴亡,匹夫有责"、"人寰尚有遗民在,大节难随九

[①] 萧一山:《清代通史》(一),华东师范大学出版社2006年版,第13页。

鼎沦"、"死将为厉鬼,生且为顽民"、"无情今夜贪除酒,有约明朝不拜年"、"志不二朝惟织斋……甘做大明老秀才"等这种以关心国家民族命运为主题的诗句。在他们的笔下,我们更多看到的是他们对自我家庭与自身命运的关注、更多流露出的是身处不同境遇之下的自我人生烦恼与感慨。在其诗歌作品中大多流露出的也是一种对自身处境不满的怨恨与不平之气。

二是受成长环境的影响,怀有强烈的故土情结,对家乡山水多有讴歌与赞美。

俗话说,一方水土养一方人。"诸城十老"的人生境遇自然也离不开他们生于斯、老于斯的诸城这片沃土。他们的人生经历虽不尽相同,但对这片土地都有着深厚的感情。少年时,诸城的山山水水是他们学习成长、交友问学的乐园;失意后,诸城的山山水水更是他们疗伤和寻求自我安慰的精神家园。在其一生的诗歌创作中,"诸城十老"大多会自觉不自觉地表现出浓厚的故土情结。不管是面对人生的顺境还是逆境,不管是身在故乡还是游走他乡,诸城悠久的人文历史、优美的自然风光,都会给其带来取之不竭的诗歌创作灵感。因此,讴歌与赞美家乡的风土人情和山水田园的诗意美景,自然也就成了他们诗歌创作的共同主题。宋人曾以"凡有井水饮处,即能歌柳词"(叶梦得《避暑录话》)言说柳永词的流传之广。借用此语,来说明"诸城十老"描写诸城的自然风光和人文景观之广一点也不为过。

一方面,诸城悠久的人文历史,对其诗歌创作主题多有影响。

诸城有着悠久的人文历史。对此我们在第一章已有详细阐述。其中苏轼仕任诸城的经历,对诸城诗坛有着深刻的影响。身处其中的"诸城十老",其诗歌创作自然也受到苏轼的深刻影响。想当年,仕任诸城的苏轼,不仅踏遍了诸城的山山水水,还为后人留下了诸如《江城子·密州出猎》、《水调歌头·中秋怀古》、《超然台记》等一大批广为人知的诗词文佳作。苏轼留在诸城的这些非物质遗产,历久弥新,早已化入诸城人的血脉,成为诸城文人的心灵慰藉。"诸城十老"不仅使苏轼笔下的诸城风物得以满血复活,还以群体的姿态密集地勾勒了诸城优美的自然风光和人文景观,更把苏轼当作自己精神世界的支柱。所以赞美家乡自然风光、感念乡土乡情也就成为贯穿"诸城十老"一生诗歌创作的共同主题。

另一方面,文以山丽,山以文传。诸城境内多山。乾隆《诸城县志·山川考》云:"县境山以百计,而马耳居冈脉之脊,南北诸山脉络之不属焉者无几也,以是标准之可晰矣。"① 这些山包括五莲山、九仙山、王屋山、常山、马耳山等,因其优美的自然风光和丰富的人文内涵而得到"诸城十老"的青睐。他们择山而居,凭海临风,整日"放浪山海间,醉歌淋漓",用心捕捉山水盛景之妙,以诗意的笔触描绘家乡山山水水的奇异与优美,并最终汇成了一幅幅精美的山水画卷呈现在读者面前。除了第五章第四节之四"诗画田园风光,寄情山水之间"部分所分析的自然风光外,还有丁耀亢、李澄中、徐田三人的《东武吟》以及李澄中的《齐讴行》都是全面赞美诸城自然风光和乡土乡情的力作。安致远曾在《东武山游诗序》中对诸城境内的山川与文人之间的关系,有过一段很贴切的阐述:"东武之人奇,东武之山奇……见九仙之奇峭峻拔,吾友之英伟卓荦者似之;见五莲之深秀苍蔚,吾友之风雅蕴藉者似之。东武之人之奇,与东武之山之奇,盖两相映发矣。"② 由此观之,"奇"成为形容诸城文人与山之间关系的一个关键词。山奇似人,人奇如山,两两相映,互相生发,组成了独特的"这一个"③。即如黑格尔所说:"艺术作品所提供观照的内容,不应只以它的普遍性出现,这普遍性必须经过明确的个性化,化成个别的感性的东西。"④ 这也就很好地解释了"诸城十老"为何会钟情家乡的山山水水,并乐此不疲地反反复复描绘之,赞美之,最终成就了一段奇山、奇水与奇人之间良性互动、互为影响。再者,面对人生的失意与不快,"诸城十老"更是寄情于故乡的山山水水,在游历与讴歌故乡山水田园的过程中,找寻自我的人生解脱,寻求自我的心灵慰藉。因此,讴歌故乡山水,自然也就成了"诸城十老"共同的心理诉求。

三是交游活动频繁,酬唱送别之作数量众多。

---

① 乾隆《诸城县志》卷六《山川考》。
② (清)安致远:《东武山游诗序》,《纪城文稿》,《清代诗文集汇编》第107册,第528页。
③ [德]黑格尔:《精神现象学》第一章《感性确定性:这一个和意谓》,商务印书馆1979年版,第63—73页。
④ [德]黑格尔:《美学》第1卷,商务印书馆1982年版,第63页。

"诸城十老"一生喜交游、广交游。他们一生不论出仕与否，都有居家或外出交游的人生经历。他们在其一生的交游活动中，都结交了许多友朋与同志。因此，受这一因素的影响，友朋同志间的酬唱送别自然也就成了他们诗歌创作的重要主题。在他们的诗歌作品中，我们可以看到许多带有"寄"、"怀"、"忆"、"别"、"题"、"送"、"寄怀"等字眼的诗作，由此可见其交游活动对其诗歌创作主题的影响。

二 "诸城十老"人生境遇对诗歌创作主题的差异性影响

"诸城十老"的诗歌创作主题，既因其相同的生存环境与交游经历，表现出共性的部分，更因其家庭出身与人生经历的不同，而表现出明显的差异性。概言之，这种不同，主要体现在以下两个方面：

一是出仕与否的人生经历，使得其诗歌创作主题多有不同。

前文已言，若以出仕与否为标准，"诸城十老"成员可以分为出仕与未出仕两类。这一人生经历的差异性，使得其诗歌创作主题多有不同。

一方面，丁耀亢、刘翼明、李澄中、丘元武等人，他们一生虽孜孜于仕途，有着入清之后的为官经历，但终生并无大的建树。受这一因素的影响，抒发科举失利与仕途不顺的痛苦，自然也就成为其诗歌创作的重要主题。

丁耀亢才情甚高却八次科举不中，这一人生经历，给其带来了沉重的打击。故而在其诗歌作品中，或借景抒情，或咏物言志，对科举不遂所带来的痛苦之情多有抒发。后来虽谋得了一官半职，但终难遂自我之愿，始终纠结于仕与隐的矛盾之中。这一心态，使其诗歌作品充满了纠结与痛苦。顺治五年，他初到京城，渴望结交名流，然因不得法而苦恼不已，"何知墙外有公荣，且与马军分一石"（《王觉斯尚书同诸公就饮邻家恨不得与》），"纷纷车马走无数，长安有人困徒步"（《徒步行答谢刘太史》）；得任容城教谕一职时，他发出"已将生计付渔竿，谁解鹓堂戴竹冠"（《李龙衮给谏传予教授容城欲辞未果》）的归隐想法；赴任惠安县令途中，他终于决定彻底辞官，以"微官求劾身仍系，薄俗依人病转深"（《久客蒲城上台屡檄不放夜坐达旦》）之语，抒发了等待朝廷批复时的焦躁心情。

刘翼明的出仕，更是蹉跎，直到七十八岁才谋得利津广文一职。为了生计，他毅然赴任。然于任上，他亦始终纠结于仕与隐的矛盾中。故其诗歌中多有对这种纠结心态的描写。面对生活窘困的现实，他有着"羞问行藏饥索米，难消恩爱老辞官"（《冷署不寐》）的感叹；而面对难付其志的状态，他又时时想归隐田园，"发愤明年辞官去"（《寒夜不寐口占四首》），"急欲问渊明，南村在何处？"（《甲子除夜枕上五首》）然迫于生计的压力，直到四年后他才得以辞官归家。

李澄中一生执着于科场，却也是屡考屡败，以至于心灰意冷，有终焉之志。待到以博学鸿儒的身份入职翰林院后，他因为"职在文史，他无所表见"（《自为墓志铭》）的囧途而郁闷不已，不断在诗歌之抒发着自己复杂矛盾的心境，既有"君恩未敢忘"（《初秋感怀》）的感激之情，又有"已承宣室诏，懒著帝京篇"（《寄王山长广文》）的不得重用的失落之心，还有"孰意命数屯，将迁转被放"（《遣兴》其三）的无奈，更有"明日五更骑马去，春风还拂旧朝衣"（《除夕与金琢庵舍侄溶守岁》其二）、"丈夫生世不称意，一杆归约东海春"（《去矣行》）的辞官之愿。

丘元武在仕途的上升期被迫中断仕进生涯，从此彻底告别官场。这种打击使得他后半生一直陷于失官的抑郁寡欢中，故其诗歌中处处可见失官后的哀鸣，如"十年云水倦，万里海天孤"（《思州客舍雨坐杂咏》）、"介马南天赋卜居，蟾光十载此消除"（《雨后漫成长句》）。

另一方面，相较于丁耀亢、丘元武、李澄中、刘翼明等人坎坷的出仕经历，张衍、张侗、徐田、赵清、隋平、王乘箓等人的生活经历就简单得多。他们一生布衣、始终未有仕途的纷扰，心境平和，故而其一生的诗歌创作亦多以描写交游唱和和山水田园为主题，大都通过诸如"塌虚云渐近，白山在眼垂"（张衍《雨中》）、"买鸡买黍买鱼虾，尚有余钱付酒家"（张侗《山居杂咏》其八）、"太平无别事，野老话残阳"（徐田《冬日闲居》）、"尔来同梦无拘束，处处烟霞任往还"（赵清《与张石民宿分青阁》）、"阅世思浮海，观涛羡折芦"（隋平《之莱海上同吕涓洲看芙蓉岛》）、"往来渔樵间，不见葛天民"（王乘箓《山谣》）之类的诗句，抒发着归隐山林的闲情逸致，流露出发自内心的从容与惬意，身心合一地享受着田园之乐。即使面对生活的贫穷，他们大都不甚介意，尽情享受着"聊拖一杖随青草，花暖蝶闲任所之"（张侗《山居杂咏》）的山居生活，始终坚持着穷不失节的操守，以"人生祸福是机缘，理也无凭数也偏"（王乘篆《临终》）的达观态度而坦然处之。

二是同一诗人，其所处人生境遇的不同，导致其不同阶段的诗歌创作主题多有不同。

"诸城十老"各自诗歌的创作主题，因出仕与否多有不同，又因各自人生境遇的不同而导致各自不同阶段的诗歌创作主题多有不同。这一点，在丁耀亢、刘翼明、李澄中、丘元武等为官者的身上体现得最为明显。

丁耀亢年轻时期的生活较为安逸，故其诗歌多以描写山居生活的安逸为主题，如《春日山居即事二首》、《秋山夜静闻蛩》、《春日山中独坐》等；而诸城兵燹打破了丁耀亢的安逸生活，他被迫四处逃难，其诗多以描写战乱和逃难经历为主题，如《壬午仲冬廿一日闻东兵入境约九弟奉老母南迁不从由山村至海上候之》、《十七日被东兵围尽走入海港寄商船得脱》、《覆舟行》、《冬夜闻乱入卢山》等。入清后，丁耀亢进京谋生，与刘正宗、龚鼎孳等人交往频繁，故其诗歌多为题赠酬唱送别之作，如《答谢刘宪石学士赠韵》、《夜坐柬孙枚先吏部二首》、《饮张中柱学士夜归》等。晚年的丁耀亢因遭遇"文字狱"，先是四处逃隐，后经友人相救而得以归家的经历，又使得逃难生活和参禅成为其诗歌的重要主题，如《归禅后次渭清原韵四首》、《戒吟二首》、《参禅》、《戊申腊朔早起礼佛四首》等。

丘元武的诗歌创作主题，与其得官又失官的人生经历密切关联。得官时，他忙于政务，作诗只是闲暇时偶尔为之，亦多以唱和送别之作为主，表现与同僚朋友之间的情谊。而"三藩之乱"的遭遇，使得他由"自喜神仙成脉望，谁能钟鼓化爰居"（《再赴贵阳》）的擢升之喜，陷入了"长夜难挥戎马泪，殊方仍作乱离人"（《避乱九龙山中》）的凄苦之中。自此，感慨仕途失意就成了他后半生诗歌创作的主题，即使是描写山水田园的诗歌，其中所流露出的亦是浓烈而无法排解的仕途失意的痛苦。而康熙二十年归家之后边耕稼边工诗的生活经历，又使得其诗歌创作多了些对农事的关注。

李澄中的诗歌以五十岁中式博学鸿词科为界限，呈现出两种不同的创作主题。五十岁之前，他备尝生活艰辛、一心渴望通过仕途来摆脱生存困境的人生经历，故其诗歌多以抒发怀才不遇为主题，有《细草谷》等诗。因为仕进之路的遥遥无期，他不得不直面现实，所以关注稼穑也是这一时期的诗歌主题，如"贫来更作繁华想，老去惟耽种植书"（《己酉元日》）、"学稼机心减，衰年世态增"（《冬日潍阳别业》）等诗句。而五十岁入京为官的经历，使得其生活的主场由家乡转到京城，故其诗歌创作主题亦随之发生了变化。一是题赠酬唱和山水记游之作频现，且作品中的交游对象由本地诗友而换为名公大臣，登临之地由故乡山水而转为京城胜境，如《与陈其年陆义山范秋涛龙石楼自黑龙潭游祝园》、《九日游万柳堂》等；二是因远离家乡，乡愁倍添，故思乡念友之作增多，如《怀山中诸友十三首》、《送台雪音东归兼示山中诸友》等，就诉说着"乡梦何时断，君恩未敢忘"（《初秋感怀》）、"不堪归思切，邻笛更相催"（《中秋示从弟二首》）的隐隐乡愁。

　　刘翼明的诗歌创作主题，与其一生困顿和科场蹉跎有着密切的联系。年轻时，家贫却有壮气的刘翼明，其诗歌创作多有"桃花柳絮春开瓮，细雨斜风客到门"（《自渠丘同马三如宿王申甫峒峪别业》）这样深得王士禛喜爱的清新之句，洋溢着对自然和生活的热爱之情。然而科场蹉跎、前途无望的生存处境，不但使其壮气顿失，而且其诗歌作品也大多充满了抱怨与愁苦。在他诗歌中，我们常常看到的，要么抱怨朋友见贫不救，"岂无亲和友、有门无可扣"（《苦雨》），"求人救饥如求天，天不见答何怪焉？"（《有求行》）；要么抱怨自己怀才不遇，"我昔曾饭牛，牛亦不努力"（《细草谷》）。在利津广文任上，他仍用诗歌诉说自己得官后又想辞官归隐田园、为生计不得不继续留任的痛苦与矛盾，"发愤明年辞官去"（《寒夜不寐口占》），"急欲问渊明，南村在何处？"（《甲子除夜枕上》）"索俸常求米"（《思亲友》），"辞官非易事"（《对影》）。其诗歌中大多所流露出的是伤感与抱怨的情绪，很容易引起有同样境遇读书人的共鸣。

第二节　"诸城十老"人生境遇对诗歌创作倾向的影响

　　"诸城十老"的人生境遇，不仅对其诗歌创作主题多有影响，而且对其诗歌创作倾向也有一定影响。对于"诸城十老"的诗歌创作倾向，本文第四章已有详细论述。通过爬梳"诸城十老"的诗歌创作过程，我们发现其诗歌创作倾向，既有共性，又有明显的差异性。

第六章 "诸城十老"人生境遇对诗歌创作的影响

就共性而言,受诗歌创作传统和诗坛风气的影响,"诸城十老"的诗歌创作,明显地遵循了古代诗歌"吟咏情性"的创作传统。同时,他们在明末清初诗坛宗唐与宗宋的论争中有着鲜明的学诗宗唐倾向。

就差异性而言,受各自人生境遇的影响与制约,他们不仅在继承诗歌"吟咏情性"这一传统时所抒发的情感各有侧重,而且在共同高举学诗宗唐大旗的同时,其具体学习的对象也不完全一致。

一方面,受出仕与否经历的影响,"诸城十老"诗歌"吟咏情性"的内涵有所不同。主要表现在以下两个方面。

一是有着为官经历的丁耀亢、刘翼明、李澄中和丘元武等人,他们一生坎坷,挫折不断。科举的失利、为官的不遂,以及现实生活里的诸多不如意,使得他们在理想和现实之间存在着的巨大落差。故而其诗歌所吟咏之情性,自然也就大多为人生诸多不如意的"怨情"与"悲情"。

二是没有出仕经历的张衍、张侗、徐田、赵清、隋平和王乘箓等人,他们一生以山水友朋为志,既没有仕途的纷扰,又没有大起大落的波折,故而其诗歌里没有什么强烈的"怨情",除间或流露出生活艰难的"苦情"之外,更多流露的是隐居山林的"闲情"。

另一方面,受各自人生境遇的影响,他们在学诗宗唐的大旗之下,具体学习的对象并不完全相同。

杜甫身经丧乱、怀才不遇的人生经历和忧国忧民的情怀,使得同样经历战乱、家国之变、仕途失意的丁耀亢、李澄中、丘元武在心灵上产生了强烈的共鸣,故其三人学习杜甫用力最深。

丁耀亢对明末清初的战乱和易代的变迁体验最为深刻,故其诗歌创作多从思想上追步杜甫,既感叹自我命运之多舛,又关心百姓生活之多艰,"以杜陵之声律,写园吏之襟情,无响不坚,有愁必老,至其苍古真朴,比肩靖节,唐以下未易几也。……当其意思悠忽,耿耿难名,实有屈子之哀,江淹之恨,步兵之失路无聊,与夫《彭衙》、《石壕》、《无家》、《垂老》之忧伤憔悴,而特托于击千抟万,巢林饮河,一切诙奇激宕之言,怨也,可群正焉"[①]。李澄中亲历明末清初战乱的残酷又蹉跎半

[①] (清)龚鼎孳:《逍遥游序》,《丁耀亢全集》(上),中州古籍出版社1999年版,第632页。

生才有功名的人生境遇,使得他对杜甫的苦难人生有戚戚之感。他二十岁学诗,捡拾徐渭、钟惺、谭元春等多家诗集读之又弃之;二十五岁时,"得《文选》及李杜集,始归于正",自此"专力少陵者三十年,放之诸家,参伍之以辨其体格,穷其变化"(《汉魏李杜诗选序》),即使居京时也是学杜不辍,与好友庞垲"日取少陵诗,研索其法"(《庞雪厓〈丛碧山堂诗〉序》)。

而丘元武因"三藩之乱"而彻底失官的经历,与杜甫"安史之乱"失官的经历类似,故其诗能"得骚杜之深"、"皆以发抒其胸中抑塞无聊之气"①。

刘翼明一生沉沦下僚,为诗好苦吟,与唐代贾岛、姚合相类,使得他很容易在贾岛、姚合的诗作里找到共鸣。所以王翰臣评价,"吾子羽之言诗也,不必不汉魏而不驰骛于汉魏,不必不初盛而不汩没于初盛,怀之所感辞或缜密不以齐梁为嫌也",其诗"志之所讬音或凄婉,不以中晚为讳也"②。

张衍、张侗、徐田、赵清、隋平和王乘箓,一生以山水友朋为志,既未有不遇之忧,也没有大起大落的波折,故他们的诗作多模山范水,抒发其隐居山野之情趣,其精神世界自觉或不自觉地向王维、孟浩然、韦应物等唐代山水田园诗人靠拢。其诗歌也就大多也带有田园诗之鼻祖陶渊明的影子,直接体现出了山水田园诗人的诗歌创作倾向。

第三节 "诸城十老"人生境遇对诗歌风格的影响

"诸城十老"的人生境遇对其诗歌创作风格也多有影响。"诸城十老"在其一生的诗歌创作过程中,均形成了自己的创作风格。对此我们在第四章第五节中已有专门论述。"诸城十老"自我诗歌创作风格的形成,既是他们转益多师而追求自成一体的结果,又与他们各自的人生境遇有密

---

① (清)邓汉仪:《丘柯村先生诗序》,《柯村遗稿》,山东省图书馆藏康熙诸城丘元履刻本。

② (清)王翰臣:《镜庵诗稿前集叙》,《镜庵诗稿》,《山东文献集成》第三辑第29册,第1页。

第六章 "诸城十老"人生境遇对诗歌创作的影响　281

切的关系。有鉴于此，本节拟就"诸城十老"的人生境遇对其诗歌创作风格的影响这一问题展开专门论述。

一　一生多舛致诗风亢厉：丁耀亢人生境遇对其诗风的影响

就人生经历对其诗歌风格的影响而言，"诸城十老"之中，数丁耀亢的诗歌最为明显。前文已言，丁耀亢一生诗歌创作，风格最为多变，而究其个中原因，当与其处于易代之际的复杂多变的人生境遇有着直接的关系。

"少负隽才"的丁耀亢，年轻时虽于科举屡遭不顺，其《老马》、《老树》、《老马》、《老树》等诗歌，也大多带有忧伤之色、郁闷之情，呈现出一定的"激楚"之风。但是殷实的家底，加之其本人自小善于治生，年轻时的丁耀亢，生活过得并不艰辛。尤其是山居十年期间，他每日除读书写诗之外，就是与友谈诗论文，日子过得可谓从容而惬意。身处这样的人生境遇之中，故而其创作于这一时期的诗歌，更多呈现出的是一种清新明快、颇有风致的诗风。如其山水田园诗《橡槲山人歌》、《自城移家五首》等，就多有清新风致。

而自诸城兵燹始，丁耀亢的家庭及自身生活受到了严重冲击。为躲避战乱，丁耀亢先后经历了两次逃难，开始过起了颠沛流离的生活。人生的不如意、逃难之艰辛，使得其早年创作的《壬申秋避乱山居》、《猛虎吟》等诗歌，已露出亢厉之风。入清之后，丁耀亢更是为了生计而四处奔波，虽顺治五年得以入京，其求官之路也并不顺利；虽后来谋得教习、容城教谕、惠安县令等职，然其生活依然过得并不顺遂，仕途之路也没有达到自我的期望值。加之晚年又因《续金瓶梅》一书而遭遇文字狱，不得不又四处逃难避祸。一连串的打击，让丁耀亢内心充满了郁闷之气。正所谓"物不得其平则鸣"，故而其这一时期创作的诗歌，自然也就充满了激楚与亢厉的风格。正如四库馆臣所言："耀亢少负隽才，中更变乱，栖迟羁旅，时多激楚之音。"[①]

面对人生的诸多失意，晚年的丁耀亢更是心灰意冷，加上年老多病，几乎失明。为了排解内心的痛苦与烦恼，他开始通过参禅打坐来

---

① （清）永瑢、纪昀：《四库全书总目提要》，海南出版社1999年版，第987页。

寻求内心的平静。故而其这一时期创作的许多参禅诗歌，自然也就大多带有空灵清寂之气。身经磨难而终回归故里的丁耀亢，其内心亦重归淡静与平和，热爱山水的本性也再次迸发，故其人生最后阶段创作的许多景物诗，自然也就风格清新明快，颇有风致，一如其早年的诗风。

二 穷年矻矻致诗风纤郁闷愤：刘翼明人生境遇对其诗风的影响

刘翼明一生创作了四千多首诗歌，其语言大多具有苍劲俊秀、"骨力朴老"之美。刘翼明诗歌这一语言风格的形成，既与其先天的气质秉性、平日所居环境的景色优美有关，更与其一生喜爱读书、专力为诗的人生经历有着密切的关系。刘翼明少年即有慷慨、任侠之壮气，加之长年居住在集山海之胜的琅琊台旁，故而使得他身上自带一种遗世独立的高士之风。如李焕章曾言，刘翼明"既与世人绝，乘夜月，陟琅琊绝顶。杂罡风拂拂，或瞰家园，万马飞青，振衣而啸，手一编。人或见之，曰高士传也"①。刘翼明自幼喜欢诗歌，其曾自言到："夫夫也成童以后，即喜为诗。先君子殊不诫之，反因而导之，由是以诗而怡悦，亦以诗而落拓。盖得力者在此，失力者亦在此矣。"② 从此番话语之中，我们既看见写诗给刘翼明带来的喜悦，又可以体悟其因为写诗而疏于科考、屡试不第的伤感心情。年长后更是专力为诗，作诗喜欢"锐精研思"、心无旁骛，其"胸中并不知有诗，又何知有穷达"，故而不但能达到写诗的最高境界，而且语言运用得心应手，用笔老道。加之其早年并无出仕之经历，故而能"惟其无仕宦之心，故其诗愈高；无荣辱得失之感，故其诗安闲夷淡；无世情家私之萦其怀，故其诗气完力余，益老以劲"。③

除上述语言风格之外，刘翼明诗歌风格的主格调则是纤郁闷愤。刘翼明这一诗歌风格的形成，亦与其一生穷苦贫寒的家庭环境、科举"久不遇"的人生经历有着直接的关系。年轻时期的刘翼明也有着远大的抱

---

① （清）李焕章：《竹叟传》，《织水斋集不分卷》，《四库全书存目丛书》集 208，第 661 页。

② （清）刘翼明：《镜庵诗稿前集自序》，《镜庵诗稿》，《山东文献集成》第三辑第 29 册，第 2 页。

③ 同上书，第 3 页。

负，孜孜以求于功名，然"久不遇，蹉跎以老，贫益甚"①，直至七十八岁才谋得利津广文一职。这种穷年矻矻、事业蹉跎的人生经历，不但使得刘翼明尽失少年之壮气，而且也使得其诗歌中常常带有一股难以排解的郁闷悲伤之气，呈现出一种纤郁闷愤、触目悲凉的凄婉诗风。

三 仕进不遇致诗风沉郁凄楚：李澄中人生境遇对其诗风的影响

李澄中高岸开朗、沉郁凄楚诗风的形成，也与其人生境遇有着密切的关系。

李澄中家境贫寒，科名晚达。十四岁时即遭逢诸城兵燹而四处逃难，加上父母早亡而家道中落，不得不由其兄李述中"收而教之"（《先仲兄彭仲公行状》），生活一直处于"经年佣耕一石无，经年奔走多迷途"（《客寒吟》）的窘困状态。为改善这一生存处境，李澄中一直勤奋读书，执着于科考。然事与愿违，除在各类生员试中皆能夺冠外，并无法进入高一级的考试。即蹉跎半生之后，他虽以博学鸿儒的身份入职翰林院十多年，虽有升迁，但始终仅仅是翰林院中的一员。这种的人生经历，让他多有仕途不遇之感。面对这一人生的困境，李澄中只能通过诗歌来排解自我内心的郁闷之情，故而其诗歌也就"自成凄壮之音。老放悲凉，洗绝浮艳，确乎为唐贤之遗响，而非复今人之诗也"②，不免带有一种沉郁凄楚之风。

面对生活的贫寒，仕进的不遇，李澄中并没有完全被眼前的生活所困累，而是始终保有自己的"雄心"与"侠骨"，故其创作的诗歌，也并非仅仅呈现出沉郁凄楚的风格。其不畏险途的开阔胸怀，使得他创作的许多古体诗和近体诗都呈现出一种"高岸开朗"的雄阔风格，颇有豪迈之气。

四 半路失官致诗风沉郁悲凉：丘元武人生境遇对其诗风的影响

丘元武的诗歌，用笔"奇奥险怪"，语言"伟丽清深"，诗风"慷慨

---

① （清）李澄中：《镜庵诗选序》，《镜庵诗稿》，《山东文献集成》第三辑第29册，第3页。

② （清）安致远：《翰林院侍读李公墓志铭》，《玉硁集》，《四库全书存目丛书》集部第211册，齐鲁书社1997年版，第515页。

沉郁顿挫"，深得清初诗坛大家邓汉仪的赞赏。其这一诗歌风格的形成，也与其特殊的人生经历有着直接的关系。

就仕途而言，丘元武可谓是"诸城十老"中最顺利的一位。他年轻时"三试不蹶考功堂"，科举之路极为顺利，二十六岁即中进士而被授予抚州府推官，并自此有着长达十年的仕途经历。青年即得官的人生经历，加之自幼受其父丘石常耿直任侠气质的影响，使得年轻的丘元武很是自负。在这一因素的影响下，其诗歌语言自然也就带有了"伟丽清深"的特色。

因在贵州施秉任上政绩突出而被擢升为京官的丘元武，本该会有大好的前程。而一场耗时八年的"三藩之乱"的爆发，不仅阻止了丘元武的进京赴任之路，还彻底断绝了他的仕途。这一在人生上升期被迫失官的特殊经历，使得丘元武内心充满了悲愤，并且终生难以释怀，故其创作的诗歌，自然也就大多带有了悲凉沉郁的诗风。

五　生活平静致诗风淡雅：王乘箓、张衍、张侗、徐田、赵清、隋平人生境遇对其诗风的影响

与以上四人波折起伏的人生经历相比较，王乘箓、张衍、张侗、徐田、赵清、隋平等人的人生经历，则简单而平静得多。这一相对简单而平静的人生经历，使得他们的诗歌创作风格，自然大多带有一种清新淡雅之气。当然，如果从细处来分析，他们各自的人生经历与诗歌创作风格，也有许多不同之处。

王乘箓为人性情豪迈而不拘细节，家境虽然贫寒然始终不以此为意，常常能于细微之处发现生活之美。早年南上北下的漫游经历，加之其一生大半时间都是居住在九仙山中，始终与山水田园为伍，每日所过的亦不过是专力工诗、以诗会友的闲适生活。受这一人生境遇的影响，他创作的边塞诗、行旅诗和山水田园诗，自然也就以"清新"见长，并在清新中依然流露出一种难得的刚健之气。

张衍一生生活富裕，以孝悌与乐善好施闻名乡里。其一生绝意于仕进、爱菊喜游的人生态度与"读书之暇，时作小诗"的生活经历，自然也就养成了平静闲适的性格。没有了仕进的烦恼，没有了生活的担忧，写诗自然也就成为其自娱的一种方式。加之其为诗喜追步陶渊明，故而

其所创作的诗歌，自然也就"多东篱风致"，带有一股闲适平淡之风。

与其族兄张衍的富有不同，张侗自幼家境贫寒。然其能安于贫穷而自小读书勤奋，终成一位精通经史、兼善诗文的学者。受其母不喜"逐荣利"之影响，张侗亦"遂绝意进取"，过着游历山水、课教子孙的闲适生活。在这种生活的影响之下，张侗的诗歌创作，不但多以描写山水田园为主题，而且表现出一种清新散淡、超然物外而风趣自别的风格。

徐田生性豪迈，治生能力很差。然其自幼痴迷于诗歌创作，每日过着"分韵赋诗，无虚日"①的生活，直至去世之际仍然吟诗不辍。其诗歌创作，亦"各体皆工，尤长于五古"②。一生虽家境贫寒，但并不在意，反而认为"有诗饮水饱"。每每遇到生活的难题，他也总能以诗歌轻轻化解，大有四两拨千斤之势。在这种人生态度的影响之下，其诗歌也大多呈现出朴劲清茂的风格，笔力劲拔，用词颇有气势。

赵清为人至孝，一生嗜酒，可谓是一位"嗜酒工诗"、"狂不可求"的"荒村贫士"③。其性格放荡洒脱，喜与人交。故其现存的24首诗歌，也大多是送别诗和写景诗。其诗歌里与酒相关的诗句也特别多，如"迟我醉官柳"（《柳村道上》），"南村连日醉"（《九日寄怀大兄游燕》），"寒花细雨醉高岑"（《山中有怀雷田先生》），"醉上峰头舒大啸"（《牛涔对雪同张白峰赋》），"溪边对酒短长吟"（《送李雷田先生如长安》），"醉后登高兴自幽"（《登古城李卢西小楼》），"衔杯意在寒云外"（《乙丑春三月同稷门诸友自海南如琅邪》）等。然与其平日放荡洒脱不同是，在他的诗歌之中，大多呈现出一种平淡质朴的诗风，与其性格形成了巨大的反差。

隋平家境生活富裕，为人果敢自负，一生喜交游，晚年好王陆之学、痴迷于《易》。在这两种矛盾性格的影响之下，其诗歌创作风格也就充满了矛盾性。既因果敢的个性，加之日常喜欢佩剑出行的举动，使得其诗

---

① （清）张侗：《诗人徐栩野小传》，《其楼文集》卷一，诸城博物馆藏民国七年石印本。
② 乾隆《诸城县志》卷三十六《文苑传》，乾隆二十九年（1764）刻本。
③ （清）徐田：《渠丘怀赵壶石》，《栩野诗存》，《山东文献集成》第四辑第27册，山东大学出版社2010年版，第92页。

歌立意高远、豪气冲天。在他的诗歌里,"剑"成为常见的意象,如"十年一剑老堪磨"(《冬夜集半舫斋》)、"空堂剑在还堪倚"(《吊郭浯滨先生墓》)等。又因好《易》而使得其诗歌呈现出一种宁静恬淡风格。

结 论

概括全书所论，我们可以得出如下结论：明末清初的板荡风云，给"诸城十老"的物质生活和精神世界造成了巨大的影响。然而，面对易代这一激烈的社会变革，"诸城十老"并没有什么激烈的反抗，而是以一个顺从者的姿态，接纳了新朝的存在。为了生计考虑，他们或积极融入新朝，继续科举仕进；或淡出时代洪流，游走在山水田园之间。但总体来说，他们的人生之路并不顺遂，结果并不圆满，一生都无大的政治建树，最终也都没有逃脱归隐于田园的人生结局。"诸城十老"的人生抉择与人生结局，既与其所处的时代社会大背景以及清初实施的高压和怀柔政策有着直接的关系，亦与其自身的诗人气质、强烈的家族观念、一生浓浓的故土情结、始终存在的归隐心态、应试从政能力不足等因素有着直接的关系。他们十人之中，除王乘箓和隋平外，都跨越明清两朝，是一群生活于激烈的社会变革之际、在科举不遂、为官不顺、生活难如人愿等多重困境夹击之下、转而工诗的社会中下层诗人。但他们既不是一个遗民集团，又不具备成为遗民的必要条件。

"诸城十老"的人生之路虽不顺遂，但作为明末清初诸城诗坛最有影响的诗人代表，他们以诗为命，毕生致力于诗歌创作，用诗歌诉说着自我对人生的理解与感悟，在诗歌创作方面取得了举世瞩目的成就。他们的诗歌创作，承袭传统诗歌"吟咏情性"这一创作倾向的同时，面对或宗唐或宗宋的清初诗坛大背景，他们宗唐但不拘泥于唐，而是转益多师，自成一体。他们的诗歌创作，题材广泛，主题丰富，在关注自身命运、书写自我怨情的同时，还能同情下层民众，哀叹民生之艰辛。他们的诗歌创作，特色鲜明。都在长期的诗歌创作过程中，形成了自己独特的风格。他们的诗歌创作，不仅于诸城诗坛有首开引领之功，推动诸城诗坛走向前所未有的空前繁荣，而且代表了明末清初诸城诗坛的最高成就；他们不仅以群体的姿态被写入了各类山东文学史，在山东诗坛有着重要的地位，还在全国诗坛有着一定的影响。

"诸城十老"的诗歌创作倾向、诗歌创作主题、诗歌创作风格的形成，与其所处的时代环境、各自不同的气质秉性、不尽相同的人生经历以及平生遭际有着密切的关系。换句话说，"诸城十老"的人生境遇，对其诗歌创作产生了广泛的影响。相同的社会环境和地域环境，他们在诗歌创作主题上多有共同性，都是以描写家乡的自然风景和人文风情为主；然在诗歌创作主题上的差异则跟他们是否出仕有关，出仕者，多写科举仕途的不顺，多抒发怨气，而未出仕者多写田园风光，多抒发闲情。而"诸城十老"各自人生境遇的不同，不仅使得他们在创作倾向上各有侧重，还让他们各自不同的诗歌创作风格打上了自己的烙印。

"诸城十老"的这一人生抉择与人生历程，大致就是当时大多数中下层文人的生活的真实写照。因此，本书对"诸城十老"这一诗人群体的人生经历与诗歌创作情况的研究，无疑会对学界研究当时中下层文人的生活与诗歌创作情况具有一定的借鉴意义。

附 录

"诸城十老"事迹年表

万历二十七年乙亥（1599）

二月二十六日，丁耀亢生。丁耀亢《归山草·自述年谱以代挽歌》："自余有生，明季己亥。"《椒丘诗·燕中初度自寿》诗题自注："戊戌二月十六。"

八月，陈烨致仕归。乾隆《诸城县志》卷三十《陈烨传》："年七十，致仕去。官军民为绘《巡边图》以献，备极工致；又立碑颂政德，时万历二十七年八月也。"

万历二十八年庚子（1600）

丘云嶐，中举，第四十二名。乾隆《诸城县志》卷二十一《历代选举表》："丘云嶐，桴子，第四十二名。"

万历二十九年辛丑（1601）

是年，王之臣知诸城。乾隆《诸城县志》卷十九《历代职官表中》："王之臣，字任吾，陕西潼关卫人，进士，二十九年任，仕至经略。"

万历三十年壬寅（1602）

是年，敕命五朵山改为五莲山，开建光明寺。乾隆《诸城县志》卷二《总纪上》："诏改五朵山为五莲山，发金遣御马监太监张思忠督建光明寺山上，以僧明开主之。"康熙《五莲山志》卷二《缘起》："万历三十年，初祖开山和尚奏请发帑金，差御马监张思忠监工，至三十五年落成。内藏经六百八十函，计六千八百卷。敕书一，御磬一，御仗二，宝幡二，紫衣一。"

万历三十一年癸卯（1603）

诸城知县王之臣聘陈烨编修《诸城县志》。乾隆《诸城县志》卷三十

《陈烨传》:"三十一年,知县王之臣聘葺县志。撷拾甚富,后志称其考据该博,不藉众手。"

是年,丘志充中举,第六十六名。乾隆《诸城县志》卷二十一《历代选举表·举人》:"丘志充,字左臣,云嶦子,第六十六名。"

万历三十二年甲辰(1604)

万历三十三年乙巳(1605)

万历三十四年丙午(1606)

万历三十五年丁未(1607)

是年,刘翼明生。李澄中《卧象山房文集》卷四《刘广文子羽墓表》:"戊辰春,辞官归,卒。时年八十二。"

九月六日,臧惟一去世。乾隆《诸城县志》卷二《总纪上》:"秋,九月初六日,南京兵部右侍郎臧惟一卒。"

万历三十六年戊申(1608)

二月,丁耀亢之大兄丁耀斗在九仙山为其父丁惟宁建造石祠。九月,石祠竣。王化贞《丁惟宁碑记》:"祠维始于戊申二月,阅九月而竣。凡覆者、立者、承者,皆石也。"

万历三十七年己酉(1609)

是年,刘元化中举,第四十一名。乾隆《诸城县志》卷二十一《历代选举表·举人》:"刘元化,第四十一名。"

是年,丁惟宁去世。丁耀亢《出劫纪略·保全残业示后人存记》:"予生十一岁而孤,弟心仅六岁。"

万历三十八年庚戌(1610)

是年,丁耀亢与弟丁耀心在九仙山白云洞读书。丁耀亢《出劫纪略·山居志》:"时从师偕弟读书石室之侧。"

丁耀亢大兄丁耀斗迎请先父丁惟宁神位入丁公石祠,建造仰止坊。王化贞《丁惟宁碑记》:"九仙山之阳,望之皑然如银阙,隐映万树中者,丁公祠也。丁公起家进士,为邑令,为柱下史,为藩臬大夫,皆有声。所至,民歌咏之。性骯脏不能与世俯仰,年四十以事免,居家遂不复起。又二十余年卒。卒之明年,伯子乃迎主于此。宾从如云拜祠下,低回不能去。田父村妪时时过而膜拜焉。呜呼!此亦足以概公之为人矣!"

万历三十九年辛亥(1611)

万历四十年壬子（1612）

万历四十一年癸丑（1613）

是年，丘志充中殿试第二甲六十名。乾隆《诸城县志》卷二十一《历代选举表》："丘志充，殿试第二甲六十名，仕至山西布政使司右布政使。"

万历四十二年甲寅（1614）

是年，十六岁的丁耀亢开始主持家政。

万历四十三年乙卯（1615）

是年，丁耀亢与张贞之父张君定交。张贞《渠亭山人半部稿》之《丁野鹤先生行历图记》："先府君性喜结客，而慎于择交取友。东武得丁野鹤先生焉，其定交在万历之乙卯。于时，皆当盛年，以文章、意气相慕悦。先生有事四方，道出安丘，必过先府君，乐饮连日夜而后去。"

是年，诸城大旱，蝗灾。乾隆《诸城县志》卷二《总纪上》："（万历）四十三年，大旱，蝗。"

李澄中祖父李旦出百石粟赈灾。乾隆《诸城县志》卷三十三《李旦传》："万历四十三年，岁大祲，（李）旦出粟百石振之。"

万历四十四年丙辰（1616）

是年，《青州府志》刊行。总纂钟羽正。

万历四十五年丁巳（1617）

万历四十六年戊午（1618）

万历四十七年己未（1619）

十月，丁耀亢走江南，师从董其昌、乔剑圃二人。丁耀亢《归山草·自述年谱以代挽歌》："己未十月，负笈游吴。"《逍遥游·江游·野鹤自纪》："忆昔己未渡江，负笈云间，从董玄宰、乔剑圃两先生游。"

万历四十八年庚申（1620）

丁耀亢在苏州与陈元素（字古白）、赵宧光（字凡夫）、徐升（字暗公）等结山中社。丁耀亢《逍遥游·江游·野鹤自纪》："庚申，僦石虎丘，与陈古白、赵凡夫结山中社。"赵宧光《寒山帚谈》："己未仲冬，得遇东武丁西生，乃平生至幸也，当以手足待之。"徐升《西生兄来自密问奇虎丘》："西生兄来自密，问奇虎丘，首谒陈白古兄，升以是识西生。出尊人柱史公九仙山石祠记，乞文古公，谬及不肖，不能辞，勉就一章以报，不足存之。"

天启元年辛酉（1621）

是年，丁耀亢初次科考失利。孟冬，其与弟丁耀心游五莲山，并拜访王乘箓。丁耀亢《归山草·自述年谱以代挽歌》："辛酉甲子，及于庚午。弟侄奋飞，蹇余独苦。"《问天亭放言》有诗《辛酉孟冬同九弟见复游五垛醉赠友人王子》。

天启二年壬戌（1622）

天启三年癸亥（1623）

天启四年甲子（1624）

是年，丁耀亢第二次科考失利。丁耀亢《归山草·自述年谱以代挽歌》："辛酉甲子，及于庚午。弟侄奋飞，蹇余独苦。"

天启五年乙丑（1625）

秋，丁耀亢在诸城城南橡槚沟建造"东溪书舍"，有卜居之意。丁耀亢《问天亭放言·自城移家五首》小序曰："余自乙丑秋营东溪书舍，结茅种树，决计卜居橡槚山之阳。"

天启六年丙寅（1626）

七月，丁耀亢与孙江符毕关百日参禅。丁耀亢《问天亭放言》有诗《丙寅七月同孙江符毕百日关》、《关中即事》、《虎丘方开关》。

天启七年丁卯（1627）

秋，丁耀亢移居橡槚沟。丁耀亢《出劫纪略·山居志》："至丁卯，遂移家居之。"

崇祯元年戊辰（1628）

九月，丁耀亢在橡槚沟建"煮石草堂"，边置业，边创作，生活顺遂。丁耀亢《问天亭放言·自城移家五首》小序曰："至戊辰九月，复造煮石草堂焉。是月，自城移家，因为诗以落之。"《出劫纪略·山居志》："戊辰之冬，筑舍五楹，曰'煮石草堂'，取唐人'归来煮白石'之句。"

崇祯二年己巳（1629）

八月七日，李澄中出生。由李澄中《八月七日初度是岁余三十有六二首》诗推知。

崇祯三年庚午（1630）

丁耀亢三试不第，其弟丁耀心中举。丁耀亢《出劫纪略·山居志》：

"庚午，心弟以《春秋》举于乡。余仍碌碌，入山之志愈坚。"《出劫纪略·孤侄贻谷出劫记》："弟耀心庚午以《春秋》举于乡，中式第十九名，左萝石先生同门弟子也。"

崇祯四年辛未（1631）

冬，丁耀亢得知陈古白、赵凡夫去世，写诗悼之。

丁耀亢《问天亭放言·远念旧游》："余以庚申别虎丘，今十二载矣。辛未仲冬，闻故人陈古白、赵凡夫俱先后谢世，远念旧游，因长言之以纪往怀。"

崇祯五年壬申（1632）

正月，孔有德叛明，先后攻陷登州、黄县、平度，并进围莱州。至秋八月，孔有德用伪降之计诱捕登莱巡抚都御史谢琏，莱州知府朱万年也死于难。丁耀亢称此为"壬申东乱"，称孔有德的军士（后皆降于清）为"东贼"。丁耀亢《问天亭放言·哀朱太守》："崇祯五年正月，辽兵围莱州，官军不进。太守急给贼与平贼，伪降。太守赴贼盟，被执，死之。"《出劫纪略·山鬼谈》："是年，登州孔兵叛，围莱不下。"《问天亭放言·壬申秋避乱山居》："东贼围不解，西兵胆犹缩。流民血里疮，运车泥没辐。"

丁耀亢《天史》书成。他把书稿献给曾任工部尚书的钟羽正请其斧正，钟羽正为之订正并作序。丁耀亢又将其邮寄给董其昌，董其昌为之校订，又请好友、翰林院庶吉士陈际泰为之作序。丁耀亢《出劫纪略·山鬼谈》："明崇祯壬申，余既山居久，观史之余，偶感人事，欲有所惩，因集十史恶报，分为十案，名曰《天史》。书成藏箧中，不敢以示人。"丁耀亢《明工部尚书太子太保钟先生集序》："忆明季癸酉，亢修《天史》。书成，执贽请益，先生辞不受。既以书进观，喜曰：'吾得道器矣！'乃具冠服束带，受拜如弟子礼，为《天史》作序，时年八帙矣。"

七月，丁耀亢结识仙人张青霞。丁耀亢和臧美斯、刘奎墟以及长子丁玉章一同拜访张青霞。丁耀亢和王乘篆、张青霞，一起联诗。丁耀亢《出劫纪略·山鬼谈》载："山友王钟仙者，能诗而豪，闻之大惊，过予宅为怪。因道其详，不信。偕予至洞口，荒崖石裂，野水流渐而已，愈不信。少焉，涧之上流浮红果、胡桃而出，如奉客然。先钟赋一绝于纸未达，童子胜曰：'此石缝即其门，予来即大启。'试以纸探入，拈纸戏投其隙,不能尽,若有人抽者,而纸尾竟入,束束有声。少顷,有一纸出,曰'即至'。众大惊,未返舍,青霞已立草堂外矣。是夜,联诗十余首,钟仙惊去。"然乾隆《诸城县志》卷四十三《方伎传》载:"县人丁耀亢、李澄中者,殊好传异事。耀亢自言遇仙人张青霞。语不经,不具述述。"

崇祯六年癸酉(1633)

二月,丁耀亢第四次科举失利,其子丁玉章中举。丁耀亢《出劫纪略·山居志》:"壬申至癸酉,与玉章专改时艺。玉章岁试第一,至秋中副车。被落时,父子相视,山灵无色。"《出劫纪略·山鬼谈》:"二月科考,玉章第一,臧生第二。"

三月,王乘篆卒,临终自作挽诗。丁耀亢亦作诗挽之。丁耀亢《问天亭放言·哭王钟仙律诗四首》小序曰:"钟仙,余诗友也。家南山下,贫而孝,孤介不偶。癸酉孟春三月中,有母妻之丧。又二日,钟仙作诗自挽,一恸而绝。余哭之以诗志穷也。"

仲冬,丁耀亢送其弟丁耀心参加会试。丁耀亢《问天亭放言·天伦一日乐》小序曰:"癸酉仲冬,送九弟会试。是日,同酌老母膝前承欢,各醉也。老母因责予疏狂下第之罪,又教九弟以作吏清白,述先人二事为家法者。予兄弟皆泣拜命,各跪进酒卮。谨志之,以志天伦中一日之乐。"

崇祯七年甲戌(1634)

是年,张衍生,张侗生。

春,丁耀亢与丘石常、丘玉常等在铁园举行聚会。丁耀亢《问天亭放言·东园文会》:"甲戌春,丘子如、子廪东园文会,甚盛也。余频过不厌。"

丁耀亢完成《问天亭放言》,由丘玉常、丘石常阅,丘石常为之作序。丘石常《问天亭放言序》:"野鹤先生携其元方,著书名山,旨在于彰善而权归于瘅恶,名其书曰《天史》,此其心何如者,不亦甚盛乎!"

是年,刘翼明读书铁园。刘翼明《镜庵诗稿前集自序》:"自甲戌即读书铁园,四年中所为者亦只有诗。又以多率而删之,存其人,存其事,存其句。"邓之诚《清诗纪事初编》卷六:"石常家世贵盛,少与兄子和及刘子羽、陈木公、戴宾庭读书铁水园。"

崇祯八年乙亥（1635）

仲秋，丁耀亢和刘元明、周淡心、马三如游泰山。一路上，游览了登灵岩寺、黄花洞、石经峪、无字碑等，得到好友高虞祥、周菁育的款待。在颜神镇，住在孙六符、孙廷铨（字介黄）家。在青州道上，和刘元明、周淡心、马三如分手，归家。丁耀亢作《登岱八律》、《同刘元明周淡心马三如问灵岩路》、《登灵岩次石上苏眉山诗》、《登岱再次前韵》、《宿日观峰玉皇阁候日出夜大风雨元明淡心病甚促归》、《雨中同马三如游黄华洞至便晴朗期元明淡心不至》、《石室访女冠不遇》、《石经峪》、《无字碑》、《灵岩寺汉柏》、《铁袈裟》、《高虞祥周菁育携酒期游无字碑是日从别道归》、《山下别高虞祥》、《过青石关怀赵韫退》、《孝妇泉》、《颜神镇宿孙六符孙介黄家》、《青州道上别元明淡心三如》、《怀岱》诗。

丁耀亢去海村拜访刘元化，作《山楼次刘斗勺韵时将赴侯方伯幕》。

崇祯九年丙子（1636）

是年，王偭（字无竟）被表兄徐登第杀害，年三十七。周斯盛《镜庵诗叙》："无竟死于崇祯丙子。"刘翼明开始为其奔走伸冤。

崇祯十年丁丑（1637）

夏，丁耀亢参与修《琅邪丁氏家乘》，撰写《族谱序》。丁耀亢《族谱序》："吾丁氏为荆族，居武昌。当元之末，始祖讳兴者，以铁枪归明太祖，从军有功，除淮安海洲卫百户。子贯世袭。自海洲而徙琅邪，则自兴之次子推始。然则，推固琅邪始祖也。自推而至吾之身，殆八世矣。"

冬，钟羽正在故乡青州去世。临终前，钟羽正将毕生著述赠予丁耀亢。丁耀亢《明工部尚书太子太保钟先生集序》："又数年，先生八十有三旬，扶杖逍遥，歌山颓木萎矣。易箦之夕，属冢君伯敬曰：'勿请祭葬，勿请谥。予有所修《厚德录》二十卷、《管见》一册、诗一编，以遗丁子。惜远不及面，丁子必来，奠时以书授之。'明年，先生葬于北阡。亢执绋临圹，冢君始授书。亢长跽拜授，惧不克终。"

崇祯十一年戊寅（1638）

春，丁耀亢陪同本家的两广总督、东阁大学士丁魁楚与其兄丁魁河等人，参加在丁家大村天台山举行的琅琊丁氏始祖丁推之墓的祭祀仪式。

崇祯十二年己卯（1639）

是年，清兵入关大肆掳掠，明朝军事不济。正月，清兵攻克济南。丁耀亢南下，寻觅安身之所，有移居南京之意，但其母不同意。丁耀亢《出劫纪略·山居志》："己卯，辽事不支。东兵破济南，知天时将变，壮心久冷，南游将卜居金陵，以老母重土不能迁。"《逍遥游·江游·野鹤自纪》："自己卯避地，溯海而淮而江，既不得南枝，蜡屐倦游，止于白下。"

崇祯十三年庚辰（1640）

正月，诸城旱灾、蝗灾并行，瘟疫肆虐，人相食。乾隆《诸城县志·总纪上》："庚辰十三年春正月癸卯，是年旱、蝗，人相食。"

丁耀亢慷慨解囊，出米赈灾。丁耀亢《出劫纪略·山居志》："是岁为崇祯十三年，大饥，有五色天花偏生林谷间，因得饭僧及饥民百余家。"

秋，孙廷铨来诸城造访丁耀亢。孙廷铨《陆舫诗草序》："忆岁庚辰秋，余游东武，野鹤下榻揖余，留连弥月。"

崇祯十四年辛巳（1641）

是年，诸城大旱。

是年，丁耀亢之子丁玉章去世。

崇祯十五年壬午（1642）

冬，清兵再入山东，十二月十八日，诸城遭兵燹之祸。丁耀亢《出劫纪略·航海出劫始末》："是夜，大雨雪，遥望百里，火光不绝。各村焚屠殆遍。明日，得破城之信。遣役往探，东兵已据城。是为十二月十八日。"李澄中《卧象山房文集》卷一《先仲兄彭仲公行状》："壬午岁，值兵乱，杀人遍野。当是时，兄年十八，予甫十四。"

崇祯十六年癸未（1643）

三月，清兵退出诸城。

四月，丁耀亢从海州归家。八月，葬二哥丁耀昴。十月，葬弟弟丁耀心。

崇祯十七年，顺治元年甲申（1644）

三月，李自成攻陷北京，崇祯帝自缢，明亡。

丁耀亢再次带领家人逃难。丁耀亢《归山草·自述年谱以代挽歌》："甲申国变，再奔海东。移家将母，飘如泛空。"

五月，清朝定鼎。程涝知诸城。乾隆《诸城县志》卷三《总纪下》："夏五月，我大清定鼎。县人杀李自成伪知县。知县程涝至。"

九月，丁耀亢投刘泽清幕。丁耀亢《出劫纪略·航海出劫始末》称："（甲申）九月，刘太史宪石移家入海，南行过淮上，谒淮镇刘将军泽清。授以赞画，为陈方略，使结东之大姓为藩篱，不能行。为疏以荐，授纪监司理于王将之军，屯东海以图进取。于是官于岛中。"

顺治二年乙酉（1645）

五月，刘泽清降清，丁耀亢拒绝"叙功求用"，返回诸城。

是年，丁耀亢整理完成诗集《海游》。丁耀亢《海游·野鹤自记》："余家琅邪滨海，自己卯卜居，至壬午东乱遂入海。甲申春，闯乱复入海。凡三往，而家居海内者二年。往返秦源，遂成魏晋，而日月沧桑不复识矣。"

顺治三年丙戌（1646）

隋平出生。

是年，马鲁来到诸城九仙山隐居，与臧允德及其子臧振荣、丁豸佳交好。

顺治四年丁亥（1647）

春，丁耀亢去九仙山，路过王乘箓的坟墓，作《过王钟仙墓下》。

仲夏，丁耀亢游吴陵。期间，他与刘峄巘、张侣沧、邓汉仪、陆玄升、龚鼎孳等江南名士作诗唱和，自此诗名大增。丁耀亢的《逍遥游》完稿，由龚鼎孳、丁谦龙、沈复曾为其作序。丁耀亢《吴陵游·丁亥夏日野鹤自纪》："丁亥仲夏，丁子家居郁郁不得志，泛舟淮海，子焉无侣。闻故人刘君吏隐海陵，乘兴访戴。"《归山草·自述年谱以代挽歌》："丁亥南游，至于吴陵。淮扬风雅，声气益增。刘张邓陆，龚君孝升。文酒嘉会，歌筑夜哄。"

是年，李澄中与二哥李述中（字彭仲）同补诸生。李澄中《三生传》："十九岁为诸生。"《先仲兄彭仲公行状》："始与予同补诸生。"

顺治五年戊子（1648）

七月，丁耀亢入京谋事。丁耀亢《归山草·自述年谱以代挽歌》：

"戊子七月，甫入北燕。名为赴试，实避诸艰。"《出劫纪略·避风漫游》："戊子入都，由利津渡海，越天津，一夜行八百里。"

是年，丁耀亢在京结交了王铎（字觉斯）、薛所蕴、杨思圣（字犹龙）、李霨（号坦园）、傅掌雷、张缙彦（号坦公）、刘正宗、龚鼎孳、罗国士（号钦瞻）等名公大臣，经常在一起吟诗对句。丁耀亢《归山草·自述年谱以代挽歌》："遂入都门，曳裾见客。河南王薛，钜鹿杨李。国之元老，邦之司直。"乾隆《诸城县志》卷三十六《丁耀亢传》："其时，名公卿王铎、傅掌雷、张坦公、刘正宗、龚鼎孳皆与之交。"

顺治六年己丑（1649）

四月，丁耀亢正式充任镶白旗教习。他在华严寺西侧建房三间，刘正宗称之为"陆舫"。

九月，丁耀亢完成《赤松游》。

是年，丘元武和父亲丘石常被人诬告，差点入狱。黎士弘《故工部主事丘公》："几陷死狱，用资财得脱于难。"

顺治七年庚寅（1650）

三月，徐田在霜潭为张侗做寿。张侗《辟卧象山记》："庚寅三月望，予初度，潍诸梱野迟霜潭上为寿。"

孟冬，丁耀亢归家途中，特地去青州拜谒钟羽正之子钟伯敬并祭扫钟羽正墓。丁耀亢作《宿钟伯敬村居》、《过尚书钟龙渊老师墓》。

顺治八年辛卯（1651）

丁耀亢与李澄中定忘年交。李澄中《三生传》："辛卯春，予二十有三，先中允公饯丁野鹤先辈北上归来，谓予曰：'适见丁野鹤，称汝诗异日当遂名家。'"

二月，丁耀亢回到北京，由镶白旗教习改任镶红旗教习。丁耀亢《出劫纪略·皂帽传经笑》："辛卯二月，复入都，改镶白而入镶红旗。"

丁耀亢参加顺天府乡试，不第。这是丁耀亢第八次科举落败。丁耀亢《椒丘诗·中秋同诸公宴集贡院》："自甲子至辛卯入闱八次。"

顺治九年壬辰（1652）

三月，查继佐为丁耀亢《赤松游》作序。查继佐《东山遗集》中有《野鹤吟为丁郡长作》。

是年，杨涵来到诸城。丁耀亢参与纂修《清实录》，并与臧振荣、邓汉仪等结观文大社。邓汉仪《诗观三集》卷十："壬辰，余客都门，同丁子野鹤二百余人于慈仁寺结观文大社。"

顺治十年癸巳（1653）

正月人日，丁耀亢与张缙彦、邓汉仪等同游报国寺。丁耀亢《陆舫诗草》卷五有《人日同坦公、圣秋、岱观、孝威载酒游报国寺》。

春，邓汉仪离开京城，丁耀亢作诗送之。丁耀亢《陆舫诗草》卷五有《送邓孝威之汝南》。

秋季，丁耀亢教习考满，获准回家探亲。九月九日，乱兵过诸城，丁耀亢避难海上，与刘元化以及其子刘翼明交往密切。

年末，丁耀亢得容城教谕一职。

顺治十一年甲午（1654）

春，丁耀亢自诸城赴河北容城任教谕。今存正德刊本《李杜合集》，末有丁耀亢所写的跋文，云："顺治癸巳，余卜居海村，借而读之。甲午赴容城教署，携为客笥。"咸丰《容城县志》卷三十六记载，丁耀亢"山东诸城选贡，顺治十一年任教谕"。

是年，畿南大饥，丁耀亢捐俸"以瞻士之赤贫者五十二家"。丁耀亢有《陆舫诗草·春畿南大饥捐俸纪事》。

顺治十二年乙未（1655）

仲夏，丁耀亢完成《椒丘诗》。丁耀亢《椒丘诗自序》："亢来容城，职在俎豆，唯椒兰是司。顾平生质性，亦近姜桂。乃所居斋东，与椒山先生之祠比邻，日唯羹墙二疏，读王弇州《忠愍碑》，樛松凛然，霜雪在望。昔先生以直谏谪狄道尉，迁诸城令，由是内转而以击奸终。亢，诸人也。来息于此，其'椒丘'之谓乎？其西，则元儒刘静修之讲席在焉。申椒菌桂，食坠露而餐落英，将于是乎？故以所著名《椒丘草》。"

是年，李澄中被丁豸佳所激，始学赋。李澄中《赋稿自序》云："予少与丁生梦白角胜，学为诗。久之，丁生避去，时时以赋夸予。予愤甚，取《骚》、《选》、《赋苑》日夜读，忘食寝者二年所。于是穷其源流变化，长卿所谓得之于内，不可得而传者，甫知其义辄止。越七年，周栎园先生来青州，索予稿阅终篇，仰天太息曰：'嗟乎！赋如此，而不见知于世，岂非持文柄者之咎哉！'乃命作四赋。"

是年，诸城知县陈邦纪（字汉星）到任，试诸生，拔李澄中第一。

顺治十三年丙申（1656）

是年，丁耀亢于容城教谕任上完成《出劫纪略》，嘱托李澄中为之作序。李澄中作《出劫纪略序》曰："丙申归自容城，以《出劫纪略》命序于余，始爽然自失，悔知先生之浅也。"

顺治十四年丁酉（1657）

七月八日，刘元化去世。张贞《渠亭山人半部稿·清故洛川知县斗杓刘先生墓表》："自卜葬地，预刻死期而卒。时顺治丁酉七月八日也，距生万历甲申，得年七十有四。"

八月，丘石常参加了王士禛在历下大明湖畔倡导秋柳社。王士禛《渔洋诗话》："余少在济南明湖水面亭赋《秋柳》四章，一时和者甚众。"《渔洋山人自撰年谱》卷上惠栋注："东武丘海石石常、清源柳公㴋焘、任城杨圣宜通久、兄弟圣喻通睿、圣企通俊、圣美通俶、益都孙仲儒宝侗辈咸集。"

是年，王钺、丘元武中举人，分别是第二十二、二十三名。乾隆《诸城县志》卷二十二《国朝选举表·举人》："王钺，第二十二名"，"丘元武，石常子，第二十三名。"

顺治十五年戊戌（1658）

春，李澄中与刘翼明初相识。李澄中《刘广文子羽墓表》："戊戌春，始与予定交海上。"

是年，丁耀亢完成钟羽正《明工部尚书太子太保钟先生集》的刻版刊印并作序。钟羽正《崇雅堂集》卷首有丁耀亢《明工部尚书太子太保钟先生集序》："读先生东归诗为万历戊戌，今刻成于顺治戊戌。"

是年，刘果，会试第四十八名；孙必振，会试第九十名；王钺，会试第一百一名。见乾隆《诸城县志》卷二十二《国朝选举表》。

顺治十六年己亥（1659）

七月，丁耀亢得福建惠安县令一职。十月，捧玺赴惠安任。丁耀亢《自述年谱以代挽歌》："己亥十月，捧玺而往"。

是年，刘果、孙必振、丘元武、王钺中进士。乾隆《诸城县志·国朝选举表·进士》："刘果，殿试第二甲四十五名。孙必振，殿试第二甲八十七名。王钺，殿试第三甲二名。丘元武，会试第二十四名，殿试第二甲二十一名。"

顺治十七年庚子（1660）

正月初二，丁耀亢行至苏州，应周荃之邀同陈孝宽雨中游虎丘。丁耀亢作《庚子新正初二日雨中静香招同孝宽游虎丘》。正月十五，丁耀亢抵达杭州。因病滞留杭州多日，与李渔、查继佐等交往密切。四月，丁耀亢坚定了辞官决心，托人向朝廷递交辞职书。十二月二十七日，丁耀亢因逾期未到惠安，被革职。丁耀亢《自述年谱以代挽歌》："庚子四月，决志抽簪。投劾不受，进退逡巡。""止此三月，乃许放还。"

九月，李澄中落第。刘翼明有诗《庚子九月朔闻渭清下第即琅邪》。

是年，丘石常去世。丁耀亢作《家信见到丘海石五月寄书询之则逝矣忆相送山中戏言求予代作墓铭竟成谶语开缄为之泫然因略述生平以备行状寄冢君龙标焚之》悼之。

顺治十八年辛丑（1661）

正月，顺治帝薨。玄烨即位，改元康熙。

二月，丁耀亢过扬州，时任扬州推官的王士禛设宴款待，并题《陶公归来图》、《归鹤图》。丁耀亢赋诗作答，有《扬州司理王贻上招饮题诗归鹤卷次韵》。

三月十六日，辞官的丁耀亢回到诸城。丁耀亢《自述年谱以代挽歌》："三月十六，集于故山。"

是年，李澄中以制义诗赋见知于青州海防道陈宝钥（字大莱）。李澄中《三生传》："辛丑，以制义诗赋见知于观察陈大莱先生。"

是年，李澄中为丁耀亢题《鱼龙图》，作《题丁野鹤先生〈鱼龙卷〉》。

康熙元年壬寅（1662）

元旦，刘翼明过张东屯，作《元旦过张东屯》。

春，丁耀亢读冯世玑（字殿公）诗，作《壬寅元日次冯起部殿公二首》。李澄中过冯世玑别墅，作《过冯殿公起部别墅二首》。

七月，王翰臣（字峿亭）为刘翼明的诗集《镜庵诗稿》作序。

八月十七，李澄中与范仁实拜访丁耀亢。李澄中作《八月十七夜同范仁实坐丁野鹤先生月舫桥》。

九月三日，丁耀亢同孙子丁侨过橡檖山，作《壬寅九月初三日同侨孙过橡檖山房菊下谈少年开山事醉笔漫成十九首》。

十二月，刘翼明作诗呈丘元武，即《壬寅十二月感时事作呈龙标》。

康熙二年癸卯（1663）

初春，李澄中收到钱肃润（字季霖）的来信，作《癸卯初春季霖自武林寄书时将入闽中》。

初春，李澄中与内弟王伯祥宿刘翼明家，一起登琅琊台。李澄中作《与内弟王伯祥宿刘子羽家》、《与子羽、伯祥登琅邪》。

春，周亮工以司农出镇青州。随行者有吴晋（号介兹）、高阜等。

是年，李澄中诗赋见知于周亮工。李澄中《三生传》："癸卯，复以诗赋见知于周栎园先生。"又《与刘子羽书》："减斋先生甫至吾邑，即讯境内风雅。夜半敲门，僮婢错愕，启户而使者踵至。一见欢若生平，相知恨晚，赠书赠言，倾筐倒箧，雄辩高谈，夜分犹不忍散。"

是年，浙江归安县引发文字狱"明史案"。告发者吴之荣升官发财，而庄廷鑨则被灭九族。

康熙三年甲辰（1664）

春，刘翼明游江西，李澄中作《送刘子羽游临川二首》。

三月，丁耀亢再次被人告发，称其《续金瓶梅》有违碍语，被知县周采、典史徐靓等勒索钱财，丁耀亢被逼无奈出逃，作《自述年谱以代挽歌》以示诀别，称："甲辰三月，再兴讼状"，"日月在上，覆盆莫伸。"中秋，丁耀亢逃到燕山禅林寺。《丁未中秋月》："甲辰中秋在何处？燕山夜宿禅林寺。"除夕之夜，在陈留度过，作《陈留除日四首》。

四月十五日，周亮工宴请李澄中、安致远、张贞、蔡宗襄（字漫夫）、李焕章等青齐文士十二人。安致远《玉砚集》卷三《与李渔村书》："甲辰四月十五日谯享嘉宾，静子、李澄中、张杞园、蔡漫夫等十二人皆与焉。酒酣，周先生延入真意亭，命各赋诗。"李焕章《织斋文集》卷一《真意亭雅集诗序》："康熙三年甲辰四月十五日……酒酣乐作，丝竹竞奏。夜将半，《渔阳挝》忽掺掺从座上起，笛幽眇转折赴之。……诸子各工所赋，亦极致。……少司农公餍甚，长啸曰：'兹宵尽齐门风雅矣。'"李澄中《纪城文稿序》："昔甲辰岁，周栎园先生观察青州，大飨士，寿光安先生静子、乐安兄象先及予皆在焉。先生称予三人不置。"

端午，侍御王垓册封琉球归来，路过诸城，丁耀亢设宴招待王垓，得知琉球国王存有《续金瓶梅》。丁耀亢《胶东王逸庵侍御甲辰册封琉球归过东武时值端阳纵饮达旦今五年矣其国王留余续书在岛中今焚书无存者寄诗志感》："焚书不入石渠秘，异域犹传海岱才。"

康熙四年乙巳（1665）

正月十六日夜，李澄中与丁智临、外甥臧振荣和臧坦园登超然台，作《乙巳正月十六夜登超然台同丁智临、臧岱青、坦园两甥》。

三月三日，逃亡路上的丁耀亢在嵩山参禅。行至孟邑，他听到朝廷颁布大赦的消息，作《至孟邑得赦诏同家信志喜六首》，决定回乡。六月到达诸城，被闻讯赶来的周采等人逮捕。八月，被押解入京受审，四个月后被故友龚鼎孳、傅掌雷营救出狱，作《请室杂著八首》，序："乙巳八月，以'续书'被逮，待罪候旨。至季冬，蒙赦得放还山，共计一百二十日。狱司檀子文馨，燕京名士也。耳予名如故交，率诸吏典各酿酒，三日一集，或至夜半，酣酒达旦，不知身在笼中也。各索诗纪事，予眼昏作粗笔，各分去，寄诗志感。"

九月，李澄中在青州观周亮工的藏画，作《题周栎园先生画册五首》、《周栎园先生藏画歌》。

年末，李澄中送周亮工任江安粮道，作《送周栎园先生之江宁二首》。

康熙五年丙午（1666）

除夕，丁耀亢在北京度过。居京期间，丁耀亢见到了龚鼎孳、傅掌雷、魏子存、阎尔梅等老朋友们，并写了《龚大司马招同阎古古白仲调纪伯紫夜集即席分韵十首》等许多诗作。直到夏天，丁耀亢才回到家乡。

春，李澄中送别吴晋，作《丙午春送别吴介兹》。

五月，周亮工擢江南江安督粮道；八月，回江宁。李澄中又作《送周栎园先生之任江宁二首》。

中秋，丁耀亢母亲去世，其《丁未中秋月》有"丙午中秋返故园，高堂永诀失慈萱"之语。

重阳节，丁耀亢在儿子丁慎行、孙子丁侨的陪伴下登东山，作《九日同慎行慎谋侨孙登东山顶》。与此同时，李澄中与刘翼明、臧振荣等游卢山。李澄中《九日游卢山记》："丙午九日，游卢山。……同游者，刘子羽、曹大宗、臧惠公、丘汉标、王蕴修、臧岱青、坦园与余而八。"

秋，李澄中与孙宝侗、张贞等游济南大明湖，作《丙午秋日与孙仲孺、张杞园、王六吉明湖夜泛》。

冬，李澄中与隋毓甲、李焕章等游九仙山，作《与隋景芳、二兄象先游九仙山三首》。刘翼明未能同行，则作《李象先与渭清游九仙山予未得往喜读其游记作十二韵》。

冬，张贞冒雪夜来请丁耀亢为其父三兄弟作文。丁耀亢作《渠丘三张先生赞》。

是年，李澄中与张伺相识于青州道上。李澄中《张石民诗序》："岁丙午，与石民遇青州道上。时石民能知予，予犹未知石民也。"

是年，蒋振勋来任诸城知县。丁耀亢作《村居卧病寄候邑侯蒋明府四首》。

是年，隋平与徐田相识于放鹤园。隋平《刻徐栩野遗诗序》："自丙午兄事栩野放鹤亭中，三十又三年。"

康熙六年丁未（1667）

春，李澄中与高曰恭（字作素）酬答，作《丁未春日答胶州高作素惠诗兼索余诗赋》。

清明前，李澄中、曹贞吉送张贞游金陵。李澄中作《送张杞园游金陵》、曹贞吉作《客广陵送杞园之金陵》。

清明日，李澄中与刘翼明、王咸炤等登白玉山，其《游玉山记》："丁未清明，与刘君子羽、王君晦斋、何君笃臣赍酒具，会饮其上。"又作《清明与刘子羽、王屋山、何笃臣饮玉山顶》。

是年，李澄中得周亮工的邀请和资助，将游金陵，留别杨鲁生、何天章等人，作《将适金陵，留别杨鲁生、何天章、马愚臣、丘汉标》。丁耀亢作《送李渭清游江南兼呈维扬陈宪副二首》送李澄中。此次金陵之行，李澄中作《过江集》、《南游纪略》。

是年，周亮工《藏弆集》刊印，收李澄中尺牍三通，即《与刘子羽》两通、《与陈弓良》一通。李澄中的《与周减斋先生》称："今得因先生过白门，更得因先生滥名《藏弆集》中，且损俸钱，助游橐，使某饱食江鱼，肆情于石头雨花间也。解推之惠奚啻哉。"夏，李澄中与王岱（字山长）定交。王岱《且园近集》卷三《李渭清家谱序》："丁未夏，予始与青齐李子渭清订交于广陵。复共寓于白门。"李澄中有《赠别湘潭王山长》。

康熙七年戊申（1668）

年初，范性华自太原来诸城，拜访李澄中。李澄中作《钱塘范性华自太原过访赋赠四首》。范性华三月入京师，李澄中作《送范性华入京师》送之。

春，李焕章来诸城，拟修县志，不果，返回乐安，李澄中作《送二兄象先修邑乘不果复归千乘》。

四月，刘翼明别王翰臣家南归，作《戊申四月自国儒家别元升杞儒南归》。

五月，刘翼明作《镜庵诗稿》自序。

六月十七日，诸城发生大地震，震度七级以上。乾隆《诸城县志·总纪下》："七年，夏六月甲申，地震。"又载："戊申七年，夏六月甲申，地震，声如迅雷，城郭庐舍尽坏，压死二千七百余人。地裂涌黑沙水与树杪齐，震动数月不止。旋，大雨暴风，田禾覆没。"丁耀亢作《康熙戊申六月十七日火云起于西北如赤血中有雷声须臾大雨如注霹雳交作至夜戌时地震自西而东隐有雷声起自地底房屋倾拆墙壁倒竖屋瓦皆飞人不能立余幸楼倾不死如有人扶掖而出百里之内民皆露处三日地动未已作地震诗纪异四首》、《自橡山入九仙山崩塞路峰石多裂同诸僧宿山顶三首》。刘翼明作《戊申六月十七夜地大震寄杞园》、李澄中作《地震后寄张杞园》。

是年，吴元任拜访李澄中，李澄中作《与吴元任山夜闲步》、《同吴元任游五莲山》、《送吴元任归临川》。

秋，丘元武将赴任贵州施秉知县，李澄中作《用少陵"每依北斗望京华"作起送龙标之任黔中二首》送之。

八月，刘翼明陪李让中、丁熙人登琅琊台，作《戊申八月陪李逊卿丁熙人入琅邪》。

重阳前二日，刘翼明过北山遇老僧，作《重阳前二日过北山遇老僧拟寄杨辅峭猗青》。

康熙八年己酉（1669）

春，丁耀亢听闻傅掌雷去世，悲恸不已，作《哭傅掌雷尚书十律》悼念之。

春，李澄中与蔡宗襄、安致远、赵帝可游青州奇松园，作《与蔡漫夫、安静子、赵帝可饮奇松园》。

李澄中在青州与马天撰（字翼辰）、张贞过孙宝侗处饮酒，作《与马翼辰、张杞园过孙仲孺夜饮》。

端午，李澄中按时到丁耀亢的橡槚山庄赴约，作《寄丁野鹤先生》、《端阳自楚村过丁野鹤先生橡山别业》。

秋，李澄中与丘元履游九仙山。李澄中《卧象山募修佛殿序》："己酉秋，与丘霞标探天井，此龙湫始至也。"

冬，李澄中到橡槚山拜访丁耀亢。丁耀亢作有《渭清自南山过访》、《再次渭清题卧云阁韵》、《同渭清祥集侄夜坐》、《山中送李渭清》。李澄中《江干草序》："先生平生矜慎许可，独数折节于余。忆己酉冬，过橡山别墅，与先生角韵，至夜分，先生慨然曰：'仆老矣！吾将以子为名山，尽以诗文付吾子。'余唯唯，谢不敏。初不意先生长逝未暇也。"

腊月，丁耀亢去世。丁慎行《〈听山亭草〉乞言小引》："己酉，年七十一，召余曹曰：'将逝矣！生平知己，屈指数人。唯龚大宗伯、傅大司空诸名公，脱骖患难，耿耿在怀。'因占永诀诗毕，合掌说偈而殁。"李澄中作《哭丁野鹤先生》悼念之。

是年，臧允德去世。李澄中作《哭臧嵩石》、刘翼明《赋得此老已云没哭臧嵩石诗友》哭之。

是年，刘翼明岁贡。乾隆《诸城县志》卷二十二《国朝选举表》："刘翼明，元化子，岁贡"。

康熙九年庚戌（1670）

正月初一，诸城发生地震。二月初九日，诸城仍有余震。李澄中《庚戌元日感兴》有注云："时地震。"《二月初九日纪异》注云："时地复震。"

二月，刘翼明入京。刘翼明作《庚戌二月将北去偶作自为嘲誉》，李澄中亦作《赠刘子羽入燕京》送之。

春，李澄中过王乘箓故宅。李澄中《王钟仙遗稿序》："庚戌春，予读书山中，暇日过佛寺，山中人谓余曰：此王钟仙故宅也。"

重阳前一日，刘翼明赴丘元履之约，作《重阳前一日赴霞标山中之约》。

重阳节，李澄中、刘翼明等登常山。李澄中作《九日同李逊卿、元璋兄弟登常山》、刘翼明作《九日常山雅集纪游二首》。

是年，张衍、张侗、徐田、李澄中等开辟卧象山。

是年，杨涵来诸城定居。张侗《笠云子小传》："笠子既与余友善，岁庚戌来归，寄栖歇鹤之村老焉。"

康熙十年辛亥（1671）

春，李澄中入住卧象山。李澄中《卧象山募修佛殿序》："迨辛亥夏，与诸山友缘细草谷历观束练、铁壁诸胜，此卧象始至也。其明年，予读书山中，始作龙庙。""予辛亥始至兹山也，绚索初创，人迹未通，今俨然具敝庐。"

五月，李澄中与李让中铁园畅饮，作《五月望与李逊卿集铁园轰饮时久旱忽风雷微雨辄止》。

是年，李澄中与张衍、张侗等人游。李澄中《自为墓志铭》云："辛亥岁，赵壶石、徐栩野、张石民、白峰兄弟雅慕君，与之入卧象，探石屋，放浪山海间。"《张石民诗序》："予既与放鹤园诸昆季交。石民乃招予桃花洞，出入九仙两龙湫。后过东岱、登箕屋、探潍水源、已而北走溥沱河，吊古黄金台下。石民皆时时左右之。"又作《过张石民兄弟饮西圃题壁》、《与张石民、赵壶石夜过马仲习山村不遇》等。

是年，周斯盛被下狱，在狱中知晓刘翼明和王佩的故事；出狱后，来诸城与刘翼明、李澄中交游。李澄中《刘广文子羽墓表》："辛亥岁，即墨知县周斯盛中危法，下胶州狱，从狱吏得子羽所选王佩诗，大嗟赏，已悉其为佩复仇状，谓子羽殁已久，此古人不可复得。"李澄中《周屺公证山堂诗序》："康熙辛亥冬，周屺公先生访予超然台下，一见辄论诗，竟数日乃去。"见面后，三人登超然台。周斯盛作《与周屺公、刘子羽登超然台》，李澄中作《铁园观雪歌与屺公子羽同赋》、《送周屺公归即墨》，刘翼明作《狂歌送证山先生回即墨》、《铁园梅下重送周先生》等。

是年，张贞应刘翼明之邀为其父刘元化作墓表，即《清故洛川知县斗杓刘先生墓表》："辛亥之夏，子羽持胶西王先生所撰行状，请为厥考文。"

康熙十一年壬子（1672）

元旦，李澄中与徐田、张侗、王翰、赵清在超然台饮酒赋诗。李澄中作《壬子上元同徐栩野、张石民、王羽翁、赵壶石超然台醵饮限一先》。

春，苏兰孙中举。《日照县志》卷六《选举志》："苏兰孙，卫籍，壬子，顺天。"

四月，蒲松龄与唐梦赉、高珩等八人结伴同游崂山时经过诸城。唐梦赉《志壑堂文集》卷八《诸城崇宁寺大威上人塔铭》："壬子岁四月，穷迹崂桑，探奇海市，往返皆经东武之崇宁寺，始知大威上人己示寂双树者一岁矣。"

夏，李澄中与张贞以拔贡身份入京师太学。李澄中《单家桥滹沱河》"七年再渡滹沱水"；《报国寺双松歌》"昔在长安岁壬子"。张贞《杞田集》卷一《白云村文集序》："数共晨夕，喻见绸洽。"

六月，周亮工去世。李澄中作《闻周栎园先生讣音为位哭之》悼念。

七月初六，李澄中与曹贞吉（字升六）、张贞、汪懋麟（号蛟门）、吴远度集于周在浚（字雪客）宅。李澄中作《七夕前一日同曹升六、张杞园、汪蛟门、吴远度集周雪客寓斋》诗。

八月，刘翼明进京与周斯盛见面，在卢沟桥与落第归家的李澄中相遇。三人见面后，周斯盛和刘翼明留宿慈仁寺，继续论诗，而李澄中南下归家。刘翼明《卢沟桥南遇渭清下第东归》、《八月将北上期访证山先生》、《八月晦日至京得晤证山先生》，李澄中《卢沟桥遇刘子羽》等。

是年，刘翼明在京师太平寺订正臧允德的遗诗，作有《寺中订亡友臧太公嵩石遗诗》诗。

秋，邓汉仪编《诗观初集》。

康熙十二年癸丑（1673）

暮春，李澄中与刘翼明游牛涔，作《癸丑暮春与刘子羽入牛涔，怀张师约、东原、石民、赵壶石诸山友》。

五月，徐田作诗怀青州郭仲蕴。徐田《壬申蒲月寄怀青州郭仲蕴（有序）》："春三月，余客郡城，与张子白峰、隋子昆铁、获交云门郭君。"

五月，李焕章参与纂修的《青州府志》二十卷本书成。

夏，李澄中与张侗、徐田等再游卧象山。李澄中作《孟夏与张石民、徐栩野寻积霖古最幽处》、《登扶云峡望湘潭》、《象古晚行喜遇张师约蓬海》、《过九仙书院》、《出谷别张石民吴介公》等。

六月，外甥臧振荣任广西昭平知县，李澄中送行，作《送甥臧岱青之任昭平》。

七月，洪嘉植来诸城，与李澄中、刘翼明、赵清等交游。洪嘉植《薪楼记》："有赵生壶石者，积薪为楼，登望焉，命曰薪楼。癸丑秋七月，余访壶石，登其上。"《送赵壶石序》："予游密州，交刘子、李子。欲访壶石，病不得行。乃为古诗一篇，因李子寓之，壶石乃来。"李澄中作《与洪秋士、张石民、子云游卧象山》、《秋夜集果园与赵壶石、冯栗斋拈十灰，分体送洪秋士南归》、《登壶石薪楼同蓬海、石民、白峰再别秋士》等。

重阳节，李澄中与王屋山、赵清、隋平、臧汝明（字服邻）聚饮。李澄中作《九日王屋山、赵壶石、隋昆铁、臧服邻醵饮采杞斋乘月复集吴伯宗草堂》。

冬，李澄中与张侗夜宿刘翼明家，登琅琊台，渡斋堂岛。李澄中作《冬夜同张石民、赵壶石宿刘子羽家忆庚子与子羽登琅邪忽忽十年余矣》、《与子羽、石民、壶石登琅邪》、《是夜与张石民、赵壶石渡斋堂岛》等。

十一月，云南爆发"三藩之乱"。丘元武逃入九龙山中避乱，未能赴任工部都水司主事。

是年，康熙《诸城县志》十二卷本刊行。

康熙十三年甲寅（1674）

春日，李澄中得张贞、安静子、孙宝侗书。李澄中《甲寅春日得张杞园书》，诗下有注："是日静子、仲孺书俱至。"

芒种前无雨，李澄中与诸友人祷雨，作《与俭庵、栩野、壶石祷雨龙湫游积霖谷》、《与蓬海、石民、白峰、子璞、壶石、昆铁祷雨回龙庵》。

五月，刘翼明怀念洪嘉植、周斯盛等友人，作《甲寅五月远怀洪秋士周证山》、《五月十八日有怀周证山又陶董佩公》。

夏，李澄中、张衍、张侗等再入卧象山，李澄中作《雨中与天绪上人、张东原、蓬海、石民入卧象山》、《与蓬海观束练瀑布》、《牛涔书室夜听瀑布》、《积霖古感旧忆张师约》、《题张蓬海新辟象山别墅》、《望杓山雨候束练瀑下》、《延绪上人煮瓜束练峰上》。

夏，苏兰孙与李澄中、刘翼明聚会。苏兰孙《镜庵诗稿序》："甲寅夏，余坐渭清秋怡堂，会子羽至。"

重阳节，李澄中与张侗等游昆山枫桥，作《九日与张东原、蓬海、石民、子云、白峰、陈子璞、赵壶石、僧道雨游昆山枫桥上》。

九月十日，李澄中与张侗、赵清、张侃、陈献真、张傃、天绪和尚、张衍饮于张衍石屋别墅。因其不胜酒力，遂令诸子即事制题，以诗代酒。李澄中曰："雨中自昆山归，与诸子饮蓬海石屋别墅。山亭悄寂，人意肃然。诸子酒兴甚豪，予素不饮，敛手避席而已。每酒至，则令诸子即事制题，以诗代罚。"遂作《重阳后一日别昆山去》等七首诗。

冬夜，李澄中、张衍、隋平在怡堂读杜甫诗。李澄中作《冬夜张蓬海、隋昆铁过怡堂读少陵诗》。

是年，丁慎行重刻丁耀亢的《西湖扇传奇》。丁慎行《重刻〈西湖扇传奇〉始末》："《西湖扇词曲》，浙中旧有刊本，盖先惠安公羁迹燕京时笔也。纨扇离合，萍踪聚散，往事已付之梦幻中矣。"

康熙十四年乙卯（1675）

冬，周志嘉（字殷靖）来山东与李澄中游处。李澄中作《冬夜集大觉寺与殷靖分体》、《与周殷靖、杨俭庵、徐栩野、张蓬海、石民、白峰、隋昆铁赋得中天月色好谁看拈韵得五微》、《送别周殷靖》、《闻周屺公再入长安寄殷靖致之》。

康熙十五年丙辰（1676）

正月初八，李澄中与徐田、隋平、臧汝明聚会。李澄中作《谷日与徐栩野、隋昆铁过臧服邻剧饮观马灯三首》。

清明后二日，李澄中与杨蕃、张衍聚饮。李澄中作《清明后二日与杨俭庵、张蓬海、石民、白峰、王羽翁、马维斯、赵壶石、僧问石饮沧浪亭》。

中秋夜，在隋平半舫斋聚会。李澄中作《中秋夜集隋昆铁半舫斋与马愚臣、张石民、丘桐樵、隋东望分韵得十二侵》。

是年，李澄中与刘翼明、王咸熄、徐田、张衍、张衍、张傃、陈献真、马持、王翰、丘带湄、隋平、赵清、樊德施，在其怡堂签象山约。李澄中作《至后刘子羽、王屋山、徐栩野、张蓬海、石民、白峰、陈子璞、马维斯、王羽翁、丘带湄、隋昆铁、赵壶石、樊德施集怡堂订象山约》记之。

是年，张侃（字东原）去世。李澄中作《残腊过张白峰余堂和赵壶石壁间韵,时张东原物故,陈子璞亦以事归海上》悼之。

康熙十六年丁巳（1677）

是年,张衍、张侗编成《张氏族谱》。李焕章作《放鹤村张氏族谱序》、张衍作《族谱序》、张侗作《族谱自叙》和《大传叙》。

春,赵涛来访。李澄中《孝子赵清传》:"丁巳春,东莱山公赵涛来游,酒人王咸炤、陈献真及徐田、张侗辈皆从之。"

清明,李澄中与刘翼明、杨藩、王钺饮于韩信坝。李澄中作《清明日饮韩信坝同子羽、任庵、俭庵、北门》。

七夕,李澄中与赵清过张衍、张侗等人,作《七夕与赵壶石过张蓬海兄弟二首》。

立秋日,李澄中与张衍、赵清、张傃、张佳聚会赋诗。李澄中作《立秋日张蓬海、子云、白峰、赵壶石、张彦公过荷堤限韵》、《次日与张蓬海、白峰、壶石再饮镜香泉用前韵》。

九月二十九日,李澄中与臧汝明、张侗等聚饮玉山,作《九月廿九日臧服邻招同刘君安广文、王屋山、张石民、王羽翁饮玉山上》。

除夕前一日,赵清、张傃过李澄中。李澄中作《除夕前一日壶石白峰过我夜谈》。

除夕,赵清赠酒李澄中一罇。李澄中《大醉行》:"予素不能饮,颇喜观人饮。昔嵋山谓饮不过三蕉叶,予半蕉叶径醉矣。赵子壶石取云镜泉水,用嵋山法酿真一酒,予能饮五斗余。正觉嵇吕诸公,去人不远。除夕,壶石复以一罇饷予,作《大醉行》报之。"

康熙十七年戊午（1678）

春,朝廷欲开博学鸿词科,征召名士。李澄中被诏征。李澄中《三生传》:"戊午春,闻朝廷诏征海内鸿博之士,时予客安丘张杞园家,刘子羽、孙孝堪皆在焉。予笑谓:'此故事也,若荐牍中有予四人名,乃公耳。'众大笑别。夫三月三日亭午,忽有人持荐牍中名相示,计八十余人,予名故在其中,而各省督抚荐疏未至也。"李澄中又作《征书至过别琢庵西村二首》、《答刘子羽劝驾》、《被召入京,过隋昆铁半舫斋,以所著诗文付之》。

七月,李澄中应诏入京,以诗见知于李天馥。李澄中《三生传》:"七月,予如京师,下闱,仍不第。九月中,予以诗见知于李公容斋,谓同荐诸人未有能出子之右者。"《自为墓志铭》："戊午春,君室中香出户外,适今上诏征海内文学之士,君被召入京,再为大司寇李公容斋所激赏,恨相知晚,力为延誉。"

八月初二日,葡萄牙人进贡的狮子抵达北京。康熙帝前往观看,命群臣赋诗。陈廷敬、叶方蔼、张英、高士奇、陈梦雷、王鸿绪、严我斯、刘德新、许贺来、顾景星、毛奇龄、尤侗、宋祖昱、李澄中和田雯均有诗作。《清圣祖仁皇帝实录》卷七十六载:"西洋国主阿丰素遣陪臣本多白垒拉进表、贡狮子。"利类思《狮子说》:"康熙十七年八月初二日,邎邦进活狮来京。"李澄中作《狮子来》、田雯作《贡狮子应制》等。

秋冬,李澄中寄居北京西城报国寺,与惊龙上人、金奇玉、王铖、孙必振、黄虞稷、周在浚等交游。李澄中作《秋夜都门访惊龙上人金琢庵弥勒庵》、《长至日大风寒与王任庵集孙卧云斋》、《晤黄俞邰得周雪客兄弟消息》。

除夕,刘翼明怀李澄中,作《戊午岁除怀渭清京郊》。

康熙十八年己未(1679)

初二,刘翼明怀念李澄中,作《己未朔二日怀渭清京师即致霞标》。

正月初八,李澄中与杨还吉(字六谦)、王岱会饮,作《己未谷日与杨六谦饮王山长广文署中》。

春,李澄中与孟熊弼(字元辅)相识于寓寺。李澄中《孟元辅诗序》:"己未春,予应召至京师,侨寓古寺,地阒寂,日与老僧话无生,甚适也。忽闻北平孟元辅假精舍就医,急携橐被避去,则元辅已至门,见其人,年方少,冥然盲目,两童子掖之行。闻予在寺中大喜,一见欢甚,恨相得晚。"

二月十四日,李澄中参加主事曹广端举行的大型聚会。参加者除李澄中外,还有徐釚、李因笃、孙枝蔚、邓汉仪、尤侗、彭孙遹、李念慈、汪楫、朱彝尊、李良年、王嗣槐、陆嘉淑、沈皞日、陆次云(字云士)、杨还吉、顾景星、吴雯、潘耒、董俞、田茂遇、吴学炯等人,共计二十二人,与会人物多为清初文坛名家。徐釚《南州草堂集》卷六有《花朝前一日曹正子招同李天生、孙豹人、邓孝威、尤悔庵、彭羡门、李岂瞻、陈其年、汪舟次、朱锡鬯、李武曾、王仲昭、陆冰修、沈融谷、陆云士、杨六谦、李渭清、顾赤方、吴天章、潘次耕、田髯渊、吴星若诸君宴集园亭二首》，李澄中作《曹正子招饮分韵得沙游字》，李因笃作《曹主事正子招集属赋近体二首》。

春，李澄中为方象瑛（字渭仁）的《健松斋文集》作序。李澄中《方渭仁〈健松斋文集〉序》："己未春，方子渭仁示予《健松园文集》，予读而心慕之。后同试阙下，除史官，时时相过从，复以《健松园近稿》相质，且命予序。"

三月一日，博学鸿词科于体仁殿举行考试，应试者五十名。刘廷玑《在园杂志·博学鸿才》载："本朝己未，召试博学鸿才，最为盛典。康熙十七年正月二十三日，上谕：'谕吏部：自古一代之兴，必有博学鸿儒。振起文运，阐发经史，润色词章，以备顾问著作之选。朕万几时暇，游心文翰，思得博洽之士，用资典学。我朝定鼎以来，崇儒重道，培养人才，四海之广，岂无奇才硕彦，学问渊通，文藻瑰丽，可以追踪前哲者。凡有学行兼优，文词卓越之人，不论已未出仕，着在京三品以上及科道官员，在外督抚布按，各举所知，朕将亲试录用。其余内外各官，果有真知灼见，在内开送吏部，在外开报于该督抚，代为题荐。务令虚公延访，期得真才，以副朕求贤右文之意。尔部即通行传谕遵行，特谕。'嗣内外荐举到京者五十九人，户部给与食用。十八年三月初一日，除老病不能入试外，应试者五十人，先行赐宴，后方给卷，颁题《璇玑玉衡赋》、《省耕二十韵》，试于弘仁阁下。试毕，吏部收卷，翰林院总封，进呈御览。读卷者，李高阳相国霨、杜宝坻相国立德、冯益都相国溥、叶掌学院士方蔼。取中一等二十名，二等三十名，俱令纂修明史，敕部议授职衔。部议以有官者，各照原任官衔，其未仕进士举人，俱给以中书之衔，其贡监生员布衣，俱给与翰林院待诏，俱令修史。其未试年老者，均给司经局正字。圣恩高厚，再敕部议。部覆，奉旨：邵吴远授为侍读，汤斌、李来泰、施闰章、吴元龙授为侍讲，彭孙遹、张烈、汪霦、乔莱、王顼龄、陆葇、钱中谐、袁佑、汪琬、沈珩、米汉雯、黄与坚、李铠、沈筠、周庆曾、方象瑛、钱金甫、曹禾授为编修，倪灿、李因笃、秦松龄、周清原、陈维崧、徐嘉炎、冯勖、汪楫、朱彝尊、丘象随、潘耒、徐釚、尤侗、范必英、崔如岳、张鸿烈、李澄中、庞垲、毛奇龄、吴任臣、陈鸿绩、曹宜溥、毛升芳、黎骞、高詠、龙燮、严绳孙授为检讨，俱入翰林。其年迈回籍者，杜越、傅山、王方谷、朱锺仁、申维翰、王嗣槐、邓汉仪、王昊、孙枝蔚俱授内阁中书舍人。猗欤休哉，抡才之典，于斯为盛。其中人材德业，理学政治，文章词翰，品行事功，无不悉备。洵足表彰廊庙，矜式后儒，可以无惭鸿博，不负圣明之鉴拔，诚一代伟观也。而最恬退者，李检讨因笃，于甫授官日，旋陈情终养。上如其请，命下即归，更能遂其初志。无如好憎之口，不揣曲直，或多宿怨，或挟私心，或自愧才学之不及而生嫉妒，或因己之未与荐举而肆蜚谗，一时呼为野翰林。其讥以诗曰：'自古文章推李杜，（高阳相国霨，宝坻相国立德）。而今李杜亦稀奇。叶公懞懂遭龙吓（掌院学士方蔼），冯妇痴呆被虎欺（益都相国溥）。"

此次举鸿博试，全国推荐 186 人，参加考试者 140 人，录取 50 人，李澄中被录取，当日即授翰林院检讨，纂修明史。

三月初四，刘翼明游盘古城，作《三月朔四日同缦卿、霞标、心远游盘古城即事》。

三月十五日，李澄中往慈仁寺赏海棠，作《三月十五日与王茂苓、周子上、王六吉慈仁寺看海棠》。

三月二十九日，一等二十名，二等三十名。李澄中名列二等第十六名，山东仅取其一人。授翰林院检讨，纂修《明史》。施闰章《李渭清〈燕台诗〉序》："山左旧游举进士能诗者，既有田子纶、曹升六、王仲威诸子，李子与即墨杨子六谦又同召至都下，不为不遇。吾尝校其文，拔最多士。……吾喜诸子之足张吾军也。"

清明，李澄中与杨还吉游祖家园，作《清明与六谦游祖家园》。其后，杨还吉归即墨，李澄中作《送杨六谦还即墨》。王钺归东武，李澄中作《答任庵见赠即送之归东武》。

端午日，李澄中饮于宝贻斋中，作《五日饮宝贻斋》。

夏，吴晋（字介兹）来访。李澄中《吴介兹诗序》："己未夏，客京师，闭门兀坐，徐闻剥啄声。有客面白皙，黄髯鬖鬖，则石城吴介兹也。"

秋，送李因笃（字天生）归秦，李澄中作《送天生终养归秦》。

重阳日，李澄中与潘耒（字次耕）、陈维崧、曹贞吉、乔莱、田雯、汪楫（字舟次）、曹禾（字颂嘉）、汪懋麟聚饮，作《九日与潘次耕游黑龙潭，遇陈其年、曹实庵、乔石林、田子纶、汪舟次、曹颂嘉、汪蛟门小饮纪事》。

九月十二日，李澄中与刘汉湄（字元礼）、孟雄弼、叶舒崇、聿修饮于松月轩。李澄中《大醉行》小注："予来京师，与卢龙孟元辅交。己未九月十二日，过宿松月轩，与江宁刘汉湄及元辅、小阮、聿修夜酌。予素不能饮。是日，欢甚，尽两卮，乃颠仆几死，醒则益相视笑。因作《大醉行》纪之。"

冬，李焕章撰《游放鹤园记》。

冬，李澄中作《卧象山志序》，曰："予之栖隐此山几岁矣，今羁迹长安，望故乡远在云际。时取《志》披读之，某水吾所嗷，某岩壁吾题诗处。凤昔与栩野、石民诸君子共觞咏，历历在目前，其亦可消山水离索之感也已。"序末注有"时康熙己未仲冬同学李澄中拜题于长安客舍"。张侗编辑的《卧象山志》刊行。

十一月，李澄中在京师送别吴晋，作《送吴介兹还金陵》。

除夕，李澄中与金奇玉、侄子李溶守岁，作《除夕与金琢庵、舍侄溶守岁》。

康熙十九年庚申（1680）

正月初七，李澄中与毛奇龄（字大可）、陈维崧（字其年）、倪灿（字闇公）、袁佑（字杜少）应李天馥招饮。李澄中作《人日学士李容斋老师招饮，与毛大可、陈其年、倪闇公、袁杜少》。

三月二十七日，李澄中与陈维崧（字其年）、徐釚（字电发）、毛升芳（字允大）、李铠（字公凯）于刺梅园赋诗。李澄中作《三月二十七日，与其年、电发、允大、公凯集刺梅园限望字》。

四月一日，李澄中入直史馆。李澄中作《四月一日入直史馆值雨》。

春，李澄中与范云英、徐釚、李铠游丰台。李澄中作《雨后与秋涛、电发、公凯游丰台》。李澄中与施闰章、陈维崧、范必英游李园。李澄中作《与愚山先生、其年、秋涛游李园，寻芍药不见》。

仲春，李焕章应张衍、张侗之邀撰《放鹤村张氏族谱序》、《陶昆张文学先生墓铭》。

五月三日，王价人、台雪音来访。李澄中作《端阳前一日王价人、台雪音携镈见访》。

端午日，李澄中与李铠饮于毛升芳宅，作《五日与公凯饮允大宅分韵》。

六月二十二日，张惟藩去世。李澄中《处士张公墓志铭》："康熙十九年六月二十二日，处士翌华张公以疾卒。将以某月日葬于先人之兆，其子衍致书乞铭。予故与衍为人外交，义不可辞。"

夏，李澄中与阎宝诒等聚饮吕仙祠。李澄中作《夏日与阎宝诒、张梦臣、井方思、赵苍珮、王觉先、家德公、伯含饮吕仙祠下》。

秋，周殷靖来访。李澄中《送周殷靖游扶沟序》："庚申秋，周子殷靖访余京师，时久病，骨棱棱瘦，面目几不可识。余急迓之寓舍，共蔬食，欢甚久。"

闰八月中秋，李澄中应崔宗五招饮。李澄中作《闰中秋崔宗五招饮》。

八月三十日，朝廷赐藕。李澄中作《赐藕恭纪二首》。陈维崧《湖海楼诗集》卷七有诗《八月三十日赐藕恭纪》。

秋，李澄中与陆葇（号义山）过徐釚斋看菊。李澄中作《月夜与陆义山过徐电发斋看菊纪兴二首》。

九月，李澄中与陈维崧、陆葇、范必英、龙燮游祝园。李澄中作《与陈其年、陆义山、范秋涛、龙石楼自黑龙潭游祝园》。

九月九日，李澄中与于子先、孟端士、耿又朴、颜光猷（号澹园）应孔衍樾（字心一）之邀登慈仁寺毗卢阁。李澄中《辛酉九日游仁寿寺小记》："忆昨岁登昆卢阁，同游者为观察孔心一、仪部于子先、宫谕孟端士、编修耿又朴、颜澹园。未几，端士以忧去，心一官罗定，子先校士武林。人生聚散倏忽，何可预定也。"李澄中又作《九日孔心一宪副招同于子先仪部、孟端士谕德、耿又朴、颜澹园编修诸前辈登慈仁寺毗卢阁》、《自阁复饮古松下》。

仲冬，李澄中与孔衍樾、颜光猷、袁佑、庞凯饮于木庵斋中。李澄中作《仲冬与心一宪副、子先仪部、又朴、澹园前辈，杜少、雪厓同官饮木庵斋中》。

是年，刘翼明订正了"诸城十老"之一王乘篆的遗诗。刘翼明《订王钟仙遗诗》题下小注："先生卒后有诗云：'早知死后能相负，悔向生前识故人'景记。"

康熙二十年辛酉（1681）

正月初七，李澄中与孔衍樾会饮。李澄中作《辛酉人日饮孔心一斋中》。

三月初三，李澄中应相国冯溥（字孔博）招饮万柳堂，作《上巳相国冯公招饮万柳堂次韵》。同日，李澄中送孔衍樾赴粤东，作《上巳慈仁寺海棠下饯别心一之粤东》。

七月二十一日，康熙帝召诸臣瀛台赐宴。李澄中有《秋日瀛台纪事》、《七月二十一日，上御瀛台，大宴群臣，赐彩币有差，恭纪二首》。又其作于康熙三十一年的《归兴四首》其一"承恩常忆往泛湖船"下有小注："辛酉赐宴瀛台命群臣登龙舟"。

宋荦《西陂类稿》卷三《康熙二十年七月二十一日，上御瀛台，召满汉诸臣泛舟，赐宴，兼颁彩币有差。宴毕，仍赐菱藕，纪恩二十韵》。

早秋，陈维崧病，李澄中问候，作《问其年病》诗。

陈维崧《湖海楼诗集》卷八有《早秋病后承渭清以诗枉讯依韵奉酬》。

九日，李澄中与袁杜少、曹凤冈、崔宗五游仁寿寺。李澄中《辛酉九日游仁寿寺小记》："辛酉九日，与袁子杜少、曹子凤冈、崔子宗五集仁寿寺，步屟无声，僧寮岑寂。"

立秋，李澄中想念东武山友，作《立秋夜雨中早起口占兼忆山中诸友》。

秋，施闰章典河南乡试。李澄中作《送施愚山先生校士河南》。

十月，清兵攻陷昆明，平息三藩之乱。李澄中作《平滇曲十首》。

冬，丘元武回到诸城。黎士弘《託素斋文集》卷四《丘慎清手卷跋》："王师大定，乃得脱身归里。"

冬，李澄中招饮张贞、庞垲。庞垲有《渭清席上赠张杞园》。张贞请李澄中为其亡母作行状。李澄中《张母孔孺人行状》："吾友张子贞，其母孔孺人以康熙丁巳卒，业已自为状矣。越辛酉，服除，来京师，复以状属予。"

康熙二十一年壬戌（1682）

春，李澄中送毛际可（字会侯）归遂安。李澄中作《浩歌赠祥符令毛会侯归遂安》。

二月，李澄中送崔蔚林祭告长白。李澄中作《送少詹事崔夏章先生祭告长白》。

三月，李澄中送张英（字敦复）返乡。李澄中作《赠学士张敦复先生假归枞阳》、魏象枢作《送张敦复学士请假葬亲》。

李澄中与庞垲、陆葇、崔如岳桃园看花。李澄中作《庞雪厓招同陆义山、崔宗五桃园看花纪事》。

上巳，冯溥招饮万柳堂。李澄中作《上巳相国冯公招饮万柳堂次韵》。

五月五日，李澄中与袁佑、崔如岳游金鱼池。李澄中作《五日与袁杜少编修、崔宗五检讨游金鱼池》。

五月初七，陈维崧卒于京。李澄中、冯溥、王士禛、尤侗、洪昇等皆作挽词。

夏，李澄中送杜立德（字纯一）致仕归宝坻。李澄中作《送相国杜公归宝坻》。

六月十五日，李澄中忆康熙帝"去岁赐宴，命群臣登龙舟"之事，作《六月十五日瀛台纪事》。

秋，李澄中送钱中谐归平江。李澄中作《送钱宫声编修归平江》、《与黎潇云、庞雪厓过钱宫声话别》。

八月，冯溥致仕还乡。康熙帝传谕："朕闻山东之仕于朝者，大小固结，彼此援引，凡有涉于己私之事，不顾国家，往往造为议论，彼倡此和，务使有济于私而后已。又闻其居乡，多扰害地方，朕皆稔知其弊。冯溥久在禁密之地，归里后可教训子孙，务为安静。故大学士卫周祚，居乡谨厚，在闾里中若未曾任显秩者，必如此人，方副朕优礼之意。"李澄中作《送相国冯公东归序》："今上御极之二十一年壬戌，大学士冯公引年致仕。"又作《送相国冯公致政归临朐二首》、《万柳堂饯别相国冯公次韵》。

九月九日，李澄中游万柳堂，作《九日游万柳堂》。

九月十九日，李澄中访庞垲，作《十九日过雪厓》。

九月二十九日，李澄中独游悯忠寺，作《二十九日独游悯忠寺》。

冬，李澄中送陆葇归平湖，作《送陆义山归平湖》。

李澄中为毛奇龄的小妾曼殊作诗。其《曼殊诗》："曼殊者，同官毛大可之小妻也。大妇颇严，欲诱而嫁之。曼誓死不从。君子哀之，作

《曼殊诗》。"

是年，李澄中送陈宗石（字子万）擢安平令。李澄中《送陈子万令安平序》："陈君子万以康熙癸亥擢安平令。子万种学能诗。伯兄其年藻冠一时，予常兄事之。其年殁，见子万往往如其年。"

康熙二十二年癸亥（1683）

春初，李澄中送张晴峰到浙江。李澄中作《癸亥春初送张晴峰视学浙江》。

四月，李澄中与李应鹰、高詠、庞垲、杨六谦游右安门柳林。李澄中《游柳林纪事》："癸亥四月朔，出右安门里余，轻荫中西折，得略彴渡焉。……同游者，海曲吾家愚庵应鹰、宣城高阮怀詠、任丘庞雪厓垲、即墨杨六谦还吉。"

闰六月十三日，施闰章去世。李澄中《侍读施愚山先生传》："戊午，天子诏征海内文学之儒，三相上公名，御试授翰林院侍讲，充纂修明史官，典试河南。明年，迁侍读，纂修《太宗文皇帝宝训》。以二十二年闰六月，卒于官。"又作《哭侍读施愚山先生》。

七月，马鲁去世。乾隆《诸城县志》卷四十四《侨寓传》载："（马鲁）康熙二十二年七月卒，年七十。"

九月九日，李澄中黑窑厂登高，作《九日与六皆、公凯、毅文、雅楣黑窑厂登高，复饮公凯斋中》。

冬，杨涵与灵嵒、奚林大师访李澄中于京师，并携带刘翼明、李焕章、张衍、张侗、隋平书信。李澄中《卧象山募修佛殿序》："癸亥岁，奚林上人自稷下来。其冬入长安，予晤之广渠门外。"又作《喜杨水心与灵嵒、奚林大师过访长安寓舍兼得子羽、象先、蓬海、石民、昆铁书感赋二首》、《答子羽问予故园归计竟如何》、《送灵嵒大师东归》、《送杨辅峭归东武》。

李澄中为万斯同（字季野）的折翅雁赋诗。李澄中《羁雁》小注："万子季野买得折翅雁。后数月飞去，作羁雁、忆雁诗。长安诸君子属而和之。余亦继作焉。"

是年，李澄中送袁佑省归东明。李澄中《送袁杜少省亲归东明序》："康熙二十二年，袁子杜少念太孺人春秋高，一旦引例以去。朝之士大夫酌斗酒，赋骊歌，出祖广渠门外，睹其舟车，莫不愉愉有归意焉。"

是年，方象瑛典试蜀中。李澄中《送方渭仁典试蜀中序》："今武功既毕，三巴士大夫实觌觎引领可不念诸，于是特诏补辛酉科乡试，选翰林编修。方子渭仁为主考官、吏部员外郎王子澹人副之，以行夫身膺简命之任，为朝廷罗材贤。"

康熙二十三年甲子（1684）

正月初三，李澄中河堰漫步，作《甲子正月初三河堰寓目》。

正月初七，李澄中答冯勖见寄，作《人日答冯方寅见寄二首》。

正月十六日，李澄中与冯勖登白塔，作《十六日与方寅登白塔》。

正月十九日，李澄中游白云观，作《燕九与猗青、宗五游白云观》。

寒食，李澄中入直史馆。一起入馆的还有高詠（字阮怀）、吴任臣、黎骞、毛奇龄、庞垲、曹宜溥（字子仁）、龙燮、崔如岳等。李澄中作《寒食与阮怀、志伊、潇云、大可、雪厓、子仁、雷岸、宗五入直史馆》。

清明，李澄中怀念赵清，作《答赵壶石清明独酌见怀次原韵二首》。

四月初七，李澄中游黑龙潭，作《浴佛前一日愚庵招同宝贻兄弟君勉苍晓游黑龙潭》。

七夕，吴任臣来访，李澄中与之小饮，作《七夕吴志伊检讨见过小饮纪事二首》。

立秋日，李澄中与丘象随（字季贞）饮于冯勖寓斋，作《立秋日与丘季贞检讨饮冯方寅检讨寓斋》。

九月九日，李澄中与毛奇龄、吴任臣、黎骞、庞垲、龙燮、曹宜溥（字子仁）登善果寺毗卢阁，作《九日与毛大可、吴志伊、黎潇云、庞雪厓、龙雷岸、曹子仁六检讨登善果寺毗卢阁》。

九月二十九日，李澄中与曹凤冈、崔如岳游黑龙潭。李澄中《游黑龙潭小记》："甲子九月二十九日，立冬。昔人云秋冬之际，最难为怀。曹子凤冈、崔子宗五同至黑龙潭登高。"

雪后，李澄中与毛奇龄、黄虞稷、丘象随、李铠、张鸿烈饮刘价人宅，作《雪后与大可、俞邰、季贞、公凯、毅文饮刘价人吏部宅》。

冬日，李澄中怀念李因笃，作《冬日怀天生秦中》。

是年，周斯盛自武昌来京，李澄中热情款待。期间，周斯盛向李澄中、庞垲等讲述双鹅的故事，二人赋诗。李澄中《双鹅篇》小序："新河人宋登春以诗隐嘉、隆间。少年发尽白，自号海翁。后寓江陵之天鹅池，又号鹅池生。死百余年矣。康熙辛酉柘城王培（益仲）为新河令，闻其人而慕之，购遗稿，题碑表其故里。夜来有二天鹅止碑旁，居人迫之不动，因笼以献培。培大喜，就署中凿天鹅池蓄之。鹅至今在，时时鸣，舞向人若感恩状。吾友周屺公亲见其事，为予道之如此。"庞垲亦有《双鹅篇》序曰："新河宋登春以诗隐明嘉、隆时，号鹅池生。康熙辛酉，柘城王培来令新河，题碑表其故里。夜有二鹅止碑上，居人以献，培凿池畜之。吾友周屺公见其事，为余道之。"

十月，王士禛迁官詹事府少詹事兼翰林侍讲学士。

十一月十九日，王士禛自京启程，奉命往广州南海神庙祭告南海之神。朱彝尊、姜宸英、李澄中、魏坤，门人盛符升、吴雯、洪升、惠周惕等十余人祖饯彰义门外，傍午时发。李澄中作《送少詹事王阮亭先生祭告南海》。王士禛过卢沟桥时，有诗《卢沟桥却寄诸公》，向欢送人员致谢。

十二月四日，李澄中访李铠，作《十二月四日过公凯宅见庭菊未残赋之》。

冬，刘翼明为利津广文。李澄中《刘广文子羽墓表》："甲子五月病，辄死，吊者在门，乃蹶然而起。是年冬，授利津训导。利津人皆爱慕之。"

康熙二十四年乙丑（1685）

正月初七，李澄中参加会饮，作《乙丑人日与张行偕舍人、吴在公、张忍公户部、傅默菴大行饮张梦臣兵部宅》。

三月，赵清和友人游琅琊，作《乙丑春三月同蓟门诸友自海南村入琅邪》一诗。

清明，李澄中参加会饮，作《清明日冯方寅检讨、金琢庵孝廉过寓小饮》。

九月十七日，李澄中游草桥，作《与孙孟滋光禄、张杞园孔目小饮草桥作》、《游草桥小记》。

九月二十九日，李澄中与毛奇龄、朱彝尊、李铠、毛升芳在冯勖宅看菊，作《九月二十九日与大可、竹垞、公凯、允大饮勉曾寓斋看菊得高字》。

冬，孔尚任访翰林院检讨李澄中。李澄中为孔尚任的《续古宫词》作序，落款为"时康熙二十四年冬抄琅邪李澄中题于长安之听松轩"。倪匡世《诗最》卷四收孔尚任《同石堂上人访李渭清太史》。李东辰《石堂年谱》："康熙二十四年，（释元玉）五十八岁，同圣裔孔东塘博士践诸城李渭清太史之约。"

冬，李澄中访朱彝尊古藤书屋，作《访竹垞古藤书屋纪事》。

冬，徐田送赵清进京。是时，赵清进京投靠其兄缵淇，徐田《送赵壶石之燕京二首》诗题小注："时兄缵淇任京卫。"

康熙二十五年丙寅（1686）

正月初四，李澄中与赵清见面。李澄中作《丙寅正月初四日与赵壶石兄弟登阜成门楼二首》。

春，李澄中送洪昇归杭州，作《送洪昉思归觐武林》。送毛奇龄归萧山，作《送毛大可检讨归萧山》。

秋，李澄中与黄与坚、侄子李华之游大佛寺，作《与黄庭表宫赞、舍侄华之中翰游大佛寺》。

十一月，丘元武参加孔尚任在扬州广陵寓所举行诗人集会"听雨分韵之会"。

冬，李澄中分别送张行偕、郝稷人、金祖成以及外甥臧振荣赴各地任职，作《送张行偕户部榷税南海》、《送郝稷人按察川东》、《送金封扬观察洮岷》、《送臧甥君仁之任宁州》。

十二月八日，冒辟疆为其亡妾蔡含四十生辰在天宁寺藏经阁设斋。丘元武作《蔡少君挽诗》，小序："丙寅腊八日，奉挽蔡少君女罗六章，时巢民先生客邗于天宁藏经阁忏荐少君四十初度偕诸同人赴斋应教。"

是年臧振荣奉命赴江西上任宁州知州。临行前，他特地向丘元武辞行，并作《将赴豫章别丘工部柯村涓上》。

康熙二十六年丁卯（1687）

正月初七，李澄中与诸兄弟会饮于冯云骧（字讷生，号约斋）宅，作《丁卯人日诸兄弟饮约斋比部弟宅》。

李澄中与徐釚、汪颖、徐田登灵祐宫阁，作《与徐电发检讨、汪钝予参军、徐栩野文学登灵祐宫阁》。

二月九日，李澄中参与国子监分祭，作《丁卯二月初九日国子监分祭纪事》。

李澄中与徐田、汪颖、侄子李华之游摩诃庵，作《与栩野、钝予、舍侄华之游摩诃庵》。

夏，宋荦按察山东，李澄中送之，作《送宋牧仲按察山东》。

四月十七日，李澄中访曹曰瑛，与徐田等登春浮阁。李澄中《春浮阁小记》："曹子渭符侨寓崇文门之右偏，有阁二楹，距城仅数武。雉堞参差倚檐际，前临滽水，激石作声。春雨河暴涨，阁浮浮若楼船。予登而乐之……同游者为汪钝予颖、徐栩野田。时康熙丁卯四月十七日。"

田雯巡抚江南，李澄中送之，作《送田子纶巡抚江南》。

夏，陈宗万求李澄中为其兄陈维崧的遗文作序。李澄中作《陈其年遗文序》："丁卯夏，以书抵予曰：'日者先兄遗文，辱君不鄙弃其余，予得尽载以去，敬付梓人，俪体已告竣矣，尚有散体在，君其一言志首简，以告世之不尽知先兄者。'"

李澄中与朱彝尊、邵长蘅、万言于悯忠寺寻唐碑，作《与朱竹垞、邵子湘、万贞一悯忠寺寻唐碑怀古纪事》。

秋，李澄中与朱彝尊、庞垲、李铠在圣安寺为曹宜溥饯行，作《与竹垞、雪厓、公凯圣安寺饯别子仁归黄冈》。

李澄中应王熙（字胥庭）招饮怡园，作《王太傅招饮怡园六首》。

中秋，李澄中与高启元等会饮，作《中秋与高辛仲户部、舍弟季霖比部饮吴在公西曹宅》。

秋，李澄中与朱彝尊、庞垲、李铠在圣安寺为曹宜溥饯行。李澄中《三寺游小记》："丁卯秋，曹子凤冈请假归，朱子竹垞、庞子雪厓、舍弟公凯及予，饯之圣安寺。"

康熙二十七年戊辰（1688）

正月，李澄中作诗悼念孝庄皇太后，即《戊辰正月大行太皇太后挽诗》。

春，刘翼明辞官归家。李澄中《刘广文子羽墓表》："戊辰春，辞官归。"

清明，李澄中访庞垲，作《清明日访雪厓踏青阻风感兴》。

春，梁清标拜大学士，李澄中代王熙贺。李澄中《贺大司马梁公拜大学士序（代宛平公）》："今上戊辰春，赫然与天下更始。进退二三大臣，公乃以保和殿大学士入内阁。"《三生传》："戊辰，予为刘中书谦作其父墓志，见知于梁公玉立。"据此可知：是年，李澄中受知梁清标。

夏，朱彝尊送万言知五河令，李澄中作《朱竹垞检讨招饮紫藤花下送别万贞一之任五河》。

六月二十六日，刘翼明作《戊辰六月二十六日入琅邪题壶石石民诗后》一诗。

七月二日，李澄中晋右春坊右中允，兼翰林院编修。李澄中《三生传》："及秋七月初二日，晋右春坊右中允，兼翰林院编修，旋以覃恩授承德郎，充典纂修官。"

重阳，李澄中送儿子李祁归诸城，作《重阳送祁儿东归》。

秋，李澄中送洪嘉植归真州，作《送洪去芜归真州》。

初冬，李澄中同朱彝尊、冯勖、钱金甫（字越江）、李铠游万柳堂，作《初冬万柳堂怀相国冯公二首同朱竹垞、冯方寅两检讨、钱越江编修舍弟公凯谕德》。

十月十二日，李澄中送侄子李溶归诸城，作《十月十二日送侄溶归东武》。

十二月二十六日，刘翼明病故。刘翼明《二十六日病榻》题下小注曰："酉时作亥时长逝。"二十六日，即康熙二十七年腊月二十六。李澄中《刘广文子羽墓表》："亡友刘子羽，以康熙戊辰十二月卒于家。"

冬，李澄中送汪舟次守河南，作《送汪舟次出守河南》。

是年，丘元武、杨涵、丘元复、孙必振相继去世。刘翼明作《闻龙标讣音》、《杨水心物故》、《丘汉标讣音》、《孙御侍讣至》悼念。

康熙二十八年己巳（1689）

正月初七，孙宝仍招饮。李澄中作《己巳人日孙光禄孝堪招饮》。

二月十九日，李澄中才得知刘翼明过世的消息，作《哭亡友刘子羽广文五首》，又作《刘广文子羽墓表》："亡友刘子羽，以康熙戊辰十二月卒于家。越已巳春二月十九日，其从弟粹明书来，始悉其病革时日。既为位哭之，已念其平生相知未有如予之深者，藐诸孤不知状其行事。予复隐忍不言，百世后谁复知吾子羽哉。时子羽业已葬，欲志墓不可，乃摭其大节而为之表。"

春，邓汉仪《诗观三集》成，收录了丘元武、李澄中的诗作。

七月，佟皇后卒。

八月，洪昇因在佟皇后丧期演《长生殿》惹祸，被革去太学生籍并被赶出京城，赵执信、查慎行等人受牵连。李澄中被参，但侥幸得免。李澄中作陈情自辩疏称："忽有科臣黄六鸿，参臣以八月二十四日在监生洪昇家饮酒听戏。夫臣与洪昇素无往还，并不知其门巷所在，何由听戏饮酒？有洪昇可问。且八月二十四日即臣叨升侍讲之日也，是日臣在典训馆对书，同事官员人人可讯。人非禽兽，断无朝荷君恩，暮忘国制之理。……伏乞敕下臣与六鸿三法司质审，如臣果至洪昇家饮酒，即斩臣头以为不敬之戒。若六鸿所参失实，亦当治以欺罔之罪。如此，则臣之心始白，臣之死亦瞑目矣。"

康熙二十九年庚午（1690）

四月，李澄中授命典试云南。

五月六日，李澄中自京启程赴云南，历时八十四天，于七月二十七日抵达云南昆明府。李澄中《滇行日记》上卷："。康熙庚午秋，予奉命典试云南。念舟车经过万余里，将日记所历以示子孙，庶备异时遗忘，且軺轩采风使臣之职也。故约略其山川风土，为他年人滇者告焉。五月端阳后一日丙申，出彰义门。"

六月，张英（字彦公）筑新圃成，邀请徐田、隋平、张侗等八位老人会饮。张衍作《庚午六月，彦公侄筑圃新成，集牛仲青、徐栩野、隋默公、窦承庵及家弟石民、子云、白峰，皆鬓发皤皤，天和自爱，酒余，各纪以诗》。

六月二十九日，李焕章去世。李澄中《李太公象先墓志铭》："公生于明万历四十三年六月十三日，卒于康熙二十九年六月二十九日，得年七十有六。"

康熙三十年辛未（1691）

正月初一，李澄中从云南开始回京，行至澧州。李澄中作《辛未澧州元日喜赵金冶至》。

正月，李澄中途中行至河南，登嵩山、游少林寺。李澄中作《与登封令王子明登嵩山绝顶作》、《望少室二首》、《咏汉二将军柏赠耿逸庵先生二首》、《嵩阳书院别耿逸庵先生、王子明邑宰》、《游少林寺》、《过初祖庵》。

春，李澄中回京，庞垲招游李澄中。李澄中作《庞雪厓中垣招游桃李园分得山字二首》、《庞雪厓中垣招同张子大编修、张云子大理、舍弟公凯学士增寿庵看花二首》。

夏，赵士麟招饮李澄中。李澄中作《赵玉峰少宰招饮金碧园》。八月初一，大学士梁清标去世。李澄中《保和殿大学士梁公墓志铭》："公生于前庚申十二月十六日，终于康熙辛未八月初一日。年七十有二。"

九月初十，王士禛招饮。李澄中作《重阳后一日王阮亭少司马招饮，与徐华隐谕德同赋二首》。

冬，李澄中列北直学使，为忌者中伤，改调部郎，不拜。李澄中《三生传》："辛未冬，以列名北直学使，为忌者所中伤，后应以庶子补侍读学士，遂奉旨以部院缺用。或劝之仕，君致书所知曰：'天下之患，莫大乎？士大夫寡廉鲜耻，贪进不止。盖患得患失之念，一蒙于中，万事瓦裂，靡所不至。弟虽不才，何至如逐臭之蝇，驱之不去乎？'于是拂衣竟归。"安致远《翰林院侍读李公墓志铭》："辛未冬，以列名北直学使，为忌者所中，旋改调部属。君曰：'十余年老柱史，安能复为六曹判纸尾耶？遂拂衣归。'"庞垲《卧象山房集序》："庚午云南典试归，庶子席虚，渔村资序应迁，忌者隐中之，引见次，忽左调，以部郎用。不拜，其风节可概见也。"

康熙三十一年壬申（1692）

正月，李澄中与庞垲拜访雪坞上人，作《壬申正月初九日庞雪厓中垣同过雪坞上人》、《与庞雪厓中垣、韩鹤汀县尹过雪坞上人兰若次鹤汀韵二首》。

李澄中送朱彝尊归秀水。李澄中作《送朱竹垞检讨归秀水》。朱彝尊《亡妻冯孺人行述》："壬申正月，予复罢官；三月，解维张湾。"

三月，徐田、张傃、隋平与青州郭仲蕴定交。徐田《壬申蒲月寄怀青州郭仲蕴》小序曰："春三月，余客郡城，与张子白峰、隋子昆铁获交云门郭君。"

九月初九，李澄中于天宁寺登高，作《九日刘文起行人兄弟招同冯勉曾行人、丘季贞洗马、吴西季中允、舍弟公凯学士天宁寺登高》。

离京前，李澄中话别友人，作《雪坞上人邀同庞雪厓工部、袁杜少编修、韩鹤汀县尹、沈竹西上舍、御能、一觉、若之、梅庵、天器诸上人崇效寺话别》。

冬，李澄中返回诸城，作《抵东武有感》、《初还卧象》。

是年，李澄中为李焕章编辑《织斋集钞八卷》。

康熙三十二年癸酉（1693）

正月初二，李澄中自家乡再次进京，父老饯行。李澄中《癸酉上元后二日再入长安留别饯送诸君子》有"更有二十五老者，肴核错列沙洲旁"之句。

康熙三十三年甲戌（1694）

年初，李澄中仍留北京。正月初四，应雪坞上人之邀到崇效寺看梅花。李澄中作《甲戌正月初四日雪坞上人招崇效寺看梅放歌》。

五月初六，李澄中自京归家。《三生传》："甲戌五月初六日，归自京师，卜居于城西村舍。"

九月，赵清去世。李澄中作《哭赵壶石三首》悼之。

康熙三十四年乙亥（1695）

夏，李澄中与张侗结伴南游。李澄中《三生传》："明年，再过彭城，留月余，抵山阳，晤丘洗马、张大理。南去，晤洪去芜于扬州。至金陵，赵紫钧留十日。西之当涂，晤祝子骏公，与张石民登采石。五日，观竞渡于太白楼，俯温太真燃犀处，谒太白墓，宿谢朓青山，即属骏公修葺之。雨中游天门山，再返金陵，故人范苏公书法壮蔚，求书家庙扁及'彭祖井'三大字，付黾承刻于彭祖井畔。修徐君墓及挂剑台，题诗范增墓上。"《游采石山记》："乙亥四月十八日去金陵，将游太平，张子石民送予至采石山，买舟渡河登焉。"《送郑半痴移居东台序》："乙亥夏，与吾友洪去芜过江村。"张侗《南行小记》也记录了此次南行的路线，即经由汤泉、云龙山而南下淮阴、射阳湖，再至扬州、润州，最后到达南京。其文曰："前十日，曾与故李翰林渔村先生飞羽觞，醉月于此。先生已有记，不赘。"

康熙三十五年丙子（1696）

春，知县李之用至。

九月，李澄中应山东学政刘谦吉之邀赴济南，为其选订诗文。李澄中《三生传》："丙子九月，学宪刘六皆邀至历下，为选订其诗文。"

康熙三十六年丁丑（1697）

五月十三日，李澄中南游浙闽，拜访或遇见毛奇龄、丘洗马、张大理、汪舟次、刘石村、朱彝尊、冯方寅、洪昆霞、周斯盛等老友。直到十月二十三日才回家。李澄中《三生传》："五月十三日，南行至杭州，游西湖，晤毛大可。历富春、建溪入福州，食鲜荔枝，见红鹦鹉。遇丘洗马、张大理于三山。访方伯汪舟次、盐道刘石村，留十余日，乃归。归次崇安，泛九曲，览武夷之胜。姑苏舟中遇朱竹垞，时病足不能行。冯方寅邀至薜水园，留十日。中丞宋牧仲数遣使来问足病，不愈，去。至扬州，主洪昆霞家。会周屺公自江村来晤，同至江村，留八日，洪去芜归自白下，洪孝仪至自黄山，予乃行。十月二十三日，抵里。"

孟冬，徐田与丘学山、张倜、隋平游象山。徐田有《丁丑孟冬同丘学山、张石民、隋昆铁游象山》。

康熙三十七年戊寅（1698）

春，庞垲任福建江宁知府，为李澄中刊刻书稿。李澄中《白云村文集自序》："戊寅春，雪厓出守建宁，以书相招。于是取平日所撰著诗存四百余首，文存七十余篇，名曰《正集》，驰寄雪厓。"

春，徐田去世。张倜《诗人徐栩野小传》："戊寅春，病渴井水之侧，不废吟哦。卒之日，曩无余粟，诸同社殓之、葬之、丰碑之。"

五月，李澄中为丘志广《柴村诗钞》作序。清雍正四年刻本丘志广《柴村诗钞》卷首有李澄中所作《先母舅丘洪区公〈柴村诗钞〉序》："康熙三十八年岁次戊寅蒲月吉旦，愚甥李澄中熏沐拜书于渔村秋水亭。"

是年，隋平失志于有司，未能为徐田送葬。徐田《栩野诗存》收录隋平《刻徐栩野遗诗序》："岁戊寅，余以帖括失志于有司，自囚藿垣内，而栩野适病且死，以故生未临其床，没亦不知其期。今诸友人又葬之矣。吾负栩野，栩野平日不负吾也。"

康熙三十八年己卯（1699）

正月，安致远为李澄中作《渔村文集序》。

四月，李澄中作《白云村文集自序》。

康熙三十九年庚辰（1700）

六月，李澄中选定王乘篆、丁耀亢、丘石常、刘翼明的诗集。同月二十二日，去世，私谥文确先生。张倜为李澄中《三生传》所作《续传》:"庚辰夏六月,选同邑王钟仙、丁野鹤、丘海石、刘子羽四先生诗成,于二十二日未时,乃卒。"

九月,安致远为李澄中作《翰林院侍读李公墓志铭》。

康熙四十年辛巳（1701）

是年,张佳岁贡。乾隆《诸城县志》卷二十二《国朝选举表》:"张佳,岁贡。"

是年,王士禛回诸城迁祖、父墓,诸城士人前来相见。隋平携带编订的《琅邪诗人诗选》请并王士禛为之作序,王士禛则请张侗代为作序。张侗《其楼文集》卷三有《叙琅邪诗人诗选》,并明确注明是"代阮亭作",文末亦署"渔洋老人王士禛"。文曰:"辛巳岁,蒙圣天子隆恩给假省墓。余旧琅邪诗人也,诸人环来相问。隋子昆铁出书一卷饷余,则《琅邪诗人诗选》也。"

康熙四十一年壬午（1702）

六月,洪嘉植作《潍西放鹤亭记》。

八月,李之藻投放鹤村。张侗《五老庵传》:"壬午八月,偕燕人姚雯紫竟投放鹤村,初与我家蓬海、石之民、子云、白峰遇,相视一笑,遂成人外之交。"

康熙四十二年癸未（1703）

是年,李之藻与张侗等人同入卧象山,并在山中建造翠微小楼。张侗《五老庵传》:"明年,同入卧象山,于白云深处起翠微小楼,登望指顾杓山云气以为笑乐。"张俟作《武定李澹庵来访山中,适翠微楼落成,以诗赠之》。

康熙四十三年甲申（1704）

诸城大饥。乾隆《诸城县志》卷三《总纪下》:"(康熙)四十三年,大饥。"

是年,王钺去世,张侗作《甲申春,王任庵先生归葬潍水上,代十八老人作挽歌》悼念。

康熙四十四年乙酉（1705）

春日,庞垲为李澄中《卧象山房集》作序,称:"嘻,《卧象山房集》从此传布寰区,光芒万丈,与欧苏同其不朽,潘子实渔村身后桓谭,而余亦借以践良友之要于不忘矣。"

康熙四十五年丙戌（1706）

四月望日，丘元音为四叔父丘和年做八十八岁大寿，邀请张衍、张侗、张佳、隋平、碣西参加聚会。《东武诗存》卷四有丘元音《丙戌四月望日为四叔父寿，时蓬海、石民、白峰、昆铁、碣西诸先生至》："人生七十古稀传，阿叔八十又八年。是日添筹来五老，头颅皆现太极圆。"

康熙四十六年丁亥（1707）

康熙四十七年戊子（1708）

九月九日，张映初游铁园，作《九日游铁园题壁》，自注："戊子九日，铁园主人曾招先大父作九老之会。"

康熙四十八年己丑（1709）

是年，张傪岁贡。乾隆《诸城县志》卷二十二《国朝选举表》："张傪，岁贡。"

康熙四十九年庚寅（1710）

二月二十一日，张衍去世。他与李之藻重游琅琊台，忽得微疾，遂逝于琅琊台畔。张衍次子张雯《传》："庚寅春二月，偕武定李澹庵先生登琅邪古台，抚秦皇帝残碑，遥瞩乎沧波浩淼，泊然与大化同归耶。"

是年，隋平过张侗其楼，读其《醉中有所思》，掩卷泣曰："恨不即死，与诸前辈同行也。"

康熙五十年辛卯（1711）

是年，隋平去世。

康熙五十一年壬辰（1712）

康熙五十二年癸巳（1713）

五月，张侗去世。方迈《贞献先生传》："年八十，岁旦出片纸示子孙曰：'学圣贤别无门路，止有"迁善改过"四字。'敦勉谆复，亹亹不厌。至五月，而易箦矣！此盖其绝笔语也。"

参考文献

一 古籍文献

（清）丁耀亢：《逍遥游》二卷（山东省博物馆藏旧钞本），《山东文献集成》第三辑第28册，山东大学出版社2009年版。

（清）丁耀亢：《丁野鹤集八种》，《四库全书存目丛书》集部第235册，齐鲁书社1997年版。

（清）丁耀亢：《天史》十二卷《问天亭放言》一卷，《续修四库全书》第1176册·子部·杂家类，上海古籍出版社2002年版。

（清）李澄中：《卧象山房集》二十九卷，艮斋笔记八卷（山东省图书馆藏稿本），《山东文献集成》第一辑第35册，山东大学出版社2006年版。

（清）李澄中：《李渔邨先生稿》一卷（山东省博物馆藏稿本有寿光赵愚轩校，日照王献唐跋），《山东文献集成》第一辑第35册，山东大学出版社2006年版。

（清）丘石常：《楚村诗集》四卷、《文集》六卷（山东大学图书馆藏清康熙五年丘元武刻本），《山东文献集成》第二辑第30册，山东大学出版社2007年版。

（清）张侗：《琅邪放鹤村诗集》一卷、《续集》一卷（山东省图书馆藏清钞本），《山东文献集成》第二辑第30册，山东大学出版社2007年版。

（清）刘翼明：《镜庵诗选》五卷，（清）诸城李澄中选，青岛市图书馆藏民国二十七年胶州张鉴祥家钞本（张鉴祥跋），《山东文献集成》第三辑第28册，山东大学出版社2009年版。

（清）刘翼明：《东武高士刘翼明诗稿》一卷（山东省图书馆藏稿本），《山东文献集成》第三辑第 28 册，山东大学出版社 2009 年版。

（清）刘翼明：《镜庵诗稿》十一卷，（清）四明周斯盛选（山东省图书馆藏民国山东省立图书馆钞本），《山东文献集成》第三辑第 29 册，山东大学出版社 2009 年版。

（清）徐田：《栩野诗存》三卷附栩野遗诗补辑一卷投赠一卷附（民国）诸城王鉴先等辑，中共山东省委党校图书馆、山东省图书馆藏民国二十一年至二十三年诸城王鉴先排印鉴庐丛刊本，《山东文献集成》第四辑第 27 册，山东大学出版社 2009 年版。

（清）李澄中：《白云村文集》，《卧象山房诗正集》，《四库全书存目丛书》集部第 250 册，齐鲁书社 1997 年版。

（清）张贞：《渠亭山人半部稿》四卷（山东大学图书馆藏清康熙安丘张氏家刻雍正印本），《山东文献集成》第三辑第 29 册，山东大学出版社 2009 年版。

（清）李焕章：《织水斋集》，《四库全书存目丛书》集部第 208 册，齐鲁书社 1997 年版。

（清）黎士弘：《託素斋文集》，《四库全书存目丛书》集部第 223 册，齐鲁书社 1997 年版。

（清）安致远：《纪成文稿》（南开大学图书馆藏康熙刻本），《四库全书存目丛书》集部第 211 册，齐鲁书社 1997 年版。

（清）庞垲：《丛碧山房集》（中国科学院图书馆藏清康熙刻本），《四库全书存目丛书》补编第 52 册，齐鲁书社 1997 年版。

（清）冯溥：《佳山堂诗集》（北京大学图书馆藏清康熙刻本），《四库全书存目丛书》集部第 215 册，齐鲁书社 1997 年版。

（清）周斯盛：《证山堂集》，《四库全书存目丛书》集部第 233 册，齐鲁书社 1997 年版。

（清）赵执信：《饴山诗集》，熊月之主编《中国华东文献丛书》正编第六辑，学苑出版社 2010 年版。

（清）王士禛：《王士禛全集》，齐鲁书社 2009 年版。

（清）丘元武：《柯村遗稿》八卷（山东图书馆藏唐熙诸城丘元履刻本）。

（清）王赓言辑：《东武诗存》，中华书局2003年版。

（清）卢见曾编：《国朝山左诗钞》六十卷（山东省图书馆藏清乾隆二十三年德州卢氏雅雨堂刻本），山东文献集成第一辑第41册，山东大学出版社2006年版。

乾隆《诸城县志》（清乾隆二十九年刻本影印）、道光《诸城县续志、光绪《增修诸城县续志》，《中国地方志集成·山东府县志辑38》，凤凰出版社2004年版。

（清）张谦宜：《䌹斋诗谈》，见郭绍虞、富寿荪编辑的《清诗话续编》，上海古籍出版社1983年版。

（清）钱仪吉纂：《碑传集》，文海出版社1973年版。

（清）王培荀：《乡园忆旧录》，齐鲁书社1993年版。

（清）张维屏：《国朝诗人征略》，《续修四库全书》集部第1412册，上海古籍出版社2002年版。

（清）张廷玉等：《明史》，中华书局1974年版。

赵尔巽等：《清史稿》，中华书局1977年版。

二 今人著述

张清吉：《丁耀亢年谱》，南京大学出版社1996年版。

李增坡主编：《丁耀亢研究》，中州古籍书社1998年版。

胶南市史志办公室编：《丁耀亢生平纪略》，黄河出版社2011年版。

曾大兴：《文学地理学概论》，商务印书馆2017年版。

（清）丁耀元著，李增坡、张清吉校点：《丁耀元全集》，中州古籍出版社1999年版。

［美］魏斐德：《洪业：清朝开国史》，江苏人民出版社2005年版。

严迪昌：《清诗史》，人民文学出版社2011年版。

邓之诚：《清诗纪事初编》，中华书局1965年版。

张少康：《中国文学理论批评史教程》（修订本），北京大学出版社2011年版。

钱仲联：《清诗纪事》，江苏古籍出版社2004年版。

徐世昌：《清诗汇》，北京出版社1996年版。

江庆柏编：《清代人物生卒年表》，人民文学出版社2005年版。

李伯齐：《山东文学史论》，齐鲁书社 2003 年版。

李伯齐：《山东分体文学史》（诗歌卷），齐鲁书社 2005 年版。

李少群、乔力等：《齐鲁文学演变与地域文化》，人民出版社 2009 年版。

孙微：《清代杜诗学史》，齐鲁书社 2004 年版。

严迪昌：《清诗史》，江苏古籍出版社 2002 年版。

蒋寅：《王渔洋事迹征略》，人民文学出版社 2001 年版。

宫泉久：《清初山左诗歌研究》，中国社会科学出版社 2009 年版。

陈清：《丁耀亢诗歌研究》，硕士学位论文，山东师范大学，2009 年。

刘洪强：《丁耀亢文学创作研究》，博士学位论文，复旦大学，2009。

范秀君：《丁耀亢研究》，博士学位论文，扬州大学，2011 年。

张崇琛：《张石民与张瑶星及孔尚任的交往》，《中国古代小说戏剧研究丛刊》2006 年第 4 期。

张崇琛：《蒲松龄与诸城遗民集团》，《蒲松龄研究》1989 年第 2 期。

张崇琛：《蒲松龄的诸城之行》，《明清小说研究》1996 年第 3 期。

张崇琛：《王渔洋与诸城人士交往考略》，《昌潍师专学报》1996 年第 1 期。

刘家忠：《"诸城十老"的文学活动与清初遗民的纠结心态》，《求索》2011 年第 11 期。

李文海主编：《清史编年》，中国人民大学出版社 2000 年版。

政协山东省诸城县委员会文史资料研究委员会编：《诸城文史资料第十辑》，1988 年 12 月版。

黄琼慧：《世变中的记忆与书写：以丁耀亢为例的考察》，台北大安出版社 2009 年版。

张维华：《跋丁耀亢的〈出劫纪略〉和〈问天亭放言〉》，《山东大学学报》1962 年第 6 期。

张崇琛：《丁耀亢佚诗〈问天亭放言〉考论》，《济宁师专学报》2000 年第 1 期。

周洪才：《关于丁耀亢佚诗集〈问天亭放言〉的几个问题》，《济宁师专学报》2001 年第 1 期。

王慧：《山左诗人丁耀亢》，《文史杂志》2001 年第 5 期。

王瑾：《论丁耀亢诗中的人生感受》，《广州大学学报》2005 年第 9 期。

王瑾：《丁耀亢交游考略》，《理论界》2007年第7期。

马清清：《丁耀亢交游考》，硕士学位论文，华中科技大学，2009年。

白亚仁：《略论李澄中〈艮斋笔记〉及其与〈聊斋志异〉的共同题材》，《蒲松龄研究》2000年第1期。

白亚仁：《〈林四娘〉故事源流补考》，《福州大学学报》2008年第5期。

王宪明：《沧溟后身山左鼎足——浅论李澄中的文学成就》，《超然台》2009年第2期。

尚金玲：《山左诗人李澄中及其诗歌研究》，硕士学位论文，山东师范大学，2013年。

张兵：《清初山左遗民诗群的分布态势与创作特征》，《西北师大学报》2001年第3期。

周潇：《明代山东文学史》，中国社会科学出版社2015年版。

于海洋：《明末清初诸城文学研究》，博士学位论文，山东师范大学，2016年。